〔唐〕韓愈 著
馬其昶 校注
馬茂元 整理

韓昌黎文集校注

上

上海古籍出版社

圖書在版編目(CIP)數據

韓昌黎文集校注 /（唐）韓愈著；馬其昶校注；馬茂元整理. —上海：上海古籍出版社，2021.5（2025.3重印）
（中國古典文學叢書）
ISBN 978-7-5325-9947-9

Ⅰ. ①韓… Ⅱ. ①韓… ②馬… ③馬… Ⅲ. ①古典散文—散文集—中國—唐代 Ⅳ. ①I264.2

中國版本圖書館 CIP 數據核字(2021)第 066492 號

中國古典文學叢書
韓昌黎文集校注
（全二册）
［唐］韓 愈 著
馬其昶 校注
馬茂元 整理
上海古籍出版社出版發行
（上海市閔行區號景路159弄1-5號A座5F 郵政編碼201101）
(1) 網址：www.guji.com.cn
(2) E-mail：guji1@guji.com.cn
(3) 易文網網址：www.ewen.co
上海展强印刷有限公司印刷
開本 850×1168 1/32 印張 34.75 插頁 12 字數 600,000
2021 年 5 月第 3 版 2025 年 3 月第 7 次印刷
印數：7,351—9,450
ISBN 978-7-5325-9947-9
I·3552 精裝定價：178.00 元
如有質量問題，請與承印公司聯繫
電話：021-66366565

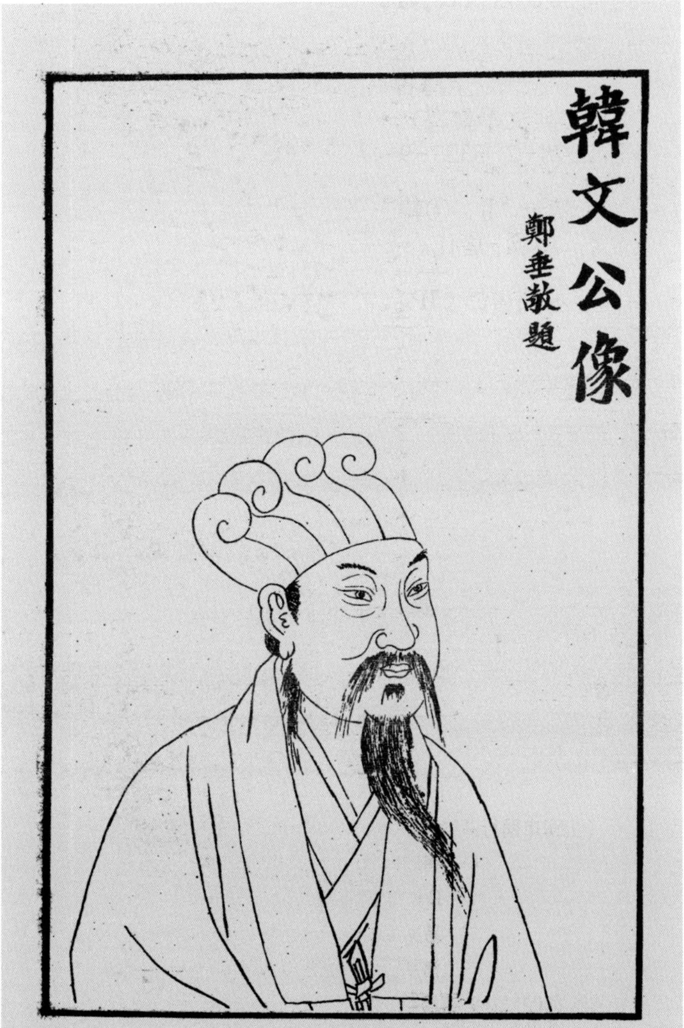

韓愈畫像

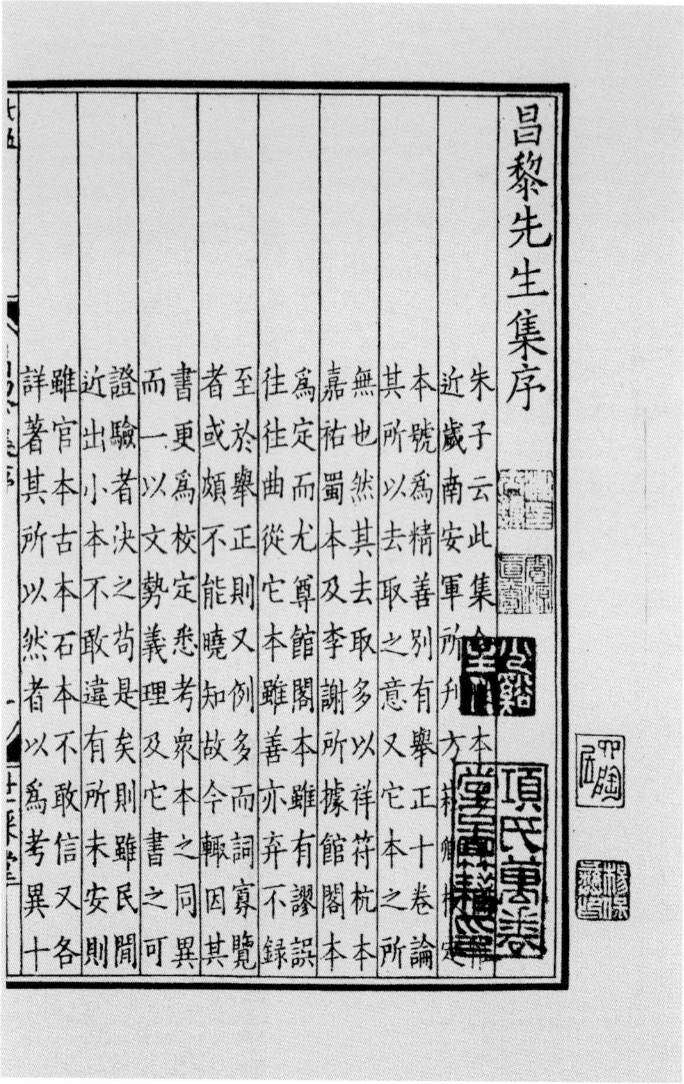

昌黎先生集序

朱子云此集今世本多不同惟近歲南安軍所刊方崧卿校定本號爲精善別有舉正十卷論其所以去取之意又它本之所無也然其去取多以祥符杭本嘉祐蜀本及李謝所據館閣本爲定而尤尊館閣本雖有謬誤往往曲從它本雖善亦弃不録至於舉正則又例多而詞寡覽者或頗不能曉知故今輒因其書更爲校定悉考衆本之同異而一以文勢義理及它書之可證驗者決之苟是矣則雖民間近出小本不敢違有所未安則雖官本古本石本不敢信又各詳著其所以然者以爲考異十

蟫隱廬影印南宋世綵堂本《昌黎先生集》書影

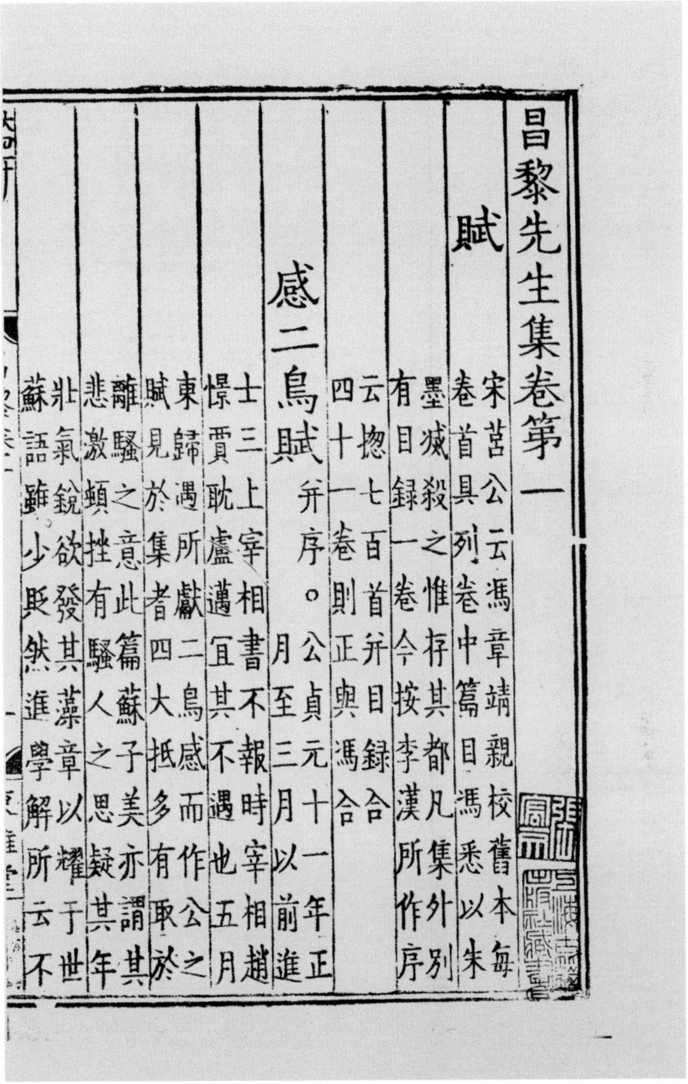
昌黎先生集卷第一
賦
宋莒公云馮章靖親校舊本每卷首具列卷中篇目馮悉以朱墨㦰殺之惟存其都凡集外別有目録一卷今按李漢所作序云揔七百首并目録合四十一卷則正與馮合
感二鳥賦并序。公貞元十一年正月至三月以前進士三上宰相書不報時宰相趙憬賈耽盧邁宜其不遇也五月東歸遇所獻二鳥感而作公之賦見於集者四大抵多有取於離騷之意此篇蘇子美亦謂其悲激頓挫有騷人之思疑其年壯氣鋭欲發其藻章以耀于世蘇語雖少貶然進學解所云不

明東雅堂本《昌黎先生集》書影

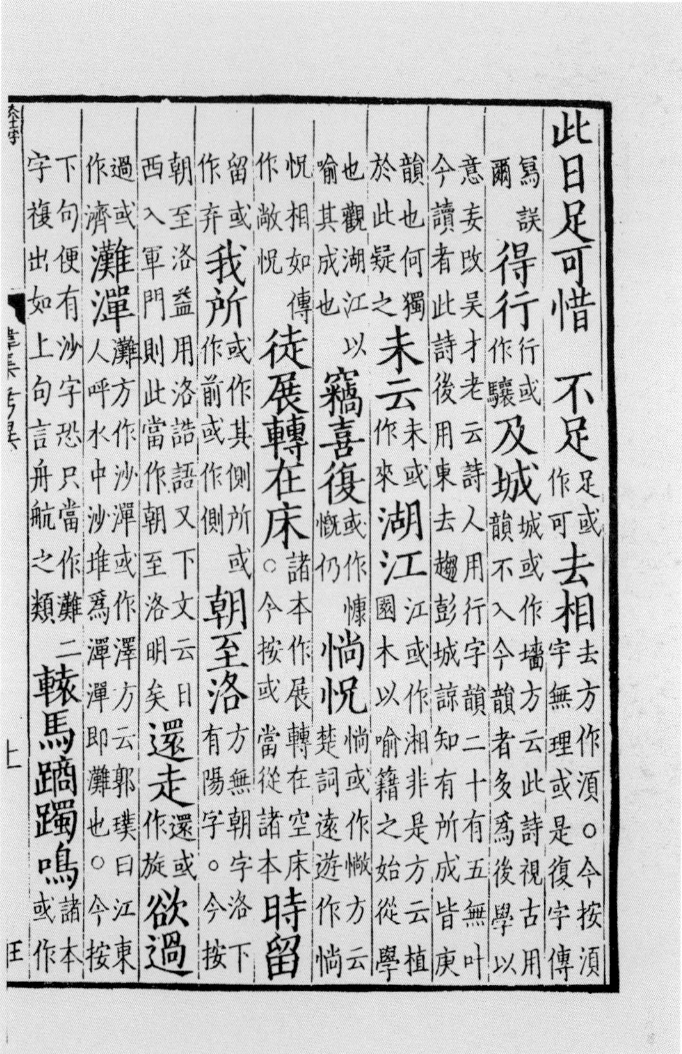
此日足可惜　不足〔足或作可〕去相〔去方作須。今按須字無理或是復字傳寫誤爾〕得行〔行或作驟〕及城〔城或作墻方云此詩視古用韻不入今韻者多爲後學以意妄改吳才老云詩人用行字韻二十有五無叶今讀者此詩後用東去趨彭城諒知有所成皆庚韻也何獨於此疑之〕未云〔未或作來〕湖江〔江或作湘非是方云植園木以喻籍之始從學也觀湖江以喻其成也〕竊喜復〔或作慷慨仍〕惝怳〔惝或作懒方云楚詞遠遊作惝怳相如傳作敞怳〕徒展轉在床〔諸本作展轉在空床。今按或當從諸本〕時留〔留或作弃〕我所〔或作其側所或作前或作側〕朝至洛〔方無朝字洛下有陽字。今按朝至洛益用洛誥語又下文云日西入軍門則此當作朝至洛明矣〕還走〔還或作旋〕欲過〔過或作濟〕灘潬〔灘方作沙潬或作澤方云郭璞曰江東人呼水中沙堆爲潬潬即灘也。今按下句便有沙字恐只當作灘二字複出如上句言舟航之類〕轅馬蹢躅鳴〔諸本或作

昌黎考異　上　匡

宋刻本朱熹《昌黎先生集考異》書影

出版説明

韓愈是我國古代偉大的文學家之一，特别是他的散文，對後世影響很大。韓集最通行的注本，是明代徐世泰所刊東雅堂本昌黎先生集。這部書的注解，採自宋末廖瑩中的世綵堂本韓集。廖注主要是依據魏仲舉的五百家注音辨昌黎先生集和朱熹的韓文考異，雖然保存了唐宋舊説，但遴選不够允當，内容和文字都有很多疏漏錯誤。

本書是根據近代古文名家桐城馬其昶（一八五五——一九三〇）的遺稿編輯而成的。馬氏用他自己的研究心得，並採集了明清兩代主要是清代各家的評説，在文字訓詁、名物制度、史實疏證各方面，都對舊注作了許多訂正和補充；舊本字句譌奪的地方，也作了細心的校勘。

原稿歷時十三年（一八九四——一九〇七）完成。所涉及的資料極爲廣博，其中有些是未刊的傳抄本和手稿。對各家的説法，折衷去取，下了一番選擇工夫；文字上亦删繁節蕪，作了很多的加工工作。關於文學欣賞方面，書中集有各家評語。這些文評，就其總的精神來説，出自桐城派古文義法的角度，其批評的深度和廣度，不免有所局限，但其中某些具體分析，對讀者仍有啓發。

原稿包括韓集全部，其中詩歌的注解較爲簡略，現在從其中把文集抽出來單獨印行。我們認爲本書雖然不能説概括了一千多年來前人研究韓文的成果，但在韓文注本中，是一個比較充實完善的本子。現據一九五七年古典文學出版社斷句本分段標點，重排出版，整理工作仍由馬茂元同志擔任。

上海古籍出版社

一九八四年一月

再版説明

本次重版盡量改正原書的個别排校及標點疏誤。因整理者已故去，處理疑誤時，重點參考了原書所依底本東雅堂本昌黎先生集和舊注頗多取資的朱熹韓文考異等相關文獻，並吸收了湖南大學吴欽根先生及其他熱心讀者的勘誤成果，在此謹致謝忱。

上海古籍出版社
二〇二一年四月

韓昌黎文集校注目録

第二卷 雜著 書 啓

第三卷　書

第四卷　序

第五卷 哀辭 祭文

第六卷 碑誌

第七卷　碑誌

第八卷　雜文　狀　表狀

文外集上卷

文外集下卷

遺文

集外文 附録

集傳

韓昌黎文集校注叙例

韓集世所通行者，爲明萬曆中徐世泰所刊東雅堂本。其注出宋末廖瑩中手，採魏仲舉五百家注本爲多，間有引他書者十之三，復删節朱熹考異散入各條下。雖多存宋以前舊説，而遴選失當，文義多乖，讀者病之。顧是後亦乏善本。三百年來，其書仍獨行而不廢也。

曩余於家中藏書得先大父抱潤公批校東雅堂本韓集一部，朱筆細字，遍佈書中，手澤所存，珍護靡已。嗣讀公所著讀書記，得知公嘗欲爲韓集作注，然未見成書；意者，此其初稿歟？書前有題記二：一爲光緒二十年冬十二月，記云：「點讀一過，并録先師張廉卿先生及吴至甫師平語，凡九日畢。其文中圈點，以私意衷取二家，不盡依原本。」其一則記於光緒三十三年。時公館合肥李氏。李氏富藏書，公復博採諸家之説，補苴舊注，增益十倍於前。記中臚列諸家名氏，間綴數語其下。於沈文起云：「名欽韓，吴縣人，嘉慶丁卯舉人，寧國訓導。有韓集補注，未見傳本，健父以重金購得其初注手稿，寫於覆刻東雅堂本行間眉上幾滿。沈病宋人所注率空疏臆測，故徵引極繁富，然往往失之支蔓；尤喜醜詆朱子。今擇其精要者，餘删之。」他亦有雜記其官階鄉里及成書始末者，詳略不一。凡前後所列二十七家，然實不止此數。又公所自爲説亦若干條；其訂正舊注之失，增删點竄其文字者無慮數百處。余發而讀之，竊見其融會羣言，自具爐冶；凡所甄録，并刊落浮詞，存其粹語，蓋非獨於沈氏書爲然也。公晚歲殫究羣經子史，兼耽内典，於談藝論文若有不暇爲者，注韓未成，職是故耳。是稿雖出中年，未經寫定，然前後歷十餘載，用力甚勤；以視舊本，蓋充實完善矣。

舊本詩文合編。韓詩單行注本，清人有之，故公特詳於文。兹謹據原稿重加勘校，編次文集成書，倘亦公之遺意耶！其體例如次：

一　徐氏東雅堂刊本昌黎先生集四十卷、外集十卷、遺文一卷、昌黎先生集傳一卷，今去詩存文，併爲文集八卷、文外集二卷、遺文一卷，附録集外文三篇，集傳一卷仍舊。

一　徐本各篇標題、先後次第以及文章分類多淆亂失當者，然沿襲有自，未便更張，今一仍其舊。其尤誤者，注中時有所是正。讀者當自得之。

一　舊注取材及體例，均見其重校昌黎集凡例中，今一併刊載。本書增輯諸家之説，概標〔補注〕字樣，並列舉姓氏，以資識别。

一　補注中所採各家之説，無論其爲訓釋文字，或考覈名物，或疏證史實，或評量文章者，各按其性質繫於本文每句或每段之下。其關涉全文者，則繫之篇題之下，均次於舊注之後云。

一九五七年三月馬茂元誌於上海

昌黎先生集序

門人李漢編

朱子云：此集今世本多不同，惟近歲南安軍所刊方崧卿校定本號爲精善。別有舉正十卷，論其所以去取之意，又它本之所無也。然其去取多以祥符杭本、嘉祐蜀本及李謝所據館閣本爲定，而尤尊館閣本，雖有謬誤，往往曲從；它本雖善，亦棄不録。至於舉正，則又例多而詞寡，覽者或頗不能曉知。故今輒因其書，更爲校定，悉考衆本之同異，而一以文勢義理及它書之可證驗者決之。苟是矣，則雖民間近出小本不敢違；有所未安，則雖官本、古本、石本不敢信。又各詳著其所以然者以爲考異十卷。庶幾去取之未善者，覽者得以參伍而筆削焉。方云：序只云「目爲昌黎先生集」，諸本亦多無文字者，今從之。後凡從方氏者，不復論；所不同者，乃著之。

蜀本作「朝議郎行尚書屯田員外郎史館修撰上柱國賜緋魚袋李漢編」。今本或有「并序」二字，非是。

文者貫道之器也。不深於斯道，有至焉者不也？易繇爻象〔一〕，春秋書事，詩詠歌，書、禮剔其僞，皆深矣乎！秦漢已前其氣渾然，迨乎司馬遷、相如、董生、揚雄、劉向之徒，尤所謂傑然者也。至後漢、曹魏，氣象萎薾；司馬氏已來，規範蕩悉，謂易已下爲古文，剽掠潛竊爲工耳。文與道蓁塞，固然莫知也。

〔一〕「繇」，音宙，占辭也。

先生生於大曆戊申。幼孤，隨兄播遷韶嶺；兄卒，鞠於嫂氏，辛勤來歸〔一〕。自知讀書爲文，日記數千百言。比壯，經書通念曉析，酷排釋氏，諸史百子皆搜抉無隱〔二〕。汗瀾卓踔，奫泫澄深〔三〕。詭然而蛟龍翔，蔚然而虎鳳躍，鏘然而韶鈞鳴〔四〕。日光玉潔，周情孔思，千態萬貌，卒澤於道德仁義，炳如也。洞視萬古，愍惻當世，遂大拯頹風，教人自爲〔五〕。時人始而驚；中而笑且排，先生益堅；終而翕然隨以定。嗚呼！先生於文，摧陷廓清之功，比於武事〔六〕，可謂雄偉不常者矣〔七〕！

〔一〕「來」，或作「求」，非是。

〔二〕或無「皆」字。

〔三〕左太沖吴都賦云：「泓澄奫潫。」郭璞江賦云：「瀇滉困泫。」「奫」，於旻切。「泫」，音玄。或作「汯」，非是。

〔四〕「鳴」方從杭、蜀本作「發」。今按：二字兩通，但作「鳴」則句響而字穩耳。故今定從諸本，而特著方本所從，以備參考。後皆放此。

〔五〕「爲」，下僞切。〔補注〕陳景雲曰：「自爲」，謂詞必己出也。

〔六〕「事」，閣本作「士」，非是。

〔七〕「常」，方從杭本作「賞」，云取漢書「功蓋天下者不賞」之語。今按：「不賞」乃蒯徹教韓信背叛之語，而唐太宗亦嘗自言，「武德末年，實有功高不賞之懼」，施之於此，既不相似，且非臣子所宜言者，李亦未必敢取以爲用也。當從諸本爲正。

長慶四年冬，先生歿。門人隴西李漢〔一〕辱知最厚且親，遂收拾遺文，無所失墜〔二〕。得賦四、古詩二百一十、聯句十一、律詩一百六十、雜著六十五、書啓序九十六、哀詞祭文三十九、碑誌七十六、筆硯鱷魚文三、表狀五十二，總七百〔三〕，并目録合爲四十一卷，目爲昌黎先生集，傳於代。又有注論語十卷，傳學者〔四〕；順宗實録五卷，列於史書，不在集中。先生諱愈，字退之，官至吏部侍郎。餘在國史本傳。

〔一〕或無「隴西」二字。

〔二〕「失墜」，左傳、國語多用「失墜」字。或作「墜失」或無「失」字者，皆非。

〔三〕「七百」，或作「七百一十六」，或作「七百三十八」，方氏考其數皆不合，而姑從閣本。杭本以爲唐本舊如此。既非文義所繫，今亦不能深考。

〔四〕〔補注〕陳景雲曰：張籍祭公詩云：「魯論未訖注，手迹猶微茫。」則此所云十卷者，未成之書也。今所傳論語筆解，出後人僞託。

昌黎集叙説

宋景文公云：柳柳州爲文，或取前人陳語用之；不及韓吏部卓然不丐於古，而一出諸己。

蘇明允上歐陽書云：孟子之文，語約而意深，不爲巉刻斬絶之言，而其鋒不可犯。韓子之文，如長江大河，渾浩流轉，魚黿蛟龍，萬怪遑惑，而抑絶蔽掩，不使自露，而人望見其淵然之光，蒼然之色，亦自畏避不敢迫視。

東坡云：杜詩、韓文、顔書、左史皆集大成也。又云：唐之古文自韓愈始。其後學韓而不至者爲皇甫湜，學皇甫湜而不至者爲孫樵；自樵以降，無足觀矣。

山谷與王觀復書云：杜子美到夔州後詩，韓退之自潮州還朝後文章，皆不煩繩削而自合矣。又云：老杜作詩，退之作文，無一字無來處。蓋後人讀書少，故謂韓杜自作此語耳。又答洪駒父云：「諸文皆好，但少古人繩墨耳。可更熟讀司馬子長、韓退之文章。」

秦少游云：探道德之理，述性命之情，發天人之奥，明死生之變，此論理之文，如列禦寇、莊周之作是也。別黑白陰陽，要其歸宿，決其嫌疑，此論事之文，如蘇秦、張儀之所作是也。考同異，次舊聞，不虛美，不隱惡，人以爲實録，此叙事之文，如司馬遷、班固之所作是也。原本山川，極命草木，比物屬事，駭耳目，變心意，此託詞之文，如屈原、宋玉之所作是也。鉤莊、列之微，挾蘇、張之辯，摭遷、固之實，獵屈、宋之英，本之以詩、書，折之以孔氏，此成體之文，如韓愈之所作是也。蓋前之作者多矣，而莫有備於愈；後之作者亦多矣，而無以加於愈。故曰，總而論之，未有如韓愈者也。

陳後山云：杜之詩法，韓之文法也。詩文各有體，韓以文爲詩，杜以詩爲文，故不工耳。

李方叔云：東坡教人讀戰國策學説利害，讀賈誼、晁錯、趙充國章疏學論事，讀莊子學論理性，又須熟讀論語、孟子、檀弓，要志趣正當，讀韓、柳令記得數百篇，要知作文體面。

明東雅堂本昌黎先生集凡例

是集慶元間魏仲舉刊五百家注引洪興祖、樊汝霖、孫汝聽、韓醇、劉崧、祝充、蔡元定諸家注文，洪辨證，樊譜注，孫、韓、劉全解，祝音義，蔡補注。未免冗複；而方崧卿舉正、朱子校本考異卻未附入，讀者病之。今以朱子校本考異爲主，而删取諸家要語附注其下，庶讀是書者，開卷曉然。今舉凡例于左：

一朱子考異凡例見于文集序首，並仍其舊。

一閣京杭蜀石本異同，已見朱子考異凡例，今更加讎校，是正頗多。觀者當自知之。

一注引經子史等事，則書于考異之上，釋音則附其下。

一「今按」云云者，並是考異全文。

一注引經子史書傳事爲證者則入。如集中有關繫時政及公卿拜罷月日，更博採新舊史、唐登科記附益之。

一舊注引某氏云者，今倣朱子離騷集注例，皆删去，惟考異下有糾方之繆者則存之，如復志賦「誰無施而有穫」所辯之類是也。

一先儒議論有關繫者，隨所聞見增入，如閔己賦「固哲人之細事兮」，東坡顔樂亭記嘗有評議之類是也。

一正文或有疑字，並依考異文從□，如藍田縣丞廳壁記「再進再屈□人」之類是也。

一皇朝廟諱，諸本多易本字，如「貞元」作「正元」之類，非臨文不諱之義，徒失古意。今例：但空本字點畫；若唐諱，如以「丙」爲「景」，以「民」爲「人」之類，卻存古不改。

一考異於正文本字，或一字或二字並提起。今例：如本字在句末，即入注脚，不復重出句讀中，或一兩字各有考異，並總附於一句之下。

韓昌黎文集第一卷

桐城馬其昶通伯校注　馬茂元整理

賦　雜著

宋莒公云：馮章靖親校舊本，每卷首具列卷中篇目，馮悉以朱墨滅殺之，惟存其都凡。集外别有目録一卷。今按：李漢所作序云「總七百首，並目録，合四十一卷」，則正與馮合。〔補注〕姚範曰：莒公，宋庠也。陳景雲曰：馮元謚章靖，以博洽稱。宋史有傳。

感二鳥賦　并序

公貞元十一年正月至三月，以前進士三上宰相書，不報。時宰相趙憬、賈耽、盧邁，宜其不遇也。五月東歸，遇所獻二鳥，感而作。公之賦，見於集者四，大抵多有取於離騷之意。此篇蘇子美亦謂其悲激頓挫，有騷人之思，疑其年壯氣鋭，欲發其藻章，以耀於世。蘇語雖少貶，然進學解所云不虛矣。

貞元十一年〔一〕，五月戊辰，愈東歸。癸酉，自潼關出〔二〕，息于河之陰。時始去京師，有不遇時之歎。見行有籠白烏、白鸜鵒而西者〔三〕，號於道曰：「某土之守某官〔四〕，使使者進於天子！」〔五〕東西行者皆避路〔六〕，莫敢正目焉。因竊自悲。幸生天下無事時，承先人之遺業，不識干戈耒耜、攻守耕穫之勤；讀書著文，自七歲至今，凡二十二年，其行己不敢有愧於道〔七〕，其閒居思念前古當今之故，亦僅志其一二大者焉；選舉於有司，與百十人偕進退〔八〕，曾不得名薦書〔九〕，齒下士于朝，以仰望天子之光明。今是鳥也，惟以羽毛之異〔一〇〕，非有道德智謀承顧問贊教化者，乃反得蒙採擢薦進，光耀如此〔一一〕。故爲賦以自悼，且明夫遭時者，雖小善必達；不遭時者，累善無所容焉。其辭曰：

〔一〕「一」，或作「五」。以諸譜考之，作「一」爲是。
〔二〕潼關，在華陰。
〔三〕舊史德宗貞元十一年，河陽獻白烏。
〔四〕一作「某土之守臣某」，用禮記全句。「守」，音狩。
〔五〕「使使」下去音。
〔六〕「西」下，閣杭本無「行」字，考之禮記及公送温造序，當有。

〔七〕「於」，杭作「之」，非是。

〔八〕「十」，或作「千」。此專爲選舉而言也。貞元九年，應宏詞者僅三十二人。作「十」爲是。

「退」上或再有「偕」字。

〔九〕方從閣本「名」上有「列」字，「名」下有「於」字。今按：嘉祐杭本與謝本竝無此二字。語簡而意已足。方本非是。

〔一〇〕「以」下，或有「其」字。

〔一一〕「此」下，諸本有「可以人而不如鳥乎」一句，今從閣本、文粹删去。

吾何歸乎〔一〕！吾將既行而後思；誠不足以自存，苟有食其從之〔二〕。出國門而東騖〔三〕，觸白日之隆景〔四〕；時返顧以流涕，念西路之羌永〔五〕。過潼關而坐息，窺黄流之奔猛〔六〕；感二鳥之無知，方蒙恩而入幸。惟進退之殊異，增余懷之耿耿。彼中心之何嘉〔七〕，徒外飾焉是逞〔八〕。余生命之湮阨，曾二鳥之不如；汩東西與南北〔九〕，恒十年而不居〔一〇〕；辱飽食其有數〔一一〕，況策名於薦書〔一二〕；時所好之爲賢〔一三〕，庸有謂余之非愚！

〔一〕此句或在「苟有食其從之」下。

〔二〕「苟」，或作「敬」。非是。

〔三〕「鶩」，音務，馳也。

〔四〕〔補注〕陳景雲曰：「景」，古「影」字。

〔五〕「路」，一作「洛」。「羌」，或作「差」。今按：作「差」固謬，然「羌」乃發語之詞，施之句内，似亦未安。以上文「反顧流涕」之語推之，則「西路」乃長安之路，而此字當爲浸漸愈益之意。不知的是何字，又恐或是「逾」字。〔補注〕姚範曰：「差」，不謬，言道路差牙而悠長也。沈欽韓曰：「羌」字是「羕」之誤。釋詁：「羕，永長也」，據説文：「永」，一作「羕」。

〔六〕「黄流」，或作「流黄」。

〔七〕「之」，或作「其」；「嘉」，或作「憙」，非是。

〔八〕「焉」，或作「而」。

〔九〕楚辭「汩余若將不及」。説文：「汩，水流也。」「汩」，音聿。

〔一〇〕「恒」，或作「亘」。「而」或作「以」。「恒」，居鄧切。與亘竟之「亘」同。班固叙傳：「恒以年歲。」選詩：「徙倚恒漏窮。」

〔一一〕「其」，一作「兮」。

〔一二〕「策」，方從閣杭作「榮」，云：公上宰相書：「非苟没於利，榮於名也。」與此義通。今按：唐人「策」字俗體从「竹」从「宋」，亦有只从「艸」者，與「榮」字絶相近，故閣本作「榮」，蓋傳寫之誤耳。方引「榮於名」，亦與此語意不相似。「於」，或作「與」，亦非是。

〔一三〕「好」，去聲。

昔殷之高宗，得良弼於宵寐〔一〕；孰左右者爲之先，信天同而神比〔二〕。及時運之未來，或兩求而莫致；雖家到而户説〔三〕，祇以招尤而速累〔四〕。蓋上天之生余，亦有期於下地；盍求配於古人，獨怊悵於無位！惟得之而不能〔五〕，乃鬼神之所戲；幸年歲之未暮，庶無羨於斯類〔六〕。

〔一〕或云：「昔」上當有「在」字，或是「念」字。由上句末有「愚」字；相似而脱也。

〔二〕「先」下或有「容」字。「信」或作「容」。皆非是。漢酈食其傳：「沛公，吾所願從遊，莫爲我先。」韓語祖此。

〔三〕「説」或作「曉」。

〔四〕〔補注〕陳景雲曰：指光範上書不遇事。

〔五〕「惟」，方作「雖」。「惟」字正是斡轉處，作「雖」即無力矣。「能」，或作「孤」，亦非是。

〔六〕今按：上文之意若曰：天之生我，必有所用，何不力慕古人，如傅説之徒，而獨怊悵於無位耶！惟或者苟得其位，而不能迫配古人，但如二鳥之空被榮寵，乃是鬼神之所戲耳。故「幸年歲之未晚」，而「庶幾無慕於斯類」也。「斯類」，蓋並指二鳥與彼「得之而不能」者而言也。歐陽文忠讀李習之幽懷賦，以謂翺一時有道而能文者，莫如韓愈。愈嘗有賦矣，不過羡二鳥之光榮，歎一飽之無時爾，是心使光榮而飽，則不復云矣。若翺獨不然，其賦曰：「衆囂囂而雜處兮，咸歎老而嗟卑；視余心之不然兮，慮行道之猶非。」怪神堯以一旅取天下，而後世子孫，不能以天下取河北以爲憂。嗚呼！使當時君子，皆易其歎老嗟卑之心爲翺所憂之心，唐之天下，豈有亂與亡哉！歐陽子之論善矣。雖然，公不云乎：文章之作，常發於羇旅草野；至王公貴人，氣得志滿，非性能而好之，則不暇以爲。感二鳥賦，蓋所謂發於羇旅草野者；使其光榮而飽，憂天下之心，孰謂公一日忘耶？〔補注〕陳景雲曰：明言無羨斯類，而歐公乃以不過羨二鳥之光榮議之，非篤論也。

復志賦　并序

公貞元八年擢進士第，十一年猶未得仕，東歸，十二年，始佐汴州。明年，又辭以疾。此賦句法步驟離騷，往往相似。晁無咎嘗取此賦於變騷。

愈既從隴西公平汴州〔一〕，其明年七月，有負薪之疾〔二〕，退休于居，作復志賦。其辭曰：

〔一〕隴西公，董晉也。按晉行狀：貞元十二年七月，拜檢校尚書左僕射、汴州刺史。晉受命遂行。公及劉宗經、韋弘景寔從之。辟公爲汴州觀察推官。其曰「明年七月」，則十三年作也。

〔二〕「負薪」，賤者之稱。禮記：「問庶人之子，長曰能負薪矣，幼曰未能負薪也。」又：「君使士射，不能，則辭以疾，曰：『某有負薪之憂。』」鄭氏注：「憂，亦作疾。」公羊注云：「大夫病曰犬馬，士病曰負薪。」公病作此賦，故云。〔補注〕姚範曰：賦末諸語，疑公在汴亦有因言不從而辭以疾者。

居悒悒之無解兮〔一〕，獨長思而永歎〔二〕；豈朝食之不飽兮，寧冬裘之不完。

〔一〕「悒」，音邑，憂也。選：「良增悒悒。」「解」，或作「辭」。

〔二〕「歎」音灘。騷云：「心鬱鬱之憂思兮，獨永歎乎增傷。」

昔余之既有知兮，誠坎軻而艱難〔一〕；當歲行之未復兮，從伯氏以南遷〔二〕。凌大江之驚波兮，過洞庭之漫漫〔三〕；至曲江而乃息兮〔四〕，逾南紀之連山〔五〕。嗟日月其幾何兮，攜孤嫠而北旋〔六〕；值中原之有事兮，將就食於江之南〔七〕。始專專於講習兮，非古訓爲無所用其心〔八〕；窺前靈之逸迹兮〔九〕，超孤舉而幽尋；既識路又疾驅兮，孰知余力之不任〔一〇〕。

〔一〕「坎軻」，不平易貌。選：「坎軻多辛苦。」「軻」，音可。「坎」，或作轗。

〔二〕歲行十二年而一復，大曆十二年，公從兄會南遷韶州，時年十歲，故云「歲行未復」也。「伯氏」，兄稱。詩：「伯氏吹塤，仲氏吹篪。」

〔三〕按：唐地理志：「洞庭在岳州巴陵縣。」郭璞注山海經云：「洞庭地穴，湖水廣圓五百餘里，日月若出没於其中也。」「漫漫」，大水貌。選：「歸海流漫漫。」「漫」，謨官切。

〔四〕唐地理志：韶州治曲江縣。

〔五〕唐一行以天下山河之象，存乎兩戒，分南北紀，韶在南紀之外焉。詩云：「滔滔江漢，南國之紀。」「南紀」字，杜詩多用，如「南紀風濤壯」、「南紀阻歸楫」、「相國生南紀」之類。

〔六〕「孤」謂孤兒，「嫠」謂寡婦。左氏傳云：「莒子殺其夫，已爲嫠婦。」謂會卒於韶州，公從嫂歸葬河陽。「攜」，户圭切。「嫠」，音釐。「旋」，以宣切，還也。「孤嫠」，一作「嫠孤」。

〔七〕方從閣本，無「將」字。「於」下有「大」字，或又無「之」字。今詳文勢，皆非是。建中二年，成德魏博山南平盧節度相繼稱亂。三年，王武俊、李希烈反。四年，涇原姚令言犯京師，德宗幸奉天，朱泚犯奉天。興元元年，李懷光反；如梁州。公以中原多故，避地江左。

〔八〕方從閣本「古」作「詁」，「爲」作「焉」，非是。

〔九〕「靈」，一作「修」。

〔一〇〕「任」，音壬。

考古人之所佩兮，閱時俗之所服〔一〕；忽忘身之不肖兮〔二〕，謂青紫其可拾〔三〕；自知者爲明兮〔四〕，故吾之所以爲惑〔五〕。擇吉日余西征兮，亦既造夫京師〔六〕；君之門不可逕而入兮〔七〕，遂從試於有司；惟名利之都府兮，羌衆人之所馳〔八〕；競乘時而附勢兮〔九〕，紛變化其難推；全純愚以靖處兮，將與彼而異宜。欲奔走以及事兮，顧初心而自非。朝騁鶩乎書林兮，夕翺翔乎藝苑〔一〇〕；諒却步以圖前兮〔一一〕，不浸近而愈遠。

〔一〕騷云：「謇吾法夫前修兮，非世俗之所服。」「服」，亦佩也。考古之所佩，與時之所服，言當世之士，不及古人遠矣；惟己可庶幾古人也。「閱」，杭作「闕」，非是。

〔二〕「之」，或作「而」，非是。

〔三〕夏侯勝謂諸生曰：「經術苟明，取青紫如俛拾地芥耳。」梁劉孝標辨命論曰：「視韓彭之豹變，謂鷙猛致人爵；見張桓之朱紱，謂明經拾青紫：豈知有力者運之而趍乎！」公此語，事本夏侯勝傳，而意取劉孝標論。

〔四〕老子：「知人者知，自知者明。」

〔五〕「吾」下或有「志」字，非是。

〔六〕京師在西，故云「西征」。公貞元二年自宣城至京師。「既」，或作「冀」。

〔七〕「逕」，或作「徑」。

〔八〕「羌」，起羊切，或作「差」，非。「所」，或作「四」。騷云：「羌衆人之所仇。」「羌」，楚人發語端詞，猶言卿何爲也。

〔九〕「附勢」，或作「射利」，或只「附」字作「射」字。班彪曰：「乘時射利，商人之功。」此借用其語以譏世也。

〔一〇〕揚雄長楊賦云「并包書林」；劇秦美新云「發秘府，覽書林，遥集乎文雅之囿，翱翔乎禮樂之場」；班固賓戲云「婆娑乎術藝之場，休息乎篇籍之囿」。「騁」，或作「馳」。楚辭：「朝騁騖乎江皋。」作「馳」非是。

〔一一〕「却」去約切，退也。家語儒行篇：「是猶卻步而欲求及前人，不可得也。」前漢劉向傳：「猶卻行而求及前人也。」

哀白日之不與吾謀兮，至今十年其猶初！豈不登名於一科兮〔一〕，曾不補其遺餘。進既不獲其志願兮，退將遁而窮居〔二〕；排國門而東出兮〔三〕，慨余行之舒舒〔四〕。時憑高以迴顧兮，涕泣下之交如〔五〕；戾洛師而悵望兮〔六〕，聊浮游以躊躇〔七〕。假大龜以視兆兮〔八〕，求幽貞之所廬〔九〕；甘潛伏以老死兮，不顯著其名譽〔一〇〕。非夫子之洵美兮，吾何爲乎浚之都〔一一〕；小人之懷惠兮，猶知獻其至愚。固余異於牛馬兮，寧止乎飲水而求芻？伏門下而默默兮〔一二〕，竟歲年以康娱〔一三〕。時乘閒以獲進兮〔一四〕，顏垂歡而愉愉〔一五〕；仰盛德以安窮兮，又何忠之能輸？

〔一〕貞元八年，公登第。

〔二〕騷云：「進不入以離尤兮，退將復修吾初服。」

〔三〕貞元十一年，公東歸。

〔四〕「慨」，或作「嗟」。

〔五〕「之」，或作「而」。易大有卦：「厥孚交如。」

〔六〕「戾」，郎計切。詩：「我客戾止。」「洛師」，洛陽也。

〔七〕莊子：「聖人躊躇以興事。」注「從容也」。騷云：「聊浮游以逍遥。」「躊」，音疇。「躇」，音除。

〔八〕「大」，或作「火」。

〔九〕「幽貞」，隱者。易：「幽人貞吉。」「廬」，寄也。曹植節遊賦曰：「非吾人之所廬。」顔延年拜陵廟詩：「幼壯困孤介，末暮謝幽貞。」

〔一〇〕「譽」音歟。〔補注〕曾國藩曰：將跌入佐汴，先出潛伏一層；筆勢跳躍，而志之所以復，亦必以此志爲張本。

〔一一〕「夫子」，謂董晉也。「浚之都」，汴州也。公貞元二年丙寅，始自江南入京師。十一年乙亥春，三上宰相書，不遇。夏，東歸。秋，至洛陽。十三年丙子秋，從董晉入汴州。晉辟署試校書郎，爲汴、宋、濠、潁、泗州觀察推官，凡十餘年矣；故上云「至今十年其猶初」。

〔一二〕「下而」，或作「下之」。

〔三〕「竟」，或作「卒」。

〔四〕「閒」，何艱切，暇也。又居莧切，空隙也。楚辭九章篇：「願乘閒而自察。」

〔五〕「而」，或作「之」。

昔余之約吾心兮，誰無施而有獲〔一〕？嫉貪佞之洿濁兮〔二〕，曰吾其既勞而後食〔三〕。懲此志之不脩兮，愛此言之不可忘〔四〕；情怊悵以自失兮，心無歸之茫茫〔五〕。苟不內得其如斯兮，孰與不食而高翔？抱關之阨陋兮，有肆志之揚揚〔六〕。伊尹之樂於畎畝兮，焉貴富之能當？恐誓言之不固兮，斯自訟以成章〔七〕。往者不可復兮，冀來今之可望〔八〕。

〔一〕方從閣本，「誰」作「惟」，下又有「德」字，云：李本謂陳無已去「德」字，今本復訛「惟」爲「誰」，其誤甚矣。今按：此句本用楚辭「孰無施而有報，孰不殖而有穫」之語。詞意既有自來，又與上下文勢相應，故嘉祐杭本與諸本多如此。乃是韓公本文相傳已久，非陳以意定也。閣本之繆如此，而方信之，反以善本爲誤，今不得不辨也。又，嘉祐杭本世多有之，而其不同處方皆不録，豈其偶未見耶？抑忽之而不觀也？

〔二〕說文：「洿，濁水不流。」孟子：「數罟不入洿池。」「洿」，汪胡切。

〔三〕方無「既」字，非是。

〔四〕「脩」，方作「循」，云：唐人書「脩」近「循」，楚辭亦有誤者。今按：唐人書字之誤，方説是也；然此乃「脩」誤作「循」，非「循」誤作「脩」也。「脩」猶脩好、脩怨之「脩」，蓋因舊增新之意耳。

〔五〕「之」，或作「而」。

〔六〕「揚揚」，諸本多作「陽陽」。後漢范式傳云：「晨門肆志於抱關。」史記晏嬰傳：「志氣揚揚。」公當是用此語。詩「君子陽陽」，則注謂「無所用其心」，非公所用字也。

〔七〕「斯」，或作「聊」，「訟」，或作「誦」。

〔八〕「望」音忘。

閔己賦

公嘗佐董晉於汴。未幾，晉薨，復佐戎徐州。徐帥，張建封也。建封又薨，公罷去，來居于洛，時貞元十六年也。晁無咎嘗取此賦於續楚辭而系之曰：「愈才高，數黜官，頗自傷其不遇，故云。」〔補注〕陳景雲曰：公之去徐，在府主未薨之前，有題李生壁可證。

余悲不及古之人兮，伊時勢而則然〔一〕；獨閔閔其曷已兮〔二〕，憑文章以自宣。

〔一〕「而」，或作「兮」。

〔二〕「閔閔」，或作「悶悶」。按：洪慶善云：歐宋皆無「兮」字，後皆復添。或云：咸通本復志賦與此賦皆無「兮」字。未知孰是。〔補注〕陳景雲曰：咸通本，乃咸通中中書舍人令狐澄本，又稱澄本。

昔顔氏之庶幾兮，在隱約而平寬〔一〕，固哲人之細事兮，夫子乃嗟歎其賢。惡飲食乎陋巷兮，亦足以頤神而保年〔二〕；有至聖而爲之依歸兮，又何不自得於艱難〔三〕，曰：余昏昏其無類兮，望夫人其已遠〔四〕；行舟楫而不識四方兮，涉大水之漫漫。勤祖先之所貽兮，勉汲汲於前脩之言〔五〕；雖舉足以蹈道兮〔六〕，哀與我者爲誰。衆皆捨而已用兮，忽自惑其是非；下士茫茫其廣大兮，余壹不知其可懷〔七〕。就水草以休息兮，恒未安而既危；久拳拳其何故兮，亦天命之本宜〔八〕。

〔一〕楚辭：「居處愁以隱約兮。」注：「謂隱身守約也。」選魏文帝典論云：「文王幽而演易，不以隱約而不務。」

〔二〕閣本無「食」字，非是。

〔三〕「何」下或有「苦」字。東坡爲膠西守，孔宗翰作顔樂亭詩，其序有曰：「昔夫子以簞食瓢飲賢顔子，而韓子乃以爲哲人之細事，何哉？」蘇子曰：「古之觀人也，必於其小焉觀之，其大者容有僞焉。人能碎千金之璧，不能無失聲於破釜；能搏猛虎，不能無變色於蜂蠆。孰知簞食瓢飲之爲哲人大事乎！」司馬温公又曰：「子瞻論韓愈以『在隱約而平寬』爲哲人之細事，以爲君子於人，必於其小觀焉。光謂韓子以三書抵宰相求官；與于襄陽書，求朝夕芻米僕賃之資；又好悦人以誌銘而受其金；其戚戚於貧賤如此，烏知顔子之所爲哉！」司馬、蘇氏之論當矣。雖然，退之嘗答李習之書曰：「孔子稱顔回，『一簞食、一瓢飲，人不堪其憂，回也不改其樂。』彼人者，有聖者爲之依歸，而又有簞食瓢飲足以不死，其不憂而樂也，豈不易哉！若僕無所依歸，無簞食瓢飲，無所取資；則餓而死，不亦難乎！」而此賦又云爾，蓋閔己之不若也。東坡、温國獨謂其不然，要爲顔子言之爾。

〔四〕「遠」，一作「還」。詩小雅、焦贛易林讀「遠」字皆協平聲；作「還」者，非。「夫」，馮無切。〔補注〕沈欽韓曰：韻會「遠」，叶音鴛，又叶於圓切，疏也。

〔五〕騷云：「不量鑿而正枘兮，固前修以葅醢。」注：「前修，前世修名之人也。」

〔六〕「蹈道」，語本穀梁傳：「蹈道則未也。」

〔七〕「壹」，諸本多作「豈」。閣、杭本作「壹」。舊監本、潮本尚作「一」。訛「壹」爲「豈」，自蜀本也。檀弓云：「予壹不知夫喪之踊也。」韓語蓋原此。

〔八〕「本」，或作「所」。

惟否泰之相極兮，咸一得而一違〔一〕。君子有失其所兮，小人有得其時。聊固守以静俟兮，誠不及古之人兮其焉悲〔二〕！

〔一〕「違」，閣本作「衰」，非是。

〔二〕「人」下一無「兮」字。「焉」，於虔切。

别知賦

公歲癸未貞元十九年冬，以監察御史言旱飢得罪，黜連之陽山令，明年春，至邑。連在唐屬湖南道，時楊儀之以湖南支使來，公爲賦以别之。集中又有序送焉。

余取友於天下，將歲行之兩周〔一〕。下何深之不即，上何高之不求？紛擾擾其既多，咸喜能而好修〔二〕。寧安顯而獨裕，顧阨窮而共愁〔三〕。惟知心之難得，斯百一而爲收〔四〕。

〔一〕「周」，謂十二年。公自興元元年甲子，以中原多故，避地江南，至貞元十九年癸未，凡二十年矣，故云「兩周」。〔補注〕陳景雲曰：公之取友，自貞元二年入都之歲始，此作於二十年，歲行猶未滿兩周，故云將也。

〔二〕「紛」，或作「伊」。「紛擾」，或作「伊紛」。「其」，或作「而」。「咸」，一作「或」，非是。好，去聲。

〔三〕「窮」，或作「塞」。

〔四〕「之」，或作「而」。「斯」，或作「在」。「百一」，或作「一旦」，皆非是。陸機嘆逝賦：「得十一於千百。」韓用此意。〔補注〕「斯百一而爲收」，唐文粹作「斯一旦而爲仇。」陳景雲曰：釋詁：「仇，匹也。」一旦爲仇，猶言傾蓋如故。

歲癸未而遷逐，侶蟲蛇於海陬〔一〕；遇夫人之來使〔二〕，闢公館而羅羞〔三〕。索微言於亂志〔四〕，發孤笑於羣憂；物何深而不鏡〔五〕，理何隱而不抽？始參差以異序，卒爛漫而同流〔六〕；何此歡之不可恃，遂駕馬而迴輈〔七〕？山磝磝其相軋〔八〕，樹蓊蓊其相摎〔九〕；雨浪浪其不止〔一〇〕，雲浩浩其常浮〔一一〕。知來者之不可以數〔一二〕，哀去此而無由〔一三〕；倚郭郛而掩涕，空盡日以遲留〔一四〕。

〔一〕「陬」，音「鯫」。「侶」，或作「旅」。

〔二〕「夫」，馮無切。「使」，去聲，將命者。

〔三〕「而」，或作「以」。

〔四〕前漢藝文志：「昔仲尼没而微言絶。」注：「微妙之言耳。」

〔五〕「鏡」，一作「考」。

〔六〕「參差」，上楚簪，下楚宜切，又楚佳切；不齊也。「以」，或作「於」。「爛漫」，本或作「爛熳」，或作「瀾漫」云。「漫」，莫半切，又謨官切，大水也。

〔七〕「遂」，或作「卒」。「而」，或作「以」。「輈」，車轅也。詩：「五楘梁輈」。文意謂儀之訖事而反。

〔八〕「磝」，五交切。或作「嶅」。

〔九〕「蓊蓊」，木茂也。前漢「觀衆木之蓊薆。」「摎」，絞也。儀禮：「殤之經者不摎垂。」注：「不絞其帶之垂者。」杜詩：「古木巃嵸枝相摎」。「蓊」，音翁，又，烏孔切。「摎」，居由切。「摎」，或作「繆」。

〔一〇〕楚辭：「霑余襟之浪浪。」並音琅。

〔一一〕江淹別賦云：「風蕭蕭而異響，雲漫漫兮奇色。」公此頗效其體。「雲」，或作「雪」。「浩浩」，或作「活活」。「其」，或皆作「而」。

〔一二〕楚辭哀時命篇：「倈者不可與期。」淵明歸去來辭：「知來者之可追。」「數」，頻也。論語：「朋友數，斯疏矣。」「數」，音朔。或無「者」字，或無「之」字，皆非是。

〔一三〕「而」，或作「以」。〔補注〕陳景雲曰：言別後良友不可頻得，而遷客未離謫地。

〔一四〕「而」，或作「其」。

原道

淮南子以原道首篇。許氏箋云：「原，本也。」公所作原道、原性等篇，史氏謂其奥衍宏深，與孟軻揚雄相表裏，而佐佑六經。誠哉是言！東坡嘗曰：「自孟子後，能將許大見識尋求古人，其斷然曰：『孟子醇乎醇；荀與揚也，擇焉而不精，語焉而不詳。』若非有見識，豈千餘年後便斷得如此分明？」伊川亦曰：「退之晚年作文，所得甚多，如曰：『軻之死，不得其傳。』似此言語，非是蹈襲前人，又非鑿空撰得，必有所見。」二先生之論，豈輕發者哉！山谷嘗曰：「文章必謹布置。每見後學，多告以原道命意曲折，後以此槩求古人法度，如老杜贈韋見素詩，布置最得正體，如官府甲第廳堂房室，各有定處，不可亂也。韓文公原道，與書之堯典蓋如此。」石介守道曰：「孔子之易春秋，自聖人以來未有也。吏部原道原性原毀行難禹問佛骨表諍臣論，自諸子以來未有也。」蘇子由曰：「愈之學，朝夕從事於仁義、禮智、刑名、度數之間，自形而上者，愈所不知也。原道之作，遂指道德爲虛位，而斥佛老與楊墨同科，豈爲知道哉？韓愈工於文者也。」張芸叟曰：「張籍嘗勸愈排佛老不若著書。愈亦嘗以書反復之。既而原道原性等篇，皆激籍而作。其原道也，大抵言教；其原性也，大抵言情」云云。子由所云釋氏，柳子厚在當時於送僧浩初序已有此論，而芸叟指摘紛然，蓋少作也。今其畫墁集刪之矣。學者其審之。

博愛之謂仁，行而宜之之謂義；由是而之焉之謂道，足乎己，無待於外之謂德。仁與義，爲定名；道與德，爲虛位〔一〕：故道有君子小人〔二〕，而德有凶有吉。老子之小仁義，非毁之也，其見者小也〔三〕。坐井而觀天，曰天小者，非天小也〔四〕；彼以煦煦爲仁〔五〕，孑孑爲義〔六〕，其小之也則宜。其所謂道，道其所道，非吾所謂道也；其所謂德，德其所德，非吾所謂德也〔七〕。凡吾所謂道德云者，合仁與義言之也，天下之公言也；老子之所謂道德云者，去仁與義言之也〔八〕，一人之私言也〔九〕。周道衰，孔子没，火于秦，黄老于漢，佛于晉、魏、梁、隋之間〔一〇〕，其言道德仁義者，不入于楊，則入于墨；不入于老，則入于佛〔一一〕。入于彼，必出于此。入者主之，出者奴之〔一二〕；入者附之，出者汙之〔一三〕。噫！後之人其欲聞仁義道德之説，孰從而聽之？老者曰：「孔子，吾師之弟子也。」佛者曰：「孔子，吾師之弟子也。」爲孔子者，習聞其説，樂其誕而自小也，亦曰：「吾師亦嘗師之云爾〔一四〕。」不惟舉之於其口，而又筆之於其書。噫！後之人雖欲聞仁義道德之説，其孰從而求之？甚矣，人之好怪也！不求其端，不訊其末，惟怪之欲聞〔一五〕。

〔一〕楊誠齋曰：「道德之實非虚也，而道德之位則虚也。韓子之言，實其虚者也。其曰：『仁與義，爲定名。』又曰：『吾之所謂道德者，合仁與義言之也。』而後道德之虚位可得而實矣。」張無垢曰：「此正是退之闢佛老要害處。老子平日談道德，乃欲搥提仁義，一味自虚無上去，曾不知道德自仁義中出；故以定名之實，主張仁義在此二字。既言行仁義，後必繼曰，『由是而之焉之謂道，足乎己，無待於外之謂德。』亦未始薄道德也。特惡佛老不識仁義即是道德，故不得不表出之。」楊龜山曰：「韓子意曰：由仁義而之焉，斯謂之道；充仁義而足乎己，斯謂之德。所謂道德云者，仁義而已。故以仁義爲定名，道德爲虛位。中庸曰：『天命之謂性，率性之謂道。』仁義，性所有也，則捨仁義而言道者，固非也。道固有仁義，而仁義不足以盡道；則以道德爲虛位者，亦非也。」

〔二〕「子」下，或有「有」字。

〔三〕〔補注〕何焯曰：「首闢老者，探源之論也。」

〔四〕「非天」下或有「之」字。下「小」字，或作「罪」，云：尸子曰：「井中視星，所視不過數星。」今按：韓公未必用尸子語，正使用之，作「罪」，亦非文意。

〔五〕「煦」，音詡。

〔六〕〔補注〕沈欽韓曰：莊子駢拇篇：「屈折禮樂，呴俞仁義。」老子上篇：「大道廢焉有仁義。」

〔七〕或無「其所謂德」四字，非是。

〔八〕〔補注〕沈欽韓曰：彼云失道而後德，失德而後仁，失仁而後義，失義而後禮。

〔九〕「公言」「私言」下，或皆有「者」字，或惟下句有之。

〔一〇〕或無「黄」字。「晉魏梁隋」，諸本作「晉宋齊梁魏隋」。文苑作「晉梁魏隋」。蜀本作「魏晉宋梁齊」，方從閣杭本，云：南舉晉、梁，北舉魏、隋也。

〔一〕「墨」下，諸本有「不入于墨，則入于老」二語。

〔二〕「必」上或有「則」字。「主」，或作「王」。今按：作「主」乃與下文三韻皆叶，作「王」非是。

〔三〕「者」字，或皆作「則」。「附」，或作「隆」。皆非是。

〔四〕一本「嘗」下無「師之」二字。

〔五〕〔補注〕案：以上第一節。唐時崇尚老子，別有佛學流入中國，去人倫，無職業，昌黎尤惡之。著原道之篇，以謂佛原於老，求其端，訊其末，然後知聖人之道爲常道，彼佛老則怪而已矣。篇中論聖道，論佛老，皆求端訊末之事，所謂「原」也；故前三節皆由老以遞入於佛。

古之爲民者四，今之爲民者六；古之教者處其一，今之教者處其三。農之家一，而食粟之家六；工之家一，而用器之家六；賈之家一，而資焉之家六；奈之何民不窮且盜也！古之時，人之害多矣。有聖人者立，然後教之以相生養之道〔一〕。爲之君，爲之師，驅其蟲蛇禽獸而處之中土。寒，然後爲之衣，飢，然後爲之食；木處而顛，土處而病也，然後爲之宫室。爲之工，以贍其器用；爲之賈，以通其有無〔二〕；爲之醫藥，以濟其夭死；爲之葬埋祭祀，以長其恩愛；爲之禮，以次其先後；爲之樂，以宣其壹鬱〔三〕；爲之政，以率其怠勌；爲之刑，以鋤其强梗。相欺也，爲之符璽、斗斛、權衡以信之；相奪也，爲之城郭、甲兵以守之〔四〕。害至而爲之備，患生而爲之防。今其言曰：「聖人不死，大盜不止；剖斗折衡，而民不爭。」〔五〕嗚呼，其亦不思而已矣！如古之無聖人，人之類滅久矣。何也？無羽毛鱗介以居寒熱也，無爪牙以爭食也〔六〕。是故：君者，出令者也；臣者，行君之令而致之民者也；民者，出粟米麻絲，作器皿，通貨財，以事其上者也〔七〕。君不出令，則失其所以爲君；臣不行君之令而致之民，民不出粟米麻絲，作器皿，通貨財，以事其上，則誅〔八〕。今其法曰：必棄而君臣，去而父子，禁而相生養之道，以求其所謂清淨寂滅者；嗚呼！其亦幸而出於三代之後，不見黜於禹湯文武周公孔子也；其亦不幸而不出於三代之前，不見正於禹湯文武周公孔子也〔九〕。

〔一〕或無「以」字。

〔二〕「通」，或作「同」。

〔三〕「壹」，或作「湮」，或作「堙」。按：史記賈誼傳：「獨堙鬱其誰語。」漢書作「壹鬱」。「壹」，當作「壺」。集韻：音咽，壺鬱，不得泄也。平入聲通用。「湮」與壺亦音義同也。作「壹」字則非。今按：字書：壹壺，吉凶在壺中，不得泄也。即今之「氤氳」字。「壹」「湮」，古蓋通用，故漢書但作「壹」耳。

〔四〕或無「權衡」字，非是。

〔五〕「剖」，或作「掊」。

〔六〕〔補注〕姚鼐曰：此闢老。

〔七〕「致之」或作「致其」，非是。「麻絲」，或作「絲麻」，篇内並同。

〔八〕「臣不」字下諸本有「能」字，無「而致之民」四字。而句下有「則失其所以爲臣」一語。

〔九〕〔補注〕姚鼐曰：此闢佛。按：以上第二節。以老佛大爲民害，因求其端於生民之初：聖人立生養人之法，而制爲君臣民之職。今老氏乃掊擊聖人，而佛氏遂棄君臣父子，而禁其相生養之道，則末流之極弊也。

帝之與王，其號名殊，其所以爲聖一也〔一〕。夏葛而冬裘，渴飲而飢食，其事殊，其所以爲智一也〔二〕。今其言曰：曷不爲太古之無事？是亦責冬之裘者曰：曷不爲葛之之易也？責飢之食者曰：曷不爲飲之之易也〔三〕？傳曰：「古之欲明明德於天下者，先治其國；欲治其國者，先齊其家；欲齊其家者，先修其身；欲修其身者，先正其心；欲正其心者，先誠其意。」然則，古之所謂正心而誠意者，將以有爲也〔四〕。今也欲治其心，而外天下國家〔五〕，滅其天常；子焉而不父其父，臣焉而不君其君，民焉而不事其事。孔子之作春秋也，諸侯用夷禮，則夷之；進於中國，則中國之〔六〕。經曰：「夷狄之有君，不如諸夏之亡。」〔七〕詩曰：「戎狄是膺，荆舒是懲。」今也，舉夷狄之法，而加之先王之教之上，幾何其不胥而爲夷也〔八〕！

〔一〕「名」下或有「雖」字。

〔二〕「事」下或有「雖」字。

〔三〕「其言」，或作「之言」。「飢之」，或作「飢而」。〔補注〕茅坤曰：「正譬雜遝，各無數語，筆力天縱。」姚鼐曰：「此闢老，仍承害至爲備，患生爲防意。」

〔四〕尹彥明曰：介甫謂退之正心誠意，將以有爲，非是；蓋介甫不知道也。正心誠意，便休却；是釋氏也。正心誠意，乃所以將有爲也，非韓子不能至是。

〔五〕「天下國家」，一作「國家天下。」句下或有「者」字，皆非是。

〔六〕「進」上或有「夷而」字。

〔七〕〔補注〕姚鼐曰：邢疏：「中國雖偶無君，若周召共和之年，而禮義不廢。」公意蓋同此。

〔八〕〔補注〕姚鼐曰：此闢佛，仍承棄君臣父子之意。按：以上第三節。求其端，開於老，慕太古之無事；訊其末，遂舉夷狄之法，而加之先王之教之上。夫古之正心誠意者，欲將以有爲也，今不求不訊，而禍乃至此。故不得不原先王之道以道之矣。

夫所謂先王之教者，何也？博愛之謂仁；行而宜之之謂義；由是而之焉之謂道；足乎己，無待於外之謂德。其文詩書易春秋〔一〕，其法禮樂刑政，其民士農工賈，其位君臣、父子、師友、賓主、昆弟、夫婦，其服麻絲，其居宮室，其食粟米果蔬魚肉〔二〕：其爲道易明，而其爲教易行也〔三〕。是故以之爲己，則順而祥；以之爲人，則愛而公；以之爲心，則和而平；以之爲天下國家，無所處而不當。是故生則得其情，死則盡其常，郊焉而天神假〔四〕，廟焉而人鬼饗。曰：斯道也，何道也？曰：斯吾所謂道也，非向所謂老與佛之道也〔五〕。堯以是傳之舜，舜以是傳之禹，禹以是傳之湯，湯以是傳之文武周公，文武周公傳之孔子，孔子傳之孟軻，軻之死，不得其傳焉〔六〕。荀與揚也，擇焉而不精，語焉而不詳〔七〕。由周公而上，上而爲君，故其事行；由周公而下，下而爲臣，故其說長。

〔一〕「文」，或作「書」，或作「教」。

〔二〕「果蔬」，或作「蔬果」。

〔三〕或無「而」字。「而」下或無「其」字。

〔四〕「假」，音格。

〔五〕「何」上或無「也」字。今按：「曰：斯道也，何道也」，是問詞；而「曰：斯吾所謂道也」以下，乃答語也。「斯道也，何道也」，或作「斯何道也，斯吾所謂道也」，或作「斯道也，吾所謂之道也」。又或無「所謂」字，皆非是。

〔六〕或問張無垢曰：湯學於伊尹，韓愈乃謂其傳自禹；揚雄自比孟子，是得其傳者，而愈以謂軻死無傳：何也？先生曰：禹之道，堯舜之道也。伊尹得以授湯，置伊尹而言禹，亦無害也。揚雄雖自比孟子，而愈以小疵譏之，其言無傳，則捨之矣。

〔七〕宛丘論公原道亦曰：愈者，擇焉而不精，語焉而不詳，而健於言。〔補注〕張裕釗曰：插入三語，極奇宕恣肆之觀。

然則，如之何而可也〔一〕？曰：不塞不流，不止不行。人其人〔二〕，火其書，廬其居，明先王之道以道之，鰥寡孤獨癈疾者有養也〔三〕：其亦庶乎其可也？

〔一〕「何而」或作「何其」。今按：此句復是問詞，其下乃答語。

〔二〕〔補注〕沈欽韓曰：「民」本是「人」，唐所諱。

〔三〕「癈」，音廢。

原性

一作「性原」。今按原道、原人、原鬼之例，作原性爲是。又此五原篇目既同，當是一時之作。與兵部李侍郎書所謂「舊文一卷，扶樹教道，有所明白」者，疑即此諸篇也。然則皆是江陵以前所作。程子獨以原性爲少作，恐其考之或未詳。孟子言人性善，荀子言惡，揚子言善惡混，公乃作原性，取三者而折之以孔子之言。其説有上中下之殊，於是説者紛然。李習之則置孟荀揚之論，本中庸，作復性書三篇。皇甫持正則作孟荀言性論，而謂孟子之言合經爲多。杜牧之則作三子言性辨，而謂荀言人之性惡，比二子，荀得多。其論不能相一。至王荆公作原性，則又曰：「太極者，五行之所由生，而五行非太極也；性者，五常之太極也，而五常不可以謂之性。此吾所以異於韓子。太極生五行，然後利害生焉；性生情，有情然後善惡形焉；而性則不可以善惡言也。此吾所以異於孟荀。」其論益相勝矣。白雲郭氏曰：「唐自韓愈之後，言性者皆出其下：李翺之言，至論動静皆離，寂然不動，則異教矣。皇甫湜之論，謂孟荀揚殊趨而一致，又爲韓子三品之論，皆無去取；杜牧之言，愛怒生而自能爲性之根、惡之端，其荀氏徒歟？本朝言性者四家：司馬公謂揚子兼之；王荆公謂揚子之言似矣；蘇氏亦曰，揚雄之論固已近之，亦多蔽於雄之學；獨程氏言孟子性善，乃極本窮原之理；又謂荀揚不知性，故舍荀揚不論。」郭氏之論盡矣。〔補注〕朱熹曰：退之見道處，却甚峻絶。性分三品，正是氣質之性。至程門説破氣字，方有去着。又曰：退之説性，祇將仁、義、禮、智來説，便是識見高處。沈欽韓曰：論衡本性篇：「周人世碩以爲人性有善有惡，舉人之善性養而致之，則善長；惡性養而致之，則惡長。如此，則性各有陰陽善惡，在所養焉。」宓子賤漆雕開公孫尼子之徒，亦論性情，與世子相出入，皆言性有善有惡。春秋繁露云：「性比於禾，善比於米，米出禾中，而禾未必可全爲米也。善出性中，而性未可全爲善也。」孟荀揚之外，更有此二家之説。此文大旨本於世子之有善有惡，而以孔子爲折衷。

性也者，與生俱生也；情也者，接於物而生也。性之品有三，而其所以爲性者五；情之品有三，而其所以爲情者七〔一〕。

〔一〕「而其」，或皆無「而」字。「性者」、「情者」，或並無「者」字。皆非是。

曰何也〔一〕？曰：性之品有上中下三。上焉者，善焉而已矣；中焉者，可導而上下也；下焉者，惡焉而已矣。其所以爲性者五：曰仁、曰禮、曰信、曰義、曰智〔二〕。上焉者之於五也，主於一而行於四〔三〕；中焉者之於五也，一不少有焉，則少反焉，其於四也混〔四〕；下焉者之於五也，反於一而悖於四〔五〕。性之於情視其品。情之品有上中下三，其所以爲情者七：曰喜、曰怒、曰哀、曰懼、曰愛、曰惡、曰欲。上焉者之於七也，動而處其中〔六〕；中焉者之於七也，有所甚，有所亡〔七〕，然而求合其中者也；下焉者之於七也，亡與甚，直情而行者也〔八〕。情之於性視其品〔九〕。

〔一〕或無「曰」字。〔補注〕張裕釗曰：以下一段入他人手，不免冗闒，昌黎爲之，自然簡峻。

〔二〕方從閣杭蜀本，云：「禮信去仁爲近，諸本多作曰仁、曰義、曰禮、曰智、曰信。」今按：方本以五行相生之序而言；諸本以四方相對、一位居中而言：理皆可通。但竊意諸本語陳，而韓公亦頗尚異，恐方本或得之。

〔三〕「行於」，方作「行之」。

〔四〕「不」上諸本無「一」字。方從閣、杭、潮本作「一也」，而并屬下句，云：「一謂仁也，言不少存乎仁，則少畔乎仁。蜀本倒『一』『也』二字。杭、蜀『反』皆作『及』，非也。」今按：「也」「一」二字，當從蜀本，而以「也」字屬上句，「一」字屬下句。方及諸本皆非也。方以「一」爲仁，亦非是。此但言中人之性，於五者之中，其一者或偏多，或偏少；其四者，亦雜而不純耳。「反」字則方得之。

〔五〕「悖」，音「佩」。

〔六〕「其中」或作「於中」，非是。

〔七〕〔補注〕何焯曰：「甚」，過也；「亡」，不及也。

〔八〕「亡與」上或有「無」字，非是。

〔九〕〔補注〕何焯曰：性善則情善，情善則性善。按：老佛皆欲滅情以見性；公首論性情，即交互發明，見二者之不可離。篇末雜老佛而言者，與吾道異其義已預透於此，故不煩言而解。此最是文章高簡變化處。

孟子之言性曰：人之性善；荀子之言性曰：人之性惡；揚子之言性曰：人之性善惡混。夫始善而進惡，與始惡而進善，與始也混而今也善惡，皆舉其中而遺其上下者也，得其一而失其二者也〔一〕。叔魚之生也，其母視之，知其必以賄死〔二〕；楊食我之生也，叔向之母聞其號也，知必滅其宗〔三〕；越椒之生也，子文以爲大戚〔四〕，知若敖氏之鬼不食也〔五〕：人之性果善乎？后稷之生也，其母無災，其始匍匐也，則岐岐然，嶷嶷然〔六〕；文王之在母也，母不憂〔七〕，既生也，傅不勤，既學也，師不煩：人之性果惡乎？堯之朱、舜之均、文王之管蔡，習非不善也，而卒爲姦；瞽叟之舜、鯀之禹，習非不惡也，而卒爲聖：人之性善惡果混乎〔八〕？故曰：三子之言性也，舉其中而遺其上下者也，得其一而失其二者也。曰：然則性之上下者，其終不可移乎〔九〕？曰：上之性，就學而愈明；下之性，畏威而寡罪〔一〇〕；是故上者可教，而下者可制也〔一一〕。其品則孔子謂不移也。

〔一〕「與」諸本多作「歟」。「善惡」下又有「歟」字。今按：二「與」字皆當讀如字，而爲句首，猶言及也。作「歟」而爲句絶者，皆非。左傳「夫弗及而憂，與可憂而樂，與憂而弗害：皆取憂之道也。」語勢亦相似。

〔二〕國語：叔魚生，其母視之曰：「是虎目而豕喙，鳶肩而牛腹。谿壑可盈，是不可饜。必以賄死。」

〔三〕昭二十八年左傳：叔向生子伯石，叔向之母視之，及堂，聞其聲而還曰：「是豺狼之聲也。

狼子野心，非是莫喪羊舌氏矣！」至是果滅。伯石，食我字也。食采於楊，故號楊食我。舊本「食我」音異俄。

〔四〕或無「大」字。

〔五〕宣四年左氏：楚司馬子良生子越椒，子文曰：「必殺之。是子也，熊虎之狀，而豺狼之聲；弗殺，必滅若敖氏矣。」子良不可。子文以爲大戚，曰：「鬼猶求食，若敖氏之鬼，不其餒而！」

〔六〕見詩生民。「嶷」，魚力切。

〔七〕或無「母」字。母不憂等事，見國語。

〔八〕「聖」下或有「人」字，屬上句。

〔九〕「終」上或無「其」字。

〔一〇〕〔補注〕吴汝綸曰：此殆欲輔弼孔論。沈欽韓曰：此層義理極周。

〔一一〕「教」，或作「學」。〔補注〕方苞曰：下者可制，已括性善之旨。

曰：今之言性者異於此，何也〔一〕？曰：今之言者，雜佛老而言也；雜佛老而言也者，奚言而不異〔二〕！

〔一〕「性」下或有「情」字。

〔一二〕「言也者」，或無「也」字。今按：此篇之言過荀揚遠甚。其言五性尤善；但三品之説太拘，又不知性之本善，而其所以或善或惡者，由其稟氣之不同，爲未盡耳。

原毁

或作「毁原」，説已見上。〔補注〕方苞曰：管荀韓非之文，排比而益古，惟退之能與抗行。自宋以後，有對語則酷似時文，以所師法至漢唐人之文而止也。張裕釗曰：通篇排比，下開明允，而其源出於荀韓。吴汝綸曰：此篇動中自然，與道大適；不善學之，則氣易入於剽輕。

古之君子，其責己也重以周；其待人也輕以約〔一〕。重以周，故不怠；輕以約，故人樂爲善。聞古之人有舜者，其爲人也，仁義人也。求其所以爲舜者，責於己曰：「彼人也，予人也；彼能是，而我乃不能是？」早夜以思，去其不如舜者，就其如舜者〔二〕。聞古之人有周公者，其爲人也，多才與藝人也。求其所以爲周公者，責於己曰〔三〕：「彼人也，予人也；彼能是，而我乃不能是？」早夜以思，去其不如周公者，就其如周公者〔四〕。舜，大聖人也，後世無及焉；周公，大聖人也，後世無及焉。是人也，乃曰「不如舜，不如周公，吾之病也」；是不亦責於身者重以周乎〔五〕！其於人也，曰：「彼人也，能有是，是足爲良人矣；能善是〔六〕，是足爲藝人矣。」取其一，不責其二〔七〕；即其新，不究其舊；恐恐然惟懼其人之不得爲善之利。一善易修也，一藝易能也，其於人也，乃曰「能有是，是亦足矣」，曰「能善是，是亦足矣」〔八〕；不亦待於人者輕以約乎〔九〕！

〔一〕此孔子所謂「躬自厚，而薄責於人」之意。

〔二〕顏淵曰：「舜何人也？余何人也？有爲者，亦若是。」文意蓋本此。「古之人」，或無「人」字，下同。「早」，或作「蚤」。

〔三〕方從閣本無「求其所以」四字，只作「責於己爲周公者」。今按：閣本不成文理，而方從之，誤矣。

〔四〕「去其」下十三字，或從閣本作「求其所以爲周公者而爲之」。

〔五〕「身」，或作「己」。

〔六〕「善」，或作「有」，非是。

〔七〕「責」，或作「取」。

〔八〕或無此八字，非是。

〔九〕「不」上或有「是」字。

今之君子則不然〔一〕。其責人也詳，其待己也廉。詳，故人難於爲善；廉，故自取也少。己未有善，曰：「我善是，是亦足矣。」己未有能，曰：「我能是，是亦足矣。」外以欺於人，内以欺於心，未少有得而止矣，不亦待其身者已廉乎〔二〕？其於人也，曰：「彼雖能是，其人不足稱也；彼雖善是，其用不足稱也。」舉其一，不計其十；究其舊，不圖其新。恐恐然惟懼其人之有聞也，是不亦責於人者已詳乎！夫是之謂不以衆人待其身，而以聖人望於人，吾未見其尊己也〔三〕。

〔一〕或無「則不然」字。

〔二〕「其身」，或作「於己」。

〔三〕「是之」，或作「如是」，或無「之」字。

雖然，爲是者有本有原〔一〕。怠與忌之謂也。怠者不能修，而忌者畏人修。吾嘗試之矣，嘗試語於衆曰：「某良士，某良士。」其應者，必其人之與也；不然，則其所疏遠不與同其利者也；不然，則其畏也。不若是，强者必怒於言，懦者必怒於色矣。又嘗語於衆曰：「某非良士，某非良士。」其不應者，必其人之與也〔二〕；不然，則其所疏遠不與同其利者也；不然，則其畏也。不若是，强者必説於言，懦者必説於色矣〔三〕。

是故事修而謗興，德高而毁來。嗚呼！士之處此世，而望名譽之光、道德之行，難已〔四〕！

〔一〕「原」上或無「有」字。

〔二〕「不應」下或無「者」字，非是。

〔三〕〔補注〕姚範曰：此段用管子九變及戰國策爲齊獻書趙王文法。

〔四〕「此」下或無「世」字，非是。「已」，或作「矣」。

將有作於上者，得吾説而存之，其國家可幾而理歟〔一〕！

〔一〕「作」，或作「仕」，或作「化」。「歟」，或作「也」。〔補注〕曾國藩曰：言在上者須明斯世多忌多毁之由，而後可以知人。篇末説作意。

原人

或作「仁」。〔補注〕徐敬思曰：此文已爲西銘開端發鑰。一視同仁，理一也；篤近舉遠，分殊也。推其道，欲使夷狄禽獸皆得其情。其言仁體，廣大之至，直與覆載同量。

形於上者謂之天，形於下者謂之地，命於其兩間者謂之人。形於上，日月星辰皆天也；形於下，草木山川皆地也；命於其兩間，夷狄禽獸皆人也。曰：然則吾謂禽獸人，可乎？曰：非也〔一〕。指山而問焉，曰：山乎〔二〕？曰：山，可也；山有草木禽獸，皆舉之矣。指山之一草而問焉，曰：山乎？曰：山，則不可〔三〕。

〔一〕「人可」上或有「曰」字。
〔二〕「指」下或有「南」字，非是。
〔三〕或無「曰山乎」三字。

天道亂，而日月星辰不得其行〔一〕；地道亂，而草木山川不得其平；人道亂，而夷狄禽獸不得其情。天者，日月星辰之主也；地者，草木山川之主也；人者，夷狄禽獸之主也；主而暴之，不得其爲主之道矣。是故聖人一視而同仁，篤近而舉遠〔二〕。

〔一〕「天道」上或有「故」字。
〔二〕「仁」或作「人」，非是。

原鬼

李石曰：退之作原鬼，與晉阮千里相表裏。至作羅池碑，欲以鬼威猲人，是爲子厚求食也。送窮文雖出游戲，皆自叛其説也。退之以長慶四年寢疾，帝遣神召之曰：「骨葩國世與韓氏相仇，欲同力討之。」天帝之兵欲行陰誅，乃更藉人力乎？當是退之數窮識亂，爲鬼所乘；不然，平生强聒，至死無用。〔補注〕方苞曰：理蘊詞氣，俱類周人。又曰：包劉越嬴，與姬爲徒，必韓子嘗自言爲文指意若此，故其徒述之云爾。文格調近諸子，而義蘊類國僑叔肸所陳，洵不媿斯語。

有嘯於梁，從而燭之，無見也，斯鬼乎？曰：非也，鬼無聲。有立於堂〔一〕，從而視之，無見也，斯鬼乎？曰：非也，鬼無形。有觸吾躬，從而執之，無得也，斯鬼乎？曰：非也，鬼無聲與形，安有氣〔二〕？曰：鬼無聲也，無形也，無氣也，果無鬼乎？曰：有形而無聲者，物有之矣，土石是也；有聲而無形者，物有之矣，風霆是也；有聲與形者，物有之矣，人獸是也；無聲與形者，物有之矣，鬼神是也〔三〕。

〔一〕「於梁」「於堂」下一本各有「者」字。

〔二〕「鬼無聲與形」上或有「鬼無氣」三字，非是。

〔三〕李石曰：公子彭生託形於豕，晉文公託聲如牛，韓子謂鬼無聲與形，未盡也。

曰：然則有怪而與民物接者，何也？曰：是有二：有鬼，有物〔一〕。漠然無形與聲者，鬼之常也。民有忤於天，有違於民〔二〕，有爽於物，逆於倫而感於氣，於是乎鬼有形於形〔三〕，有憑於聲以應之，而下殃禍焉，皆民之爲之也〔四〕。其既也，又反乎其常。曰：何謂物？曰：成於形與聲者，土石、風霆、人獸是也；反乎無聲與形者，鬼神是也〔五〕；不能有形與聲，不能無形與聲者，物怪是也〔六〕。故其作而接於民也無恒，故有動於民而爲禍，亦有動於民而爲福〔七〕，亦有動於民而莫之爲禍福；適丁民之有是時也。作原鬼〔八〕。

〔一〕「有怪」，或作「見怪」，「二」下或有「説」字，或有「説」字而無「有鬼有物」四字。〔補注〕盧軒曰：「物」字，見史記扁鵲傳。

〔二〕上「民」字，一作「人」。下「民」字，或作「時」。

〔三〕「有形」，或作「有託」。

〔四〕「爲」下或無「之」字。〔補注〕吴汝綸曰：長句勁氣排奡，屈曲生造。

〔五〕「反乎」，或作「反其」，非是。

〔六〕或無「不能有形與聲」六字，或無「不能無形與聲」六字。

〔七〕本或先言「爲福」按左氏國語：周惠王十五年，有神降於莘。王問諸内史過，對曰云云，有「得神以興，亦有以亡。夏之興也，祝融降於崇山；其亡也，回禄信於聆隧。商之興也，檮杌次丕山；其亡也，夷羊在牧。周之興也，鸑鷟鳴於岐山；其衰也，以杜伯射王於鄗」。動於民而爲禍福，其斯之謂歟？〔補注〕方苞曰，補左氏所未及。

〔八〕閣蜀粹無「作」字。今按：古書篇題多在後者，如荀子諸賦正此類也，但此篇前已有題，不應複出。故且從諸本存「作」字。

行難

「行」，下孟切。公與祠部陸參員外書在貞元十八年。此篇言參自越州召拜祠部員外郎，豈在前歟？參字公佐云。〔補注〕曾國藩曰：以「行難」命題，所以表陸先生之賢也。爲文之義，則欲存此理，使有用人之責者知之耳。句法瘦鍊，王荊國多師此種。

或問「行孰難」？曰：「捨我之矜，從爾之稱。」「孰能之？」曰：「陸先生參何如？」〔一〕曰：「先生之賢聞天下，是是而非非〔二〕。貞元中，自越州徵拜祠部員外郎〔三〕，京師之人日造焉，閉門而拒之滿街。愈嘗往間客席〔四〕，先生矜語其客曰：『某胥也，某商也，其生某任之，其死某誄之，某與某可人也〔五〕，任與誄也非罪歟？』皆曰：『然』〔六〕。愈曰：『某之胥，某之商，其得任與誄也，有由乎？抑有罪不足任而誄之邪？』〔七〕先生曰：『否，吾惡其初〔八〕；不然，任與誄也何尤。』愈曰：『苟如是，先生之言過矣！昔者管敬子取盜二人爲大夫於公〔九〕，趙文子舉管庫之士七十有餘家〔一〇〕：夫惡求其初？』〔一一〕先生曰：『不然，彼之取者賢也。』愈曰：『先生之所謂賢者，大賢歟，抑賢於人之賢歟？齊也、晉也，且有二與七十；而可謂今之天下無其人邪〔一二〕？先生之選人也已詳。』先生曰：『然』。愈曰：『聖人不世出，賢人不時出，千百歲之間儻有焉〔一三〕；不幸而有出於胥商之族者，先生之說傳，吾不忍赤子之不得乳於其母也！』〔一四〕先生曰：『然。』

〔一〕按：李習之集「參」作「修」。

〔二〕「聞」下或有「於」字。

〔三〕〔補注〕陳景雲曰：越州乃浙東治所，觀察使領之，蓋自浙東使府御史召爲省郎。

〔四〕「嘗」，或作「常」。「間」，或作「問」。「客」，或作「賓」。「席」下或有「坐定」二字。

〔五〕「可」，或作「何」。或從閣杭苑作「可」，云「可人」見禮記，鄭注曰：「此人可也。」今按：據禮記是也。然詳下文韓公之語，似以陸公雖嘗任誅此人，復自疑於有罪；則頗有薄其門地之意，而以薦引之力自多者。恐須作「何」字，語勢乃協。更詳之。〔補注〕姚範曰：言任之誅之者爲可人，不應任誅，此胥商也。

〔六〕「也」，或作「之」。「罪」，一作「過」。「曰」上或有「應」字。

〔七〕「任而誄」，或作「誄而任」。「而」或作「與」。

〔八〕「惡」，去聲。

〔九〕禮記：「管仲遇盜，取二人焉，上以爲公臣。曰：其所與由辟也，可人也。」敬子，仲之謚也。

〔一〇〕禮記：趙文子所舉於晉國管庫之士七十有餘家。

〔一一〕「惡」，音烏。

〔一二〕「而可」上或有「焉」字。「邪」上或有「也」字。

〔一三〕「聖人」「賢人」，「人」，或皆作「之」，或并有「人之」二字。「世出」，或作「世生」。「百歲」，或作「百年」。

〔一四〕「乳於」，或無「於」字。

他日，又往坐焉〔一〕。先生曰：「今之用人也不詳。位乎朝者吾取某與某而已，在下者多于朝，凡吾與者若干人。」愈曰：「先生之與者盡於此乎？其皆賢乎，抑猶有舉其多而缺其少乎？」〔二〕先生曰：「固然，吾敢求其全。」〔三〕愈曰：「由宰相至百執事凡幾位？由一方至一州凡幾位？先生之得者，無乃不足充其位邪〔四〕！不早圖之，一朝而舉焉，今雖詳，其後用也必粗。」〔五〕先生曰：「然。子之言，孟軻不如。」〔六〕

〔一〕或無「坐」字。

〔二〕或無「其皆賢乎」四字。「缺」或作「没」。「少」或作「細」，或作「一」。「少」下或有「者」字。今按：此言人之才或不全備，姑舉其可取之多，而略其可棄之少也。〔補注〕孫葆田曰：謂取其長而略其短。

〔三〕「其」，或作「於」。今按：作「其」語意爲近，但陸公此句正不敢必求全才之意，而下文韓公又以太詳而不早責之，殊不可曉。當更考之。〔補注〕案：陸既不求全於人，則當廣爲甄采，以備世用。今所與者，第若干人，則猶求詳之過也。

〔四〕「其位」下或有「也」字。

〔五〕「舉焉」或作「索之」。「詳」下或有「且微」字，非是。「粗」，聰徂切。

〔六〕此句文録作退語其人曰：「乃今吾見孟軻。」

對禹問

孟子：萬章問曰：「人有言至於禹而德衰，不傳於賢，而傳於子，有諸？」孟子曰：「否，不然也！天與賢，則與賢；天與子，則與子。」云云。公乃設問而爲之答，且曰：「孟子之心，以爲聖人不苟私於其子以害天下。求其説而不得，從而爲之辭」。大抵孟子之説主天命，而公以人事言之耳。其致一也。〔補注〕方苞曰：其言未出，世未嘗聞此義；其言既出，世不可無此言：是謂立言。姚範曰：堅峭勁肅。劉大櫆曰：議論高奇，而筆力勁健曲屈，足達其意。

張裕釗曰：雄闊高朗之概，寓之遒簡勁整，彌覺聲光鬱然紙上。又曰：一氣馳驟而下，逐層搜抉，期於椎碎而止。此種文，實得力於孟子。

或問曰：「堯舜傳諸賢，禹傳諸子，信乎？」曰：「然。」「然則禹之賢不及於堯與舜也歟？」曰：「不然。堯舜之傳賢也，欲天下之得其所也；禹之傳子也，憂後世爭之之亂也。堯舜之利民也大〔一〕，禹之慮民也深。」

〔一〕「利」，一作「慮」。

曰：「然則堯舜何以不憂後世？」曰：「舜如堯，堯傳之；禹如舜，舜傳之。得其人而傳之，堯舜也；無其人，慮其患而不傳者，禹也〔一〕。舜不能以傳禹，堯爲不知人；禹不能以傳子，舜爲不知人。堯以傳舜，爲憂後世；禹以傳子，爲慮後世。」〔二〕

〔一〕「無其人」下或有「而不傳」三字。「不傳者」，或作「不得如己者」，非是。

〔二〕〔補注〕張裕釗曰：馳驟反復處，氣雄而勁。

曰：「禹之慮也則深矣〔一〕，傳之子而當不淑，則奈何？」曰：「時益以難理，傳之人則爭，未前定也；傳之子則不爭，前定也〔二〕。前定雖不當賢，猶可以守法，不前定而不遇賢，則爭且亂。天之生大聖也不數，其生大惡也亦不數〔三〕。傳諸人，得大聖，然後人莫敢爭〔四〕，傳諸子，得大惡然後人受其亂〔五〕。禹之後四百年，然後得桀；亦四百年，然後得湯與伊尹。湯與伊尹不可待而傳也〔六〕。與其傳不得聖人而爭且亂，孰若傳諸子，雖不得賢，猶可守法。」〔七〕

〔一〕「慮」下或有「民」字。

〔二〕〔補注〕張裕釗曰：「前定」「未前定」，理足詞核，删去許多膠轕，乃得簡峻。

〔三〕「數」音朔，上同。

〔四〕「莫」上或無「人」字。

〔五〕亂，或作「禍」。

〔六〕「待」，或作「得」。

〔七〕「諸」，或作「之」。「守法」，或從閣本作「法守」，非是。〔補注〕張裕釗曰：插入數語，文氣乃愈覺疏朗雄闊。

曰：「孟子之所謂『天與賢，則與賢；天與子，則與子』者，何也？」曰：「孟子之心，以爲聖人不苟私於其子以害天下。求其說而不得，從而爲之辭〔一〕。」

〔一〕〔補注〕案：「天與」之說，索解人不易得；故已復爲此辭，以輔益孟子之說。

雜説 四首

或作三首。其三作題崔山君傳。

其一

龍噓氣成雲〔一〕，雲固弗靈於龍也；然龍乘是氣，茫洋窮乎玄間〔二〕，薄日月，伏光景，感震電，神變化，水下土，汩陵谷〔三〕：雲亦靈怪矣哉〔四〕！

〔一〕「噓」上或有「之」字。

〔二〕「茫」上或有「而」字。

〔三〕「汩」音骨。

〔四〕〔補注〕張裕釗曰：以下純從空際轉運翔舞。

雲，龍之所能使爲靈也〔一〕，若龍之靈，則非雲之所能使爲靈也。然龍弗得雲，無以神其靈矣：失其所憑依，信不可歟〔二〕？異哉！其所憑依，乃其所自爲也。

〔一〕「靈」，或從閣本作「雲」，非是。

〔二〕「弗」，或作「不」，或無「信」字，非是。

易曰：「雲從龍。」既曰龍，雲從之矣。

〔補注〕李光地曰：此篇取類至深，寄託至廣。精而言之，如道義之生氣，德行之發爲事業文章；大而言之，如君臣之遇合，朋友之應求，聖人之風之興起百世：皆是也。方苞曰：尺幅甚狹，而層疊縱宕，若崇山廣壑，使觀者莫能窮其際。

其二

善醫者，不視人之瘠肥〔一〕，察其脈之病否而已矣；善計天下者〔二〕，不視天下之安危，察其紀綱之理亂而已矣〔三〕。天下者，人也；安危者，肥瘠也；紀綱者，脈也〔四〕。脈不病，雖瘠不害；脈病而肥者，死矣。通於此說者，其知所以爲天下乎〔五〕！

〔一〕「醫」下或有「人」字。

〔二〕〔補注〕「天下」，原作「不可」，依別本校改。

〔三〕「綱」下或無「之」字。「理亂」，或作「亂否」。

〔四〕「紀綱」，或作「綱紀」。

〔五〕「所以」，閣無「以」字。

夏殷周之衰也，諸侯作而戰伐日行矣〔一〕。傳數十王而天下不傾者，紀綱存焉耳。秦之王天下也，無分勢於諸侯，聚兵而焚之；傳二世而天下傾者，紀綱亡焉耳〔二〕。是故四支雖無故，不足恃也，脈而已矣；四海雖無事〔三〕，不足矜也，紀綱而已矣。憂其所可恃，懼其所可矜，善醫善計者，謂之天扶與之〔四〕。易曰：「視履考祥。」善醫善計者爲之〔五〕。

〔一〕「作」，或作「僭」。

〔二〕「世」，或作「帝」。

〔三〕「四海」，或作「天下」。

〔四〕諸本或無「天」字。「扶」，或作「持」。今按：此句未詳，疑有誤字。

〔五〕「善計」，或無「善」字。〔補注〕按：人知憂盛危明，則其所爲必能轉禍爲福。特人之能知而爲者少耳，故必有善醫善計者告之，而後人知憂懼；亦必有善醫善計者爲之，而後天錫以福。「扶與」，猶「扶助」也。引易辭以證天之錫福，由於視履。其行文全以逆入。

其三

談生之爲崔山君傳〔一〕，稱鶴言者，豈不怪哉！然吾觀於人，其能盡其性而不類於禽獸異物者希矣。將憤世嫉邪，長往而不來者之所爲乎？

〔一〕談生者，談姓，不知其名。「之」，或作「云」，而無「爲」字，非是。

昔之聖者〔二〕，其首有若牛者，其形有若蛇者，其喙有若鳥者〔三〕，其貌有若蒙倛者〔四〕：彼皆貌似而心不同焉，可謂之非人邪？即有平脅曼膚〔五〕，顏如渥丹，美而很者，貌則人，其心則禽獸，又惡可謂之人邪〔六〕？然則觀貌之是非，不若論其心與其行事之可否爲不失也〔七〕。怪神之事，孔子之徒不言。余將特取其憤世嫉邪而作之，故題之云爾。

〔二〕「聖者」或作「聖人」，或并有「人者」二字。

〔三〕「鳥」，閣作「馬」。或云：尸子：「禹長頸鳥喙。」閣本訛也。

〔四〕荀子：「仲尼之狀，面如蒙倛。」注云：「方相也。其首蒙茸然，故曰蒙倛。」「倛」音欺。

〔五〕楚辭：平脅曼膚，何以肥之。

〔五〕「貌」，或作「面」。「貌」上或有「其」字。「禽」下或無「獸」字。「邪」，或作「也」。列子：「包犧、女媧、神農、夏后氏，蛇身人面，牛尾虎鼻，皆有非人之狀；而有大聖人之德。夏桀、殷紂、魯桓、楚穆，狀貌七竅皆同，而有禽獸之心。」公意亦如此耳。

〔六〕或從閣杭無「可否」字，非是。

其四

世有伯樂然後有千里馬〔一〕。千里馬常有，而伯樂不常有〔二〕；故雖有名馬，祇辱於奴隸人之手〔三〕，駢死於槽櫪之間，不以千里稱也。

〔一〕〔補注〕姚鼐曰：一句斷。

〔二〕〔補注〕曾國藩曰：謂千里馬不常有，便是不祥之言。何地無才，惟在善使之耳。

〔三〕或無「人」字。

馬之千里者，一食或盡粟一石。食馬者，不知其能千里而食也〔一〕；是馬也，雖有千里之能，食不飽，力不足，才美不外見，且欲與常馬等，不可得，安求其能千里也〔二〕！

〔一〕〔補注〕張裕釗曰：折筆以取遒勁之勢。「食馬」上或有「今之」字，而「食」下疑脱一「石」字。

〔二〕「馬也」，或無「也」字，「且欲」，或無「且」字。「且」，或作「而」。今按：「且」字恐當在「等」字下。〔補注〕張裕釗曰：更折入一層。

策之不以其道，食之不能盡其材，鳴之而不能通其意，執策而臨之曰：「天下無馬。」嗚呼！其真無馬邪？其真不知馬也〔一〕！

〔一〕二「無」字下諸本皆有「良」字。閣杭本皆脱「其真無馬邪」五字。「知」，或作「識」。「也」字皆作「邪」。

讀荀

「荀」下或有「子」字。荀卿名况，趙人。齊襄王時，爲稷下祭酒。避讒適楚，春申君以爲蘭陵令。春申君死而荀卿廢。著書數萬言而卒，因葬蘭陵。荀子三十二篇。其非十二子篇，以子弓並仲尼，謂子思孟軻略法先王而不知其統。其性惡篇，謂人之性惡，禮義生於聖人之僞。此其抵捂不合於道，而公所欲削者歟？〔補注〕曾國藩曰：以下四首，矜慎之至，一字不苟，文氣類史公各年表序。張裕釗曰：此文雖爲讀荀子作，直是自抒己意，論孟荀揚三家耳。而其中賓主秩然不亂。按：公嘗言：「世無孔子，不當在弟子之列。」讀此文，見其自命不在孟子下。借題以抒己意，無端而來，截然而止，中間突起突轉：此數者，文家秘密法也。

始吾讀孟軻書，然後知孔子之道尊，聖人之道易行；王易王，霸易霸也。以爲孔子之徒没，尊聖人者，孟氏而已。晚得揚雄書，益尊信孟氏。因雄書而孟氏益尊，則雄者，亦聖人之徒歟〔一〕！

〔一〕「雄」下或有「也」字。

聖人之道不傳于世〔一〕：周之衰，好事者各以其説干時君〔二〕，紛紛藉藉相亂，六經與百家之説錯雜；然老師大儒猶在。火于秦，黄老于漢〔三〕，其存而醇者，孟軻氏而止耳，揚雄氏而止耳〔四〕。及得荀氏書，於是又知有荀氏者也。考其辭，時若不粹〔五〕；要其歸，與孔子異者鮮矣：抑猶在軻雄之間乎〔六〕？

〔一〕〔補注〕張裕釗曰：突起，其中具雄闊之勢。

〔二〕「其」下或有「所能」字。

〔三〕或無「黄」字。〔補注〕張裕釗曰：突轉。

〔四〕「耳」或作「矣」。一無「揚雄氏而止耳」一句。

〔五〕「時」下或有「有」字。「不」下或有「醇」字。

〔六〕「抑」下或有「其」字。

孔子删詩書，筆削春秋；合於道者著之，離於道者黜去之〔一〕。故詩書春秋無疵。余欲削荀氏之不合者，附于聖人之籍，亦孔子之志歟！

〔一〕或無「黜」字。「去」下或無「之」字。

孟氏醇乎醇者也；荀與揚，大醇而小疵〔一〕。

〔一〕或從閣無「乎醇」字。或無「乎醇者」三字，而有「如」字。皆非是。「揚」，或作「雄」，非是。伊川曰：荀卿才高，而其言多過；子雲才短，而其言少失：然皆未免夫駁者也。退之以大醇歸之，蓋韓子待人以恕。〔補注〕方苞曰：止如槁木，惟史公及韓有此。以所讀皆周人之書故也。張裕釗曰：二語斷制。通體意義，盡歸宿於此。

讀鶡冠子

西漢藝文志有鶡冠子一篇。其下箋云：「楚人，居深山，以鶡鳥羽爲冠。」而唐志云：「鶡冠子三卷。」豈漢時遺缺至唐而全耶？漢唐皆以爲道家者流。公謂其辨施於國家功德豈少；而柳子厚作辨鶡冠子則曰：「得其書而讀之，盡鄙淺言也。」二公所見不同如此。「鶡」，音曷。

鶡冠子十有九篇，其詞雜黃老、刑名〔一〕。其博選篇〔二〕，「四稽」「五至」之説當矣〔三〕。使其人遇時，援其道而施於國家，功德豈少哉〔四〕，學問篇〔五〕，稱賤生於無所用，中流失船，一壺千金者〔六〕。余三讀其辭而悲之。文字脱謬，爲之正三十有五字，乙者三，滅者二十有二，注十有二字云〔七〕。

〔一〕「九」，方作「六」，云：「今鶡冠子自博選至武靈王問凡十九篇。此只云十六篇，未詳。」今按：方蓋不見或本已作「九」也。或無「雜」字，非是。

〔二〕博選，鶡冠子第一篇。

〔三〕博選篇云：「道有四稽：一曰天，二曰地，三曰人，四曰命。人有五至：一曰百己，二曰什己，三曰若己，四曰斯役，五曰徒隸。」「至」，或作「室」。

〔四〕「遇」下或有「其」字。「功」上或有「其」字。

〔五〕學問，鶡冠子第二篇。

〔六〕「壺」或作「瓠」，音義同。

〔七〕「滅」或作「減」。「注」下或有「者」字。〔補注〕沈欽韓曰：釋器：「滅謂之點。」注云：「以筆滅字爲點。」曾國藩曰：「正」者正譌，「乙」者上下倒置，「滅」者塗去，「注」者添綴於旁。

讀儀禮

儀禮十七篇，周之舊典。漢高堂隆生所傳者也。此外又有三十九篇，河間王獻之，遭巫蠱倉卒之難，竟不施行，今亡矣。唐明經有「三禮科」，儀禮其一也。今書具在，凡十七篇。

〔補注〕方苞曰：此篇風味與史記表序略同，而格調微别。

余嘗苦儀禮難讀，又其行于今者蓋寡〔一〕，沿襲不同，復之無由，考于今，誠無所用之〔二〕，然文王周公之法制粗在於是。孔子曰：「吾從周。」謂其文章之盛也。

〔一〕「其」，或作「且」。

〔二〕「之」，或作「云」。〔補注〕沈欽韓曰：按今所行者惟喪服。至武氏、明皇之世，則又變亂其常矣。開元禮所載鄉飲酒、鄉射，雖依傍其文，亦鮮有實行之者。

古書之存者希矣！百氏雜家尚有可取〔一〕，況聖人之制度邪？於是掇其大要，奇辭奥旨著于篇，學者可觀焉〔二〕。

〔一〕「存」上或無「之」字。「家」或作「説」。「尚」下或無「有」字。

〔二〕或無「學」字。

惜乎！吾不及其時進退揖讓于其間。嗚呼，盛哉！

讀墨子

墨子名翟，宋大夫。漢藝文志云：著書「七十一篇」。今存者十二篇。有節用兼愛尚賢明鬼神非命尚同等諸篇。明鬼神在尚同篇中，無別篇也。世之學者，因臨川王氏詩有「孔墨必相用，自古寧有此」之語，意謂孟子排楊墨，公排釋老，自比孟子，不當有相用之説。然學者必知孟子「歸斯受之」之意，然後識公讀墨之旨云。伊川先生曰：或問退之讀墨一篇如何？曰：此一篇意亦甚好，但言不謹嚴，便有不是處。至若言孔子尚同、兼愛，與墨子同，則甚不可也。〔補注〕沈欽韓曰：墨子書宋時所存尚有五十三篇，與今本同。

儒譏墨以上同、兼愛、上賢、明鬼〔一〕，而孔子畏大人、居是邦不非其大夫〔二〕，春秋譏專臣，不「上同」哉？孔子泛愛親仁，以博施濟衆爲聖，不「兼愛」哉？孔子賢賢，以四科進褒弟子，疾殁世而名不稱，不「上賢」哉？孔子祭如在，譏祭如不祭者，曰我祭則受福，不「明鬼」哉？

〔一〕「上」，或皆作「尚」，從閣本，云考墨子本書及漢藝文志，當作「上」。

〔二〕荀子：子路問：「魯大夫練而牀，禮歟？」子不答。以告子貢，子貢曰：「汝問非也，君子居是邦，不非其大夫。」

儒墨同是堯舜，同非桀紂，同修身正心以治天下國家，奚不相悦如是哉？余以爲辯生於末學，各務售其師之説，非二師之道本然也。孔子必用墨子，墨子必用孔子；不相用，不足爲孔墨〔一〕。

〔一〕列子云：「孔丘、墨翟，無地而爲君，無官而爲長。」古語云：「墨翟突不及黔，孔丘席不及暖。」孟子以前皆以孔墨並稱，則墨亦大賢。孟子特以其非中道，其流不能無弊，故闢之耳。藝文志曰：「墨家者流，蓋出於清廟之守。茅屋采椽，是以貴儉；養三老五更，是以兼愛；選士大射，是以尚賢；宗祀嚴父，是以右鬼；順四時而行，是以非命，以孝視天下，是以尚同；此其所長也。」退之讀墨，蓋出於此。莊孟荀卿之論，皆斥其所短也。又嚴有翼曰：墨子之書，孟子疾其兼愛無父，力排而禽獸之。其言曰：「楊墨之道不熄，孔子之道不著。能言距楊墨者，聖人之徒也。」今退之謂孔子必用墨子，墨子必用孔子，抑何乖剌如是耶？若以孔墨爲必相用，則孟子距之爲非矣。其與孟簡書則又取孟子距楊墨之説，以謂「向無孟氏，皆服左衽而言侏離矣。」故推尊孟子，以爲其功不在禹下，意以己之排佛老可以比肩孟氏也；殊不知言之先後，自相矛盾，可勝其説哉。〔補注〕盧軒曰：公極尊孟子，此篇何其剌謬也？乃知古人讀書，不肯雷同附和如此。

獲麟解

爾雅曰：「麟，麕身牛尾、一角。」獲麟事，見春秋魯哀公十四年。元和七年，麟見東川，或疑公因此而作解。然李翺嘗書此文以贈陸傪曰：「韓愈非兹世之文，古之文也。其詞與意適，則孟軻既没，亦不見其有過於斯者。」傪死於貞元十八年，則此文非元和間作也。今按：此文有激而託意之詞，非必爲元和獲麟而作也。〔補注〕劉大櫆曰：尺水興波，與江河比大，惟韓公能之。曾國藩曰：麟，自況也。聖人知麟，猶云唯湯知尹也。出不以時，猶云處昏君亂相之間也。張裕釗曰：翔躡虚無，反覆變化，盡文家禽縱之妙。

麟之爲靈昭昭也。詠於詩，書於春秋〔一〕，雜出於傳記百家之書；雖婦人小子皆知其爲祥也。

〔一〕「書」或作「載」。

然麟之爲物，不畜於家，不恒有於天下。其爲形也不類，非若馬牛犬豕豺狼麋鹿然〔一〕；然則，雖有麟，不可知其爲麟也。

〔一〕「馬牛」，或作「牛馬」。「鹿然」，或作「鹿之狀」。或無「之」字。皆非是。

角者吾知其爲牛，鬣者吾知其爲馬，犬豕豺狼麋鹿，吾知其爲犬豕豺狼麋鹿〔一〕，惟麟也不可知〔二〕；不可知，則其謂之不祥也亦宜。雖然，麟之出，必有聖人在乎位。麟爲聖人出也；聖人者，必知麟，麟之果不爲不祥也？

〔一〕「鹿」下或有「也」字。

〔二〕〔補注〕張裕釗曰：奇縱。

又曰：麟之所以爲麟者，以德不以形〔一〕。若麟之出不待聖人，則謂之不祥也亦宜〔二〕。

〔一〕「形」下或有「也」字。

〔二〕「宜」下或有「也」字，或有「哉」字。宋遠孫曰：關雎之應，實無麟而若麟之瑞；春秋之作，實有麟而非麟之時。

師説

柳子厚答韋中立書云：「今之世不聞有師，獨韓愈不顧流俗，犯笑侮，收召後學，作師説，因抗顔爲師。愈以是得狂名。」又報嚴厚輿書云：「僕才能勇敢不如韓退之，故不爲人師。人之所見有同異，無以韓責我。」余觀退之師説云：「弟子不必不如師，師不必賢於弟子。」其言非好爲人師者也。學者不歸子厚歸退之，故子厚有此説耳。〔補注〕張裕釗曰：此篇最近孟子。吴汝綸曰：句句硬接逆轉，而氣體渾灝自然。

古之學者必有師。師者，所以傳道受業解惑也〔一〕。人非生而知之者，孰能無惑？惑而不從師，其爲惑也終不解矣。生乎吾前，其聞道也固先乎吾，吾從而師之〔二〕；生乎吾後，其聞道也亦先乎吾，吾從而師之：吾師道也，夫庸知其年之先後生於吾乎〔三〕？是故無貴無賤、無長無少，道之所存，師之所存也〔四〕。嗟乎〔五〕，師道之不傳也久矣〔六〕，欲人之無惑也難矣！古之聖人，其出人也遠矣，猶且從師而問焉；今之衆人，其下聖人也亦遠矣，而耻學於師〔七〕。是故聖益聖，愚益愚，聖人之所以爲聖，愚人之所以爲愚，其皆出於此乎〔八〕？

〔一〕〔補注〕曾國藩曰：傳道，謂修己治人之道；授業，謂古文六藝之業；解惑，謂解此二者之惑。韓公一生學道好文，二者兼營，故往往並言之。末幅聞道術業，仍作雙收。

〔二〕「吾從而師之」，閣本無此五字，非是。

〔三〕「庸」或從閣、杭作「豈」，或并有二字，而無「夫」字，皆非是。

〔四〕「存」一作「資」，或無「也」字。

〔五〕「嗟」上或有「咨」字，非是。
〔六〕〔補注〕張裕釗曰：轉折無痕。
〔七〕「且」或作「已」。「下」或作「去」。皆非是。
〔八〕「乎」一作「矣」。

愛其子，擇師而教之〔一〕；於其身也，則耻師焉，惑矣！彼童子之師，授之書而習其句讀者，非吾所謂傳其道解其惑者也〔二〕。句讀之不知，惑之不解，或師焉，或不焉，小學而大遺，吾未見其明也。

〔一〕〔補注〕劉大櫆曰：愛子、百工、聖人，陡起三峯插天。
〔二〕「非」上或有「也」字。方云：「讀」音豆。周禮天官注「徐邈，讀」。馬融笛賦，作「句投」，徒鬬切。何休公羊序：「失其句讀，不音。」山谷和黃冕仲詩：只從如字。

巫醫樂師百工之人，不耻相師。士大夫之族，曰師、曰弟子云者，則羣聚而笑之。問之，則曰：彼與彼年相若也，道相似也〔一〕。位卑則足羞，官盛則近諛〔二〕。嗚呼，師道之不復可知矣！巫醫藥師百工之人，君子不齒〔三〕，今其智乃反不能及，其可怪也歟〔四〕！

〔一〕「似」，一作「類」。

〔二〕「盛」，或作「大」。按：「官盛」語見中庸。

〔三〕「不齒」，或作「鄙之」。

〔四〕「其可」，或無「其」字。〔補注〕「其」字下原本無「可」字，據別本校補。

聖人無常師，孔子師郯子、萇弘、師襄、老聃〔一〕。郯子之徒，其賢不及孔子〔二〕，孔子曰：「三人行，則必有我師。」〔三〕是故弟子不必不如師，師不必賢於弟子〔四〕，聞道有先後，術業有專攻，如是而已。

〔一〕句絶。

〔二〕孔子至周，問禮於老聃，訪樂於萇弘。史記曰：孔子學鼓琴於師襄子。左氏傳曰：郯子來朝，孔子問少昊氏以鳥名官之故。「萇」，音長。「郯」，音談，國名也。方無「孔子師郯子」五字，而以「萇弘師襄老聃」六字連下句「郯子之徒」爲句，曰：校本一云「郯子」下當有「數子」二字，其上當存「孔子師」三字爲是。今按：孔子見郯子，在適周見萇弘老聃之前，而「聖人無常師」本杜氏注問官名語。故此上句既叙孔子所師四人，而再舉郯子之徒，則三子在其中矣。方氏知當存「孔子師」字，而不知當并存上「郯子」二字，乃以下「郯子」二字屬上句讀之，而疑「郯子」之下更有「數子」二字，誤矣！

〔三〕「子」下有「曰」字。方從杭本，云：論語本無「則」字，「曰」字似不當有。

〔四〕「故」上或無「是」字。

李氏子蟠，年十七〔一〕，好古文，六藝經傳皆通習之，不拘於時，學於余〔二〕。余嘉其能行古道，作師説以貽之。

〔一〕蟠，貞元十九年進士。

〔二〕「學」上或有「請」字。無下「余」字。

進學解

進學解出於東方朔客難、揚雄解嘲，而公過之。孫樵所謂韓文公以進學解窮者此也。孫樵又與王霖書曰：玉川子月蝕詩、楊司城華山賦、韓吏部進學解、馮常侍清河壁記，莫不拔地倚天，句句欲活，讀之如赤手捕長蛇，不施鞚勒騎生馬，急不得暇，莫可捉搦。據本傳云：再爲國子博士，既才高數黜，官又下遷，乃作進學解以自喻。執政奇其才，改比部郎中，史館修撰。元和八年三月二十三日也。〔補注〕李光地曰：此文與解嘲千載稱絶。「謹」「嚴」「正」「葩」等字，並極羣經要眇，故未有不精經術而能行文者。曾國藩曰：仿客難解嘲，而論道論文二段，精實處過之。

國子先生晨入太學，招諸生立館下〔一〕，誨之曰：「業精于勤荒于嬉，行成于思毁于隨。方今聖賢相逢，治具畢張，拔去兇邪，登崇畯良〔二〕。占小善者率以録〔三〕，名一藝者無不庸；爬羅剔抉〔四〕，刮垢磨光。蓋有幸而獲選，孰云多而不揚。諸生業患不能精，無患有司之不明〔五〕；行患不能成，無患有司之不公。」

〔一〕「招」、或作召。〔補注〕沈欽韓曰：「招」當作「詔」。周官冢宰「詔王」是也。

〔二〕「畢」，或作「必」。「畯」，或作「俊」。古文尚書「俊」皆作「畯」，公佗文石本多用「畯」字。新舊史同上。

〔三〕「占」，去聲。

〔四〕「爬」、或作「把」。「爬」，蒲巴切。「抉」，於決切。

〔五〕「之不」，或作「不能」，非是。

言未既，有笑于列者曰：「先生欺余哉！弟子事先生于茲有年矣〔一〕。先生口不絶吟於六藝之文〔二〕，手不停披於百家之編；記事者必提其要〔三〕，纂言者必鈎其玄；貪多務得，細大不捐，焚膏油以繼晷〔四〕，恒兀兀以窮年〔五〕：先生之業可謂勤矣〔六〕。觝排異端，攘斥佛老，補苴罅漏，張皇幽眇〔七〕；尋墜緒之茫茫〔八〕，獨旁搜而遠紹，障百川而東之〔九〕，迴狂瀾於既倒：先生之於儒，可謂有勞矣〔一〇〕。沈浸醲郁〔一一〕，含英咀華〔一二〕，作爲文章，其書滿家。上規姚姒〔一三〕，渾渾無涯〔一四〕；周誥殷盤，佶屈聱牙〔一五〕；春秋謹嚴，左氏浮誇，易奇而法，詩正而葩；下逮莊騷，太史所録，子雲相如，同工異曲〔一六〕：先生之於文〔一七〕，可謂閎其中而肆其外矣。少始知學，勇於敢爲；長通於方，左右具宜〔一八〕：先生之於爲人，可謂成矣。」〔一九〕

〔一〕「年」，或作「時」，云：考舊史，公時以職方下遷，蓋非久於博士。今按：此文恐非職方左遷時作，説見下三年博士注。〔補注〕陳景雲曰：此文作於職方左遷後，史傳甚明，似無可疑；而方本以時易年，亦非。蓋此句乃伏後三年博士之根。

〔二〕「吟」，或作「唫」。

〔三〕「記」，或作「紀」。

〔四〕「焚」，或作「燒」。

〔五〕「兀兀」，或作「矻矻」。

〔六〕「之」下或有「於」字。

〔七〕「衣弊不補，履決不苴」，吕氏春秋語。「抗辭幽説，閎意眇旨」，見揚子雲解難。「鏬」，呼訝切。

〔八〕「茫茫」，或作「芒芒」。

〔九〕「障」，或作「停」。禮記：「鯀鄣洪水」。音章。

〔一〇〕或無「有」字。

〔一一〕「醲」，或作「釀」。

〔一二〕張子韶曰：文字有眼目處，當涵泳之，使書味存於胸中，則益矣。韓子曰「沈浸醲郁，含英咀華」，正謂此。「咀」，在吕切。

〔一三〕「姚姒」，舜禹姓。「姒」，徐里切。

〔一四〕「無」，或作「亡」，或作「之」，非是。揚子曰：「虞夏之書渾渾爾。」「渾渾」，胡本切。

〔一五〕「聱」，廣雅謂不入人語也。「佶屈聱牙」皆艱澁貌。「佶」，其乙切。「屈」，求勿切。「聱」，牛交切。

〔一六〕〔補注〕曾國藩曰：退之於文用力絶勤，故言之切當如此。

〔一七〕「文」，一作「德」，或作「儒」，或作「得」，非是。

〔一八〕「具」，或作「其」，或作「且」。

〔一九〕或無「爲」字。

「然而公不見信於人，私不見助於友，跋前躓後〔一〕，動輒得咎。暫爲御史，遂竄南夷〔二〕；三年博士，冗不見治〔三〕；命與仇謀，取敗幾時〔四〕；冬暖而兒號寒，年豐

而妻啼飢〔五〕；頭童齒豁，竟死何裨。不知慮此，而反教人爲？」〔六〕

〔一〕「躓」多作「疐」。詩云：「載疐其尾」。說文，與疐義通。
〔二〕「遂」，或作「逐」。謂貞元十九年爲監察御史謫陽山令也。
〔三〕「年」，方作「爲」，謂貞元末爲四門博士，元和初爲國子博士，今復下遷。諸本多作「三年」。樊謂公元和元年六月爲博士，四年六月遷都官，史謂三歲爲真，蓋三年也。今按洪譜，則樊說爲是，當作三年。唐本詩注行狀皆有「三年」字，何煩曲說乎？然洪亦附「三爲」之說，則又誤矣。楚辭：「雖過失猶弗治。」「治」，陳之切。
〔四〕「取」，或作「其」。
〔五〕「豐」，或作「登」。
〔六〕或無「而」字。

先生曰：「吁，子來前！夫大木爲杗〔一〕，細木爲桷〔二〕，欂櫨侏儒〔三〕，椳闑扂楔〔四〕，各得其宜，施以成室者，匠氏之工也〔五〕；玉札丹砂，赤箭青芝，牛溲馬勃，敗鼓之皮〔六〕，俱收並蓄，待用無遺者，醫師之良也；登明選公，雜進巧拙，紆餘爲妍，卓犖爲傑〔七〕，校短量長，惟器是適者〔八〕，宰相之方也〔九〕。昔者孟軻好辯，孔道以明，轍環天下，卒老于行；荀卿守正，大論是弘〔一〇〕，逃讒于楚，廢死蘭陵〔一一〕：是二儒者，

吐辭爲經，舉足爲法，絕類離倫，優入聖域，其遇於世何如也？」〔一二〕

〔一〕爾雅：「杗廇謂之梁。」説文云：「杗，屋大梁也。」「杗」，武方、莫郎二切，又音盲。

〔二〕詩：「松桷有梴。」左氏傳「子尾抽桷擊扉」。注「桷，椽也」。「桷」，音角。

〔三〕爾雅注云：栿，柱上欂也。櫨，柱上枅。欂，一名枅。櫨，一名楶。侏儒，一名梲，字或作「株檽」。「欂」音薄。「櫨」音盧。

〔四〕「椳」，户樞。「闑」，在地謂之「臬」。注：即門橜也。「扂」，關牡也。「楔」，門兩傍木。並見爾雅、廣韻。「椳」，烏回切。「闑」，魚烈切。「扂」，徒點切。「楔」音屑。

〔五〕或無「宜」字。「室」下有「屋」字。「工」，作「功」。淮南子曰：「賢主之用人也，猶巧工之制木也。大者以爲舟航梁棟，小者以爲楫楔，脩者以爲櫩榱，短者以爲侏儒、枅櫨。無小大脩短，皆得其所宜；規矩方圓，各有所施。天下之物，莫凶於鷄毒烏頭也；然而良醫橐而藏之，有所用也。是故林莽之材猶不棄者，而况於人乎？」公言蓋祖此。而「宜」「施」二字當爲一節。

〔六〕〔補注〕沈欽韓曰：本草别録：赤箭亦是芝類。沈括曰：天麻苗也。馬勃生園中久腐處，俗呼爲馬氣勃是也。本草綱目：玉泉，亦名玉札。弘景曰：此是玉之精華，可消之爲水。
按：説文：「札，牒也。」玉札蓋如北史李預服玉之法；解爲薄片，仍用苦酒消爲飴耳。

〔七〕「卓犖」，或作「犖犖」。「犖」，吕角切。

〔八〕「是」，一作「所」。

〔九〕〔補注〕張裕釗曰：此皆偏宕之詞。

〔一〇〕「荀卿」至「是弘」八字，方從舊史如此，又云文苑上文皆同，惟「是弘」作「以興」，蓋國初以諱避也。閣本亦只作「大論」。以「正」爲「王」，以「論」爲「倫」，自杭本也。而新史又易「守」爲「宗」，其訛益甚矣。

〔一一〕史記：荀卿遊於齊，三爲祭酒，齊人或讒荀卿，荀卿乃適楚，春申君以爲蘭陵令。春申死，而荀卿因家蘭陵。

〔一二〕「遇」，或作「進」。

「今先生學雖勤而不繇其統，言雖多而不要其中〔一〕，文雖奇而不濟於用，行雖修而不顯於衆〔二〕，猶且月費俸錢〔三〕，歲靡廩粟〔四〕；子不知耕，婦不知織，乘馬從徒〔五〕，安坐而食，踵常途之促促〔六〕，窺陳編以盜竊〔七〕；然而聖主不加誅，宰臣不見斥：兹非其幸歟〔八〕？動而得謗，名亦隨之，投閑置散，乃分之宜。」

〔一〕「要」平聲。

〔二〕「顯」，或作「白」，舊史四句皆無「而」字。

〔三〕「俸」，或作「奉」。

〔四〕「靡」音縻。

〔五〕「從」，才用切，或作「而」，非是。

〔六〕諸本多作「役役」。「促」，音齪。公張署墓誌，「抑首促促就食」，與此同。史記：「申屠嘉娖娖廉謹。」「娖」與「促」音義通。集韻，齪促二字皆出。

〔七〕「編」，或作「篇」。

〔八〕或無「其」字，或作「此非其利哉」。〔補注〕「非」上原本無「玆」字，據別本校補。

「若夫商財賄之有亡，計班資之崇庳〔一〕，忘己量之所稱〔二〕，指前人之瑕疵：是所謂詰匠氏之不以杙爲楹〔三〕，而訾醫師以昌陽引年，欲進其豨苓也。」〔四〕

〔一〕「庳」，下也。呂氏春秋謂：確乎其節之不庳也。太玄經亦曰：山川福庳而禍高。「庳」，音卑。

〔二〕「己量」，或作「量己」，非是。「稱」，去聲。

〔三〕莊子：「求狙猴之杙者斬」。「杙」，橜也，「楹」，柱也。杙小而楹大，故公以杙自喻。「杙」，音弋。

〔四〕「師」下或有「不」字。本草：「昌蒲，一名昌陽。」作「不以」者非是。楚人呼豬爲豨，「豨苓」，乃豬苓也。「訾」，音紫。「豨」，許豈切，又音希。〔補注〕沈欽韓曰：司馬彪注莊子云：豕橐，一名苓，其根如猪矢。

本政

周衰文弊，老子之徒莊周唱爲太古之説曰：「聖人不死，大盜不止；焚符破璽，而民樸鄙；剖斗折衡，而民不争；殫殘天下之聖法，而民始可與論議。」公於原道篇既詳辨而排之矣，至是又作本政云。〔補注〕吴汝綸曰：奥衍深博，突兀峥嵘。韓公少時固已蹴蹋孟堅，陵轢子雲如此。

周之政文，既其弊也〔一〕，後世不知其承〔二〕，大敷古先，遂一時之術以明示民〔三〕；民始惑教，百氏之説以興〔四〕。其言曰：天下可爲也。彼之政仁矣，反於誼；此之政敬矣，戾於忠。何居？我其周從乎〔五〕！曰：周不及殷，其殷從乎？曰夏，曰虞，曰陶唐，曰三皇氏，曰遂古之初；暴孽情，飾淫志〔六〕，枝辭琢正，紛紊糾射，以僻民和，以導民亂。嗚呼，道之去世，其終不復矣乎！

〔一〕「其」，或作「有」，或無「其」字。今按：猶言既而弊矣。「既」字又似「及」字。

〔二〕〔補注〕沈欽韓曰：言後人不知周之所承受者本於商，而大布四代之善，其致太平之由，但循衰周之迹也。

〔三〕「遂」，或作「逐」。

〔四〕〔補注〕按：周末文弊，易之以質，宜也。而老莊之徒，不知其所以承之之道，生今反古，明示斯民以違背當王之政教，而衆説滋興。此啓亂之源也。

〔五〕「何居」，或無「何」字，或無「居」字。「我」，或作「吾」。今按：「何居」，準檀弓，音姬。大率此篇僻澁，必其少作，今或有所未通，闕之可也。

〔六〕「孽」，或作「泰」。「孽」，鱼列切。

長民者發一號、施一令，民莫不悱然非矣〔一〕。謂不可守，遽變而從之。譬將適千里，及門而復，後雖矻矻，决不可暨〔二〕。原其始，固有啓之者也〔三〕。聞於師曰：古之君天下者，化之不示其所以化之之道；及其弊也，易之不示其所以易之之道：政以是得，民以是淳〔四〕。其有作者，知教化之所繇廢，抑詭怪而暢皇極〔五〕，伏文貌而尚忠質，茫乎天運，窅爾神化，道之行也，其庶已乎！

〔一〕或無「然非」二字。「悱」，芳尾切。

〔二〕或無「後」字。「暨」，或作「洎」。「矻」，苦骨反。

〔三〕〔補注〕按：秦患天下之民是古非今，因謂先王之法不可守，遂焚燒詩書。漢雖矻矻修補，終不可復。原其始，皆倡於儒者之好爲高論，激成此禍。子瞻之論荀卿本此。

〔四〕〔補注〕按：三代質文改革，何嘗生亂？子曰：「民可使由之，不可使知之。」由者化之易之也。昌黎所聞於師者若此，觀周末放言以導民亂之禍，然後知聖言不可及已。

〔五〕「怪」或作「類」。

守戒

唐自安史亂後，河南河北地裂爲七八，蔡在當時最爲近地。成德淄青連結爲援，所謂「今之通都大邑，介於屈强之間，而不知爲之備」者。此公守戒之所以作。終之曰：「如之何而備之？曰：在得人。」及裴度平蔡，而公之言驗。大和間，杜牧作守論，亦公遺意歟？〔補注〕方苞曰：此篇爲老泉之文格所自出。張裕釗曰：老泉學之，更加縱横；而高古簡峻，終遜退之。又曰：通體轉卸、接换、斷續、起落，在在不測。

詩曰「大邦維翰」，書曰「以蕃王室」，諸侯之於天子，不惟守土地奉職貢而已，固將有以翰蕃之也。今人有宅於山者，知猛獸之爲害，則必高其柴楥而外施窞穽以待之〔一〕；宅於都者，知穿窬之爲盜，則必峻其垣牆而内固扃鐍以防之〔二〕：此野人鄙夫之所及，非有過人之智而後能也。今之通都大邑，介於屈强之間〔三〕，而不知爲之備。噫，亦惑矣！

〔一〕「楥」或云籬也，欄也。字當從木。「窞」，徒敢切。「穽」，慈井切。

〔二〕「鐍」，音决。

〔三〕「屈」，或作「倔」。「屈」，渠勿切。「强」，居亮切，又巨兩切。

野人鄙夫能之〔一〕，而王公大人反不能焉，豈材力爲有不足歟〔二〕？蓋以謂不足爲而不爲耳〔三〕！天下之禍，莫大於不足爲〔四〕，材力不足者次之〔五〕。不足爲者，敵至而不知；材力不足者，先事而思；則其於禍也有間矣。彼之屈强者，帶甲荷戈不知其多少；其縣地則千里而與我壤地相錯〔六〕，無有丘陵江河洞庭孟門之關〔七〕，其間又自知其不得與天下齒，朝夕舉踵引頸〔八〕，冀天下之有事，以乘吾之便：此其暴於猛獸穿窬也甚矣。嗚呼，胡知而不爲之備乎哉〔九〕！

〔一〕「野」下或無「人鄙」二字。〔補注〕張裕釗曰：突語轉。

〔二〕「爲」下或有「之而」二字，或只有「之」字。今詳文勢，疑「爲」字衍。

〔三〕〔補注〕張裕釗曰：縈拂處，作數層折入，文字須如此，而後愈見精神。

〔四〕句下或有「而不爲」三字。今詳文勢，疑下「足」字衍。下文「不足爲者」放此。〔補注〕張裕釗曰：突語起。

〔五〕「足」下或有「爲」字，非是。

〔六〕「與」上或無「而」字。

〔七〕戰國策：三苗之居，左彭蠡之波，右洞庭之水；殷紂之國，左孟門而右漳滏。

〔八〕「頸」，或作「領」。

〔九〕〔補注〕張裕釗曰：此一段尤朴老雄直。又曰：止一語便佳，他人往往失之冗闒。

賁育之不戒，童子之不抗〔一〕；魯雞之不期，蜀雞之不支〔二〕。今夫鹿之於豹非不巍然大矣〔三〕，然而卒爲之禽者；爪牙之材不同，猛怯之資殊也。曰：然則如之何而備之？曰：在得人。

〔一〕蒯通曰：「孟賁之狐疑，不如童子之必至。」賁育，古之勇力士也。孟賁生拔牛角，夏育，衞人，力舉千鈞。「賁」，音奔。〔補注〕張裕釗曰：突語接。

〔二〕爾雅：雞大者曰「蜀」。莊子庚桑楚篇：「越雞不能伏鵠卵，魯雞固能矣。」向氏注云：「越雞，小雞也。魯雞，大雞也。今蜀雞也。」按公上下文考之，蜀雞當作越雞。

〔三〕「於」，或作「與」，非是。

圬者王承福傳

「圬」或作「杇」。「圬」音烏。左傳：「圬人以時塓館宮室。」杜注：「圬人，塗者」。題語正本此說，不當用「杇」字。今按：論語作「杇」。

圬之爲技，賤且勞者也。有業之其色若自得者。聽其言，約而盡；問之，王其姓，承福其名，世爲京兆長安農夫〔一〕。天寶之亂，發人爲兵，持弓矢十三年，有官勳，棄之來歸，喪其土田，手鏝衣食〔二〕，餘三十年。舍於市之主人，而歸其屋食之當焉〔三〕。視時屋食之貴賤，而上下其圬之傭以償之；有餘，則以與道路之廢疾餓者焉。

〔一〕或無「夫」字。

〔二〕「鏝」杇具。爾雅：鏝謂之杇。「鏝」，母官切。

〔三〕「當」謂所當之直。

又曰：粟，稼而生者也；若布與帛，必蠶績而後成者也；其他所以養生之具，皆待人力而後完也；吾皆賴之。然人不可徧爲，宜乎各致其能以相生也。故君者，理我所以生者也〔一〕；而百官者，承君之化者也〔二〕。任有小大，惟其所能，若器皿焉。食焉而怠其事，必有天殃，故吾不敢一日捨鏝以嬉〔三〕。夫鏝，易能可力焉，又誠有功，取其直，雖勞無愧，吾心安焉。夫力，易強而有功也；心，難強而有智也〔四〕：用力者使於人，用心者使人，亦其宜也；吾特擇其易爲而無愧者取焉〔五〕。嘻！吾操鏝以入貴富之家有年矣〔六〕，有一至者焉，又往過之，則爲墟矣；有再至三至者焉，而往過之，則爲墟矣。問之其鄰〔七〕，或曰：噫！刑戮也。或曰：身既死，而其子孫不能有也。或曰：死而歸之官也〔八〕。吾以是觀之，非所謂食焉怠其事而得天殃者邪〔九〕！非强心以智而不足，不擇其才之稱否而冒之者邪！非多行可愧，知其不可而强爲之者邪〔一〇〕！將貴富難守，薄功而厚饗之者邪〔一一〕！抑豐悴有時，一去一來而不可常者邪！吾之心憫焉，是故擇其力之可能者行焉。樂富貴而悲貧賤，我豈異於人哉？

〔一〕方從閣杭本如此。諸本「以生」或作「以出令」。今按：「所以出令」，與原道意同，似當從之；然詳上文有三「生」字，故此言「君者理我之所以生者」，正承上文而言也。若作「出令」，則與上下文意皆不協矣。今當以方本爲正。

〔二〕或從閣杭無「也」字，非是。

〔三〕「一日捨鏝」或作「捨鏝一日」。

〔四〕「智」上，或無「有」字。

〔五〕「特」，或作「故」。孟子「陳相見孟子道許行之言」，又「彭更問士無事而食不可也」二章，孟子有「食於人」及「食功」之説。公所言，蓋有合於此。

〔六〕「入」下或有「於」字。

〔七〕「問」下或無「之」字。

〔八〕「死」上或無「曰」字。

〔九〕「焉」下或有「而」字。

〔一〇〕「知其不可」下杭本有「能」字。蜀本「能」上又有「强字」。或從閣本作「知己之不可能」，又無「强」字。今按：此數本語意皆與上文「不擇其才之稱否」者相複，又與本句「多行可愧」者不相承，惟杭蜀本近是，但「能」字亦未安，而「强」字當在「而」字下耳。今參取二本，定爲「知其不可而强爲之」，則其上下文之義皆暢矣。

〔一一〕或無「之」字。

又曰：功大者，其所以自奉也博。妻與子，皆養於我者也，吾能薄而功小，不有之可也〔一二〕。又吾所謂勞力者〔一三〕，若立吾家而力不足，則心又勞也。一身而二任焉，雖聖者不可能也。

〔一二〕「我者」閣作「我類」。「有之」閣作「有小」。皆非是。

〔一三〕「者」下或有「也」字。

愈始聞而惑之，又從而思之，蓋賢者也！蓋所謂獨善其身者也！然吾有譏焉，謂其自爲也過多，其爲人也過少，其學楊朱之道者邪？楊之道，不肯拔我一毛而利天下〔一〕，而夫人以有家爲勞心，不肯一動其心以畜其妻子〔二〕，其肯勞其心以爲人乎哉？雖然，其賢於世之患不得之而患失之者，以濟其生之欲、貪邪而亡道以喪其身者，其亦遠矣〔三〕！又其言有可以警余者，故余爲之傳而自鑒焉〔四〕。

〔一〕下「楊」之上或有「然」字，非是。
〔二〕「畜」，或作「蓄」。
〔三〕「亡」，或作「忘」。
〔四〕「鑒」，或作「覽」，或作「覺」。今疑「自鑒」或當作「日覽」。

五箴 五首并序

人患不知其過；既知之不能改，是無勇也〔一〕。余生三十有八年〔二〕；髮之短者日益白，齒之搖者日益脱，聰明不及於前時，道德日負於初心〔三〕，其不至於君子而卒爲小人也，昭昭矣！作五箴以訟其惡云。

〔一〕或無「是」字。

〔二〕「三」，或作「四」，或從閣杭蜀本，云洪樊辨證詳矣。

〔三〕二「於」字或並作「于」。

遊箴

余少之時，將求多能，蚤夜以孜孜；余今之時，既飽而嬉，蚤夜以無爲〔一〕。嗚呼余乎，其無知乎〔二〕？君子之棄，而小人之歸乎？

〔一〕「余」，方從閣杭蜀本並作「于」，云：左傳「于民生之不易」，「于勝之不可保」，杜注：「于，曰也。」今按：方説不爲無據，然與所證之文初不相似，況下文有「嗚呼余乎」，則此「于」字皆是「余」字明矣。

〔二〕「知」下或無「乎」字。

言箴

不知言之人，烏可與言〔一〕？知言之人，默焉而其意已傳〔二〕。幕中之辯，人反以汝爲叛〔三〕；臺中之評，人反以汝爲傾〔四〕：汝不懲邪！而呶呶以害其生邪〔五〕！

〔一〕「烏」或作「焉」。

〔二〕「焉」或作「然」。

〔三〕此謂佐董晉、張建封于汴徐二州時。

〔四〕此謂爲監察御史，坐論天旱人飢，出爲陽山令。「以汝」，方並作「汝以」。今按：近世校本，務爲新奇，多作倒語，文乖字逆，幾類歐陽公所譏石公作字之怪，殊失韓公立言本意。今悉正之，不敢從也。

〔五〕「呶」音「鐃」。

行箴〔一〕

行與義乖，言與法違，後雖無害，汝可以悔；行也無邪，言也無頗〔二〕，死而不死，汝悔而何？宜悔而休，汝惡曷瘳？宜休而悔，汝善安在？悔不可追〔三〕，悔不可爲；思而斯得，汝則弗思。

〔一〕「行」，或作「悔」。〔補注〕王元啓曰：此篇專論悔之當否，作「行」，則起處言行並舉，先已自乖其例。

〔二〕「頗」普禾切。

〔三〕「追」，諸本皆同，而方從閣杭作「止」。今按：草書「追」字近似「止」，二本偶以轉寫致誤，而方乃以好怪取之，不復計其文義之通塞。可一笑也。

好惡箴

無善而好〔一〕，不觀其道；無悖而惡，不詳其故。前之所好，今見其尤；從也爲比，捨也爲讎。前之所惡，今見其臧；從也爲愧，捨也爲狂。維讎維比，維狂維愧，於身不祥，於德不義。不義不祥，維惡之大，幾如是爲，而不顛沛？齒之尚少，庸有不思，今其老矣，不慎胡爲！

〔一〕「善」，方從杭蜀作「悖」。今按：二本蓋由下句而誤，方亦不顧文義而取之也。

知名箴

內不足者，急於人知；霈焉有餘，厥聞四馳〔一〕。今日告汝，知名之法：勿病無聞，病其曄曄。昔者子路，惟恐有聞，赫然千載，德譽愈尊。矜汝文章，負汝言語，乘人不能，揜以自取。汝非其父，汝非其師，不請而教，誰云不欺？欺以賈憎〔二〕，揜以媒怨，汝曾不寤，以及於難。小人在辱，亦克知悔。及其既寧〔三〕，終其能戒，既出汝心，又銘汝前，汝如不顧，禍亦宜然〔四〕！

〔一〕「焉」，或作「然」。「聞」，去聲。

〔二〕「賈」，音古。

〔三〕「及其」，或作「其及」。

〔四〕「禍亦」，方作「辱則」。

後漢三賢贊 三首

後漢王充王符仲長統三人者同傳。公爲之贊，各不滿百言，而敍事略無遺者。〔補注〕何焯曰：贊後漢人，即用後漢文體。

王充者何？會稽上虞。本自元城，爰來徙居〔一〕。師事班彪，家貧無書，閱書於肆，市肆是遊，一見誦憶，遂通衆流。閉門潛思，論衡以修〔二〕，爲州治中，自免歸歟。

同郡友人，謝姓夷吾，上書薦之，待詔公車。以病不行〔三〕，年七十餘〔四〕，乃作養性，一十六篇。肅宗之時，終於永元。

〔一〕充字仲任，其先魏郡元城人，父誦，徙居上虞。

〔二〕充歸鄉里，屏居教授，以爲俗儒守文，多失其言；乃閉門潛思，著論衡八十五篇。

〔三〕刺史董勤辟充從事，轉治中，自免還家。友人同郡謝夷吾上書薦充才學，肅宗特詔公車徵，以病不行。

〔四〕〔補注〕吴汝綸曰：「餘」字韻合上句，而詞乃下屬。古人多此。

王符節信，安定臨涇。好學有志，爲鄉人所輕〔一〕。憤世著論，潛夫是名〔二〕，述赦之篇，以赦爲賊，良民之甚，其旨甚明〔三〕。皇甫度遼，聞至乃驚，衣不及帶，屣履出迎，豈若鴈門，問鴈呼卿〔四〕。不仕終家，吁嗟先生！

〔一〕或無「爲」字。「人」，或作「里」。〔補注〕按本傳。安定俗鄙庶孽，而符無外家，爲鄉人所賤。

〔二〕符著潛夫論三十六篇，以譏當時得失，不欲章顯其名，故號曰潛夫論。

〔三〕「甚」，或作「患」。王符述赦篇曰：「今日賊良民之甚者，莫大於數赦。」公全具此語。〔補注〕何焯曰：潛夫論，本傳著其五篇：曰浮侈、曰實貢、曰貴忠、曰愛日、曰述赦。述赦尤善，可以革古今之通弊，故公獨取之。

〔四〕皇甫規解官歸安定，鄉人有以貨得鴈門守者，謁規，規臥不起，既入而問：「卿前在郡食鴈美乎？」有頃，王符在門，規素聞符名，衣不及帶，屣履出迎，時人爲之語曰：「徒見二千石，不如一逢掖。」

仲長統公理〔一〕，山陽高平。謂高幹有雄志而無雄才〔二〕，其後果敗〔三〕，以此有聲。俶儻敢言〔四〕，語默無常，人以爲狂生。州郡會召，稱疾不就，著論見情。初舉尚書郎〔五〕，後參丞相軍事，卒不至于榮。論説古今，發憤著書，昌言是名〔六〕。友人繆襲，稱其文章，足繼西京〔七〕。四十一終〔八〕，何其短邪，嗚呼先生〔九〕！

〔一〕仲長統字公理。或無「仲」字。

〔二〕「謂」上或有「自」字。

〔三〕并州刺史高幹素貴有名，士多歸附，時統過幹，幹訪以當時之事，統謂幹曰：「君有雄志而無雄才。」未幾，幹以并州叛，卒至於敗。

〔四〕「俶」或作「倜」，或云「俶」與傳合。

〔五〕「舉」下或有「高第」字。今按：本傳無「高第」字。

〔六〕長統著論名曰昌言，凡三十四篇。

〔七〕「文章」，或云考本傳當作「才章」，公三贊未嘗私立一語。〔補注〕按本傳注襲字熙伯，辟御史府，後至尚書光禄勳。

〔八〕「一」下或有「而」字。

〔九〕〔補注〕曾國藩曰：三句用韻，略仿秦碑。

諱辯

舊史公傳云：「李賀父名晉肅，不應進士，而愈爲賀作諱辯，令舉進士。」蓋以是罪公。而新史則書其事於賀傳，云：以父名晉肅不肯舉進士，愈爲作諱辯，然亦卒不就舉。

愈與李賀書〔一〕，勸賀舉進士。賀舉進士有名，與賀争名者毁之〔二〕，曰：「賀父名晉肅，賀不舉進士爲是，勸之舉者爲非。」聽者不察也〔三〕，和而唱之，同然一辭。皇甫湜曰：「若不明白，子與賀且得罪！」〔四〕

〔一〕「李」上或有「進士」二字，非是。

〔二〕此公自言嘗勸李賀舉進士，而賀從己説，舉進士有名稱，故與之争名者毁之也。今方氏乃從諸本删去「名」字，而以「有」字屬下句，遂使複出四字爲剩語，而「争名」二字無所承。故諸本亦有覺其誤者，而并删四字以從省，雖若小勝方本，然要爲失韓公本指，而不究毁者之情也。方本又無「之」字，亦非是。方又云康駢劇談録謂公此文因元稹而發，董彦遠謂賀死元和中，使稹爲禮部，亦不相及，争名蓋當時同試者。〔補注〕陳景雲曰：元稹爲禮部在長慶初，賀前卒久矣。

〔三〕或無「也」字。

〔四〕或無「若」字。

愈曰：「然。」律曰：「二名不偏諱。」釋之者曰：謂若言「徵」不稱「在」，言「在」不稱「徵」是也。律曰：「不諱嫌名。」釋之者曰：謂若「禹」與「雨」、「丘」與「蓲」之類是也〔一〕。今賀父名晉肅，賀舉進士，爲犯「二名律」乎？爲犯「嫌名律」乎？父名晉肅，子不得舉進士；若父名「仁」，子不得爲人乎〔二〕？

〔一〕「蓲」與「丘」同音烏。「蓲」，草名。或無此注字。

〔二〕「嫌名律乎」下，諸本皆有此二十字，或從杭本去之，非是。

夫諱始於何時？作法制以教天下者，非周公孔子歟？周公作詩不諱〔一〕；孔子不偏諱二名〔二〕；春秋不譏不諱嫌名〔三〕；康王釗之孫實爲昭王〔四〕；曾參之父名晳，曾子不諱「昔」〔五〕。周之時有騏期，漢之時有杜度〔六〕，此其子宜如何諱？將諱其嫌，遂諱其姓乎？將不諱其嫌者乎？漢諱武帝名徹爲「通」〔七〕，不聞又諱「車轍」之「轍」爲某字也；諱吕后名雉爲「野雞」，不聞又諱「治天下」之「治」爲某字也〔八〕。今上章及詔不聞諱「滸」、「勢」、「秉」、「饑」也〔九〕，惟宦官宫妾乃不敢言「諭」及「機」，以爲觸犯〔一〇〕。士君子言語行事，宜何所法守也〔一一〕？今考之於經，質之於律，稽之以國家之典，賀舉進士爲可邪，爲不可邪〔一二〕？

〔一〕若曰「克昌厥後」，又曰「駿發爾私」，謂文王名昌，武王名發也。「若」字或作「周公」。

〔二〕若曰「宋不足徵」，又曰「某在斯」。「若」字或作「孔子」。

〔三〕若衛桓公名「完」。本或無「若」字。

〔四〕康王名釗。「釗」音昭。

〔五〕若曰「昔者吾友」，又曰「裼裘而弔」。「若」字，或作「曾子」。

〔六〕「期」字「度」字下，或並有「者」字。董彦遠曰：騏期以姓苑考之爲「朞」。又李涪謂杜操字伯度，魏人。以武帝諱，謂杜度，公誤用也。然張仲景方自有杜度，公所用，或出此。〔補注〕沈欽韓曰：晉書衛恒傳云：章帝時齊相杜度善草書。韓公所指，即其人也。

〔七〕謂「徹侯」爲「通侯」、「蒯徹」爲「蒯通」之類。

〔八〕或無下「又諱」二字。顏氏家訓曰：「桓公名白，傳有『五皓』之稱；厲王名長，琴有『脩短』之目。不聞謂『布帛』爲『布皓』，呼『腎腸』爲『腎脩』。」公言蓋有自也。今按：公言或與顏氏偶同，未必用其語也。

〔九〕以「滸」、「勢」、「秉」、「饑」爲近太祖、太宗、世祖、玄宗廟諱。蓋太祖名虎，太宗名世民，世祖名昞，玄宗名隆基。「滸」，呼古切。

〔一〇〕以「諭」爲近代宗廟諱，以「機」爲近玄宗廟諱。代宗諱豫，玄宗諱見上。

〔一一〕「言語」，或作「立言」。

〔一二〕或無「舉」字，「爲可」下，或無「邪」字，或無「邪爲」二字。

凡事父母得如曾參，可以無譏矣；作人得如周公孔子，亦可以止矣〔一〕。今世之士，不務行曾參周公孔子之行，而諱親之名則務勝於曾參周公孔子，亦見其惑也〔二〕！夫周公孔子曾參卒不可勝；勝周公孔子曾參，乃比於宦者宮妾；則是宦者宮妾之孝於其親，賢於周公孔子曾參者耶〔三〕？

〔一〕「矣」，或並作「也」，或並作「邪」。〔補注〕李光地曰：此處承上「事父母」，故先曾參；以下泛論，故先周公孔子：韓文之不苟如此。

〔二〕〔補注〕張裕釗曰：理足詞勝，足以厭乎人人之心。

〔三〕「宦者」或並作「宧官」。〔補注〕劉大櫆曰：結處反覆辨難，曲盤瘦硬，已開半山門户；但韓公力大，氣較渾融，半山便稍露筋節。張裕釗曰：收處極文章之能事，介甫所謂飄風急雨之驟至，輕馬駿馬之奔馳，最得其妙。

訟風伯

「訟」，或作「譏」，非是。德宗貞元十九年正月不雨，至七月甲戌。公時爲四門博士，作此專以刺權臣裴延齡、李齊運、京兆尹李實之徒，壅蔽聰明，不顧旱飢，專於誅求，使人君恩澤不得下流，如風吹雲而雨澤不得墜也。是年冬，公拜御史，竟以言旱飢謫陽山云。〔補注〕沈欽韓曰：延齡死久矣，與李齊運皆死於貞元十二年。舊注誤。何焯曰：厚齊云：曹子建詰咎文，假天帝之命，以詰風伯雨師；公訟風伯，蓋本於此。方苞曰：樸厚近西漢人，頗不類楚辭。

維兹之旱兮，其誰之由〔一〕？我知其端兮，風伯是尤。山升雲兮澤上氣，雷鞭車兮電摇幟〔二〕，雨寖寖兮將墜〔三〕，風伯怒兮雲不得止。暘烏之仁兮，念此下民；閟其光兮，不鬭其神。

〔一〕「旱」上或無「之」字。

〔二〕「幟」，尺志切。

〔三〕「寖寖」，或作「侵侵」。「將」下或有「欲」字。

嗟風伯兮，其獨謂何〔一〕！我於爾兮，豈有其他？求其時兮修祀事，羊甚肥兮酒甚旨，食足飽兮飲足醉，風伯之怒兮誰使？雲屏屏兮吹使醨之，氣將交兮吹使離之；鑠之使氣不得化，寒之使雲不得施〔二〕：嗟爾風伯兮，欲逃其罪又何辭〔三〕！

〔一〕「獨」或作「將」。

〔二〕「氣不」，或作「雲不」，「雲不」，或作「氣不」。

〔三〕或無「兮」字，又上或有「其」字。

上天孔明兮，有紀有綱；我今上訟兮，其罪誰當〔一〕？天誅加兮不可悔，風伯雖死兮人誰汝傷〔二〕！

〔一〕「我今」，或作「今我」。

〔二〕「雖」，或作「之」，非是。「汝」或作「爾」。

伯夷頌

王荆公伯夷論謂韓子之頌爲不然。曰：伯夷嘗與太公聞西伯善養老而往歸焉，當是之時，欲夷紂者，二人之心豈有異邪？及武王一奮，太公相之，遂出元元於塗炭之中，伯夷乃不與，豈伯夷欲歸西伯而志不遂，乃死於北海邪？抑來而死於道路耶？抑其至文王之都而不足以及武王之世而死耶？嗚呼！使伯夷之不死，以及武王之時，其烈豈下太公哉！荆公之論，與此頌相反，學者其審之。〔補注〕姚鼐曰：伊川曰：伯夷頌只説得伯夷介處，要説得伯夷心，須是聖人語：不念舊惡，怨是用希。〔補注〕姚鼐曰：用意反側蕩漾，頗似太史公論贊。曾國藩曰：舉世非之而不惑，此乃退之生平制行作文之宗旨。此自況之文也。又曰：讀原毁伯夷頌獲麟解龍説諸首，岸然想見古人獨立千古，碻乎不拔之概。張裕釗曰：介甫書李文公集後從此出，而氣太勁，神太迫，韻度迥不及此。按：用筆全在空際取勢，如水之一氣奔注，中間却有無數迴波，盤旋而後下。後幅換意換筆，語語令人不測，此最是古人行文秘密處也。

士之特立獨行，適於義而已，不顧人之是非，皆豪傑之士，信道篤而自知明者也〔一〕。一家非之，力行而不惑者，寡矣；至於一國一州非之，力行而不惑者，蓋天下一人而已矣；若至於舉世非之，力行而不惑者，則千百年乃一人而已耳。若伯夷者，窮天地亘萬世而不顧者也〔二〕。昭乎日月不足爲明，崒乎泰山不足爲高〔三〕，巍乎天地不足爲容也！

〔一〕〔補注〕姚鼐曰：「皆」字冒下賓主四層。

〔二〕「舉世非之」下，方從杭粹及范文正公寫本無「力行」二字，「千」下有「五」字，云：自周初至唐貞元末，幾二千年，公言千五百年，舉其成也。今按：此篇自「一家一國」以至「舉世非之而不惑者」，汎說有此三等人，而伯夷之窮天地亘萬世而不顧，又別是上一等人，不可以此三者論也。前三等人，皆非有所指名，故舉世非之而不顧者，亦難以年數之實論其有無，而且以千百年言之，蓋其大約如此耳。今方氏以伯夷當之，已失全篇之大指；至於計其年數，則又捨其幾二千年全數之多，而反促就千五百年奇數之少，其誤益甚矣。方說不通文理，大率類此，不可不辨。〔補注〕張裕釗曰：上面累勢甚重，故著此極力語壓之。

〔三〕「崒」音「捽」。

當殷之亡、周之興，微子賢也，抱祭器而去之〔一〕；武王周公聖也〔二〕，從天下之賢士與天下之諸侯而往攻之〔三〕：未嘗聞有非之者也。彼伯夷叔齊者〔四〕，乃獨以爲不可。殷既滅矣，天下宗周，彼二子乃獨恥食其粟，餓死而不顧〔五〕。繇是而言，夫豈有求而爲哉？信道篤而自知明也〔六〕。

〔一〕事見史記宋世家。「去」下，或無「之」字。

〔二〕「聖」下一有「人」字。

〔三〕「從」，或作「率」。「與」，或作「從」。

〔四〕伯夷姓墨，名允，字公信；叔齊名智，字公達：孤竹君之二子。伯，長也；叔，少也；夷、齊，謚也。見春秋少陽篇。

〔五〕〔補注〕張裕釗曰：作兩層頓挫。

〔六〕「明」下，或有「者」字。〔補注〕張裕釗曰：斷制𠜱截。

今世之所謂士者〔一〕：一凡人譽之，則自以爲有餘；一凡人沮之，則自以爲不足〔二〕。彼獨非聖人，而自是如此〔三〕。夫聖人乃萬世之標準也；余故曰：若伯夷者，特立獨行，窮天地亘萬世而不顧者也〔四〕。雖然，微二子，亂臣賊子接迹於後世矣。

〔一〕或無「所」字。

〔二〕「一凡人」，諸本兩句皆作「凡一人」，唯范本並作「一凡人」，乃與下文「非聖人」者相發明。諸本非是。

〔三〕〔補注〕張裕釗曰：止一語，含蓄深妙，下即隨手轉換，運掉自如。

〔四〕「準」，方作「准」。今按：「準」字從水隼聲。俗作「准」。方本誤也。又按此篇之意，所謂聖人，正指武王周公而言也。既曰聖人，則是固爲萬世之標準矣，而伯夷者，乃獨非之而自是如此。是乃所以爲窮天地亘萬世而不顧者也。與世之以一凡人之毁譽而遽爲喜愠者，有間矣。近世讀者，多誤以伯夷爲萬世標準，故因附見其説云。

韓昌黎文集第二卷

桐城馬其昶通伯校注　馬茂元整理

雜著　書　啓

子產不毀鄉校頌

左傳：鄭人遊於鄉校以論執政，然明謂子產曰：「毀鄉校何如？」子產曰：「何爲？夫其所善者，吾則行之；其所惡者，吾則改之：是吾師也，若何毀之？」然明曰：「若果行此，鄭國實賴之。」仲尼聞之，曰：「以是觀之，人謂子產不仁，吾不信也。」〔補注〕吳汝綸曰：縱橫跌宕，使人忘其爲有韻之文。

我思古人，伊鄭之僑〔一〕；以禮相國〔二〕，人未安其教〔三〕；遊于鄉之校，衆口囂囂〔四〕。或謂子產，毀鄉校則止。曰：「何患焉，可以成美。夫豈多言，亦各其志。善也吾行，不善吾避，維善維否〔五〕，我於此視。川不可防，言不可弭〔六〕，下塞上聾〔七〕，邦其傾矣！」既鄉校不毀，而鄭國以理。

〔一〕國僑，字子産，鄭大夫，穆公之孫，子國之子。「僑」音喬。

〔二〕「相」，去聲，下同。

〔三〕「安」，或作「知」，云此以「教」叶「僑」與「嚚」，車舝詩用韻如此。

〔四〕「嚚」，許堯反。

〔五〕易：否臧凶。「否」音鄙。

〔六〕左傳：襄公三十一年，子産不毀鄉校，曰：「我聞忠善以損怨，不聞作威以防怨。豈不遽止？然猶防川，大決所犯，傷人必多，吾不克救也；不如小決使道，不如吾聞而藥之也。」

〔七〕文六年，穀梁云：上塞則下闇，下闇則上聾。

在周之興，養老乞言；及其已衰，謗者使監〔一〕：成敗之迹，昭哉可觀〔二〕。

〔一〕國語：厲王虐，國人謗，王怒，得衞巫，使監謗者。「監」，古衫反。

〔二〕「哉」，或作「然」。

維是子産，執政之式，維其不遇，化止一國。誠率是道，相天下君，交暢旁達，施及無垠〔一〕。

〔一〕「君」，或作「者」；「交暢旁達」，或作「旁暢交達」，非是。「達」，或作「通」。

於虖！四海所以不理，有君無臣，誰其嗣之，我思古人〔二〕。

〔二〕「理」下或有「者」字。

釋　言

此元和二年春作。宰相，鄭絪；翰林學士，李吉甫；中書舍人，裴垍也。國語云：「驪姬使奄楚以環釋言。」注云：「以言自解釋也。」退之作釋言取此。〔補注〕曾國藩曰：才高被謗，爲文自解，仍不減其崚嶒之氣。

元和元年六月十日〔一〕，愈自江陵法曹詔拜國子博士，始進見今相國鄭公。公賜之坐〔二〕，且曰：「吾見子某詩，吾時在翰林，職親而地禁，不敢相聞。今爲我寫子詩書爲一通以來。」〔三〕愈再拜謝，退録詩書若干篇，擇日時以獻〔四〕。

〔一〕或無「十日」字。

〔二〕或無下「公」字。

〔三〕「我」下，或有「盡」字，而無「爲一通以」字，或無「爲我」字，而有「盡」字。「一」，或作「二」。

〔四〕「若干」，或作「著于」。「獻」下或有「之」字。今按：「著干篇」雖古語，然施之於此，似不相入。且公亦未必特用此語以爲奇也。〔補注〕陳景雲曰：史言公舉進士，投文公卿間，故相鄭餘慶頗爲延譽，由是知名。蓋鄭知公在早歲，非自江陵召還始受知也。公登第之歲，鄭入翰林，其後鄭自以職親地近，遂與公久不相聞。及貞元之際，公始登朝，而鄭已遠謫。再秉國鈞，特擢公幕掾，因悉徵其歷年詩文也。

於後之數月〔一〕，有來謂愈者曰：「子獻相國詩書乎？」曰：「然。」曰：「有爲讒於相國之座者曰〔二〕：『韓愈曰：相國徵余文，余不敢匿，相國豈知我哉！』子其慎之！」〔三〕愈應之曰：「愈爲御史，得罪德宗朝，同遷于南者凡三人〔四〕，獨愈爲先收用，相國之賜大矣；百官之進見相國者，或立語以退，而愈辱賜坐語，相國之禮過矣〔五〕；四海九州之人，自百官已下，欲以其業徹相國左右者多矣，皆憚而莫之敢，獨愈辱先索，相國之知至矣。賜之大，禮之過，知之至，是三者於敵以下受之宜以何報？況在天子之宰乎〔六〕！人莫不自知，凡適於用之謂才，堪其事之謂力，愈於二者，雖日勉焉而不逮；束帶執笏立士大夫之行，不見斥以不肖，幸矣，其何敢敖於言乎〔七〕？夫敖雖凶德，必有恃而敢行。愈之族親鮮少，無扳聯之勢於今〔八〕；不善交人，無相先相死之友於朝〔九〕；無宿資蓄貨以釣聲勢〔一〇〕，弱於才而腐於力，不能奔走乘機抵巇以要權利〔一一〕：夫何恃而敖？若夫狂惑喪心之人，蹈河而入火，妄言而罵詈者，則有之矣；而愈人知其無是疾也，雖有讒者百人，相國將不信之矣，愈何懼而慎歟？」〔一二〕

〔一〕〔補注〕陳景雲曰：南宋本作「日」爲是，洪譜同。公始見鄭相，在元和元年六月，而李翰林以次年正月入相，相去僅七月。以下文再云累月語推之，則前當作數日明矣。

〔二〕或無「爲」字。

〔三〕或無「之」字。

〔四〕「三人」，謂公及張署李方叔也。

〔五〕「以」，或作「已」。

〔六〕「敵以」，或作「敵已」。國語，「自敵以下則有讎」。注「敵體也」，今人多用「敵已」字者，非。「辛」下或有「相」字。

〔七〕或無「乎」字。

〔八〕「扳」，音攀。

〔九〕禮記：「儒有爵位相先，患難相死。」

〔一〇〕「宿資蓄貨」，或作「宿貨蓄資」。

〔二〕「巇」，許宜反。「要」平聲。

〔三〕「相國」或作「宰相」。或無「歟」字。

既累月，又有來謂愈曰：「有讒子於翰林舍人李公與裴公者，子其慎歟！」愈曰：「二公者，吾君朝夕訪焉，以爲政於天下而階太平之治〔一〕：居則與天子爲心膂，出則與天子爲股肱。四海九州之人，自百官已下，其孰不願忠而望賜〔二〕？愈也不狂不愚，不蹈河而入火，病風而妄罵，不當有如讒者之説也。雖有讒者百人，二公將不信之矣。愈何懼而慎？」

〔一〕「治」或作「理」。

〔二〕「不」下或有「能」字，非是。

既以語應客，夜歸，私自尤曰：咄〔一〕！市有虎，而曾參殺人，讒者之效也〔二〕！詩曰：「取彼讒人，投畀豺虎。豺虎不食，投畀有北。有北不受，投畀有昊。」〔三〕傷於讒，疾而甚之之辭也。又曰：「亂之初生，僭始既涵。亂之又生，君子信讒。」〔四〕始疑而終信之之謂也。孔子曰：「遠佞人。」夫佞人不能遠，則有時而信之矣。今我恃直而不戒，禍其至哉！徐又自解之曰：市有虎，聽者庸也；曾參殺人，以愛惑聰也；巷伯之傷，亂世是逢也〔五〕。今三賢方與天子謀所以施政於天下而階太平之治，聽聰而視明，公正而敦大；夫聽明則聽視不惑〔六〕，公正則不邇讒邪，敦大則有以容而思；彼讒人者，孰敢進而爲讒哉〔七〕？雖進而爲之，亦莫之聽矣！我何懼而慎〔八〕？

〔一〕「咄」，當没切。〔補注〕沈欽韓曰：見史記滑稽列傳，罵之辭也。

〔二〕「市有虎」，見戰國策龐葱語；「曾參殺人」，見史記甘茂語。

〔三〕小雅巷伯詩。

〔四〕小雅巧言詩注云云。

〔五〕「聰」，或作「聽」，非是。「亂世」，一作「世亂」。

〔六〕「聽視」，或作「視聽」。

〔七〕「進而」，或作「而進」。

〔八〕或無「而慎」字。

既累月，上命李公相，客謂愈曰：「子前被言於一相，今李公又相，子其危哉！」〔一〕愈曰：前之謗我於宰相者，翰林不知也；後之謗我於翰林者，宰相不知也。今二公合處而會言〔二〕，若及愈，必曰：「韓愈亦人耳，彼敖宰相，又敖翰林，其將何求？必不然！」吾乃今知免矣，既而讒言果不行〔三〕。

〔一〕或無「哉」字。

〔二〕〔補注〕沈欽韓曰：「言」字亦可屬上讀。

〔三〕「宰相」，或皆作「相國」，「乃今」，或作「今乃」，又無「矣」字，「既」下或無「而」字。

愛直贈李君房別

南陽公，張建封也。時爲徐帥，公佐其幕。李君房，張壻也，貞元六年進士。公此文，十五年在徐作。

左右前後皆正人也，欲其身之不正，烏可得邪〔一〕？吾觀李生在南陽公之側，有所不知，知之未嘗不爲之思；有所不疑，疑之未嘗不爲之言；勇不動于氣，義不陳乎色〔二〕。南陽公舉措施爲不失其宜〔三〕，天下之所窺觀稱道洋洋者，抑亦左右前後有其人乎〔四〕！

〔一〕「烏」，或作「焉」。

〔二〕「乎」，或作「于」。

〔三〕「公」下或有「之」字。

〔四〕「有其」，或作「其有」。

凡在此趨公之庭〔一〕，議公之事者，吾既從而遊矣。言而公信之者，謀而公從之者，四方之人則既聞而知之矣。李生，南陽公之甥也。人不知者將曰：「李生之託婚於貴富之家，將以充其所求而止耳。」故吾樂爲天下道其爲人焉。今之從事於彼也〔二〕，吾爲南陽公愛之〔三〕；又未知人之舉李生於彼者何辭〔四〕，彼之所以待李生者何道。舉不失辭，待不失道，雖失之此足愛惜，而得之彼爲歡忻，於李生道猶若也；舉之不以吾所稱，待之不以吾所期，李生之言不可出諸其口矣，吾重爲天下惜之〔五〕。

〔一〕或無「此」字。今按：「此」下疑當有「而」字。
〔二〕〔補注〕孫葆田曰：從事于彼，謂爲他帥所辟。
〔三〕「爲南」上或有「能」字。
〔四〕「又」，或作「且」。
〔五〕「惜」，或作「愛」。

張中丞傳後叙

歐陽文忠跋張中丞傳後云：「張巡許遠之事壯矣！秉筆之士，皆喜稱述，然以翰所紀，考唐書列傳及退之所書，互有得失，而列傳最爲疏略。雖云史家當記大節，然其大小數百戰，智謀材力，亦有過人可以示後者。史家皆滅而不著，甚可惜也。翰之所書，誠爲太繁，然廣紀備言，以俟史官之採也。」文忠所云「唐書列傳」者，謂舊傳，若新傳則采翰及公所書并舊傳爲之矣。〔補注〕方苞曰：截然五段，不用鉤連，而神氣流注，章法渾成，惟退之有此。前三段乃議論，不得曰記張中丞逸事；後二段乃叙事，不得曰讀張中丞傳：故標以張中丞傳後叙。又曰：退之序事文不學史記，而生氣奮動處，不覺與之相近。劉大櫆曰：通篇議論，盤屈排奡，鋒鋩透露，皆韓公本色。鹿門以爲太史公，誤矣！張裕釗曰：其屈盤遒勁，雄岸自喜處，仍係退之本色。

元和二年四月十三日夜，愈與吴郡張籍閲家中舊書〔一〕，得李翰所爲張巡傳〔二〕。翰以文章自名，爲此傳頗詳密，然尚恨有闕者：不爲許遠立傳〔三〕，又不載雷萬春事首尾〔四〕。

〔一〕張籍，字文昌，公舉薦進士。

〔二〕「巡」上，或無「張」字。巡，鄧州南陽人。

〔三〕遠，杭州鹽官人。敬宗曾孫。

〔四〕〔補注〕儲欣曰：不載首尾者，如唐書云：「雷萬春者不詳所從來。」前人不載，後人自不詳也。睢陽戰閥，南霽略同，張公任霽與南無二，又偕公同日死節，而首尾不載，所以恨其闕。春秋之法，傳著傳疑，闕者已矣。惟往來汴徐間，得南將軍事而具書之，著以傳著，史法固然。又案：唐書「南霽雲者，魏州頓邱人，少微賤，爲人操舟」，末云「子承嗣，歷涪州刺史」。則南將軍事，固首尾歷碌也。

遠雖材若不及巡者，開門納巡〔一〕，位本在巡上，授之柄而處其下〔二〕，無所疑忌，竟與巡俱守死、成功名；城陷而虜，與巡死先後異耳〔三〕。兩家子弟材智下，不能通知二父志，以爲巡死而遠就虜，疑畏死而辭服於賊。遠誠畏死，何苦守尺寸之地，食其所愛之肉〔四〕，以與賊抗而不降乎？當其圍守時，外無蚍蜉蟻子之援〔五〕，所欲忠者，國與主耳；而賊語以國亡主滅〔六〕，遠見救援不至，而賊來益衆，必以其言爲信。外無待而猶死守，人相食且盡，雖愚人亦能數日而知死處矣，遠之不畏死亦明矣〔七〕！烏有城壞其徒俱死，獨蒙愧耻求活，雖至愚者不忍爲；嗚呼！而謂遠之賢而爲之邪〔八〕？

〔一〕「開」上或疑當有「然」字。

〔二〕〔補注〕孫葆田曰：至德二年正月，安慶緒將尹子奇以兵十三萬趣睢陽。遠爲睢陽守，告急于巡。巡時保寧陵，引兵入睢陽，與遠合。遠謂巡曰：「遠懦不知兵，公智勇兼濟，遠請爲公守，公爲遠戰！」自是戰鬬皆出於巡。

〔三〕〔補注〕樊汝霖曰：是歲十月城陷，巡遠俱被執。巡與南霽雲雷萬春卅六人皆遇害；生致遠於洛陽偃師，後死。

〔四〕睢陽食盡，巡出愛妾，遠亦殺其奴以食士。

〔五〕「蚍蜉」，音毗浮。

〔六〕賊將令狐潮聞玄宗已幸蜀，以書招巡，有大將六人白巡：「上存亡不可知，不如降賊。」巡責以大義，斬之，士心益勸。「語」，或校作「悟」，「滅」下或有「悟之」字。今按：「悟」字無理，且從諸本作「語」。

〔七〕〔補注〕張裕釗曰：此數語最擔力，如兵家并力疾戰也。又曰：聽之有聲，捫之有稜。

〔八〕「其徒」上或有「而」字，或又疑「而」字當在「死」字之下。「邪」上或無「之」字。〔補注〕張裕釗曰：此種拗折，極見筆力。

說者又謂遠與巡分城而守，城之陷，自遠所分始〔一〕。以此詬遠〔二〕，此又與兒童之見無異。人之將死，其藏腑必有先受其病者；引繩而絶之，其絶必有處：觀者見其然，從而尤之，其亦不達於理矣。小人之好議論，不樂成人之美，如是哉！如巡遠之所成就，如此卓卓，猶不得免，其他則又何說〔三〕！當二公之初守也，寧能知人之卒不救〔四〕，棄城而逆遁？苟此不能守，雖避之他處何益；及其無救而且窮也，將其創殘餓羸之餘〔五〕，雖欲去必不達。二公之賢，其講之精矣。守一城捍天下〔六〕，以千百就盡之卒，戰百萬日滋之師，蔽遮江淮〔七〕，沮遏其勢，天下之不亡，其誰之功也〔八〕！當是時，棄城而圖存者，不可一二數〔九〕；擅彊兵坐而觀者，相環也〔一〇〕：不追議此，而責二公以死守，亦見其自比於逆亂〔一一〕，設淫辭而助之攻也〔一二〕！

〔一〕〔補注〕姚範曰：大曆中，巡子去疾上書言「城陷，賊所入自遠分」，則當時有妄爲是語者，去疾不詳而苟同之也。

〔二〕「詬」或作「語」，非是。

〔三〕〔補注〕姚鼐曰：新唐書云：「議者謂巡守睢陽，衆六萬，既糧盡，不持滿按隊出再生之路，與其食人，寧若全人。於是張澹李紓董南史張建封樊晃朱巨川李翰咸謂：巡蔽遮江淮，沮賊勢，天下不亡，其功也。翰等名士，由是天下無異言。」鼐按：此文上兩段皆爲遠辨當時之誣，下一段申翰等之論，兼爲張許辨謗，而以「小人之好議論」五句，爲上下作紐。張裕釗曰：此段止數語，明直簡淨，與前後二段疏密相間，末作感憤，爲上下關鍵。

〔四〕「之卒」，或無「之」字。

〔五〕「創」，平聲。

〔六〕〔補注〕張裕釗曰：突接。

〔七〕温公曰：唐人皆以全江淮爲巡遠之功，按：睢陽雖當江淮之路，城既被圍，若取江淮繞出其外，睢陽豈能障之哉？蓋巡善用兵，賊畏巡爲後患，不滅巡，則不敢越過其南耳。

〔八〕「之不」，或無「之」字。

〔九〕「數」，所拒切。

〔一〇〕〔補注〕沈欽韓曰：通鑑：至德二載，山南東道節度使魯炅棄南陽，奔襄陽；靈昌太守許叔冀奔彭城。二載八月，睢陽士卒死傷之餘纔六百人。是時，許叔冀在譙郡，尚衡在彭城，賀蘭進明在臨淮。張鎬聞睢陽圍急，倍道兼進，檄浙東浙西淮南北海諸節度及譙郡太守閭丘曉，使共救之。曉不受命。比鎬至睢陽，城已陷三日。鎬召曉，杖殺之。

〔一一〕〔補注〕沈欽韓曰：「比」，讀如「比之匪人」之「比」。

〔一二〕「攻」，或作「功」，非是。

愈嘗從事於汴徐二府〔一〕，屢道於兩府間〔二〕，親祭於其所謂雙廟者〔三〕；其老人往往説巡遠時事，云：南霽雲之乞救於賀蘭也〔四〕，賀蘭嫉巡遠之聲威功績出己上，不肯出師救。愛霽雲之勇且壯，不聽其語，彊留之，具食與樂，延霽雲坐。霽雲慷慨語曰〔五〕：「雲來時，睢陽之人不食月餘日矣〔六〕！雲雖欲獨食，義不忍，雖食，且不下咽。」因拔所佩刀，斷一指，血淋漓，以示賀蘭。一座大驚，皆感激爲雲泣下。雲知賀蘭終無爲雲出師意，即馳去，將出城，抽矢射佛寺浮圖，矢著其上甎半箭〔七〕，曰：「吾歸破賊〔八〕，必滅賀蘭，此矢所以志也！」〔九〕愈貞元中過泗州〔一〇〕，船上人猶指以相語。城陷〔一一〕，賊以刃脅降巡，巡不屈，即牽去，將斬之；又降霽雲，雲未應〔一二〕，巡呼雲曰：「南八，男兒死耳，不可爲不義屈！」雲笑曰：「欲將以有爲也〔一三〕。公有言，雲敢不死。」即不屈。

〔一〕〔補注〕陳景雲曰：雙廟在宋州，汴府支郡也。又：泗州亦徐府支郡。此貫下「祭廟」「過泗州」兩事而言之。

〔二〕「府」，或作「州」。

〔三〕時詔贈巡揚州大都督，遠荆州大都督。皆立廟睢陽。歲時致祭，號雙廟。

〔四〕或無「之」字。

〔五〕「慷」上或無「霽雲」字，非是。

〔六〕〔補注〕沈欽韓曰：遠於城中積粟至六萬石，虢王巨以其半給濮陽、濟陰二郡，遠固爭，不能得。既而濟陰得糧，遂以城叛；而睢陽食盡，將士人廪米日一合，雜以茶紙樹皮，士卒消耗至一千六百人，皆飢病不堪鬭，遂爲賊所圍。

〔七〕「箭」或作「笴」。

〔八〕「歸」，或作「師」，非是。

〔九〕〔補注〕沈欽韓曰：雲遂去，至寧陵，與城使廉坦同將步騎三千夜冒圍，且戰且行，至城下，大戰壞賊營，死傷之外，僅得千人。入城，城中將吏知無救，皆痛哭。賊知援絶，圍益急。

〔一〇〕〔補注〕沈欽韓曰：時進明在臨淮。臨淮，泗州也。

〔一一〕〔補注〕沈欽韓曰：柳碑：至德二年十月，城陷。

〔一二〕或無「霽」字。

〔一三〕「欲將」衍一字。

張籍曰：有于嵩者，少依於巡。及巡起事，嵩常在圍中〔一〕。籍大曆中於和州烏江縣見嵩，嵩時年六十餘矣〔二〕。以巡初嘗得臨渙縣尉〔三〕，好學無所不讀。籍時尚小，粗問巡遠事，不能細也。云：巡長七尺餘，鬚髯若神。嘗見嵩讀漢書，謂嵩曰：「何爲久讀此？」〔四〕嵩曰：「未熟也。」巡曰：「吾於書讀不過三徧，終身不忘也。」因誦嵩所讀書，盡卷不錯一字。嵩驚，以爲巡偶熟此卷，因亂抽他帙以試，無不盡然。嵩又取架上諸書試以問巡，巡應口誦無疑。嵩從巡久，亦不見巡常讀書也。爲文章，操紙筆立書，未嘗起草〔五〕。初守睢陽時，士卒僅萬人〔六〕，城中居人户亦且數萬〔七〕，巡因一見問姓名，其後無不識者。巡怒，鬚髯輒張。及城陷，賊縛巡等數十人坐，且將戮，巡起旋，其衆見巡起，或起或泣〔八〕，巡曰：「汝勿怖！死，命也。」衆泣不能仰視。巡就戮時，顏色不亂，陽陽如平常。遠寬厚長者，貌如其心，與巡同年生，月日後於巡，呼巡爲兄，死時年四十九〔九〕。嵩貞元初死於亳宋間。或傳嵩有田在亳宋間，武人奪而有之，嵩將詣州訟理，爲所殺。嵩無子。張籍云〔一〇〕。

〔一〕「及巡」，或作「及其」。「常」，或作「嘗」。

〔二〕或無下「嵩」字。

〔三〕或無「嘗」字。〔補注〕沈欽韓曰：以巡死難，故推恩及其親故也。宋時宰執侍從，亦得推恩及門客醫生。

〔四〕「久」，或作「又」。

〔五〕巡開元二十四年進士，劉夢得嘉話載其謝加金吾表，有云：「主辱臣死，當臣致命之時；惡稔罪盈，是賊滅亡之日。」激勵將士賦詩，有云：「裹瘡猶出陣，飲血更登陴。」又夜聞笛聲詩云：「營開邊月近，戰苦陣雲深。」觀此，則巡之文見矣。「起」，或作「有」。

〔六〕〔補注〕姚範曰：唐人用「僅」字，每以多爲義。晉書劉頌傳：「三代延祚久長，近者五六百歲，遠者僅將千載。」則以「僅」爲多，亦不始於唐矣。

〔七〕或無「户」字。

〔八〕「或起」，或作「猶起」。

〔九〕「呼巡」，或作「呼之」。

〔一〇〕「嵩將」上，或有「而」字，「爲」下或有「其」字，皆非是。

河中府連理木頌

開元九年正月丙辰，改蒲州爲河中府。孝經援神契曰：「王者德至草木，則木連理。」公作此頌，時年二十四，猶未第也。〔補注〕吴汝綸曰：古雅遒奥之詞，譎詭恢危之趣。

司空咸寧王〔一〕尹蒲之七年〔二〕，木連理生于河之東邑。野夫來告，且曰：吾不知古，殆氣之交暢也〔三〕。維吾王之德，交暢者有五，是其應乎〔四〕：訓戎奮威，蕩戮凶回；舉政宣和，人則寧嘉；入踐台階〔五〕，庶尹克司；來帥熊羆，四方作儀；閔仁鰥寡，不寧燕息〔六〕。人樂王德，祝年萬億，府有羣吏，王有從事，異體同心〔七〕，歸民于理。天子是嘉，俾錫勞王〔八〕，王拜稽首：「天子之光，庶德昭融，神斯降祥。」殊本連理之柯，同榮異壟之禾〔九〕，吾儕之産茲土也久矣〔一〇〕。今欲明于大君〔一一〕，紀于策書，王抑余也〔一二〕；冶金伐石，垂耀無極，王余抑也〔一三〕。奮肆姁媮〔一四〕，不知所如，願託頌詞，長言之于康衢。頌曰：

〔一〕渾瑊也。

〔二〕〔補注〕按德宗興元元年，以瑊爲河中尹，河中節度使，封咸寧郡王。

〔三〕「殆」或作「始」，非是。

〔四〕或無「五」字，非是。〔補注〕按：「五德」謂訓威、宣和、克司、作儀及閔仁也。

〔五〕〔補注〕孫葆田曰：瑊以功加侍中司空，故曰台階。

〔六〕「仁」，或作「人」，非是。

〔七〕「異體」或作「上下」，非是。「體」，或作「事」。

〔八〕「勞」，去聲。

〔九〕方云：三館本潮本「之柯」皆作「枝柯」，仍與下文「同榮」爲一句，今本「木」作「禾」，由「枝」字訛也。今按：「殊本連理之柯」，即今所頌之木也；「同榮異壟之禾」，即書所謂異畝同穎之嘉禾也。蓋追爲前日之預言，而汎舉其類耳。司馬相如所謂「雙觡共抵之獸」，其句法亦類此。如方所定，則理乖語贅，句分而韻不協，失之遠矣。〔補注〕按：書序有歸禾篇，引古證今，以曉野人。

〔一〇〕或無「之」字。今按：「之」字疑當作「其」。〔補注〕李國松曰：正韻：江右「人」曰「傒」，「吾傒」猶「吾人」也。

〔一〕「欲」，或作「將」。

〔二〕〔補注〕按：「抑」，謂王不見許。

〔三〕「王余抑也」，或作「余抑王也」，或依上文作「王抑余也」。方從三本定此。今按：「抑余」「余抑」，蓋互文以叶韻耳。作「余抑王」固無理，作「王抑余」亦重複無他奇，當從方本爲是。

〔四〕「姁媮」，上音「吁」，下音「俞」。

木何爲兮此祥，洵厥美兮在吾王〔一〕。願封植兮永固，俾斯人兮不忘〔二〕。

〔一〕「洵」或作「詢」，非是。

〔二〕「斯」，或作「其」；「人」或作「民」。

汴州東西水門記 并序

公時佐董晉，在汴州作。陳后山云：「退之作記，記其事耳；今之記，乃論也。」以后山語觀公諸記，信然。〔補注〕吴汝綸曰：詞但用東漢金石體，而駿邁完固，乃古今無類。又曰學韓公不從此入，不能得其雄駿。

貞元十四年正月戊子，隴西公命作東西水門〔一〕，越三月辛巳朔，水門成。三日癸未，大合樂，設水嬉，會監軍軍司馬賓佐僚屬將校熊羆之士，肅四方之賓客以落之。士女龢會，闐郭溢郛。既卒事，其從事昌黎韓愈請紀成績。其詞曰：

〔一〕或無「隴西」二字，非是。董晉本仲舒之裔，自廣川徙隴西，故云。

維汴州河水自中注，厥初距河爲城〔一〕，其不合者，誕寘聯鎖于河〔二〕，宵浮晝湛，舟不潛通〔三〕；然其襟抱虧疏，風氣宣洩〔四〕，邑居弗寧，訛言屢騰；歷載已來，孰究孰思。皇帝御天下十有八載，此邦之人，遭逢疾威，囂童嗷嘷〔五〕，劫衆阻兵〔六〕，懔懔栗栗，若墜若覆。時維隴西公受命作藩，爰自洛京，單車來臨〔七〕。遂拯其危〔八〕，遂去其疵；弗肅弗厲，薰爲大和；神應祥福，五穀穰熟。既庶而豐，人力有餘；監軍是咨，司馬是謀〔九〕；乃作水門，爲邦之郛；以固風氣，以閈寇偷〔一〇〕。黄流渾渾〔一一〕，飛閣渠渠〔一二〕，因而飾之，匪爲觀遊。天子之武，維隴西公是布；天子之文，維隴西公是宣〔一三〕。河之沄沄，源于崑崙；天子萬祀，公多受祉。乃伐山石，刻之日月，尚俾來者，知作之所始。

〔一〕「距」，或作「拒」。

〔二〕「不合」，或作「弗合」。〔補注〕李松壽曰：河水流貫城中。「不合」，謂城垣闕處。

〔三〕「湛」，或作「沈」，「舟不」，方作「舟用」，方並從石本。今按上下文意，蓋言置鎖雖足以禁舟之潛通，然未免虧疏宣洩之患；故須作水門耳。諸本作「舟不潛通」者是也。今上文既言「置鎖」，而下文乃云「舟用潛通」，則是「鎖」爲虚設，而其下句亦不應著「然」字矣。若以爲誤，則石本乃當時所刻，不應有誤；然亦安知非其書者之誤，刻者之誤？況或非所親見，則又安知非傳者之誤耶？其説之未盡者，又見於溪堂盤谷等篇，覽者詳之。〔補注〕按：城垣不合處，自設聯鎖，則寇偷之舟不敢駛行無忌，祇用潛通。從石本作「用」字爲是。

〔四〕〔補注〕曾國藩曰：汴州之有河水，猶襟帶然，無門以闌之，故虧疏宣洩。

〔五〕「噭」，音叫。〔補注〕陳景雲曰：「囂童」，謂李迺。

〔六〕〔補注〕孫葆田曰：貞元十二年，宣武軍節度使李萬榮卒，子迺自爲兵馬使。左傳「阻兵無衆」，「阻」，恃也。

〔七〕〔補注〕孫葆田曰：晉自東都留守移鎮宣武。

〔八〕「拯」，或作「持」。

〔九〕諸本及石本皆有此二句，方從閣本删去，云：閣本蓋公晚年所定，當從之。今詳此二語，疑後人惡監軍二字而删之耳。方氏直謂閣本爲公晚年所定，不知何據而云然。以今觀之，其舛誤爲最多，疑爲初出未校之本，前已辨之詳矣。大抵館閣藏書，不過取之民間，而諸儒略以官課校之耳，豈能一一精善過於私本？世俗但見其爲官本，便尊信之，而不復問其文理之如何，已爲可笑；今此乃復造爲改定之説以鉗衆口，則又可笑之甚也。

〔一〇〕「閈」，或作「扞」。

〔一一〕「渾」，胡本切。

〔一二〕〔補注〕舊注：「黄流」，黄河也。「渠渠」，大也。

〔一三〕「文」，方從石閣蜀本作「醇」。今按：此記方氏多從石本，石本固當據信，但上條用字大誤，而此「醇」字亦未安耳。

燕喜亭記

「燕」或作「宴」，此記多從石本，王弘中，名仲舒，自吏部員外郎貶連州司户參軍。亭在連州。公爲陽山令時作，陽山，連之屬邑云。〔補注〕沈欽韓曰：文苑英華：會昌五年，連州刺史武興宗尋故址重建，公之外孫李貺作燕亭後記。茅坤曰：淋漓指畫之態，歐文大略有得于此。張裕釗曰：馬、班作史，於數十層排比之後，必作大波以震盪之。公此記叙山水多用排比，後借貶秩翻出意義，摩空取勢，使人不一覽而盡，仍與上文神迴氣合。吴汝綸曰：主客皆貶所，而文特温厚和雅。

太原王弘中在連州，與學佛人景常、元慧游〔一〕，異日從二人者行於其居之後，丘荒之間，上高而望，得異處焉。斬茅而嘉樹列，發石而清泉激，輦糞壤，燔椔翳〔二〕；却立而視之：出者突然成丘，陷者呀然成谷〔三〕，窪者爲池〔四〕而缺者爲洞；若有鬼神異物陰來相之。自是弘中與二人者晨往而夕忘歸焉，乃立屋以避風雨寒暑〔五〕。

〔一〕「佛」下或有「之」字。「慧」下或有「者」字。

〔二〕「燔」或作「焚」。詩：「其椔其翳」。注曰：「木立死曰椔，自斃曰翳。」「椔」，側師反，「翳」，於計反。

〔三〕「呀」，音鰕。

〔四〕「窪」，音蛙。

〔五〕「避」，或作「禦」，「寒」上或有「禦」字，或作「立屋以遊，風雨既除，寒暑既去」。或作「以禦風雨，以除寒暑」。今從石本，云：左傳：「吾儕小人，皆有闔廬，以避燥濕寒暑。」

既成，愈請名之，其丘曰「竢德之丘」，蔽於古而顯於今，有竢之道也〔一〕；其石谷曰「謙受之谷」，瀑曰「振鷺之瀑」，谷言德，瀑言容也；其土谷曰「黄金之谷」，瀑曰「秩秩之瀑」，谷言容，瀑言德也；洞曰「寒居之洞」，志其入時也；池曰「君子之池」，虚以鍾其美，盈以出其惡也；泉之源曰「天澤之泉」，出高而施下也；合而名之以屋曰「燕喜之亭」，取詩所謂「魯侯燕喜」者頌也〔二〕。

〔一〕「其丘」上或有「名」字，「有誒」下或有「德」字。

〔二〕「名」或作「言」。「者頌」，從石閣杭蜀本如此。或作「頌者」。今按：「頌」字疑衍文。

於是州民之老，聞而相與觀焉〔一〕，曰：吾州之山水名天下，然而無與「燕喜」者比。經營於其側者相接也，而莫直其地。凡天作而地藏之以遺其人乎〔二〕？弘中自吏部郎貶秩而來〔三〕，次其道途所經，自藍田入商洛〔四〕，涉淅湍〔五〕，臨漢水，升峴首以望方城；出荆門，下岷江，過洞庭，上湘水，行衡山之下；繇郴踰嶺，蝯狖所家〔六〕，魚龍所宫，極幽遐瓌詭之觀〔七〕，宜其於山水飫聞而厭見也〔八〕。今其意乃若不足，傳曰：「智者樂水，仁者樂山。」弘中之德，與其所好，可謂協矣。智以謀之，仁以居之，吾知其去是而羽儀於天朝也不遠矣。遂刻石以記〔九〕。

〔一〕石閣杭本如此，或無「老」字。「而」，或作「者」，「州民之老」，或作「州之老民」，非是。

〔二〕「名」下或有「於」字。「其側」，石本無「其」字。「直」，或作「多」，或作「宜」，皆非是。「直」，音值，當也。史記：「樗里子墓正直其北。」匈奴傳，「諸將居東方直上谷」，或讀如字。「地藏」，石本無「地」字。「其人」，石本無「其」字。

〔三〕「部」下，或有「侍」字，或無「郎」字，皆非是。

〔四〕「田」下或有「山」字。

〔五〕今鄧州有淅川縣，以淅水得名。今按：「淅」，音錫，其縣本楚之析邑，漢書所謂析酈者也。湍，亦水名，在鄧州穰縣。

〔六〕「蝯」，或作「猿」。「狖」音柚。

〔七〕「瑰」，或作「瓌」。

〔八〕「也」，或作「之」，石本無「也」字。

〔九〕石本無「而」字。

徐泗豪三州節度掌書記廳石記

「豪」，諸本作「濠」，「石」，或作「壁」。地理志：「濠，初作豪，元和三年改爲濠」。據此，退之作記時尚爲「豪」，作「濠」誤矣。通典以爲州名，字本作「濠」。今按：顔魯公干禄字様及唐韻亦皆作「豪」。而元和郡縣志云：「濠字中間誤去水，元和三年，字又加水」，皆與地理志合，但通典偶脱中間去水一節耳，此「濠」字當作「豪」。此記當在貞元十五年作。〔補注〕何焯曰：掌書記無封疆之責，三州之故，非所宜書；從使節之文發意，自不可移別處。澹寫必切，要無陳言。

書記之任亦難矣！元戎整齊三軍之士〔一〕，統理所部之甿，以鎮守邦國〔二〕，贊天子施教化，而又外與賓客四鄰交；其朝覲聘問慰薦祭祀祈祝之文〔三〕，與所部之政，三軍之號令升黜；凡文辭之事，皆出書記。非閎辨通敏兼人之才〔四〕，莫宜居之。然皆元戎自辟，然後命於天子〔五〕；苟其帥之不文，則其所辟或不當，亦其理宜也。

〔一〕「整」，或作「總」。「士」，或作「事」。

〔二〕「守」，或作「定」。

〔三〕「祈」，或作「所」。

〔四〕「閎」，或作「宏」。

〔五〕「後」，或作「后」。

南陽公自御史大夫、豪壽廬三州觀察使，授節移鎮徐州〔一〕，歷十一年，而掌書記者三人〔二〕：其一人曰高陽許孟容，入仕于王朝，今爲尚書禮部郎中；其一人曰京兆杜兼，今爲尚書禮部員外郎、觀察判官；其一人隴西李博〔三〕，自前鄉貢進士授秘書省校書郎，方爲之〔四〕。南陽公文章稱天下，其所辟實所謂閎辨通敏兼人之才者也。後之人苟未知南陽公之文章〔五〕，吾請觀於三君子；苟未知三君子之文章，吾請觀於南陽公可知矣：蔚乎其相章〔六〕，炳乎其相輝；志同而氣合，魚川泳而鳥雲飛也〔七〕！

〔一〕貞元四年十一月，置徐泗豪三州節度使，徙建封爲之。
〔二〕「者」下或有「凡」字。
〔三〕「隴」上或有「曰」字。〔補注〕樊汝霖曰：許杜見唐書；李博，唐書無傳，其後爲宣州客，又見公送楊儀之序。
〔四〕孟容以文詞知名，兼建中初進士，家聚書至萬卷；博，公同年進士，贈李君房别云：「李生在南陽公之側。」或云恐是博。
〔五〕「人苟」下或有「有」字。
〔六〕「章」，或作「扶」，或作「華」。
〔七〕「泳」，或作「伏」；或無「也」字。

愈樂是賓主之相得也，故請刻石以記之，而陷置于壁間，俾來者得以覽觀焉〔一〕。

〔一〕「記」下或無「之」字。「來」上，或無「俾」字。

畫記

蘇内翰嘗曰：世有妄庸者作歐陽永叔語云：「吾不能爲退之畫記。」此大妄也。〔補注〕方苞曰：周人以後無此種格力，歐公自謂不能爲，所謂曉其深處；而東坡以所傳爲妄，於此見知言之難。張裕釗曰：讀此文固須求其參錯之妙，尤當玩其精整。

雜古今人物小畫共一卷。

騎而立者五人，騎而被甲載兵立者十人〔一〕，一人騎執大旗前立〔二〕，騎而被甲載兵行且下牽者十人，騎且負者二人，騎執器者二人，騎擁田犬者一人，騎而牽者二人，騎而驅者三人，執羈靮立者二人〔三〕，騎而下倚馬臂隼而立者一人，騎而驅涉者二人，徒而驅牧者二人〔四〕，坐而指使者一人，甲胄手弓矢鈇鉞植者七人，甲胄執幟植者十人，負者七人，偃寢休者二人，甲胄坐睡者一人，方涉者一人〔五〕，坐而脱足者一人〔六〕，寒附火者一人，雜執器物役者八人，奉壺矢者一人，舍而具食者十有一人〔七〕，挹且注者四人，牛牽者二人〔八〕，驢驅者四人，一人杖而負者〔九〕，婦人以孺子載而可見者六人〔一〇〕，載而上下者三人，孺子戲者九人：凡人之事三十有二，爲人大小百二十有三，而莫有同者焉〔一一〕。

〔一〕「兵」下或無「立」字。

〔二〕「騎」下或有「而」字。

〔三〕「鞫」，音的。

〔四〕「徒」下或無「而」字。「驅牧」或作「騎牧」。今按：徒則非騎矣。

〔五〕或無「方」字。

〔六〕「坐」上或有「方涉」二字。

〔七〕「具」或作「且」，「十」上或有「二」字。

〔八〕「二」，或作「三」。

〔九〕「負」下或無「者」字。今按：「一人」字疑在「負者」之下。

〔一〇〕「婦人」或作「婦女」，而無「以」字。

〔一一〕「事」下或有「主」字。「爲」，或作「焉」，屬上句，非是。

馬大者九匹；於馬之中又有上者，下者〔一〕，行者，牽者〔二〕，涉者，陸者〔三〕，翹者，顧者，鳴者，寢者，訛者，立者，人立者〔四〕，齕者〔五〕，飲者，溲者，陟者，降者，痒磨樹者，噓者，嗅者，喜相戲者〔六〕，怒相踶齧者〔七〕，秣者，騎者，驟者，走者，載服物者，載狐兔者：凡馬之事二十有七，爲馬大小八十有三，而莫有同者焉〔八〕。

〔一〕「又有上者下者」，杭本作「亦有馬之下者焉」。蜀本同，但「又」作「亦」。閣本作「亦有馬焉」。今按：此句三本皆無理，唯别本作「又有上者下者」而無「焉」字，乃與上下文意相屬，今從之。

〔二〕「牽」，或作「奔」。或並無四字。今按：「牽」謂牽而行也；後有「走者」，則「奔者」爲重複，當存「牽」而去「奔」。

〔三〕或無「陸者」二字。今按：此承「涉者」，則「陸」爲方出水也，不當無。

〔四〕或無「人立者」三字，非是。

〔五〕「齕」音「纈」。又，下没切。

〔六〕「喜」下或有「而」字。

〔七〕「齧」音臬。

〔八〕「爲」或作「焉」，屬上句，非是。

牛大小十一頭〔一〕。橐駝三頭〔二〕。驢如橐駝之數，而加其一焉。隼一。犬羊狐兔麋鹿共三十。旃車三兩。雜兵器弓矢旌旗刀劍矛楯弓服矢房甲胄之屬〔三〕，缾盂簦笠筐筥錡釜飲食服用之器，壺矢博奕之具，二百五十有一。皆曲極其妙〔四〕。

〔一〕「十」下或有「有」字。

〔二〕「橐」或作「駱」，下同。漢書子虛賦注：橐駝者，言其可負橐囊而駝物，故以名。

〔三〕「楯」音盾。

〔四〕閣杭本「用」下有「投壺」二字，而無「器」字，非是。

貞元甲戌年，余在京師，甚無事，同居有獨孤生申叔者〔一〕，始得此畫而與余彈棊〔二〕，余幸勝而獲焉。意甚惜之，以爲非一工人之所能運思，蓋藂集衆工人之所長耳，雖百金不願易也〔三〕。明年，出京師，至河陽，與二三客論畫品格，因出而觀之。座有趙侍御者，君子人也，見之戚然，若有感然〔四〕；少而進曰：「噫！余之手摸也〔五〕，亡之且二十年矣。余少時常有志乎兹事，得國本〔六〕，絶人事而摸得之，遊閩中而喪焉。居閒處獨，時往來余懷也，以其始爲之勞而夙好之篤也〔七〕。今雖遇之，力不能爲已，且命工人存其大都焉。」余既甚愛之，又感趙君之事，因以贈之，而記其人物之形狀與數，而時觀之，以自釋焉。

〔一〕或無「有」字。

〔二〕沈存中云：彈棊有譜一卷，其局方二尺，中心高如覆盂，其巔爲小壺，四角微隱起。李商隱詩「玉作彈棊局，中心亦不平」，謂其中高也。白樂天詩「彈棊局上事，最妙是長斜」，謂抹角斜彈，一發過半局，今譜中有此法。

〔三〕「工」下或皆無「人」字，「藂」或作「叢」。

〔四〕「感」上或有「所」字。或無「若有感然」四字。

〔五〕「摸」上或有「所」字。或作「手之所摹」也。

〔六〕「國」，一作「故」。

〔七〕「來」上或有「日」字。「爲」上方無「始」字。今以下文「夙好」之語推之，當有。

藍田縣丞廳壁記

崔立之，貞元四年進士。六年，中博學宏詞科。公嘗寄其詩曰：「連年收科第，如摘頷下髭」。記謂再進再屈于人。「屈」當作「出」字，乃與詩意合。〔補注〕曾國藩曰：崔斯立之爲人，必有奇崛之才，而天趣橫溢；公與相處，必彼此善謔，而又相敦以古義者。如「西城員外丞」一詩，前路謔且爲虐矣，而後半絶沉痛；「刖足獻玉」一書絶沉痛，亦帶謔聲；「藍田十月雪塞關」一詩亦然。此文則純用戲謔，而憐才共命之意，沉痛處自在言外。張裕釗曰：此文純以詼詭出之，當從傲睨一切中玩其神味。

丞之職所以貳令，於一邑無所不當問。其下主簿、尉，主簿、尉乃有分職。丞位高而偪，例以嫌不可否事。文書行，吏抱成案詣丞，卷其前，鉗以左手，右手摘紙尾，鴈鶩行以進，平立睨丞曰：「當署！」〔一〕丞涉筆占位署，惟謹〔二〕，目吏，問「可不可」〔三〕，吏曰「得」，則退，不敢略省，漫不知何事。官雖尊，力勢反出主簿、尉下。諺數慢，必曰「丞」，至以相訾謷。丞之設，豈端使然哉〔四〕！

〔一〕「㕒」，或作「皃」。「曰」下或有「丞」字。

〔二〕「涉」，或作「濡」。

〔三〕〔補注〕沈欽韓曰：「可」，猶今之判行也。

〔四〕「諺」，或作「効」，或作「該」。方從文苑，云：謂諺語之所舉計者以丞爲慢之最，且至以相訾謷也。「數」，所矩切。「訾」，將此切。「謷」，牛刀切。〔補注〕陳景雲曰：公酬崔少府詩「但聞赤縣尉，不比博士慢」，與此「慢」字同義。即論鹽法狀中所謂「散慢官」也。

博陵崔斯立種學績文，以蓄其有，泓涵演迤，日大以肆〔一〕。貞元初，挾其能，戰藝於京師，再進再屈□人〔二〕；元和初，以前大理評事言得失黜官，再轉而爲丞兹邑。始至，喟曰：「官無卑，顧材不足塞職。」既噤不得施用，又喟曰：「丞哉，丞哉！余不負丞，而丞負余。」則盡枿去牙角〔三〕，一躡故迹，破崖岸而爲之〔四〕。

〔一〕「涵」或作「澄」。「大以」或作「以大」。

〔二〕杭本無「再進」二字，文苑無下「再」字，而「屈」下一字皆作「千」字，又多作「于」字。方云：斯立貞元四年進士，六年中博學宏詞，再進而屈千人也。今按：杭苑皆脱字，方從苑爲誤，但唐人試宏詞者甚少，如貞元九年僅三十二人而已，作「千人」恐非是。或疑「千」當作「其」，如云「屈其坐人」也，然無所據，姑放穆天子傳，闕其處以俟知者。

〔三〕「枿」音蘖。

〔四〕「喟」下或皆有「然」字。「負余」上方有「喜」字，云：「喜」，音許吏切。黄霸傳：「少學律令，喜爲吏。」「岸」下方無「而」字。「爲之」，方作「爲文」，而讀連下句，曰「爲文丞」，言猶文具也。今按：「文丞」不成文理，方説之僻類如此。

丞廳故有記，壞漏污不可讀〔一〕，斯立易桷與瓦，墁治壁，悉書前任人名氏。庭有老槐四行，南牆鉅竹千梃，儼立若相持〔二〕，水㶁㶁循除鳴，斯立痛掃溉，對樹二松，日哦其間〔三〕。有問者，輒對曰：「余方有公事，子姑去！」〔四〕

〔一〕按「丞」字或疑爲衍文。

〔二〕「梃」，從木。説文：梃，一枚也。

〔三〕「日」下或有「吟」字。

〔四〕〔補注〕方苞曰：屹然而止，通篇意義皆結聚於此。法本樂書、平準書。何焯曰：以不問一事反結，跌宕有簡兮詩人之意。

考功郎中知制誥韓愈記。

新修滕王閣記

滕王閣在洪州。公自袁州作此記，凡五百五字，首尾叙其不一到爲歎，而終之曰：「其江山之好，登望之樂，雖老矣，如獲從公遊，尚能爲公賦之。」蓋叙事之外，所以寄吾不盡之意。歐陽永叔爲襄守史中輝記峴山亭，尹師魯爲襄守燕公記峴山亭，蘇子美爲處守李然明記照水堂，蘇子瞻爲眉守黎希聲記遠景樓：四者其辭雖異，而大意略同；豈作文之法當如是耶？抑亦祖公此意而爲之也。〔補注〕方苞曰：迴環作態，歐公記所本，近人言地名官號不得從古，觀此文于「潮陽」曰「揭陽」，女挐誌曰「少秋官」，可徵其妄。蓋制誥奏章史傳誌狀自應從時，記序雜文則惟便耳。姚範曰：風格峻朗，公文之老境如此。曾國藩曰：反復以不得至彼爲恨，此等蹊徑自公闢之，亦無害；後人踵之以千萬，乃遂可厭矣。故知造意之無關義理者，皆不足復陳也。

愈少時則聞江南多臨觀之美〔一〕，而滕王閣獨爲第一〔二〕，有瑰偉絶特之稱〔三〕；及得三王所爲序賦記等〔四〕，壯其文辭，益欲往一觀而讀之，以忘吾憂；繫官于朝，願莫之遂。十四年，以言事斥守揭陽〔五〕，便道取疾以至海上，又不得過南昌而觀所謂滕王閣者。其冬，以天子進大號，加恩區内，移刺袁州。袁於南昌爲屬邑〔六〕，私喜幸自語，以爲當得躬詣大府，受約束於下執事，及其無事且還，儻得一至其處，竊寄目償所願焉〔七〕。至州之七月，詔以中書舍人太原王公爲御史中丞，觀察江南西道〔八〕；洪江饒虔吉信撫袁悉屬治所。八州之人，前所不便及所願欲而不得者，公至之日，皆罷行之〔九〕。大者驛聞，小者立變，春生秋殺〔一○〕，陽開陰閉，令修於庭户數日之間〔一一〕，而人自得於湖山千里之外。吾雖欲出意見，論利害，聽命於幕下；而吾州乃無一事可假而行者，又安得捨己所事以勤館人？則滕王閣又無因而至焉矣〔一二〕！

〔一〕「則」，或作「嘗」。「臨觀」，或作「登臨」。

〔二〕滕王名元嬰，高祖之子，永徽中爲洪州都督，作此閣。

〔三〕「特」，閣本作「時」，非是。

〔四〕注或云：王勃作游閣序，王緒作賦，今中丞王公爲從事日作修閣記。或並無。

〔五〕或無「事」字。「揭」或作「潮」。

〔六〕「於」上或無「袁」字。

〔七〕諸本皆同，方獨從文苑無「及其無事且還，儻得一至其處」十二字，而「償」作「賞」，下又增「適」字。今按：叙事當如諸本，乃有曲折，而其先公後私，不以遊覽雜乎受命之重，尤得事大府之體，與「聘禮既受饔餼，然後請觀，乃從下門而入」意亦相似。如方所定，則皆失之。

而「竊寄目賞」，語意生澀，「適所願」，亦不若「償」字之穩也。

〔八〕太原王公，即仲舒也。舊史，元和十五年六月戊寅，以中書舍人王仲舒爲洪州刺史、御史中丞，充江西觀察使。

〔九〕「行」上文苑有「而」字，非是。

〔一〇〕「生」，方從文苑作「施」。今按：下字對偶，文苑亦非是。

〔一一〕「日」，或作「月」。

〔一二〕或無「矣」字。〔補注〕姚鼐曰：王公觀察江南西道一節，本是題後議論，却移作題前叙事，此公文較宋賢善變化處。張裕釗曰：尋常頌揚文字，經退之之手，便覺瓌瑋鉅麗，簡老深括，敻絶於人。

其歲九月，人吏浹和〔一〕，公與監軍使燕于此閣，文武賓士皆與在席〔二〕。酒半，合辭言曰：「此屋不修，且壞。前公爲從事此邦，適理新之，公所爲文，實書在壁〔三〕；今三十年而公來爲邦伯，適及期月，公又來燕于此，公烏得無情哉？」〔四〕公應曰：「諾。」於是棟楹梁桷板檻之腐黑撓折者，蓋瓦級甎之破缺者，赤白之漫漶不鮮者，治之則已〔五〕；無侈前人，無廢後觀。

〔一〕「浹」，音接。

〔二〕「與」，去聲。

〔三〕「理」，或作「治」。「所」上或無「公」字。

〔四〕「烏」，或作「胡」。杭苑作「乎」。今按：作「乎」語意輕脱，不類公文，亦非寮屬所得施於其長者。蓋本作「烏」，自「烏」而「胡」，又自「胡」而訛耳。大抵此篇文苑多誤。

〔五〕前漢：「爲其泰漫漶而不可知。」注：「漫漶，不分别貌。」「漫」莫幹切。「漶」胡館反，又「乎貫」反。「破」，或作「故」。「鮮」，或作「圭」。説見祭湘君夫人文。今按：瓦甎堅物，破缺乃不可用，而故則無甚害也。且修屋而盡易其故，則是新作，而非修之謂矣。作「故」非是。

工既訖功，公以衆飲，而以書命愈曰：「子其爲我記之！」〔一〕愈既以未得造觀爲歎，竊喜載名其上，詞列三王之次，有榮耀焉；乃不辭而承公命。其江山之好，登望之樂，雖老矣，如獲從公遊，尚能爲公賦之。

〔一〕「而」下或有「賞焉」字。「子」下或無「其」字。

元和十五年十月某日袁州刺史韓愈記〔一〕。

〔一〕「某」，或作「五」。

科斗書後記

元和十一年六月四日作。〔補注〕曾國藩曰：叙述無一閒字。

愈叔父〔一〕當大曆世，文辭獨行中朝，天下之欲銘述其先人功行取信來世者，咸歸韓氏〔二〕。於時李監陽冰獨能篆書，而同姓叔父擇木善八分〔三〕，不問可知其人，不如是者不稱三服，故三家傳子弟往來。

〔一〕名雲卿，仕終禮部侍郎。

〔二〕上元辛丑，特進試鴻臚卿兼御史中丞田神功平劉展于淮南，雲卿爲平淮碑，又爲丞相贈太子太師崔圓廟碑銘，二碑並載姚鉉文粹。李太白武昌宰韓君去思碑云：「雲卿文章冠世。」皇甫持正公神道碑云：「先叔父雲卿，當肅代朝獨爲文章官。」李習之誌其妻母墓曰：「禮部君好立義節，有大功於昭陵。其文章出于時，而官不甚高。」習之妻，雲卿孫女也。觀此則公所云蓋可見矣。

〔三〕擇木，代宗時官禮部尚書，杜子美李潮八分歌云：「尚書韓擇木，騎曹蔡有鄰，開元以來數八分。」「同姓」，閣蜀本如此，或只作「配」。「善」，或作「蓋」，或作「蓋能」，非是。今按：禮云：「五世袒免，殺同姓也。」公於擇木已無服矣，故以同姓言之。

貞元中，愈事董丞相幕府於汴州〔一〕，識開封令服之者，陽冰子〔二〕。授余以其家科斗孝經、漢衛宏官書〔三〕，兩部合一卷，愈寶蓄之而不暇學。後來京師，爲四門博士，識歸公〔四〕。歸公好古書，能通之，愈曰：「古書得其據依，蓋可講。」〔五〕因進其所有書屬歸氏。

〔一〕董丞相，晉，貞元中鎮汴州。

〔二〕「服之」，或作「複之」。

〔三〕「官書」，新唐志作「字書」。考之杜林傳及陳蕃傳注，非也。衛宏字子敬，光武時爲議郎。

〔四〕歸登，字沖之。

〔五〕或無「其」字。「據依」，或作「依據」。左氏：「無所據依。」

元和來，愈亟不獲讓，嗣爲銘文，薦道功德；思凡爲文辭宜略識字〔一〕；因從歸公乞觀二部書，得之，留月餘。張籍令進士賀拔恕寫以留愈〔二〕，蓋得其十四五，而歸其書歸氏。

〔一〕或無「道」字，「識」下或有「古」字。

〔二〕或無「愈」字。

十一年六月四日右庶子韓愈記。

鄆州谿堂詩 并序

「鄆」，音運，秦爲薛郡；漢爲東平國；春秋：齊人來歸鄆。此篇多從石本。退之文有石本者：鄆州谿堂詩、孟州濟源送李愿序、京兆萬年薛公達銘、司馬村柳子厚銘、縣北劉村路應碑、州廨田氏先廟碑、鄭州滎陽索河上鄭儋碑、衢州徐偃王碑、華州蒲城胡珦碑、西京北邙權德輿碑、廣州南海神廟碑、柳州羅池碑、潭州湘陰黄陵碑、徐州節度掌書記廳石記：其間異同，皆以石本爲正。長安薛氏有皇甫湜手帖云：「鄆塘特高古風，敢樹降旗，而作者之下，何人能及矣！崔侍御前日稱歎終席，滿座不覺繼燭。我唐有國，退之文宗一人，不任欽慰之極。湜上侍郎宗伯。」鄆塘，正謂此鄆州谿堂也，公時爲兵部侍郎，曰宗伯者，文章宗伯也。〔補注〕陳后山曰：退之作記，記其事耳；今之記乃論也。退之此篇未嘗不論，然止是記事，尤神而明之矣。

憲宗之十四年，始定東平，三分其地〔一〕，以華州刺史禮部尚書兼御史大夫扶風馬公〔二〕。爲鄆曹濮節度、觀察等使鎮其地〔三〕。既一年，褒其軍號曰「天平軍」〔四〕。上即位之二年，召公入，且將用之〔五〕；以其人之安公也，復歸之鎮〔六〕。上之三年〔七〕，公爲政於鄆曹濮也適四年矣，治成制定，衆志大固，惡絶於心，仁形於色，溥心一力，以供國家之職〔八〕。于時沂密始分而殘其帥〔九〕，其後幽鎮魏不悦於政，相扇繼變，復歸於舊〔一〇〕，徐亦乘勢逐帥自置〔一一〕，同於三方；惟鄆也截然中居，四鄰望之〔一二〕，若防之制水，恃以無恐〔一三〕。

〔一〕元和十四年二月，平盧都知兵馬使劉悟殺其節度使李師道以降，青、淄十二州皆平。命户部侍郎楊於陵爲淄青宣慰使。分其地爲三道：以鄆曹濮爲一道；淄青齊登萊爲一道；兖海沂密爲一道。東平郡即平盧軍所治。

〔二〕「馬公」，下或有「摠」字。

〔三〕三月，以薛平爲平盧節度使，青齊登萊等州觀察使；以王遂爲沂州刺史、沂海兖密等州都團練觀察使。三分其地者，謂摠及此二人也。「濮」音卜。

〔四〕舊史穆宗紀云：十五年六月，鄆曹濮等州節度賜號「天平軍」。從馬摠奏也。

〔五〕長慶元年三月，盧龍軍節度使劉總上幽鎮地，詔總徙天平，而召摠還，將大用。

〔六〕「安」下或有「於」字，此句或作「以彼之人安於公也」。

〔七〕穆宗以元和十五年正月即位，其曰「上即位之二年」，則長慶元年；「上之三年」則長慶二年也。

〔八〕「竱心一力」，或作「竭心力」，「竱」，或作「竭」，「一」或作「勠」。「竱」旨兖切，專也。國語「竱本肇末」。〔補注〕曾國藩曰：以上鎮鄆大固。又曰：以下忽起波瀾。

〔九〕元和十四年沂海將王弁殺其觀察使王遂，自稱留後。

〔一〇〕「於」或作「于」。幽，謂長慶元年幽州盧龍軍都知兵馬使朱克融囚其節度使張弘靖以反；鎮，謂其月成德軍大將王廷湊殺其節度使田弘正以反；魏，謂二年魏博節度使田布自殺，兵馬使史憲誠自稱留後。

〔一一〕謂二年武寧軍節度副使王智興逐其節度使崔羣也。「置」，或作「署」，或「置」上有「署」字。

〔一二〕閣杭蜀及諸本皆有「四鄰望之」一句。方從石本删去。今按文勢及當時事實，皆當有此句；若其無之，則下文所謂「恃以無恐」者爲誰恃之邪？大凡爲人作文，而身或在遠，無由親視摹刻，既有脱誤，又以毁之重勞，遂不能改。若此者，蓋親見之，亦非獨古爲然也。方氏最信閣杭蜀本，雖有謬誤，往往曲從。今此二本幸皆不誤，而反爲石本脱句所奪，甚可笑也。

〔一三〕〔補注〕曾國藩曰：以上三方繼變而鄆常安。

然而皆曰：鄆爲虜巢，且六十年〔一〕，將彊卒武。曹濮於鄆，州大而近〔二〕，軍所根柢，皆驕以易怨。而公承死亡之後，掇拾之餘，剥膚椎髓，公私埽地赤立，新舊不相保持，萬目睽睽〔三〕。公於此時能安以治之，其功爲大；若幽鎮魏徐之亂不扇而變，此功反小；何也？公之始至，衆未孰化，以武則忿以憾〔四〕，以恩則横而肆，一以爲赤子，一以爲龍蛇，憊心罷精〔五〕，磨以歲月，然後致之，難也；及教之行，衆皆戴公爲親父母，夫叛父母從仇讎，非人之情，故曰易〔六〕。

〔一〕永泰元年七月，以平盧兵馬使李正己爲本軍節度使，傳子納，納傳子師古，師古傳弟師道，師道至元和十四年敗，凡五十五年。

〔二〕「曹濮於鄆」自爲一句，或作「於曹濮州」，非是。

〔三〕「持」，或作「恃」。〔補注〕曾國藩曰：能造難狀之語。

〔四〕或無「以憾」二字，或作「而憾」。

〔五〕「憊」音鞴。「罷」，蒲糜切。

〔六〕「易」，下或有「也」字。〔補注〕曾國藩曰：著此一段議論，便爾壯闊，蹊徑獨闢；若先陳新立之難，又陳不扇而變之難，便無此奇警。曾國藩曰：以上論前後之難易。

於是天子以公爲尚書右僕射，封扶風縣開國伯以褒嘉之〔一〕。公亦樂衆之和，知人之悦，而侈上之賜也。於是爲堂於其居之西北隅，號曰「谿堂」，以饗士大夫，通上下之志。既饗，其從事陳曾謂其衆言：「公之畜此邦，其勤不亦至乎？此邦之人，纍公之化〔二〕，惟所令之，不亦順乎？上勤下順，遂濟登兹，不亦休乎？昔者人謂斯何，今者人謂斯何〔三〕！雖然，斯堂之作，意其有謂，而喑無詩歌，是不考引公德，而接邦人於道也。」〔四〕乃使來請，其詩曰：

〔一〕或無「公」及「封」字。「縣」或作「郡」。〔補注〕姚範曰：扶風縣貞觀元年省矣。摠之封，亦因郡望以爲號耳。曾國藩曰：接法本史公。

〔二〕「纍」平聲，一本作「繫」。

〔三〕〔補注〕案：「斯」，斥鄆也。昔爲叛土，今流義聲，舉鄆以風示他州。

〔四〕「德」下或無「而」字。

帝奠九壤〔一〕，有葉有年，有荒不條〔二〕，河岱之間。及我憲考，一收正之〔三〕，視邦選侯，以公來尸。公來尸之，人始未信，公不飲食，以訓以徇：孰饑無食，孰呻孰歎；孰冤不問，不得分願。孰爲邦蝨〔四〕，節根之螟，羊很狼貪，以口覆城〔五〕。吹之煦之〔六〕，摩手拊之；箴之石之〔七〕，膊而磔之〔八〕。凡公四封，既富以彊，謂公吾父，孰違公令？可以師征〔九〕，不寧守邦。公作谿堂，播播流水，淺有蒲蓮，深有蒹葦，公以賓燕，其鼓駭駭〔一〇〕。公燕谿堂，賓校醉飽，流有跳魚，岸有集鳥，既歌以舞，其鼓考考。公在谿堂，公御琴瑟，公暨賓贊，稽經諏律〔一一〕，施用不差〔一二〕，人用不屈。谿有蕡茋〔一三〕，有龜有魚，公在中流，右詩左書，無我斁遺〔一四〕，此邦是庥〔一五〕。

〔一〕「九壥」，九州也，「壥」與「廛」同。

〔二〕「不」，或作「有」。

〔三〕「收」，或作「牧」。

〔四〕或作「蛑」，音義同。

〔五〕〔補注〕沈欽韓曰：太玄干首次八：「赤舌燒城。」

〔六〕「哅」，音詡。

〔七〕「箴」，或作「針」。

〔八〕「膊」音粕，「磔」陟格切。〔補注〕沈欽韓曰：左傳成二年：「殺而膊諸城上。」

〔九〕「師」，石本作「帥」。今按：平淮西碑云「屢興師征」，作「師」爲是。石本或誤，未可知也。

〔一〇〕此詩十一章，以「令」叶「强」，以「駭」叶「水」，皆古音也。「令」有平聲一讀，公獨孤郁墓志亦見，淮南子：「勿驚勿駭，萬物將自理；勿撓勿攖，萬物將自清。」駭，古音「自」，與「理」叶也。周官大司馬注：「疾雷擊鼓曰駭。」西京賦所謂「駭雷鼓」是也。今按：古音之說甚善。吴才老補音補韻二書，其說甚詳。「駭」「水」叶韻，如管子「宮如牛鳴盎中，徵如負豕覺而駭」，亦一證也。沙隨程可久曰：吴說雖多其例，不過四聲互用，切響通用二條而已。此說得之。如通其說，則古書雖不盡見，今可以例推也。〔補注〕沈欽韓曰：韻會「駭，紙韻，叶訏己切」。

吴子："戢其耳目，無令驚駭。習其馳逐，閑其進止。"

〔一〕"諏"音娵。

〔二〕"施"音試。

〔三〕"蕡"毗賓切，萍也，根浮水而生者。"苽"與"菰"同，音孤。

〔四〕"斁"，音亦。

〔五〕〔補注〕方苞曰：詩凡十一章，六章章四句，五章章六句。

猫相乳

蜀本"乳"下有"説"字。司徒北平王，馬燧也。燧字洵美，是説先儒或以爲幾乎諂，然反復終篇，則言北平王之德感應召致，不爲諂矣。

司徒北平王家猫有生子同日者，其一死焉〔一〕。有二子飲於死母，母且死，其鳴咿咿〔二〕。其一方乳其子，若聞之，起而若聽之，走而若救之〔三〕，銜其一置于其棲，又往如之，反而乳之若其子然。噫，亦異之大者也〔四〕！

〔一〕或作"其一母死"，或作"其母一死"。

〔二〕「咿」，音伊。
〔三〕「走」下或無「而」字。
〔四〕或無「也」字。

夫猫，人畜也〔一〕，非性於仁義者也〔二〕；其感於所畜者乎哉！北平王牧人以康，伐罪以平〔三〕，理陰陽以得其宜；國事既畢，家道乃行，父父子子，兄兄弟弟，雍雍如也，愉愉如也，視外猶視中，一家猶一人：夫如是，其所感應召致，其亦可知矣。易曰「信及豚魚」，非此類也夫〔四〕！

〔一〕〔補注〕曾國藩曰：謂畜於人。
〔二〕閣杭無「仁」字，非是。
〔三〕「伐」或作「罰」，非是。
〔四〕「非此」或作「亦其」，非是。

愈時獲幸於北平王，客有問王之德者，愈以是對。客曰：「夫祿位，貴富人之所大欲也。得之之難，未若持之之難也。得之於功，或失於德；得之於身，或失於子孫〔一〕：今夫功德如是，祥祉如是，其善持之也可知已。」既已〔二〕，因叙之爲猫相乳說云〔三〕。

〔一〕二「失」字下或並有「之」字。
〔二〕「既已」，或無此二字。
〔三〕下或有「爾」字，非是。

進士策問　十三首

非一歲所作，編者集之耳。

其一

問：書稱「汝則有大疑，謀及乃心，謀及卿士，以至于庶人龜筮，考其從違，以審吉凶」〔一〕，則是聖人之舉事興爲，無不與人共之者也；於易則又曰：「君不密則失臣，臣不密則失身，幾事不密則害成。」而春秋亦有譏「漏言」之詞〔二〕，如是，則又似不與人共之而獨運者〔三〕：書與易春秋，經也。聖人於是乎盡其心焉耳矣。今其文相戾悖如此，欲人之無疑，不可得已。是二說者，其信有是非乎？抑所指各殊，而學者不之能察也〔四〕？諒非深考古訓，讀聖人之書者，其何能辨之〔五〕？此固吾子之所宜無讓者，願承教焉〔六〕！

〔一〕蜀本作「凶吉」。今按：經傳凡言吉凶者，多先吉而後凶，惟協韻諧聲則或倒用，而近世好奇之士，不問可否，一例倒用，則失之矣。此類當徐讀而從其聲之諧者，不能悉論也。

〔二〕春秋文公六年：「晉殺其大夫陽處父。」公羊傳：「其稱國以殺何？君漏言也。」何休注：「此引易『幾事不密』爲證。」

〔三〕下或有「也」字。

〔四〕老蘇曰：聖人之道，有經、有權、有機。曰經者，天下之民舉知之可也；曰權者，民不得而知之矣，羣臣知之可也；曰機者，雖羣臣亦不得而知之矣，腹心之臣知之可也。此書與易春秋所指各殊也。

〔五〕「之」，或作「此」。

〔六〕「讓」下或無「者」字。「者」下或有「也」字。

其　二

問：古之人有云：夏之政尚忠，殷之政尚敬，而周之政尚文：是三者相循環終始〔一〕，若五行之與四時焉。原其所以爲心，皆非故立殊而求異也，各適於時，救其弊而已矣。夏殷之書存者可見矣〔二〕，至周之典籍咸在。考其文章，其所尚若不相遠然，焉所謂三者之異云乎〔三〕？抑其道深微不可究歟？將其詞隱而難知也？不然，則是説爲謬矣。周之後秦漢蜀吴魏晉之興與霸，亦有尚乎無也〔四〕？觀其所爲，其亦有意云爾。循環之説安在？吾子其無所隱焉！

〔一〕高祖紀曰：夏之政忠，忠之敝，小人以野，故殷人承之以敬；敬之敝，小人以鬼，故周人承之以文。三王之道若循環，終而復始。〔補注〕姚範曰：此蓋本春秋元命苞云：三王有失，故立三教以相變。夏人之立教以忠，其失野，故救野莫若敬；殷人之立教以敬，其失鬼，救鬼莫若文；周人之立教以文，其失蕩，故救蕩莫若忠：如此循環，周則復始，窮則相承也。啖助言，春秋「救僿莫若忠」，亦本此。

〔二〕「夏殷」下或無「之」字，非是。

〔三〕「遠」下或無「然」字。「焉」，或作「烏」。今按：當有「然」字，而「焉」字屬下句，但其下疑當有一「有」字。作「烏」亦通，其下疑或有一「睹」字。〔補注〕沈欽韓曰：「然」字可屬下讀，此古法。

〔四〕或無「興與」字。〔補注〕方苞曰：先蜀于吴魏，自公始。

其三

問：夫子之序帝王之書，而繫以秦魯；及次列國之風，而宋魯獨稱頌焉〔一〕。秦穆之德，不踰於二霸〔二〕；宋魯之君，不賢乎齊晉；其位等，其德同：升黜取捨，如是之相遠，亦將有由乎？願聞所以辨之之説。

〔一〕孔安國曰：諸侯之事而連帝王，孔子序書以魯有治戎征討之備，秦有悔過自誓之戒，足以爲後世法，故録之，以備王事；猶詩録商魯之頌，而鄭康成以爲魯得用天子之禮樂，故有頌；而商頌至孔子之時，存者五篇，而夏頌已亡，故録魯以備三頌，著爲後王之法：此夫子取予之意也。

〔二〕「穆」，或作「魯」，非是。

其四

問：夫子既没，聖人之道不明，蓋有楊墨者〔一〕，始侵而亂之，其時天下咸化而從焉〔二〕；孟子辭而闢之，則既廓如也〔三〕；今其書尚有存者，其道可推而知不可乎〔四〕？其所守者何事？其不合於道者幾何？孟子之所以辭而闢之者何説〔五〕？今之學者有學於彼者乎？有近於彼者乎？其已無傳乎？其無乃化而不自知乎？其無傳也，則善矣；如其尚在，將何以救之乎〔六〕？諸生學聖人之道，必有能言是者，其無所爲讓。

〔一〕楊朱字子居，後與墨子、與禽滑釐辨論，其説在愛己，不拔一毛以利天下；與墨子相反。墨子名翟，爲宋大夫，在孔子後，有書七十一篇。

〔二〕或無「其時」字。

〔三〕或無「則」字。

〔四〕或無「知」字。非是。

〔五〕「之者」，或作「之也」。

〔六〕「尚在」方從閣杭苑作「在尚」，無「將」字。今按：若從方本，則「尚何以救之乎」，乃是恐不及救之意，與此上下文不相入，其説非是。

其五

問：所貴乎道者，不以其便於人而得於己乎？當周之衰，管夷吾以其君霸，九合諸侯〔一〕，一匡天下，戎狄以微，京師以尊，四海之内無不受其賜者。天下諸侯奔走其政令之不暇，而誰與爲敵！此豈非便於人而得於己乎〔二〕？秦用商君之法，人以富，國以彊，諸侯不敢抗，及七君而天下爲秦。使天下爲秦者，商君也。而後代之稱道者，咸羞言管商氏，何哉？庸非求其名而不責其實歟〔三〕？願與諸生論之，無惑於舊説〔四〕。

〔一〕孔子曰：「桓公九合諸侯。」九合者，謂兵車之會三，乘車之會六。

〔二〕「人」下或無「而」字，「己」作「身」。

〔三〕「名」下或無「而」字。「其實」，或作「於實」。

〔四〕「舊」，或作「記」，非是。句下或有「焉」字。

其六

問：夫子之言「盍各言爾志」〔一〕，又曰「居則曰：不吾知也。如或知爾，則何以哉」？今之舉者，不本於鄉，不序於庠，一朝而羣至乎有司；有司之不之知也宜矣〔二〕。今將自州縣始，請各誦所懷，聊以觀諸生之志〔三〕。死者可作，其誰與歸〔四〕？事其大夫之賢者？友其士之仁者？敢問諸生之所事而友者爲誰乎〔五〕？所謂賢而仁者，其事如何哉？言及之而不言，亦君子之所不爲也〔六〕。

〔一〕「盍」上或有「曰」字。

〔二〕「不之」或無「之」字。

〔三〕〔補注〕案：汴州舉進士，公爲考官，贈張籍詩云「馳辭對我策」是也。後世取士，非由庠序，徑自州縣貢舉，知之無素，故請各誦所懷。此當即汴州策問。

〔四〕此下或有「又曰，居是邦也」六字。

〔五〕「而」或作「所」，「爲」，或作「其」。

〔六〕或無「之所」二字。

其七

問：春秋之時，百有餘國，皆有大夫士，詳於傳者，無國無賢人焉，其餘皆足以充其位，不聞有無其人而闕其官者〔一〕；春秋之後，其書尤詳，以至于吴蜀魏，下及晉氏之亂，國分如錙銖，讀其書，亦皆有人焉〔二〕。今天下九州四海，其爲土地大矣；國家之舉士，内有明經、進士，外有方維大臣之薦，其餘以門地勳力進者又有倍於是，其爲門戶多矣〔三〕；而自御史臺、尚書省以至于中書門下省咸不足其官，豈今之人不及於古之人邪？何求而不得也？夫子之言曰：「十室之邑，必有忠信如丘者焉。」誠得忠信如聖人者，而委之以大臣宰相之事，有不可乎〔四〕？況於百執事之微者哉！古之十室必有任宰相大臣者，今之天下而不足士、大夫於朝，其亦有説乎？

〔一〕「聞」下或無「有」字。

〔二〕「魏」字或在「晉」下，謂元魏爾，蓋不然也，三國之魏，豈應略而不言乎？〔補注〕方苞曰：先吴于蜀，義無所處，蓋傳寫之誤。

〔三〕「有倍」，或作「加倍」。

〔四〕「委之以」，或作「以委之」，非是。

其八

問：夫子曰：「潔浄精微，易教也。」今習其書，不識四者之所謂，盍舉其義而陳其數焉？

其九

問：易之説曰〔一〕：「乾，健也。」今考乾之爻在初者曰「潛龍勿用」，在三者曰「夕惕若厲無咎」，在四者亦曰「無咎」，在上曰「有悔」。卦六位：一「勿用」，二苟得「無咎」，有一「悔」，安在其爲健乎〔二〕？又曰：「乾以易知，坤以簡能。」乾之四位既不爲易矣，坤之爻又曰「龍戰于野」〔三〕，戰之於事，其足爲簡乎？易六經也〔四〕。學者之所宜用心，願施其詞陳其義焉〔五〕。

〔一〕「易」上或有「周」字。「説」下或有「者」字。

〔二〕「二」，或作「一」，非是。

〔三〕此下或有「其血玄黄」四字。

〔四〕〔補注〕沈欽韓曰：言易爲六經之總。

〔五〕或無「所」字，非是。

其十

問：人之仰而生者穀帛，穀帛豐，無飢寒之患〔一〕，然後可以行之於仁義之途，措之於安平之地；此愚智所同識也。今天下穀愈多而帛愈賤人愈困者何也〔二〕？耕者不多而穀有餘，蠶者不多而帛有餘；有餘宜足，而反不足：此其故又何也？將以救之，其説如何？

〔一〕「者」下或有「在」字。「豐」上或有「既」字。

〔二〕「愈賤」，或作「益賤」。「而」字疑當在「賤」字下，但此正與張中丞傳後「城壞而其徒俱死」云云者相類，恐公自有此一種句法也。

其十一

問：夫子言「堯舜垂衣裳而天下理」，又曰「無爲而理者，其舜也歟」。書之説堯曰「親九族」，又曰「平章百姓」，又曰「協和萬邦」，又曰「曆象日月星辰，敬授人時」，又曰洪水「懷山襄陵，下人其咨」〔一〕；夫親九族、平百姓、和萬邦，則天道。授人時，愁水禍，非無事也；而其言曰「垂衣裳而天下理」者何也？於舜則曰「慎五典」，又曰「叙百揆」，又曰「賓四門」，又曰「齊七政」，又曰「類上帝，禋六宗，望山川，徧羣神」，又曰「協時月正日，同律度量衡，五載一巡狩」，又曰「分十二州，封山濬川〔二〕，恤五刑，典三禮，彰施五色，出納五言」；嗚呼其何勤且煩如是！而其言曰「無爲而理」者何也？將亦有深辭隱義不可曉邪？抑其年代已遠失其傳邪〔三〕？二三子其辨焉！

〔一〕「人」或作「民」。此試進士，當避諱，作「民」字非是。
〔二〕「封」，諸本作「隨」，非是。
〔三〕「抑其」下，或有「所」字，非是。「已遠」，或作「遠矣」，或無「已」字。

其十二

問：古之學者必有師，所以通其業，成就其道德者也〔一〕。由漢氏已來〔二〕，師道日微〔三〕，然猶時有授經傳業者；及于今，則無聞矣。德行若顔回，言語若子貢，政事若子路，文學若子游，猶且有師；非獨如此，雖孔子亦有師〔四〕，問禮於老聃，問樂於萇弘是也。今之人不及孔子顔回遠矣，而且無師〔五〕；然其不聞有業不通而道德不成者，何也〔六〕？

〔一〕「德」下或無「者」字。
〔二〕「氏」或作「代」。或無「已」字。

〔三〕〔補注〕沈欽韓曰：漢師道最盛，然稱爲師者少耳。
〔四〕或無「雖」字。
〔五〕「無」下或有「所」字。
〔六〕或無「而」字。

其十三

問：食粟、衣帛、服行仁義以俟死者，二帝三王之所守，聖人未之有改焉者也。今之説者，有神仙不死之道，不食粟，不衣帛，薄仁義以爲不足爲，是誠何道邪？聖人之於人，猶父母之於子〔一〕。有其道而不以教之，不仁；其道雖有而未之知，不智：仁與智且不能，又烏足爲聖人乎〔二〕？不然，則説神仙者妄矣！

〔一〕二「於」字，或皆作「于」。
〔二〕「烏」，或作「焉」。

争臣論

陽城拜諫議大夫，聞得失熟，猶未肯言，公作此論譏切之，城亦不屑意。及裴延齡誣逐陸贄等，城乃守延英閣上疏，極論延齡罪，慷慨引誼，申直贄等。帝欲相延齡，城顯語曰：「延齡爲相，吾當取白麻壞之哭於庭。」帝不相延齡，城之力也。公作此論時，城居位五年矣。後三年而能排擊延齡，或謂城蓋有待，抑公有以激之歟？「争」或作「諫」。歐公與范司諫書、温公通鑑皆作「争」。〔補注〕茅坤曰：截然四問四答，而首尾關鍵如一線。姚鼐曰：此文風格，蓋出于左國。曾國藩曰：逐節根據經義，故盡言而無客氣。

或問諫議大夫陽城於愈〔一〕：可以爲有道之士乎哉？學廣而聞多〔二〕，不求聞於人也；行古人之道，居於晉之鄙，晉之鄙人薰其德而善良者幾千人〔三〕；大臣聞而薦之，天子以爲諫議大夫〔四〕，人皆以爲華，陽子不色喜〔五〕；居於位五年矣，視其德如在野：彼豈以富貴移易其心哉〔六〕？愈應之曰：是易所謂「恒其德貞而夫子凶」者也，惡得爲有道之士乎哉？在易蠱之上九云：「不事王侯，高尚其事」；蹇之六二則曰：「王臣蹇蹇，匪躬之故」：夫不以所居之時不一，而所蹈之德不同也〔七〕？若蠱之上九，居無用之地，而致匪躬之節；以蹇之六二，在王臣之位，而高不事之心：則冒進之患生，曠官之刺興，志不可則，而尤不終無也〔八〕。今陽子在位不爲不久矣〔九〕，聞天下之得失不爲不熟矣，天子待之不爲不加矣；而未嘗一言及於政〔一〇〕。視政之得失，若越人視秦人之肥瘠，忽焉不加喜戚於其心。問其官，則曰諫議也；問其禄，則曰下大夫之秩也〔一一〕；問其政，則曰我不知也：有道之士，固如是乎哉？且吾聞之，有官守者，不得其職則去；有言責者，不得其言則去；今陽子以爲得其言，言乎哉〔一二〕？得其言而不言，與不得其言而不去，無一可者也。陽子將爲禄仕乎？古之人有云：仕不爲貧，而有時乎爲貧，謂禄仕者也〔一三〕；宜乎辭尊而居卑，辭富而居貧，若抱關擊柝者可也。蓋孔子嘗爲委吏矣，嘗爲乘田矣，亦不敢曠其職：必曰「會計當而已矣」，必曰「牛羊遂而已矣」。若陽子之秩禄〔一四〕不爲卑且貧，章章明矣，而如此，其可乎哉？

〔一〕城字亢宗，定州北平人。

〔二〕城好學，貧不能得書，乃求爲集賢寫書吏，竊官書讀之，晝夜不出，六年乃無所不通。

〔三〕城及進士第，乃去隱中條山，遠近慕其德行，多從之學。

〔四〕「子」下或無「以」字。城徙居陜州夏縣，李泌爲陜虢觀察使，聞城名；泌入相，薦爲著作郎。後德宗令長安尉楊寧賫束帛召爲諫議大夫。

〔五〕或無「人」字及「色」字，皆非是。

〔六〕「在」下或有「草」字。「移易」，或作「易移」。初城未至京，人皆想望風采，曰「陽城，山人，今爲諫官，必能以死奉職」；而城與二弟日夜痛飲，人莫能窺其際，皆以虚名譏之。

〔七〕「之時」「之德」或並無「之」字。〔補注〕姚範曰：「也」同「耶」。後「陽子可以爲有道之士也」，「也」亦同「耶」。

〔八〕「蹇」上或無「以」字。「事」下或有「上」字。「尤」下或有「之」字。「終」，或作「絶」，或作「如」。皆非是。

〔九〕「今陽子」下或有「實一匹夫」四字，或作「實一介之夫」，下再出「陽子」二字；或作「實匹夫」，「陽子」亦再見。

〔一〇〕或無「於」字。

〔一一〕「夫」下或無「之」字。

〔一二〕「乎」上或無複出「言」字。按：此語正謂陽子若自謂得其言，則何不言乎哉？或本非是。〔補注〕姚範曰：言陽子以爲得其言，而已有所言乎？

〔一三〕〔補注〕陳景雲曰：詩君子陽陽，序：「君子遭亂，相招爲禄仕。」鄭箋：「禄仕者，苟得禄而已，不求道行。」

〔一四〕或作「禄秩」。

或曰：否，非若此也。夫陽子惡訕上者，惡爲人臣招其君之過而以爲名者〔一〕；故雖諫且議，使人不得而知焉。書曰「爾有嘉謨嘉猷，則入告爾后于內，爾乃順之于外」，曰「斯謨斯猷，惟我后之德」。夫陽子之用心，亦若此者！愈應之曰：若陽子之用心如此，滋所謂惑者矣〔二〕！入則諫其君，出不使人知者，大臣宰相者之事，非陽子之所宜行也〔三〕。夫陽子本以布衣隱於蓬蒿之下〔四〕，主上嘉其行誼，擢在此位，官以諫爲名，誠宜有以奉其職，使四方後代知朝廷有直言骨鯁之臣，天子有不僭賞從諫如流之美；庶巖穴之士聞而慕之，束帶結髮，願進於闕下，而伸其辭説，致吾君於堯舜，熙鴻號於無窮也。若書所謂，則大臣宰相之事，非陽子之所宜行也。且陽子之心將使君人者惡聞其過乎？是啓之也〔五〕！

〔一〕舊本「招」下注「音翹」二字。「武子好盡言以招人過」，見國語、漢書五行志。蘇林讀「招」爲「翹」。「招」，舉也。宋元憲曰：考他書未獲爲「翹」之意，注音者當有所據。今按：呂氏春秋「孔子之勁，能招國門之關」，注「招，舉也」；又過秦論「招八州而朝同列」；蘇林亦音翹。〔補注〕沈欽韓曰：「招」「翹」通用。唐六典「兵部員外郎試武舉，有舉重」，注云「謂翹關，即招關」。淮南主術訓，注云：「以一手招門關端舉之。」蓋「招」字本訓同「召」。王逸楚辭注「以手曰招，以言曰召」。詩傳「招招，號召之貌」，故軒舉用力之「招」，當讀爲「翹」也。

〔二〕「滋」，或作「茲」，非是。

〔三〕〔補注〕張裕釗曰：以下申論其義，文氣雄直偉岸。

〔四〕或無「本以」字。

〔五〕「是啓」或作「其咎」，非是。〔補注〕沈欽韓曰：正意已畢，下二段所謂推波助瀾。

或曰：陽子之不求聞而人聞之，不求用而君用之，不得已而起，守其道而不變，何子過之深也？愈曰：自古聖人賢士皆非有求於聞用也〔一〕，閔其時之不平，人之不乂，得其道，不敢獨善其身，而必以兼濟天下也〔二〕，孜孜矻矻〔三〕，死而後已。故禹過家門不入〔四〕，孔席不暇暖，而墨突不得黔：彼二聖一賢者，豈不知自安佚之爲樂哉？誠畏天命而悲人窮也。夫天授人以賢聖才能，豈使自有餘而已？誠欲以補其不足者也〔五〕。耳目之於身也，耳司聞而目司見，聽其是非，視其險易，然後身得安焉。聖賢者，時人之耳目也〔六〕；時人者，聖賢之身也。且陽子之不賢，則將役於賢，以奉其上矣〔七〕；若果賢，則固畏天命而閔人窮也：惡得以自暇逸乎哉〔八〕？

〔一〕「有」下或有「心」字。

〔二〕「必」，或作「不」。

〔三〕「矻」，音「窟」。

〔四〕「門」下或有「而」字。

〔五〕「補」上方本有「自」字，「者」下無「也」字，云「自」者，指言天之所授也，義爲長。今按：韓公之意，乃言天生聖賢，非但使之自有餘也，乃欲以補衆人之不足耳；故下文云云。方説非是。

〔六〕「目」下或無「也」字。

〔七〕「則將」，或作「且將」。「於賢」，或作「於身」。皆非是。

〔八〕〔補注〕曾國藩曰：此段陳義甚高。

或曰：吾聞君子不欲加諸人〔一〕，而惡訐以爲直者。若吾子之論，直則直矣，無乃傷于德而費於辭乎？好盡言以招人過，國武子之所以見殺於齊也〔二〕。吾子其亦聞乎！愈曰：君子居其位，則思死其官；未得位，則思修其辭以明其道：我將以明道也，非以爲直而加人也。且國武子不能得善人而好盡言於亂國，是以見殺〔三〕。傳曰：「惟善人，能受盡言。」謂其聞而能改之也。子告我曰：陽子可以爲有道之士也；今雖不能及已，陽子將不得爲善人乎哉〔四〕？

〔一〕或無「欲」字。

〔二〕國語：柯陵之會，單襄公見國武子，其言盡，襄公曰：「立於淫亂之間，而好盡言以招人過，怨之本也。」魯成公十八年，齊人殺武子。「招」，音翹。

〔三〕「而好盡言於亂國」，方本作「而言盡言盡言於亂國」。今按：方本殊無文理。

〔四〕或無「哉」字，林少穎曰：退之譏陽城固善矣，及退之爲史官，不敢褒貶，而柳子厚作書以責之。子厚之責退之，亦猶退之之責陽城也。目見泰山，不見眉睫，其是之謂乎！

改葬服議

〔補注〕李光地曰：敘述斷制，簡潔明曉，韓公獨步。劉大櫆曰：退之每以雄怪奇偉驚人，獨于議禮，則醇雅粹然，而爲儒者之言。

經曰：「改葬緦。」〔一〕春秋穀梁傳亦曰：「改葬之禮緦，舉下緬也。」〔二〕此皆謂子之於父母，其他則皆無服。何以識其必然？經次五等之服，小功之下然後著改葬之制，更無輕重之差；以此知惟記其最親者，其他無服則不記也。若主人當服斬衰，其餘親各服其服，則經亦言之，不當惟云「緦」也〔三〕。傳稱「舉下緬者」，「緬」猶「遠」也；「下」謂服之最輕者也：以其遠，故其服輕也〔四〕。江熙曰：「禮，天子諸侯易服而葬，以爲交於神明者不可以純凶，況其緬者乎〔五〕？是故改葬之禮，其服惟輕。」〔六〕以此而言，則亦明矣〔七〕。

〔一〕見儀禮喪服篇。〔補注〕沈欽韓曰：此在喪服記，非經。

〔二〕魯莊公三年五月，葬桓王。穀梁傳曰：「改葬也，改葬之禮緦。舉下緬也。」「緬」，謂遠也。〔補注〕沈欽韓曰：謂莅親之事而服以下服，以免喪已久，歲月遠故也。

〔三〕「云」，一作「言」。〔補注〕沈欽韓曰：此條謂親喪有故未葬，主人不除；至葬，其餘親當事各服其服，先期已釋服故也。

〔四〕「最輕」下或無「者也」字，「故」下或無「其」字。

〔五〕或無「其」字。〔補注〕沈欽韓曰：檀弓「弁絰葛而葬，與神交之道也」注云：「接神，不可以純凶，天子諸侯變服而葬，冠素弁，以葛爲環絰。」正義曰：「既服弁絰，其衰亦改。」

〔六〕自江熙以下，皆莊公三年穀梁傳注。

〔七〕〔補注〕方苞曰：以上就經傳本文正釋其義，以下引他書以證。

衞司徒文子改葬其叔父，問服於子思，子思曰：「禮，父母改葬緦，既葬而除之，不忍無服送至親也〔一〕；非父母無服，無服則弔服而加麻。」〔二〕此又其著者也〔三〕。文子又曰：「喪服既除，然後乃葬，則其服何服？」〔四〕子思曰：「三年之喪未葬，服不變，除何有焉？」〔五〕

〔一〕舊唐禮儀志云：田再思議曰：改葬之服，鄭云服緦三月。

〔二〕自「衞司徒文子」已下，皆孔叢子抗志篇之文。「弔而加麻」，無「服」字。

〔三〕〔補注〕沈欽韓曰：通典馬融云：「惟三年者服緦，周以下無服。」戴德云：「餘親皆弔服。」鄭喪服注云：「服緦者，臣爲君也，子爲父也，妻爲夫也。」

〔四〕「葬」下或有「者」字，或有「也」字。

〔五〕亦孔叢子之文。「未」下或有「除」字，非是。〔補注〕陳景雲曰：子思之説出孔叢子，而自來未有行之者。惟南史張種值侯景亂，母卒，又迫凶荒，未葬，服雖畢，居家飲食，恒若在喪。王僧辯奏起爲中從事，并爲具葬禮，葬訖，種方即吉。方苞曰：以下辨改葬與未葬異，不宜重服。

然則改葬與未葬者有異矣。古者諸侯五月而葬，大夫三月而葬，士踰月〔一〕；無故，未有過時而不葬者也。「過時而不葬〔二〕，謂之不能葬」，春秋譏之〔三〕。若有故而未葬，雖出三年，子之服不變，此孝子之所以著其情，先王之所以必其時之道也。雖有其文，未有著其人者，以是知其至少也〔四〕。改葬者，爲山崩水涌毁其墓，及葬而禮不備者。若文王之葬王季，以水齧其墓〔五〕；魯隱公之葬惠公，以有宋師，太子少，葬故有闕之類是也〔六〕。喪事有進而無退〔七〕。有易以輕服，無加以重服，殯於堂，則謂之殯；瘞於野，則謂之葬。近代已來，事與古異，或游或仕在千里之外，或子幼妻稚而不能自還〔八〕，甚者拘以陰陽畏忌，遂葬於其土；及其反葬也，遠者或至數十年，近者亦出三年，其吉服而從於事也久矣，又安可取未葬不變服之例而反爲之重服歟？在喪當葬，猶宜易以輕服，況既遠而反純凶以葬乎？若果重服，是所謂未可除而除，不當重而更重也〔九〕。或曰：喪與其易也寧戚，雖重服不亦可乎？曰：不然，易之與戚，則易固不如戚矣；雖然，未若合禮之爲懿也。儉之與奢，則儉固愈於奢矣；雖然，未若合禮之爲懿也。過猶不及，其此類之謂乎〔一〇〕？

〔一〕隱元年左氏：「天子七月而葬，同軌畢至；諸侯五月，同盟至；大夫三月，同位至；士逾月，外姻至。」

〔二〕或無下「而」字。

〔三〕春秋隱公三年八月癸未，「葬宋穆公」，公羊傳曰：「過時而不日，謂之不能葬也。」

〔四〕或無「是」字。

〔五〕吕氏春秋：惠公説魏太子曰：昔王季歷葬于渦山之尾，欒水齧其墓，於是更葬。〔補注〕沈欽韓曰：説文：「欒，水漏流也。」

〔六〕隱元年左傳：「十月改葬惠公。惠公之薨也，有宋師，太子少，葬故有闕，是以改葬。」諸本無「故」字，考之左氏，當有。

〔七〕禮檀弓文。

〔八〕「稚」下或無「而」字。

〔九〕「而除」下或有「之」字,「更」下或無「重」字,非是。

〔一〇〕〔補注〕方苞曰:以下辯既葬服除與否。

或曰經稱「改葬緦」,而不著其月數,則似三月而後除也〔一〕。子思之對文子則曰「既葬而除之」,今宜如何?曰:自啓至于既葬而三月,則除之〔二〕;未三月,則服以終三月也〔三〕。曰:妻爲夫何如?曰:如子〔四〕。無弔服而加麻則何如?曰:今之弔服,猶古之弔服也。

〔一〕「似」,或作「以」,非是。

〔二〕「啓」下或有「殯」字。「至」下或無「既」字。今按:禮有「自啓至于反哭」之語。

〔三〕〔補注〕沈欽韓曰:鄭儀禮注:「服緦三月而除之。」通典引馬融曰:「事已而除,不必三月。」范宣申袁準曰:「喪無再服,然哀痛甚,不可無服;若終月數,是再服也,道遠則過之可也。」鄭義曰:「改葬緦服訖葬爲斷,若改葬不過一旬,安可便脱乎?禮云:一時,時逾思變,故取節焉。」欽韓按:緦之服,既因見尸柩而服;尸柩在外,無有延至三月之久,若往來道里不當仍服,既云葬訖而除,則未有至三月者矣。韓從鄭義者,未葬從緦,亡於禮之禮也。

〔四〕或無「曰如」二字,非是。

省試學生代齋郎議

諸本此下有「貞元十年應博學宏詞」九字。〔補注〕沈欽韓曰：貞元十二年，朝廷欲以太學生令於郊廟攝事，將去齋郎以從省便。太常博士裴堪議曰：「罷齋郎則失重祭之義，用學生則撓敬業之道。」方苞曰：退之此議，蓋溺于習，而未達先王之禮意。

齋郎職奉宗廟社稷之小事，蓋士之賤者也。執豆籩，駿奔走〔一〕，以役于其官之長；不以德進，不以言揚，蓋取其人力以備其事而已矣。奉宗廟社稷之小事，執豆籩、駿奔走，亦不可以不敬也；於是選大夫士之子弟未爵命者〔二〕以塞員填闕，而教之行事。其勤雖小，其使之不可以不報也，必書其歲；歲既久矣，於是乎命之以官而授之以事，其亦微矣哉。學生或以通經舉，或以能文稱，其微者，至於習法律、知字書，皆有以贊於教化，可以使令於上者也。自非天姿茂異，曠日經久，以所進業發聞於鄉閭〔三〕，稱道於朋友，薦於州府，而升之司業，則不可得而齒乎國學矣。然則奉宗廟社稷之小事〔四〕，任力之小者也；贊於教化，可以使令於上者，德藝之大者也：其亦不可移易明矣。

〔一〕書：「祀于周廟，邦甸侯衛，駿奔走，執豆籩。」「駿」，大也。
〔二〕「子」上，或無「之」字。
〔三〕「所進」，或作「進所」，或作「進以」。「進」，或作「道」。
〔四〕或無「然」字，「稷」下或無「之」字。

今議者謂學生之無所事，謂齋郎之幸而進，不本其意；因謂可以代任其事而罷之，蓋亦不得其理矣〔一〕。今夫齋郎之所事者力也，學生之所事者德與藝也；以德藝舉之，而以力役之，是使君子而服小人之事，且非國家崇儒勸學誘人爲善之道也。此一說不可者也。

〔一〕「亦」，或作「以」。

抑又有大不可者焉。宗廟社稷之事雖小，不可以不專；敬之至也，古之道也。今若以學生兼其事，及其歲時日月，然後授其宗彝罍洗，其周旋必不合度，其進退必不得宜，其思慮必不固，其容貌必不莊；此其無他，其事不習，而其志不專故也；非近於不敬者歟〔一〕？又有大不可者，其是之謂歟！若知此不可〔二〕，將令學生恒掌其事，而隳壞其本業，則是學生之教加少〔三〕，學生之道益貶；而齋郎之實猶在，齋郎之名苟無也。大凡制度之改，政令之變，利於其舊不什，則不可爲已，又況不如其舊哉〔四〕？

〔一〕「非」上或有「此」字。

〔二〕「此」，或作「其」。

〔三〕「教」，或作「數」。

〔四〕「什」，或作「然」，此商君傳所謂「利不百，不變法；工不十，不易器」是也。「如」下或有「於」字。

考之於古則非訓；稽之於今則非利；尋其名而求其實，則失其宜〔一〕：故曰，議罷齋郎而以學生薦享，亦不得其理矣〔二〕。

〔一〕「失」，或作「去」，非是。

〔二〕文苑此篇前後有「議曰」「謹議」四字。

禘祫議

或作「祫禘」。今按：篇内皆作「禘祫」。禮：「三年一祫，五年一禘。」「祫」者，合也，謂以昭穆合食于太祖之廟。「禘」者，諦也，謂審諦其尊卑而祀之。禘祫之議，考之新史陳京傳及禮樂志，前後議者不一。陳京始建議，繼有禮儀使顏真卿議，左庶子李嶸等七人議，吏部侍郎柳冕等十二人議，司勳員外郎裴樞、同官縣尉仲子陵、京兆少尹韋武等議，左司陸淳議，左僕射姚南仲等獻議五十七封，尚書王紹等五十五人議，鴻臚卿王權又申衍之。公所排五説，即此諸人議也。其間惟顏魯公議與公合，後卒詔從王紹等議，正景皇帝東向之位，已下列序昭穆，附獻懿二主于興聖廟，禘祫就本室饗之，凡二十年乃決。〔補注〕姚範曰：唐之獻祖，乃金門鎮將李熙也。既非有開國之鴻構，而其上世則有弘農太守重耳，又其上則有歆，又其上則涼武昭王李暠也。則獻非始祖，何云百世不遷乎？又懿祖者，太祖之父；獻祖者，太祖之祖：祖當四時之享而父不與，此何禮也？且韓子前云：獻懿二祖，即毁廟主也。又云：禘祫之時，當與合食之列耳，非云必當居初室也。又云：常祭衆，合祭寡，太祖所屈之祭少，所伸之祭多，亦非謂居初室也。蓋平時仍藏之夾室，至禘祫則於太廟東向進耳。朱子嘗論宋世當以僖祖爲太祖，亦姑取韓公之説而附之歟？又曰：公謂獻懿宜藏於祧廟，至祫祭乃以獻祖正東向之位，故云：「事異殷周，禮從而變。」然從王紹等議，何嘗非事異殷周，禮從而變也？沈欽韓曰：公所排五説外，又有工部郎中張薦等議，欲虚東向之位，獻懿二祖與太祖並序昭穆。京兆少尹韋武議，當祫之歲，以獻祖居東向，而懿祖以下序昭穆；若行禘禮，則太祖東向以衆主列左右。按：張議最無稽，公與顏公同，亦婦人之見，唐于禮制，尚能博稽廣謀，擇善而從，故太祖終定東向之位，非若北宋徇王安石一人之私説，終汴京之世，太祖東向者，不得屬諸受天命之主也。又曰權德輿遷廟議云：前後異同，有七家五家不安之説，曰藏夾室，虚東向，園寢，禘祫分饗，埋瘞；其二家，别廟，及祔興聖廟；可從。而德輿從祔興聖廟之説。方苞曰：反覆周密，理正詞質，説經之文，當用爲程式。劉大櫆曰：筆力堅挺，如鐵鑄成，永爲議禮之法式。

右今月十六日勑旨〔一〕，宜令百僚議，限五日内聞奏者，將仕郎守國子監四門博士臣韓愈謹獻議曰：

〔一〕時貞元十九年。

伏以陛下追孝祖宗〔一〕，肅敬祀事，凡在擬議〔二〕，不敢自專，聿求厥中，延訪羣下；然而禮文繁漫，所執各殊，自建中之初，迄至今歲，屢經禘祫，未合適從。臣生遭聖明，涵泳恩澤，雖賤不及議，而志切效忠〔三〕。今輒先舉衆議之非，然後申明其説。

〔一〕「宗」下方有「廟」字。今按：此等公家文字，或施於君上，或布之吏民，只用當時體式，直述事意，乃易曉而通行。非如詩篇，等於戲劇，銘記期於久遠，可以時出奇怪，而無所拘也。故韓公之文，雖曰高古，然於此等處，亦未嘗敢故爲新巧，以失莊敬平易之體；但其間反覆曲折，説盡事理，便是真文章，它人自不能及耳。方本非是，後皆倣此。

〔二〕「在」，或作「有」。「擬」，或作「疑」。

〔三〕「切」，或作「在」。今按：官不及議而自言，則作切爲是。〔補注〕陳景雲曰：唐代都省集議，惟朝官得與。國子博士非朝官，故不及議。朝官亦名常參官，文官五品以上及兩供奉官、監察御史、員外郎、太常博士。

一曰「獻懿廟主〔一〕，宜永藏之夾室」〔二〕。臣以爲不可。夫祫者，合也。毁廟之主，皆當合食於太祖，獻懿二祖，即毁廟主也。今雖藏於夾室，至禘祫之時，豈得不食於太廟乎？名曰「合祭」，而二祖不得祭焉〔三〕，不可謂之合矣。

〔一〕「廟」，或作「之」。

〔二〕見貞元七年八年裴郁李嶸等議。

〔三〕「祭焉」，或作「登焉」，詳上下文，作「登」非是。

二曰「獻懿廟主，宜毁之瘞之」〔一〕。臣又以爲不可。謹按禮記，天子立七廟，一壇一墠〔二〕，其毁廟之主，皆藏於祧廟〔三〕，雖百代不毁，祫則陳於太廟而饗焉。自魏晉已降，始有毁瘞之議〔四〕，事非經據，竟不可施行。今國家德厚流光，創立九廟〔五〕，以周制推之，獻懿二祖猶在壇墠之位；况於毁瘞而不禘祫乎？

〔一〕見李嶸等議。諸本「毁」下或無「之」字，或「毁之」下再有「宜」字。今按：上「之」字，疑當作「而」。

〔二〕禮記注：土封爲壇，除地爲墠。「墠」，時戰切。

〔三〕禮記「遠廟爲祧」。注云「遷廟之主，皆以昭穆合藏於祧廟之中」。

〔四〕〔補注〕何焯曰：毁瘗之議，乃自漢始。

〔五〕開元十年六月，增太廟爲九室。〔補注〕沈欽韓曰：通典：「開元十年，追尊宣皇帝爲獻祖，復列于正室；光皇帝爲懿祖，以備九室。」

三曰「獻懿廟主，宜各遷於其陵所」〔一〕。臣又以爲不可。二祖之祭於京師，列於太廟也，二百年矣。今一朝遷之，豈惟人聽疑惑，抑恐二祖之靈眷顧依遲〔二〕，不即饗於下國也！

〔一〕員外郎裴樞曰：建石室于寢園，以藏神主，至禘祫之時則祭之。

〔二〕「遲」諸本作「違」，今從閣杭蜀苑，云：新史與文粹作「依違」，以意改也。甘泉賦「徠祇郊禋，神所依兮。徘徊招摇，靈屖迡兮」。「屖」，音栖；「迡」，與「遲」同：皆徐行也。顔曰「言神久留安處，不即去也」。

四曰「獻懿廟主，宜附於興聖廟而不禘祫」〔一〕。臣又以爲不可。傳曰「祭如在」。

景皇帝雖太祖，其於屬，乃獻懿之子孫也〔二〕。今欲正其子東向之位，廢其父之大祭〔三〕，固不可爲典矣。

〔一〕考功員外郎陳京、同官縣尉仲子陵皆曰：遷神主於德明、興聖廟。

〔二〕「雖」下或有「爲」字。「其於」，或作「於其」。「之」下一無「子」字。

〔三〕「父之」或作「父子」，「父」下或并有「子之」字，皆非是。

五曰「獻懿二祖，宜別立廟於京師」〔一〕。臣又以爲不可。夫禮有所降，情有所殺；是故去廟爲祧，去祧爲壇，去壇爲墠，去墠爲鬼；漸而之遠，其祭益稀〔二〕。昔者魯立煬宫，春秋非之〔三〕，以爲不當取已毁之廟，既藏之主，而復築宫以祭。今之所議，與此正同〔四〕。又雖違禮立廟，至於禘祫也；合食則禘無其所，廢祭則於義不通〔五〕。

〔一〕吏部郎中柳冕等十二人又曰：獻懿二祖，猶周先公也。請築別廟以居之。

〔二〕方本無「去壇」「去墠」四字，「之遠」作「遠之」。今詳四字，祭法本文。「之」猶「適」也，言漸而適遠也。方本皆誤。

〔三〕春秋公羊傳：定公元年九月，立煬宫，非禮也。

〔四〕〔補注〕沈欽韓曰：通典，實應三年，祔玄宗肅宗于廟，遷獻懿二祖于西夾室，始以太祖當東向位，則獻懿亦爲已毁之廟，既藏之主，而復正東向之位，可乎。

〔五〕「其所」，方作「所主」。「義」或作「經」、或作「禮」。今按：此言若作别廟，則不當禘於太廟，又不當禘於别廟，故云「禘無其所」。若以無可禘祫之所而遂直廢其祭，則於義又有不可通者，故其説如此。方本誤也。

此五説者皆所不可，故臣博采前聞，求其折中。以爲殷祖玄王〔一〕、周祖后稷，太祖之上，皆自爲帝；又其代數已遠，不復祭之，故太祖得正東向之位，子孫從昭穆之列。禮所稱者蓋以紀一時之宜，非傳於後代之法也〔二〕。傳曰：「子雖齊聖，不先父食。」〔三〕蓋言子爲父屈也。景皇帝雖太祖也，其於獻懿則子孫也。當禘祫之時，獻祖宜居東向之位，景皇帝宜從昭穆之列；祖以孫尊，孫以祖屈，求之神道〔四〕，豈遠人情？又常祭甚衆〔五〕，合祭甚寡，則是太祖所屈之祭至少，所伸之祭至多；比於伸孫之尊，廢祖之祭，不亦順乎〔六〕？事異殷周，禮從而變，非所失禮也〔七〕。

〔一〕玄王，卨也。詩長發「玄王桓撥」是也。

〔二〕「蓋以」，或作「蓋曰」，或無「於」字。

〔三〕春秋文公二年左氏語。

〔四〕「之神」，或作「神之」，非是。

〔五〕「衆」，或作「頻」。新書陳京傳亦作「衆」。

〔六〕今按：韓公本意，獻祖爲始祖，其主當居初室，百世不遷；懿祖之主則當遷於太廟之西夾室，而太祖以下以次列於諸室。四時之享，則唯懿祖不與，而獻祖、太祖以下各祭於其室，室自爲尊，不相降厭，所謂「所伸之祭常多」者也。禘祫則唯獻祖居東向之位，而懿祖、太祖以下皆序昭穆，南北相向於前，所謂「祖以孫尊，孫以祖屈，而所屈之祭常少」者也。韓公禮學精深，蓋諸儒所不及，故其所議，獨深得夫孝子慈孫報本反始，不忘其所由生之本意；真可爲萬世之通法，不但可施於一時也。程子以爲不可漫觀者，其謂此類也歟？但其文字簡嚴，讀者或未遽曉，故竊推之以盡其意云。〔補注〕沈欽韓曰：此時安石之説，始終欲以宋之僖祖爲太祖，而藝祖僅從昭穆之位，馬氏通考折其謬矣，乃懷此意以測韓公；然貞元時獻懿主實已遷，不復追崇，諸儒紛紛不決者，但爲合食之事耳。韓公豈有創獻祖當爲始祖之意？

〔七〕「所」字疑衍。

臣伏以制禮作樂者，天子之職也。陛下以臣議有可采〔一〕，粗合天心，斷而行之，是則爲禮；如以爲猶或可疑，乞召臣對面陳得失，庶有發明。謹議。

〔一〕「議」下或有「爲」字。

省試顔子不貳過論

貞元十年應博學宏詞科作。〔補注〕李光地曰：公早年之文，便爾經術純白如此。

論曰：登孔氏之門者衆矣，三千之徒，四科之目〔一〕，孰非由聖人之道〔二〕，爲君子之儒者乎？其於過行過言，亦云鮮矣；而夫子舉不貳過惟顔氏之子，其何故哉？請試論之：

〔一〕「目」，或作「夫」。

〔二〕「由」或作「曰」。

夫聖人抱誠明之正性，根中庸之至德，苟發諸中形諸外者，不由思慮，莫匪規矩；不善之心，無自入焉；可擇之行，無自加焉：故惟聖人無過。所謂過者〔一〕，非謂發於行、彰於言，人皆謂之過而後爲過也；生于其心則爲過矣。故顔子之過此類也。不貳者，蓋能止之于始萌，絶之於未形，不貳之於言行也。中庸曰：「自誠明謂之性，自明誠謂之教。」自誠明者，不勉而中，不思而得，從容中道，聖人也，無過者也；自明誠者〔二〕，擇善而固執之者也，不勉則不中，不思則不得，不貳過者也。故夫子之言曰：「回之爲人也，擇乎中庸，得一善，則拳拳服膺而不失之矣。」又曰：「顔氏之子，其殆庶幾乎！」言猶未至也。而孟子亦云：「顔子具聖人之體而微者。」皆謂不能無生于其心，而亦不暴之於外〔三〕。考之於聖人之道，差爲過耳〔四〕。

〔一〕「所」上或有「故」字，非是。

〔二〕或無「自」字。

〔三〕「亦不」，或無「亦」字。

〔四〕伊川曰：顔子所事則曰：「非禮勿視，非禮勿聽，非禮勿言，非禮勿動。」仲尼稱之則曰：「得一善，則拳拳服膺而弗失之。」又曰：「不遷怒，不貳過。」「有不善未嘗不知，知之未嘗復行也。」此其好之、篤學之之道也。視聽言動皆禮矣，所異於聖人者，蓋聖人則不思而得，不勉而中，從容中道；顔子則必思而後得，必勉而後中：故曰顔子之與聖人，相去一息。

顔子自惟其若是也，於是居陋巷以致其誠，飲一瓢以求其志〔一〕，不以富貴妨其道，不以隱約易其心，確乎不拔，浩然自守，知高堅之可尚，忘鑽仰之爲勞，任重道遠，竟莫之致；是以夫子歎其「不幸短命」，「今也則亡」，謂其不能與己並立於至聖之域，觀教化之大行也。不然〔二〕，夫行發於身加於人，言發乎邇見乎遠，苟不慎也，敗辱隨之；而後思欲不貳過，其於聖人之道不亦遠乎？而夫子尚肯謂之「其殆庶幾」，孟子尚復謂之「具體而微」者哉？則顔子之不貳過，盡在是矣。謹論〔三〕。

〔一〕或無「飲」字。

〔二〕或無「不然」字，下或併無「夫」字。

〔三〕或無「謹論」二字。

與李秘書論小功不税書

「秘書」，官稱也。或無「書」字，而以「秘」爲人名及「論」作「問」，又「税」下無「書」字者，皆非是。「税」當作「裞」，其字从衣，博雅云：「過制追服謂之裞，輸芮反，亦音吐外反。」既作此書，先儒劉敞原父嘗辨其説而論之曰：曾子曰：「小功不税，則是遠兄弟終無服也，而可乎？」韓子嘗弔於人，見其貌戚，其意哀，而其服吉者，問之曰：「何也？」曰：「小功不税也。」是以韓子疑之而作小功不税之書。夫韓子之疑之是也，彼人之爲非也；然而小功不税，禮也。韓子曰：「君子於其骨肉死則悲哀而爲之服者，豈牽於外哉？聞其死則悲哀，豈有間於新故死哉？」甚矣！韓子之達於禮而近之也。雖然，疑之未盡也，求之不得也。夫爲服者，至親之恩以朞斷，其殺至于大功；兄弟之恩以小功止，其殺至于緦；外親之服以緦窮，其殺至于袒免。聖人之制禮，豈苟言情哉？亦著於文而已矣！大功税，小功不税，其文至于是也；兄弟之服不過小功，外親之服不過緦，其情至于是也。因其情而爲之文，親疏之殺見矣。故禮大功以上不謂之兄弟。兄弟有加而大功無加者，親親也；有加者，報之也；親親者稅，下親親者不稅：是亦其情也。且禮專爲情乎？亦爲文乎？如專爲情也，則至親不可以朞斷，小功不可以不稅；如爲文也，則至親之朞斷，小功之不稅，一也。夫曾子韓子隆於情而不及文，失禮之指，而疑其説。雖然，韓子疑之是也，彼人之爲非也，何以言之邪？小功雖不稅，亦不吉服而已矣。記曰：「聞遠兄弟之喪，既除喪而後聞之，則免袒哭之成踊。」夫若是，奚其吉哉？故曰：彼人之爲非也，韓子疑之是也。小功不稅，禮也；然則免袒成踊則已矣乎？猶有加焉，曰：我未之聞也。雖然，降而無服者，麻，不稅，是亦降而無服已；哀之以其麻，哭之以其情，逾月然後已，其亦愈乎吉也。

曾子稱「小功不稅」，則是遠兄弟終無服也，而可乎？鄭玄注云：「以情責情。」〔一〕今之士人，遂引此不追服小功〔二〕。小功服最多〔三〕，親則叔父之下殤，與適孫之下殤〔四〕，與昆弟之下殤〔五〕；尊則外祖父母；常服則從祖祖父母〔六〕：禮沿人情，其不可不服也明矣。

〔一〕文見禮記檀弓。「以情」上，諸本有「是」字。鄭注無此語，只云：「以已恩怪之。」〔補注〕方苞曰：蔣之翹云：鄭注無此語，然韓子博極羣書而詳于義訓，必無訛舛；以此知今之傳注，非唐以前之舊也。

〔二〕「不」上或有「而」字。

〔三〕「功服」或作「功之服」。

〔四〕「適」，音的。

〔五〕禮：十六至十九爲長殤，十二至十五爲中殤，八歲至十一爲下殤，七歲以下爲無服之殤，生未三月不爲殤。〔補注〕方苞曰：此正記所云降而在小功者。

〔六〕或無「常」字。

古之人〔一〕行役不踰時，各相與處一國〔二〕，其不追服，雖不可，猶至少；今之人男出仕，女出嫁，或千里之外，家貧訃告不及時，則是不服小功者恒多，而服小功者恒鮮矣。君子之於骨肉，死則悲哀而爲之服者，豈牽於外哉〔三〕？聞其死則悲哀，豈有間於新故死哉？今特以訃告不及時，聞死出其月數，則不服，其可乎？愈常怪此。近出弔人，見其顏色慼慼類有喪者〔四〕，而其服則吉，問之，則云「小功不稅」者也〔五〕。禮文殘缺，師道不傳，不識禮之所謂不稅，果不追服乎？無乃別有所指，而傳注者失其宗乎〔六〕？

〔一〕「人」，或作「時」。

〔二〕或無「相」字，非是。然「各」字亦疑誤。
〔三〕「豈」下或有「有」字。
〔四〕「慼慼」，或作「慼容」。「類」下或有「於」字。「喪」或作「服」。
〔五〕「税」下或無「者」字。
〔六〕〔補注〕方苞曰：傳記言税服者凡數條，皆過期聞喪而追服，似無可疑者。

伏惟兄道德純明，躬行古道，如此之類，必經於心；而有所決定，不惜示及。幸甚，幸甚！泥水馬弱不敢出，不果鞠躬親問而以書〔一〕，悚息尤深〔二〕，愈再拜。

〔一〕唐子西云：「泥水馬弱」以下，若無「而以書」三字，則上重甚矣。此爲文之法也。
〔二〕「深」，或作「甚」。

太學生何蕃傳

或無「太學生」字，「傳」作「書」，云：此文總於書類，當從舊本。今按：此當作「傳」，而入書類，未詳其説；但其詞則實傳也。況有諸本可從乎？〔補注〕孫葆田曰：此文當依舊本作太學生何蕃書。王元啓所謂「古書舊例，書字皆著語末」，震川集有崑山縣倭寇書，即其類也。又曰「吾是以言之」，疑亦「書之」之訛。案：此文實非傳體，乃紀事之屬，孫可之集有書何易于，此篇亦當題曰書太學生何蕃，編集者不審，見題有書字，故總入書類，而後人又或疑其體非書牘，輒以意改爲傳，則尤誤矣。蕫塢先生謂此爲書後之類，但題有脱字，不知所書者爲何耳。似亦未然。方苞曰：澹宕處，絶類史公。曾國藩曰：善用縮筆，紆餘頓宕，如將不盡。

太學生何蕃入太學者廿餘年矣〔一〕。歲舉進士，學成行尊；自太學諸生推頌不敢與蕃齒，相與言於助教、博士，助教、博士以狀申於司業、祭酒，司業、祭酒撰次蕃之羣行焯焯者數十餘事，以之升於禮部而以聞於天子〔二〕。京師諸生以薦蕃名文説者不可選紀〔三〕，公卿大夫知蕃者比肩立；莫爲禮部〔四〕，爲禮部者率蕃所不合者，以是無成功。

〔一〕諸本作「二十餘年」，方從杭本作「廿年餘」，又云蜀本作「二十」而「餘」字亦綴於「年」之下。按：説文「廿，音入，二十并也。卅，先合切，三十之省便；古文也」。考之國語，有云「行玉廿瑴者」，正作此字。泰山秦碑亦云「皇帝臨位，廿有六年」，則又以四字爲句，而以「廿」爲一字，尤明白矣。故公文多用「廿」「卅」字，唯孔左丞碑尚以四言，故可考。如南海碑薛助教碑石本亦皆然，但世人多不之見耳。今「廿」從方本，「餘年」從諸本。〔補注〕沈欽韓曰：春秋左氏傳，古文于「二十」「三十」年等，亦作「廿」「卅」。

〔二〕「之升」，或作「升之」，「聞」下或無「於」字。

〔三〕「名」下或有「爲」字。
〔四〕「立」下或有「歎」字，而無「莫爲禮部」四字。

蕃，淮南人〔一〕，父母具全〔二〕。初入太學，歲率一歸，父母止之；其後間一二歲乃一歸，又止之；不歸者五歲矣。蕃，純孝人也。閔親之老，不自克，一日，揖諸生，歸養于和州〔三〕；諸生不能止，乃閉蕃空舍中。於是太學六館之士百餘人〔四〕，又以蕃之義行言於司業陽先生城〔五〕，請諭留蕃〔六〕。於是太學闞祭酒，會陽先生出道州〔七〕，不果留。

〔一〕子厚作陽城遺愛碣則云蕃廬江人。〔補注〕沈欽韓曰：按廬江，唐爲廬州，亦屬淮南道。
〔二〕「具」，或作「俱」。
〔三〕〔補注〕姚範曰：和州屬淮南道歷陽郡。新書：蕃，和州人。
〔四〕國子、太學、四門、律、書、筭，爲六館。
〔五〕貞元十一年七月，城自諫議大夫罷爲國子司業。
〔六〕或無「諭」字，「諭」或作「論」。
〔七〕貞元十五年九月以城爲道州刺史。〔補注〕沈欽韓曰：舊書城傳：有薛約者，嘗學于城，性狂躁，以言事得罪，徙連州，客寄無根蒂，臺吏以蹤迹求得之於城家，城坐臺吏於門，與約酒訣别，涕泣送之郊外。德宗聞之，以城黨罪人，出爲道州刺史。按通鑑此事在貞元十四年，而注以爲十五年，考歐陽詹哀辭，十五年冬，監有獄，疑獄事即薛約也。

歐陽詹生言曰：蕃，仁勇人也〔一〕。或者曰：蕃居太學，諸生不爲非義，葬死者之無歸〔二〕，哀其孤而字焉，惠之大小必以力復，斯其所謂仁歟；蕃之力不任其體，其貌不任其心，吾不知其勇也。歐陽詹生曰：朱泚之亂〔三〕，太學諸生舉將從之，來請起蕃，蕃正色叱之，六館之士不從亂，兹非其勇歟？

〔一〕「詹生」或作「生詹」，方本「陽」下注「詹」字，下同。今按：歐陽詹生如史稱轅固生樂瑕公之類，甚多，不當作注。〔補注〕沈欽韓曰：唐文粹有詹上人書，言己方爲四門助教，此時正列學官，故韓公稱之爲「生」。

〔二〕杭蜀本無「葬」字，非是。

〔三〕建中四年十月，涇原軍亂，推朱泚爲主。「泚」，此禮反。

惜乎蕃之居下，其可以施於人者不流也。譬之水，其爲澤，不爲川乎？川者高，澤者卑；高者流，卑者止：是故蕃之仁義充諸心，行諸太學，積者多，施者不遐也。天將雨，水氣上〔一〕，無擇於川澤澗谿之高下，然則澤之道其亦有施乎？抑有待於彼者歟？故凡貧賤之士必有待然後能有所立，獨何蓄歟！吾是以言之，無亦使其無傳焉〔二〕。

〔一〕「氣」上或有「之」字。

〔二〕「無」下或無「亦」字。

答張籍書

公與籍相識於汴，觀此書意，謂薄晚須到公府，即尚爲佐於汴州，時貞元十一年也。新史曰：「籍性狷直，嘗責愈喜博塞，及爲駁雜之説，論議好勝人，其排佛老，不能著書若揚雄孟軻以垂世」。即謂此書也。籍遺公書云：「頃承論於執事，嘗以爲世俗陵靡，不及古昔，蓋聖人之道廢弛之所爲也。宣尼没後，楊朱墨翟恢詭異説，干惑人聽；孟軻作書而正之，聖人之道復存于世。秦氏滅學，漢重以黄老之術教人，使人寖惑；揚雄作法言而辨之，聖人之道猶明。及漢衰末，西域浮屠之法入于中國，中國之人世世譯而廣之，黄老之術相沿而熾，天下之言善者，惟二者而已矣！昔者聖人以天下生生之道曠，乃物其金木水火土穀藥之用以厚之；因人資善，乃明乎仁義之德以教之：俾人有常，故治生相存而不殊。今天下資於生者，咸備聖人之器用；至於人情，則溺乎異學，而不由乎聖人之道：使君臣父子夫婦朋友之義沉于世，而邦家繼亂，固仁人之所痛也。自揚子雲作法言，至今近千載，莫有言聖人之道者；言之者惟執事焉耳。習俗者聞之，多怪而不信，徒相爲訾，終無裨於教也。執事聰明，文章與孟軻揚雄相若，盍爲一書以興存聖人之道，使時之人、後之人知其去絕異學之所爲乎？曷可俯仰於俗，囂囂爲多言之徒哉？然欲舉聖人之道者，其身亦宜由之也。比見執事多尚駮雜無實之說，使人陳之於前以爲歡，此有以累於令德。又商論之際，或不容人之短如任私尚勝者，亦有所累也。先王存六藝，自有常矣；有德者不爲猶以爲損，況爲博塞之戲與人競財乎？君子固不爲也。今執事爲之，廢棄時日，竊實不識其然。且執事言論文章不謬於古人，今所爲或有不出於世之守常者，竊未爲得也。願執事絕博塞之好，棄無實之談，弘廣以接天下士，嗣孟軻揚雄之作，辨楊墨老釋之說，使聖人之道復見於唐，豈不尚哉！

愈始者望見吾子於人人之中〔一〕，固有異焉；及聆其音聲，接其辭氣，則有願交之志；因緣幸會，遂得所圖，豈惟吾子之不遺，抑僕之所遇有時焉耳。近者嘗有意吾子之闕焉無言，意僕所以交之之道不至也〔二〕；今乃大得所圖，脱然若沈痾去體，灑然若執熱者之濯清風也。然吾子所論：排釋老不若著書，囂囂多言〔三〕，徒相爲訾；若僕之見〔四〕，則有異乎此也！

〔一〕上「人」字，或作「衆」。今按：「人人」乃「衆人」之義，此篇下文及後與孟東野書、别本歐陽生哀辭皆有之，然不見於它書，疑當時俗語也。〔補注〕姚範曰：洪景盧曾歷引漢書用「人人」之文字。

〔二〕「意吾子」下或再出「吾子」字，非是。「言」下或無「意」字。

〔三〕「嚚」，音梏。

〔四〕「見」上或有「所」字。

夫所謂著書者，義止於辭耳。宣之於口，書之於簡，何擇焉？孟軻之書，非軻自著，軻既殁，其徒萬章、公孫丑相與記軻所言焉耳〔一〕。僕自得聖人之道而誦之，排前二家有年矣。不知者以僕爲好辯也；然從而化者亦有矣，聞而疑者又有倍焉。頑然不入者，親以言論之不入，則其觀吾書也固將無得矣〔二〕。爲此而止，吾豈有愛於力乎哉？

〔一〕「焉耳」或作「者耳」。

〔二〕「無」下或有「所」字。「得」下或無「矣」字。

然有一説：化當世莫若口，傳來世莫若書。又懼吾力之未至也〔一〕。三十而立，四十而不惑，吾於聖人，既過之猶懼不及；矧今未至，固有所未至耳。請待五六十然後爲之，冀其少過也。

〔一〕「未至」，或作「不能」，或「至」下更有「至之不能」四字。

吾子又譏吾與人人爲無實駁雜之説〔一〕，此吾所以爲戲耳；比之酒色，不有間乎？吾子譏之，似同浴而譏裸裎也〔二〕。若商論不能下氣，或似有之，當更思而悔之耳。博塞之譏，敢不承教；其他俟相見。

〔一〕「與」下或無複出「人」字，「駁雜之説」，世多指毛穎傳，蓋因摭言有云「韓公著毛穎傳，好博塞之戲，張水部以書勸之」耳，而不知籍此書乃與公酬答於貞元佐汴時，而毛穎傳以吕汲公年譜考之，則元和七年所作。又柳子厚書毛穎傳後云：「自吾居夷，不與中州人通書，有來南者，時言韓愈爲毛穎傳。」子厚以永貞元年出爲永州司馬凡十年，則毛穎傳誠元和間作，後此書十有餘歲，摭言未可憑也。

〔二〕「裎」，或作「體」。

薄晚須到公府，言不能盡〔一〕。愈再拜。

〔一〕或無「言」字。

重答張籍書

籍遺公第二書云：「籍不以其愚，輒進説於執事，執事以導進之分，復賜還答，曲折教之，使昏塞者不失其明；然猶有所見，願復於執事，以畢其説焉。夫老、釋惑乎生人久矣，誠以世相沿化，而莫之知，所以久惑乎爾。執事材識明曠，可以任著書之事，故有告焉。今以爲言論之不入，則觀書亦無所得，爲此而止，未爲至也。夫處一位，在一鄉，其不知聖人之道，可以言論之；論之不入乃舍之；猶有已化者爲證也。天下之廣，民事至衆，豈可資一人之口而親論之者？近而不入則舍之，遠而有可諭者，又豈可以家至而説之乎？故曰：莫若爲書，爲書而知者則可以化乎天下矣，可以傳於後世矣。若以不入者而止爲書，則於聖人之道奚傳焉？士之壯也，或從事於要劇，或旅遊而不安宅，或偶時之喪亂，皆不皇有所爲；況有疾疢吉凶虞其間哉？是以君子汲汲於所欲爲，恐終無所顯於後；若皆待五六十，而後有所爲，則或有遺恨矣。今執事雖參於戎府，當四海弭兵之際，優游無事，不以此時著書，而曰俟後，或有不及，曷可追乎？天之與人性度已有器也，不必老而後有成立者。昔顔子之『庶幾』，豈待五六十乎？執事目不睹聖人而究聖人之道，材不讓於顔子矣，今年已踰之，曷懼於年未至哉？顔子不著書者，以其從聖人之後，聖人已有定制故也；若顔子獨立於世，必有所云著也。古之學君臣父子之道必資於師，師之賢者，其徒數千人，或數百人；是以没則紀其師之説以爲書，若孟軻者是已；傳者猶以孟軻自論集其書，不云没後其徒爲之也。後軻之世，發明其學者揚雄之徒咸自作書；今師友道喪，浸不及揚雄之世，不自論著以興聖人之道，欲待孟軻之門人，必不可冀矣。君子發言舉足，不遠於理；未嘗聞以駁雜無實之説爲戲也。執事每見其説，亦拊抃呼笑，是撓氣害性不得其正矣。苟正之不得，曷所不至焉！或以爲中不失正，將以苟悦於衆，是戲人也，是玩人也，非示人以義之道也。」〔補注〕盧軒曰：不肯昌言，而終盡言於佛骨表；不肯作史，而終直筆於順宗實録：是皆公耻言過行之學，非唐儒所能及也。曾國藩曰：觀此書，則韓公之於二氏，亦未敢昌言排之。二氏盛行中土六七百年，公以數篇文字斥之，遂爾炳如日星，識力之大，令千載下肅然起敬。何焯曰：其原出于孟子。張裕釗曰：此文須觀其氣勢，如谿谷之注於川，雖其中有洄洑制束處，而一往奔瀉，自不可禦。

吾子不以愈無似，意欲推而納諸聖賢之域〔一〕，拂其邪心，增其所未高；謂愈之質有可以至於道者，浚其源，導其所歸，溉其根，將食其實：此盛德者之所辭讓〔二〕，況於愈者哉？抑其中有宜復者，故不可遂已。

〔一〕「而」或作「之」。

〔二〕「德」下或無「者」字。

昔者聖人之作春秋也，既深其文辭矣；然猶不敢公傳道之，口授弟子，至於後世，然後其書出焉〔一〕。其所以慮患之道微也。今夫二氏之所宗而事之者，下乃公卿輔相〔二〕，吾豈敢昌言排之哉？擇其可語者誨之，猶時與吾悖，其聲嘵嘵；若遂成其書，則見而怒之者必多矣，必且以我爲狂爲惑；其身之不能恤，書於吾何有〔三〕？夫子，聖人也，且曰：「自吾得子路，而惡聲不入於耳。」其餘輔而相者周天下，猶且絶糧於陳，畏於匡，毁於叔孫，奔走於齊魯宋衛之郊；其道雖尊，其窮也亦甚矣〔四〕！賴其徒相與守之，卒有立於天下；向使獨言之而獨書之，其存也可冀乎？

〔一〕或無「然後」二字。

〔二〕「乃」，或作「及」。今按：此言「其下者猶是公卿輔相」，蓋微詞，以見上自天子亦宗事二氏之意。

〔三〕此句「書於」方作「於書」，仍無「吾」字。今按：「書於吾何有」言無補也，方本誤。

〔四〕「窮」，或作「躬」，「甚」作「窮」，皆非是。「甚」，又或作「至」。

今夫二氏行乎中土也，蓋六百年有餘矣。其植根固，其流波漫，非所以朝令而夕禁也。自文王没，武王周公成康相與守之，禮樂皆在，及乎夫子，未久也；自夫子而及乎孟子，未久也；自孟子而及乎揚雄，亦未久也〔一〕，然猶其勤若此，其困若此，而後能有所立；吾其可易而爲之哉！其爲也易，則其傳也不遠，故余所以不敢也。

〔一〕下二「及乎」或並作「至乎」，句下無「也」字。

然觀古人，得其時行其道，則無所爲書〔一〕；書者，皆所爲不行乎今而行乎後世者也〔二〕。今吾之得吾志失吾志未可知，竢五六十爲之未失也。天不欲使兹人有知乎，則吾之命不可期；如使兹人有知乎，非我其誰哉？其行道，其爲書，其化今，其傳後，必有在矣。吾子其何遽戚戚於吾所爲哉〔三〕！

〔一〕〔補注〕何焯曰：此轉，筆力尤曲折馳驟。

〔二〕「書者」上或有「爲」字，或無「世」字。

〔三〕「其何」或作「又何」。〔補注〕何焯曰：語氣激昂。曾國藩曰：自任處，絶沈着。

前書謂吾與人商論，不能下氣，若好勝者然。雖誠有之，抑非好己勝也，好己之道勝也；非好己之道勝也，己之道乃夫子孟軻揚雄所傳之道也〔一〕。若不勝，則無以爲道〔二〕。吾豈敢避是名哉！夫子之言曰：「吾與回言終日，不違如愚。」則其與衆人辨也有矣。駁雜之譏，前書盡之，吾子其復之。昔者夫子猶有所戲，詩不云乎：「善戲謔兮，不爲虐兮。」記曰「張而不弛，文武不能也」，惡害於道哉〔三〕？吾子其未之思乎！

〔一〕「論」上或無「商」字。考張籍本書實有。「若好」下或有「已」字，或無「然」字，或無「非好已之道勝也」一語，「雄」下或無「所傳也」三字，皆非是。

〔二〕「若」上或有「傳者」二字，「以」，或作「所」，皆非是。

〔三〕「能」字，本皆作「爲」，考之記，實曰：「張而不弛，文武不能也；弛而不張，文武不爲也。」則此「爲」字當作「能」字乃是。但李本云：論衡嘗引此以關董仲舒不窺園事，正作「爲」字。疑公自用論衡非用戴禮也。今按：作「爲」無理，必有脱誤。不然不應舍前漢有理之禮記，而信後漢無理之論衡也。況公明言「記曰」而無論衡之云；且又安知論衡之不誤哉。今據公本語，依禮記定作「能」字。「惡害於道哉」，「惡」或作「豈」，「於」下或有「爲」字，一本作「烏害其爲道哉」。

孟君將有所適，思與吾子别，庶幾一來。愈再拜。

與孟東野書

「東野」或作「郊」。公貞元十五年從董晉喪出汴州，依張建封于徐，因被留以職事，此書當在十六年三月作。〔補注〕曾國藩曰：真氣足以動千載下之人。韓公書札，不甚經意者其文尤至。

與足下别久矣，以吾心之思足下〔一〕，知足下懸懸於吾也。各以事牽，不可合并，其於人人〔二〕，非足下之爲見而日與之處〔三〕，足下知吾心樂否也！吾言之而聽者誰歟？吾唱之而和者誰歟？言無聽也，唱無和也，獨行而無徒也，是非無所與同也〔四〕，足下知吾心樂否也！

〔一〕「以吾」，或作「以余」。今從閣蜀本，云：除下文「江湖予樂也」一語，餘並作「吾」。

〔二〕「其於人人」或無下「人」字，説見答張籍書。或作「它人」，非是。

〔三〕一本「而」下有「又」字。「之處」或作「人處」。

〔四〕「無聽」「無和」上或並有「之而」字，「行」下或無「而」字，「與」或作「以」。

足下才高氣清，行古道，處今世；無田而衣食，事親左右無違：足下之用心勤矣，足下之處身勞且苦矣！混混與世相濁，獨其心追古人而從之〔一〕，足下之道其使吾悲也〔二〕！

〔一〕「從之」，或作「從今之人」。謝以貞元本定，今按：上語「與世相濁」，即是「從今之人」，更着二字則贅而不詞矣。

〔二〕「使」上或無「其」字。

去年春，脱汴州之亂〔一〕，幸不死，無所於歸〔二〕，遂來于此。主人與吾有故〔三〕，哀其窮，居吾于符離睢上，及秋將辭去，因被留以職事〔四〕。默默在此，行一年矣。到今年秋，聊復辭去，江湖余樂也，與足下終幸矣！

〔一〕貞元十五年二月，從董晉喪出汴州，四日而軍亂，殺留後陸長源。

〔二〕「於」，或作「與」。今按：送楊少尹序亦有此語。

〔三〕「主人」，謂張建封也。

〔四〕是年秋，建封辟公爲幕職。

李習之娶吾亡兄之女〔一〕，期在後月，朝夕當來此；張籍在和州居喪，家甚貧；恐足下不知，故具此白，冀足下一來相視也。自彼至此雖遠，要皆舟行可至，速圖之，吾之望也！春且盡，時氣向熱〔二〕，惟侍奉吉慶。愈眼疾比劇，甚無聊，不復一一。愈再拜。

〔一〕習之，翺也。公亡兄，即禮部郎中雲卿之子弇也。

〔二〕「盡時」，或作「時盡」。「向」作「日」。

答竇秀才書

「竇」下或有「存亮」字。公時以言事黜爲陽山令，故云「遠宰蠻縣」。貞元二十年作。〔補注〕劉大槩曰：雄硬直達之中，自有起伏抑揚之妙。

愈白：愈少駑怯，於他藝能，自度無可努力，又不通時事，而與世多齟齬〔一〕；念終無以樹立，遂發憤篤專於文學。學不得其術〔二〕，凡所辛苦而僅有之者，皆符於空言而不適於實用，又重以自廢；是故學成而道益窮，年老而智愈困〔三〕。今又以罪黜於朝廷，遠宰蠻縣〔四〕，愁憂無聊，瘴癘侵加，惴惴焉無以冀朝夕。

〔一〕「齟齬」，上「牀呂」切，又「壯所」切。下音「語」。

〔二〕「不得」上一有「而」字。

〔三〕「智」，或作「身」。

〔四〕貞元十九年，公以言事出爲陽山令。

足下年少才俊，辭雅而氣鋭〔一〕，當朝廷求賢如不及之時，當道者又皆良有司，操數寸之管，書盈尺之紙〔二〕，高可以釣爵位，循次而進，亦不失萬一於甲科〔三〕；今乃乘不測之舟，入無人之地，以相從問文章爲事。身勤而事左〔四〕，辭重而請約，非計之得也。雖使古之君子，積道藏德遁其光而不曜〔五〕，膠其口而不傳者，遇足下之請懇懇〔六〕，猶將倒廩傾困〔七〕，羅列而進也〔八〕；若愈之愚不肖，又安敢有愛於左右哉！

〔一〕「雅」，或作「清」。

〔二〕「書」，或作「盡」。

〔三〕「循」上或有「若」字。或無「萬一」二字。

〔四〕「左」，或作「尤」，非是。

〔五〕「其光」二字或作「世」。「曜」，或作「耀」。

〔六〕「請」，或作「情」。

〔七〕「困」，一作「箘」。

〔八〕〔補注〕張裕釗曰：此一折最有勢。

顧足下之能，足以自奮；愈之所有，如前所陳：是以臨事愧耻而不敢答也。錢財不足以賄左右之匱急，文章不足以發足下之事業〔一〕，稛載而往，垂橐而歸〔二〕，足下亮之而已〔三〕。愈白。

〔一〕「章不足」，或作「章不可」。
〔二〕管子小正篇：「諸侯之使垂櫜而入，稛載而歸。」「稛」，苦隕切。
〔三〕〔補注〕張裕釗曰：歐公風趣，以紆餘出之；退之風趣，以兀岸出之。

上李尚書書

月日〔一〕，將仕郎前守四門博士韓愈謹載拜奉書尚書大尹閣下〔二〕：

「李」下或有「實」字。

〔一〕貞元十九年。
〔二〕「載」，或作「再」，古字通用。或無「尚書」二字。貞元十九年三月乙亥，以檢校工部尚書李實爲京兆尹。

愈來京師，於今十五年〔一〕，所見公卿大臣不可勝數，皆能守官奉職，無過失而已；未見有赤心事上，憂國如家如閣下者〔二〕。

〔一〕此書稱「將仕郎前守四門博士」，退之以貞元十八年授國子四門博士，十九年拜監察御史，作此書時，蓋已罷博士而未授御史，正十九年也。退之以貞元五年復來京師，至是十五年矣。

〔二〕或無「如家」三字。實恃寵强愎，專於聚斂，公於順宗實録備書之矣；而於此書且復有「赤心」「憂國」之語，何哉？豈詩所謂「因以箴之」耶？抑屈身行道，聖賢所不免也？

今年已來，不雨者百有餘日〔一〕，種不入土，野無青草，而盜賊不敢起，穀價不敢貴；百坊、百二十司、六軍、二十四縣之人，皆若閣下親臨其家〔二〕，老姦宿贓，銷縮摧沮，魂亡魄喪，影滅迹絶：非閣下條理鎮服，布宣天子威德，其何能及此！

〔一〕貞元十九年，自正月不雨至七月。

〔二〕〔補注〕沈欽韓曰：六典兩京及州縣之郭内分爲坊，郊外爲邨里及邨坊，皆有正以司督察。

愈也少從事於文學，見有忠於君孝於親者，雖在千百年之前，猶敬而慕之；况親逢閣下，得不候於左右以求效其懇懇？謹獻所爲文兩卷凡十五篇〔一〕，非敢以爲文也，以爲謁見之資也。進退惟命。愈恐懼再拜。

〔一〕「謹」，或作「請」。

賀徐州張僕射白兔書

或注「建封」字，或作「狀」，公貞元十五年秋，佐張建封于徐，書是時作。

伏聞今月五日，營田巡官陳從政獻瑞兔，毛質皦白〔一〕，天馴其心〔二〕，其始實得之符離安阜屯〔三〕。屯之役夫〔四〕，朝行遇之，迫之弗逸〔五〕，人立而拱。竊惟休咎之兆，天所以啓覺于下；依類託喻，事之纖悉不可圖驗：非睿智博通，孰克究明？愈雖不敏〔六〕，請試辨之：

〔一〕「皦」，或作「全」，或作「皎」。
〔二〕「馴」，音循。
〔三〕「安阜」，或云屯名，如唐孟元陽董作西華屯是也。今按：下云得之軍田，則此「屯」字乃屯田之屯也。
〔四〕「屯」，或作「田」。
〔五〕「弗」，或作「不」。
〔六〕或無此一語。

兔，陰類也，又窟居，狡而伏，逆象也。今白其色，絶其羣也；馴其心，化我德也；人立而拱，非禽獸之事；革而從人，且服罪也；得之符離，符離實戎國名，又附麗也〔一〕；不在農夫之田，而在軍田，武德行也；不戰而來之之道也。有安阜之嘉名焉〔二〕。

〔一〕「戎」，閣杭本作「我」。「名」，下注「絶句」二字。「麗」，或作「離」。今按：「實我國名」，不成文理，漢書衛青傳「討蒲泥，破符離」，晉灼曰：「二王號也。」所謂「戎國」，疑或取此。

〔二〕「道」下或無「也」字。「安阜」，或作「革附」，或作「安附」，「嘉」或作「喜」，又無「名」字，皆非是。〔補注〕吴汝綸曰：殆規樵左氏，以爲滑稽，因以諷諭。

伏惟閣下股肱帝室，藩垣天下，四方其有逆亂之臣，未血斧鑕之屬，畏威崩析歸我乎哉，其事兆矣〔一〕！是宜具迹表聞，以承答天意。小子不惠，猥以文句微識蒙念〔二〕，睹兹盛美，焉敢避不讓之責而默默耶〔三〕？愈再拜。

〔一〕「鑕」，職日切，鐵椹也。諸本多如此，嘉祐杭本亦然。方本「之屬」作「其屬」，屬下句，「析」作「拆」，云：漢終軍傳「野獸并角，明同本也；衆支内附，示無外也；殆將有解編髮削左衽而蒙化者」；又王褒講德論：「今南郡獲白虎，偃武興文之應也。獲之者張武，張而猛也。」公言蓋祖此。今按：嘉祐諸本「之」「析」二字，文理分明，方氏但據蜀本，而不復著諸本之同異，其所定又皆誤。蓋其屬歸我，事小不足言，不若逆亂之臣歸我之爲大而可願也。「崩拆」亦不成文，若用論語「分崩離析」之語，則當从「木」；若用史記「折而入於魏」之語，則當从「手」。二義皆通。然既有「崩」字，則似本用論語中字也。

〔二〕或無「不惠」二字，「念」，文苑作「合」，全無文理。

〔三〕杭蜀苑作「默賀」也，亦不成文理。

上兵部李侍郎書

蜀本注「巽」字，或作「異」，非是。永貞元年十二月九日江陵作。李巽是時自江西觀察使入爲兵部侍郎。〔補注〕劉大櫆曰：盤硬雄邁。張裕釗曰：隨筆屈注，而筆力雄奇。唐宋大家，惟韓公内氣尤足。

十二月九日〔一〕，將仕郎守江陵府法曹參軍韓愈謹上書侍郎閣下：

〔一〕永貞元年。

愈少鄙鈍，於時事都不通曉，家貧不足以自活，應舉覓官，凡二十年矣〔二〕。薄命不幸，動遭讒謗，進寸退尺，卒無所成。性本好文學〔三〕，因困厄悲愁無所告語，遂得究窮於經傳史記百家之説，沈潛乎訓義，反復乎句讀，礱磨乎事業，而奮發乎文章。凡自唐虞已來，編簡所存，大之爲河海，高之爲山嶽〔三〕，明之爲日月，幽之爲鬼神，纖之爲珠璣華實，變之爲雷霆風雨，奇辭奥旨，靡不通達。惟是鄙鈍不通曉於時事，學成而道益窮，年老而智益困〔四〕，私自憐悼，悔其初心，髮秃齒豁，不見知己。

〔一〕書稱「守江陵府法曹參軍」，蓋永貞元年也。退之以貞元二年入京師，至此二十年矣。

〔二〕「好」，或作「喜」。

〔三〕文苑作「泰山」，與上下句不類，非是。

〔四〕「智」，或作「身」。

夫牛角之歌，辭鄙而義拙〔一〕；堂下之言，不書於傳記〔二〕。齊桓舉以相國〔三〕，叔向攜手以上，然則非言之難爲，聽而識之者難遇也〔四〕！

〔一〕琴操曰：「甯戚飯牛車下，叩牛角而歌曰：「南山矸，白石爛，生不逢堯與舜禪。短布單衣纔至骭，長夜漫漫何時旦。」齊桓公聞之，舉以爲相。

〔二〕左氏昭二十八年，叔向適鄭，鬷蔑惡，欲觀叔向，從使之收器者而往，立於堂下，一言而善。叔向將飲酒，聞之，曰：「必鬷明也。」下執其手以上，曰：「子若無言，吾幾失子矣。」

〔三〕〔補注〕沈欽韓曰：吕覽舉難篇載甯戚此事，不云相國。

〔四〕「難爲」屬上句，「爲」或作「其」，則屬下句。

伏以閣下内仁而外義，行高而德鉅，尚賢而與能，哀窮而悼屈〔一〕，自江而西，既化而行矣。今者入守内職，爲朝廷大臣，當天子新即位〔二〕，汲汲於理化之日，出言舉事，宜必施設〔三〕。既有聽之之明，又有振之之力，甯戚之歌，鬷明之言，不發於左右，則後而失其時矣。

〔一〕方本「仁」下「賢」下無「而」字。今詳此上下四句，本或皆有「而」字者爲正。或皆無「之」，或上二句無而下二句有者，亦通。而方本必於其第一第三句去之，使其參差齟齬而不可讀。以爲古，則不淳；以爲今，則不響：不識其何意也。

〔二〕是歲八月，憲宗即位。

〔三〕「宜」，或作「計」。

謹獻舊文一卷，扶樹教道，有所明白；南行詩一卷，舒憂娱悲，雜以瓌怪之言，時俗之好，所以諷於口而聽於耳也〔一〕。如賜覽觀，亦有可采，干黷嚴尊，伏增惶恐。愈再拜。

〔一〕〔補注〕張裕釗曰：瓌怪處，自云時俗所好，足知離奇之作，非公真際，直游戲以震喝人；亦其才力雄大，恣睢放肆，無所不可。無識者專於此步趨之，豈不可笑。

答尉遲生書

下或注「汾」字。〔補注〕劉大櫆曰：簡古。劉熙載曰：昌黎文兩種，皆於此發之。一則所謂昭晰者無疑，行峻而言厲是也；一則所謂優游者有餘，心醇而氣和是也。曾國藩曰：傲兀自喜。

愈白：尉遲生足下〔一〕：夫所謂文者，必有諸其中，是故君子慎其實；實之美惡，其發也不揜：本深而末茂，形大而聲宏，行峻而言厲，心醇而氣和；昭晰者無疑，優游者有餘；體不備不可以爲成人，辭不足不可以爲成文。愈之所聞者如是，有問於愈者，亦以是對。

〔一〕或無「愈白」二字。「尉」，音鬱。

今吾子所爲皆善矣，謙謙然若不足而以徵於愈，愈又敢有愛於言乎？抑所能言者，皆古之道；古之道不足以取於今〔一〕，吾子何其愛之異也〔二〕？

〔一〕或無複出「古之道」三字。

〔二〕〔補注〕張裕釗曰：此等頓折處最宜細玩。

賢公卿大夫在上比肩，始進之賢士在下比肩，彼其得之必有以取之也。子欲仕乎？其往問焉，皆可學也。若獨有愛於是而非仕之謂，則愈也嘗學之矣，請繼今以言。

答楊子書

此書答楊敬之，凌之子也。所謂「遠其兄甚」者，謂誨之，誨之，憑之子，柳子厚所爲説車者也。此書貞元十七年作。〔補注〕陳景雲曰：柳與誨之書，元和六年也，時誨之年未二十。當貞元十七年，甫數齡耳，其非敬之之兄，明矣。子厚有憑從子承之哀詞，所謂兄，指承之耳。

辱書并示表記述書辭等五篇，比於東都，略見顔色；未得接言語，心固已相奇，但不敢果於貌定〔一〕。知人堯舜所難〔二〕，又嘗服宰予之誡，故未敢決然挹，亦不敢忽然忘也。

〔一〕「果於」，或作「果以」。

〔二〕「舜」，或作「帝」。

到城已來，不多與人還往。友朋之中，所敬信者，平昌孟東野〔一〕。東野砊砊説足下不離口；崔大敦詩不多見〔二〕，每每説人物，亦以足下爲處子之秀；近又得李七翺書〔三〕，亦云足下之文，遠其兄甚〔四〕。夫以平昌之賢，其言一人固足信矣；況又崔與李繼至而交説邪？故不待相見，相信已熟；既相見，不要約已相親；審知足下之才充其容也。

〔一〕東野，德州平昌人。
〔二〕敦詩，名羣。
〔三〕「李」下或無「七」字。
〔四〕「甚」下或有「矣」字。

今辱書乃云云，是所謂以黄金注，重外而内惑也〔一〕。然恐足下少年與僕老者不相類，尚須驗以言〔二〕，故具白所以〔三〕。而今而後，不置疑於其間可也〔四〕。

〔一〕莊子達生篇：以瓦注者巧，以鈎注者憚，以黄金注者昏，其巧一也；而有所矜，則重外也，凡外重者内拙。
〔二〕〔補注〕曾國藩曰：已深知楊子，恐楊不之信也，故須驗以言。
〔三〕下或有「也」字，非是。
〔四〕「間」上或無「其」字。

若曰長育人才，則有天子之大臣在；若僕者，守一官且不足以修理，況如是重任邪？學問有暇，幸時見臨。愈白。

上襄陽于相公書

或注「頔」字，公元和元年自江陵掾召爲國子博士，行至鄧州北境，作是書以答之。于頔字允元。「頔」音迪。

伏蒙示文武順聖樂辭〔一〕、天保樂詩〔二〕、讀蔡琰胡笳辭詩〔三〕、移族從并與京兆書〔四〕，自幕府至鄧之北境凡五百餘里，自庚子至甲辰凡五日〔五〕，手披目視，口詠其言，心惟其義，且恐且懼，忽若有亡，不知鞍馬之勤，道途之遠也！

〔一〕唐德宗以後，方鎮多製樂舞以獻，頔獻順聖樂曲，其曲將半，行綴皆伏，一人舞于中，又令女妓爲佾舞，雄健壯妙，號爲孫武順聖樂。

〔二〕「保」，或作「寶」。

〔三〕後漢：蔡琰字文姬，中郎將邕之女，興平中没於南匈奴十二年。「笳」，音茄。胡人捲蘆葉吹之也。

〔四〕「移族從」以下八字，閣杭本如此，云：頔世雄朔易，時移晕從占數爲京兆人，以書修敬於京兆尹李實，劉夢得集有代李尹答書可考。諸本或以「從并」爲「徙并」，非也。今按劉集代實答頔第二書也，其曰「移族從」者，頔與京兆書外，別有移羣從書。「移」非「移居」之移，乃「移文」之移。蓋始去其舊鄉，故移書以曉其宗族羣從也。

〔五〕「庚」上或無「自」字。

夫澗谷之水，深不過咫尺，丘垤之山，高不能踰尋丈，人則狎而翫之〔一〕；及至臨泰山之懸崖，窺巨海之驚瀾，莫不戰掉悼慄，眩惑而自失〔二〕：所觀變於前，所守易於內，亦其理宜也。閣下負超卓之奇材，蓄雄剛之俊德，渾然天成，無有畔岸，而又貴窮乎公相，威動乎區極〔三〕，天子之毗，諸侯之師；故其文章言語與事相侔，憚赫若雷霆〔四〕，浩汗若河漢，正聲諧韶濩，勁氣沮金石，豐而不餘一言，約而不失一辭，其事信，其理切：孔子之言曰〔五〕：「有德者必有言。」信乎其有德〔六〕且有言也！揚子雲曰〔七〕「商書灝灝爾，周書噩噩爾」，信乎其能灝灝而且噩噩也〔八〕！

〔一〕「人則」，或作「則人」。

〔二〕「悼」，或作「悖」，或作「惶」，或作「憚」。說文「悼，懼也。陳楚謂懼曰悼」。陸士衡表：「五情震悼」。

〔三〕「區」，或作「樞」。

〔四〕「憚赫」，或作「變化」，閣蜀録粹皆作「燀赫」，字小訛也。「憚」，丹末切，與「怛」同。莊子：

「聲侔鬼神，憚赫千里。」
〔五〕或無「之言」字。
〔六〕一有「而」字。
〔七〕「雲」下或有「言」字。
〔八〕「灝」胡老切。

昔者齊君行而失道，管子請釋老馬而隨之〔一〕；樊遲請學稼，孔子使問之老農〔二〕。夫馬之智不賢於夷吾，農之能不聖於尼父，然且云爾者〔三〕，聖賢之能多農馬之知專故也。今愈雖愚且賤，其從事於文，實專且久；則其贊王公之能，而稱大君子之美，不爲僭越也。伏惟詳察。愈恐懼再拜。

〔一〕「隨」上或無「而」字。管仲隰朋從威公伐孤竹，迷惑失道。管仲曰：「老馬之智可用也。」乃放老馬而隨之，遂得道。見韓非子。
〔二〕論語樊遲請學稼，孔子曰：吾不如老農。
〔三〕「然」下或有「則」字，非是。

上鄭尚書相公啓

鄭餘慶，字居業，元和三年以檢校兵部尚書兼東都留守，公時爲都官員外郎，分司東都。

愈啓：伏蒙仁恩，猥賜示問〔一〕，感戴戰悚〔二〕，若無所容措；然尚有厥誠須盡露於左右者，敢避其煩黷，懷不滿之意於受恩之地哉〔三〕！

〔一〕「猥」，或作「俯」。方無。今按：言「猥」，若「俯」者；事上之禮，無者非是。

〔二〕「悚」或作「慄」。

〔三〕或無「厥誠」字，「黷」或作「瀆」，字通用；或作「默」，則訛矣。又連下句讀之，其誤益甚。

愈幸甚，三得爲屬吏〔一〕，朝夕不離門下，出入五年〔二〕。竊自計較〔三〕，受與報不宜在門下諸從事後；故事有當言，未嘗敢不言，有不便於己〔四〕，輒吐私情，閤下所宜憐也。

〔一〕元和元年九月，餘慶爲國子祭酒，公爲博士。十一月，餘慶爲河南尹，公分司東都，至是餘慶爲留守，公爲都官員外郎。

〔二〕方從杭蜀本無「入」字。今按「出入」，漢人語多有之，公作襄陽盧丞志亦云：「出入十年。」方誤矣。

〔三〕「較」，或作「校」。

〔四〕閣無「於」字，非是。

分司郎官職事惟祠部爲煩且重。愈獨判二年，日與宦者爲敵，相伺候罪過，惡言詈辭，狼藉公牒，不敢爲耻，實慮陷禍。故前者懷狀乞與諸郎官更判，意雖甚專，事似率爾，言語精神，不能自明，不蒙察允，遽以慙歸，僶俛日日〔一〕，遂踰累旬，私圖其宜，敢以病告。鳲鳩平均，歌於國風〔二〕；從事獨賢，雅以怨刺〔三〕：伏惟俯加憐察〔四〕。幸甚，幸甚！愈再拜。

〔一〕「僶」，音泯。

〔二〕詩曹風鳲鳩序：「刺不壹也。在位無君子，用心之不壹也。」

〔三〕詩小雅北山序：「刺幽王也。役使不均，己勞於從事，而不得養其父母焉。」

〔四〕閣無「俯」字，録無「俯」「察」二字，「俯」或作「特」。今按：得失之意，已論於篇首矣。

上留守鄭相公啓

元和五年冬，改河南令，以軍人事辨於留守鄭公，其言剴切，其退甚輕，信乎史所謂篤道君子也。〔補注〕曾國藩曰：凡爲文必視乎其行，能棄官如屣，而後氣壯，而後文無沮詞。

愈啓：愈爲相公官屬五年，辱知辱愛。伏念曾無絲毫事爲報答效〔一〕，日夜思慮謀畫，以爲事大君子當以道，不宜苟且求容悦；故於事未嘗敢疑惑，宜行則行，宜止則止〔二〕，受容受察〔三〕，不復進謝，自以爲如此真得事大君子之道〔四〕。今雖蒙沙汰爲縣，固猶在相公治下，未同去離門牆爲故吏，爲形迹嫌疑改前所爲以自疏外於大君子〔五〕，固當不待煩説於左右而後察也。

〔一〕或無「伏」字。

〔二〕「止」，方並作「爾」。按：對上句「行」字義，當作「止」。方本無理，不詞，今改從衆。

〔三〕閣杭本無「受容」字，非是。

〔四〕或無「之」字。

〔五〕「外」下或無「於」字，非是。

人有告人辱罵其妹與妻，爲其長者得不追而問之乎？追而不至，爲其長者得不怒而杖之乎？坐軍營操兵守禦、爲留守出入前後驅從者，此真爲軍人矣；坐坊市賣餅又稱軍人，則誰非軍人也！愚以爲此必姦人以錢財賂將吏，盜相公文牒，竊注名姓於軍籍中，以陵駕府縣〔一〕：此固相公所欲去，奉法吏所當嫉，雖捕繫杖之未過也〔二〕。

〔一〕「陵駕」字，見選沈休文論。
〔二〕「嫉」下或有「矣」字。「未」上或無「之」字，非是。「未」下或有「至」字，或作「不至過」。

昨聞相公追捕所告受辱駡者，愚以爲大君子爲政當有權變；始似小異，要歸於正耳。軍吏紛紛入見告屈，爲其長者〔一〕，安得不小致爲之之意乎？未敢以此仰疑大君子。及見諸從事説，則與小人所望信者少似乖戾；雖然，豈敢生疑於萬一？必諸從事與諸將吏未能去朋黨心，蓋覆黤黮〔二〕，不以真情狀白露左右；小人受私恩良久〔三〕，安敢閉蓄以爲私恨，不一二陳道！伏惟相公憐察。幸甚，幸甚！

〔一〕「長」下，或無「者」字，非是。
〔二〕「黤黮」，甚黑也。劉伶客至詩：黤黮元夜陰。「黤」，烏敢切；「黮」，徒敢切。
〔三〕「受私」，或作「私受」。今按：「私受」非是，然此七字爲句，語亦太煩，又下語便有「私恨」字，不應重複如此，疑此「私」字是衍文也。

愈無適時才用，漸不喜爲吏，得一事爲名可自罷去，不啻如棄涕唾，無一分顧藉心〔一〕；顧失大君子纖芥意如丘山重；守官去官，惟今日指揮。愈惶懼再拜。

〔一〕閣本「名」字在「罷」字下，而「名」字下更有一「罷」字。杭本無「名」字，「可自」作「自可」，亦無下「罷」字。一本或作「可自罷乃罷去」。今按：此句諸本皆不可讀，但別本作「得一事爲名，可自罷去」，比閣本只移一「名」字，去一「罷」字；比杭本但增一「名」字，倒一「自」字；而文義通暢，略無凝滯，今從之。又按：此二書誤字尤多，而閣杭蜀本又爲特甚，不知何故如此。大抵公於朝廷或抵上官論時事及職事，則皆如公狀之體，不用古文奇語，此二篇亦其類也。竊意讀者厭其無奇而輒改之，故其多誤至此云。

韓昌黎文集第三卷

桐城馬其昶通伯校注　馬茂元整理

書

上宰相書

李肇國史補云：「進士得第謂之前進士。」公貞元元年登第，後又試博學宏詞於禮部，又黜於中書，此貞元十一年，所以上宰相書求仕，凡三上，不報。是年五月東歸。〔補注〕黄震曰：答馮宿書言：「在京城不一至貴人之門，人之所趨，僕之所傲」。與衛中行書：「所入比前百倍，吾飲食衣服亦有異乎？其所不忘於仕進者，亦將小行乎其志耳。」由是觀之，公之三上宰相書，豈階權勢求富貴哉？宰相人材所進，磊落明白以告之，公之本心如青天白日；後世旁蹊曲徑，而陰求陽辭，妄意廉退之名，真墦間乞祭之徒耳。李光地曰：此篇援古陳義，寬然有餘。何焯曰：須具絶大心胸讀之，此中真有海涵地負之勢。沈欽韓曰：容齋隨筆云：咸通中，盧子期著初舉子一卷云：「吏部給春關牒，便稱前鄉貢進士。」按國史補云：「近年及第未過關試，皆稱新及第進士」。包世臣曰：雖少作，而精心撰結，氣盛言宜，子政無以遠過。

正月二十七日，前鄉貢進士韓愈謹伏光範門下，再拜獻書相公閣下〔一〕：

〔一〕「書」下或有「于」字，時宰相趙憬賈耽盧邁也。〔補注〕沈欽韓曰六典：宣政殿前西廊曰月華門，門西中書省，西南北街。南直昭慶門，出光範門。按光範門在宣政殿西南，通中書省。

詩之序曰：「菁菁者莪，樂育材也。君子能長育人材，則天下喜樂之矣。」〔一〕其詩曰：「菁菁者莪，在彼中阿；既見君子，樂且有儀。」說者曰：「菁菁」者，盛也；「莪」，微草也；「阿」，大陵也！言君子之長育人材，若大陵之長育微草，能使之菁菁然盛也。「既見君子，樂且有儀」云者，天下美之之辭也。其三章曰：「既見君子，錫我百朋。」說者曰，「百朋」，多之之辭也，言君子既長育人材，又當爵命之，賜之厚禄以寵貴之云爾〔二〕。其卒章曰：「汎汎楊舟，載沈載浮，既見君子，我心則休。」說者曰，「載」，載也〔三〕；「沈浮」者，物也；言君子之於人才，無所不取，若舟之於物，浮沈皆載之云爾〔四〕。「既見君子，我心則休」云者，言若此則天下之心美之也〔五〕。君子之於人也，既長育之，又當爵命寵貴之，而於其才無所遺焉〔六〕。孟子曰：「君子有三樂，王天下不與存焉。」其一曰：「樂得天下之英才而教育之。」此皆聖人賢士之所極言至論。古今之所宜法者也；然則孰能長育天下之人材，將非吾君與吾相乎？孰能教育天下之英材，將非吾君與吾相乎〔七〕？幸今天下無事，小大之官各守其職〔八〕，錢穀甲兵之問不至於廟堂；論道經邦之暇，捨此宜無大者焉。

〔一〕「矣」，或作「也」。

〔二〕「賜之」：「賜」，或作「錫」；「之」，或作「以」。

〔三〕「載，載也」，或作「載者，載也」；或作「載者，舟也」，或作「載，舟也」。

〔四〕〔補注〕沈欽韓曰：按「載」之訓「則」也。鄭於此云：「沉物亦載，浮物亦載。」此用鄭義。

〔五〕「心」上或無「之」字。

〔六〕邵氏聞見録云：退之於文，不全用詩書之言，如田弘正先廟碑曰：「魯僖公能遵其祖伯禽之烈，周天子賓命其史臣克作爲駉駜泮閟之詩，使聲于廟。」其用詩之法如此。上宰相書解釋菁菁者莪二百餘字，蓋少作也云云。

〔七〕然則下或無「孰能」至「相乎」十七字，歐本云：存此則與後相應，然亦無「孰」「長」「人」三字，則非是。

〔八〕「職」，或作所。

今有人生二十八年矣〔一〕，名不著於農工商賈之版。其業則讀書著文歌頌堯舜之道，雞鳴而起，孜孜焉亦不爲利；其所讀皆聖人之書，楊墨釋老之學無所入於其心；其所著皆約六經之旨而成文，抑邪與正，辨時俗之所惑〔二〕。居窮守約〔三〕，亦時有感激怨懟奇怪之辭〔四〕，以求知於天下；亦不悖於教化，妖淫諛佞譸張之説〔五〕，無所出於其中：四舉於禮部乃一得，三選於吏部卒無成；九品之位其可望，一畝之宮其可懷〔六〕。遑遑乎四海無所歸；恤恤乎飢不得食〔七〕，寒不得衣；濱於死而益固，得其所者爭笑之；忽將棄其舊而新是圖，求老農老圃而爲師。悼本志之變化，中夜涕泗交頤。雖不足當詩人孟子之謂〔八〕，抑長育之使成材，其亦可矣；教育之使成才，其亦可矣〔九〕！

〔一〕退之以大曆三年戊申生，至貞元十一年乙亥，二十八年也。

〔二〕「與」或作「興」。

〔三〕或無「守」字。

〔四〕「懟」，音隊。

〔五〕「譸」，音輈。

〔六〕「宮」或作「宅」。方云「一畝之宮」，本儒行語，公苗蕃誌「無宮以歸」，今本亦誤。今按：二字無大利害，公用儒行語亦或有之，然謂其專用「宮」字而不得更用「宅」字，則固矣。

〔七〕「恤恤乎」，左昭十二年之文。「恤恤」，憂貌。
〔八〕「子之」下，或有「所」字。
〔九〕〔補注〕方苞曰：散體文用韻，周秦間諸子時有之。惟退之筆力樸健，不覺其佻，後人不能學，亦不必學。

抑又聞古之君子相其君也〔一〕，一夫不獲其所，若已推而内之溝中；今有人生七年而學聖人之道以修其身，積二十年〔二〕，不得已一朝而毀之，是亦不獲其所矣！伏念今有仁人在上位，若不往告之而遂行，是果於自棄而不以古之君子之道待吾相也，其可乎？寧往告焉，若不得志，則命也〔三〕，其亦行矣！

〔一〕「之」字，或在「君子」下，或「子」下別有「之」字。
〔二〕「十」下或有「一」字。
〔三〕「志」上或有「其」字。今疑「志」字衍。

洪範曰：「凡厥庶民，有猷、有爲、有守，汝則念之，不協于極，不罹于咎〔一〕，皇則受之，而康而色。曰予攸好德，汝則錫之福。」是皆與善之辭也。抑又聞古之人有自進者，而君子不逆之矣〔二〕，曰「予攸好德，汝則錫之福」之謂也；抑又聞上之設官制祿，必求其人而授之者，非苟慕其才而富貴其身也〔三〕，蓋將用其能理不能，用其明理不明者耳；下之修己立誠必求其位而居之者，非苟没於利而榮於名也〔四〕，蓋將推己之所餘以濟其不足者耳〔五〕。然則上之於求人，下之於求位，交相求而一其致焉耳〔六〕。苟以是而爲心，則上之道不必難其下，下之道不必難其上；可舉而舉焉，不必讓其自舉也〔七〕；可進而進焉，不必廉於自進也〔八〕。

〔一〕二「不」字或並作「弗」。

〔二〕「君」上或無「而」字。〔補注〕吴汝綸曰：此「抑又聞」字，與他人文所用乃不同。

〔三〕或無「貴」字。

〔四〕「没」，或作「役」。國語：「重耳不没於利。」注：「没，貪也。」

〔五〕〔補注〕何焯曰：將往告一面義理説得光明俊偉，惟公可以無慚此言。吴汝綸曰：韓公此義，持之終其身不變，屢見於文詞，乃其閎識奇志所激發，非苟貪仕進者比。佔俾小儒，務以廉退爲名高，烏足與論此道哉！

〔六〕「一其致」，或作「其致一」。

〔七〕「讓」下或有「於」字。〔補注〕何焯曰：「讓」，責讓也。

〔八〕「於」下或有「其」字。

抑又聞上之化下〔一〕，得其道，則勸賞不必偏加乎天下而天下從焉〔二〕，因人之所欲爲而遂推之之謂也〔三〕。今天下不由吏部而仕進者幾希矣〔四〕，主上感傷山林之士有逸遺者，屢詔内外之臣旁求于四海〔五〕。而其至者蓋闕焉，豈其無人乎哉？亦見國家不以非常之道禮之而不來耳〔六〕。彼之處隱就閒者亦人耳，其耳目鼻口之所欲、其心之所樂、其體之所安，豈有異於人乎哉？今所以惡衣食，窮體膚，麋鹿之與處，猨狖之與居〔七〕，固自以其身不能與時從順俯仰〔八〕，故甘心自絶而不悔焉〔九〕。而方聞國家之仕進者〔一〇〕，必舉於州縣，然後升於禮部吏部，試之以繡繪雕琢之文，考之以聲勢之逆順、章句之短長，中其程式者，然後得從下士之列〔一一〕；雖有化俗之方、安邊之畫，不繇是而稍進，萬不有一得焉〔一二〕：彼惟恐入山之不深，入林之不密〔一三〕，其影響昧昧，惟恐聞於人也。今若聞有以書進宰相而求仕者，而宰相不辱焉，而薦之天子，而爵命之，而布其書於四方〔一四〕，枯槁沈溺魁閎寬通之士，必且洋洋焉動其心，峨峨焉纓其冠，于于焉而來矣〔一五〕。此所謂勸賞不必偏加乎天下而天下從焉者也，因人之所欲爲而遂推之之謂者也。

〔一〕或無「之」字。

〔二〕「則」或作「其」。疑當併有「則」「其」字。
〔三〕「也」或作「矣」。
〔四〕〔補注〕張裕釗曰：自此至段末，一氣驅遣，自不可及。
〔五〕「求」下或有「儒雅」字，「雅」亦或作「士」。
〔六〕「家」下或有「之」字。
〔七〕「狖」，音柚。
〔八〕「從」方作「俗」。今按：與馮宿書云「委曲從順，向風承意」，則諸本作「從順」者，固韓公常用之語也。方本語意拙澁，非是。
〔九〕〔補注〕吴汝綸曰：横恣奇肆。
〔一〇〕「聞」下或有「今」字。
〔一一〕〔補注〕沈欽韓曰：六典「吏部考功員外郎試雜文兩道，時務五條」；然開元以後，進士試移于禮部，吏部所試者，書判耳。
〔一二〕「進」下或有「者」字。
〔一三〕「惟恐」，或作「之恐」或無此二字。
〔一四〕「進」或作「上」。「而宰」「而爵」或並無「而」字，而復出「天子」二字。或無「於」字。
〔一五〕〔補注〕沈欽韓曰：文王世子注：「于」讀爲迂，迂猶廣也，大也。

伏惟覽詩書孟子之所指，念育才錫福之所以；考古之君子相其君之道，而忘自進自舉之罪；思設官制祿之故，以誘致山林逸遺之士：庶天下之行道者知所歸焉〔一〕。

〔一〕「歸」上或有「依」字。〔補注〕方苞曰：總收始於劉子政，惟退之尚能運掉如意，後人更倣效、便成習套。

小子不敢自幸，其嘗所著文，輒採其可者若干首，録在異卷，冀辱賜觀焉〔一〕。干黷尊嚴，伏地待罪。愈再拜。

〔一〕或無「敢」字，或無「冀」字，「冀辱」，或作「伏垂」。

後十九日復上書

張子韶曰：退之平生木强人，而爲飢寒所迫，累數千言求官於宰相，亦可怪也。至第二書，乃復自比爲盜賊管庫，且云「大其聲而疾呼矣」，略不知耻。何哉？豈作文者其文當如是，其心未必然邪？〔補注〕何焯曰：文勢如奔湍激箭，所謂情隘辭慼也。與前書氣貌迥異，故是神奇。

二月十六日前鄉貢進士韓愈謹再拜言相公閣下：向上書及所著文後，待命凡十有九日，不得命，恐懼不敢逃遁，不知所爲〔一〕；乃復敢自納於不測之誅，以求畢其說而請命於左右。

〔一〕或無「逃」字。

愈聞之：蹈水火者之求免於人也，不惟其父兄子弟之慈愛然後呼而望之也；將有介於其側者，雖其所憎怨、苟不至乎欲其死者，則將大其聲疾呼而望其仁之也〔一〕。彼介於其側者，聞其聲而見其事，不惟其父兄子弟之慈愛然後往而全之也；雖有所憎怨，苟不至乎欲其死者，則將狂奔盡氣、濡手足、焦毛髮救之而不辭也。若是者何哉？其勢誠急，而其情誠可悲也。愈之彊學力行有年矣，愚不惟道之險夷〔二〕，行且不息，以蹈於窮餓之水火，其既危且亟矣，大其聲而疾呼矣，閣下其亦聞而見之矣〔三〕，其將往而全之歟？抑將安而不救歟〔四〕？有來言於閣下者曰：有觀溺於水而爇於火者，有可救之道而終莫之救也，閣下且以爲仁人乎哉？不然，若愈者，亦君子之所宜動心者也。

〔一〕「仁」，或作「人」，而「之」下有「救」字；或作「人」，而下無「之」字。今按：此若作「人之救」，則正與下句「全」字爲對，而下文再疊其語，亦以二字相對，但覺其語差凡，故今且從方本。

〔二〕「愚」上或有「其」字，而「愚」下有「也」字。「也」又或作「甚」，或有「其」字，而無「也」「甚」二字。

〔三〕「矣」，或作「歟」。

〔四〕「不」下或有「之」字。

或謂愈〔一〕：子言則然矣，宰相則知子矣，如時不可何？愈竊謂之不知言者。誠其材能不足當吾賢相之舉耳〔二〕；若所謂時者，固在上位者之爲耳，非天之所爲也〔三〕。前五六年時，宰相薦聞尚有自布衣蒙抽擢者〔四〕，與今豈異時哉？且今節度觀察使及防禦營田諸小使等，尚得自舉判官，無間於已仕未仕者〔五〕，況在宰相，吾君所尊敬者，而曰不可乎？

〔一〕「愈」下或有「曰」字。

〔二〕「材」，或作「才」。「能不」，或作「不能」，而無「足」字。「相」上或無「賢」字。

〔三〕或無「之」字，又無「也」字，或並無「之耳非也」四字。「之爲耳」三字，或作「爲之耳」。皆非是。

〔四〕〔補注〕沈欽韓曰：李泌薦陽城是也。

〔五〕或無「使及」二字，非是。「間」，或作「聞」，或作「問」。〔補注〕沈欽韓曰：會要天寶十四載，諸州置防禦使；通鑑云：當賊衝者置之。唐志：唐開軍府，以捍要衝，因隙地置營田。姜師度傳：神龍初，爲河北支度營田使。按自玄宗以後，營田之職多并于當道節度及當州刺史，單居此職者鮮矣。

古之進人者，或取於盜〔一〕，或舉於管庫〔二〕；今布衣雖賤，猶足以方於此。情隘辭慼，不知所裁，亦惟少垂憐焉〔三〕。愈再拜。

〔一〕禮記雜記曰：管仲遇盜取二人焉，上以爲公臣。曰：「其所與遊辟也，可人也。」

〔二〕禮記檀弓曰：趙文子所舉於晉國管庫之士，七十有餘家。

〔三〕「憐」下或有「察」字。

後廿九日復上書

〔補注〕吴汝綸曰：此篇倔强益甚。

三月十六日，前鄉貢進士韓愈謹再拜言相公閣下：

愈聞周公之爲輔相，其急於見賢也，方一食三吐其哺，方一沐三捉其髮〔一〕。當是時，天下之賢才皆已舉用，姦邪讒佞欺負之徒皆已除去〔二〕；四海皆已無虞；九夷八蠻之在荒服之外者，皆已賓貢〔三〕；天災時變、昆蟲草木之妖，皆已銷息；天下之所謂禮樂刑政教化之具，皆已修理；風俗皆已敦厚；動植之物、風雨霜露之所霑被者，皆已得宜；休徵嘉瑞、麟鳳龜龍之屬，皆已備至；而周公以聖人之才，憑叔父之親，其所輔理承化之功又盡章章如是，其所求進見之士豈復有賢於周公者哉〔四〕？不惟不賢於周公而已，豈復有賢於時百執事者哉？豈復有所計議能補於周公之化者哉？然而周公求之如此其急，惟恐耳目有所不聞見，思慮有所未及，以負成王託周公之意，不得於天下之心〔五〕。如周公之心，設使其時輔理承化之功未盡章章如是，而非聖人之才，而無叔父之親，則將不暇食與沐矣；豈特吐哺捉髮爲勤而止哉！維其如是，故于今頌成王之德而稱周公之功不衰〔六〕。

〔一〕「其急」，或無「其」字。「捉」或作「握」。事見史記。「輔相」下或有「也」字。

〔二〕「姦」下或有「人」字，無「欺」字，非是。

〔三〕「之在」，或無「之」字。

〔四〕〔補注〕何焯曰：自此一路頓跌而下，如怒濤出峽。

〔五〕「託周公」，疑此「周公」字當是「國」字；「意」下或有「以」字。

〔六〕〔補注〕何焯曰：至此氣愈足，勢愈重，無此一勒，文勢便有剽而不留之患。

今閣下爲輔相亦近耳〔一〕，天下之賢才豈盡舉用？姦邪讒佞欺負之徒豈盡除去〔二〕？四海豈盡無虞？九夷八蠻之在荒服之外者，豈盡賓貢？天災時變，昆蟲草木之妖，豈盡銷息？天下之所謂禮樂刑政教化之具，豈盡脩理？風俗豈盡敦厚？動植之物、風雨霜露之所霑被者，豈盡得宜？休徵嘉瑞、麟鳳龜龍之屬，豈盡備至？其所求進見之士，雖不足以希望盛德，至比於百執事〔三〕，豈盡出其下哉？其所稱説，豈盡無所補哉？今雖不能如周公吐哺捉髮，亦宜引而進之，察其所以而去就之，不宜默默而已也。愈之待命四十餘日矣〔四〕，書再上，而志不得通；足三及門，而閽人辭焉：惟其昏愚不知逃遁，故復有周公之説焉。閣下其亦察之〔五〕！

〔一〕〔補注〕陳景雲曰：霍光傳：上曰：「將軍之廣明，都郎屬耳。」師古注：「屬耳，近耳也」。趙憬賈耽盧邁俱于貞元九年五月入相，距公上書時，已涉三載；而云然者，蓋較周公輔相七年，猶爲近耳。

〔二〕或無「佞欺」字。

〔三〕「至比」或作「如比」。

〔四〕「餘日」，或作「日餘」。

〔五〕或無此六字。

古之士三月不仕則相弔，故出疆必載質，然所以重於自進者：以其於周不可，則去之魯；於魯不可，則去之齊；於齊不可，則去之宋之鄭之秦之楚也〔一〕。今天下一君，四海一國，舍乎此則夷狄矣，去父母之邦矣；故士之行道者〔二〕不得於朝，則山林而已矣〔三〕。山林者，士之所獨善自養而不憂天下者之所能安也；如有憂天下之心，則不能矣：故愈每自進而不知愧焉；書亟上，足數及門，而不知止焉〔四〕。寧獨如此而已？惴惴焉惟不得出大賢之門下是懼〔五〕，亦惟少垂察焉。瀆冒威尊，惶恐無已〔六〕。愈再拜。

〔一〕「之魯」「之齊」之下，或並有「於」字。「則去之宋」，或無「則」字。〔補注〕曾國藩曰：魯同姓，禮義之邦，故次周後；齊大國，次之；宋鄭小國，次之；秦楚戎蠻，又次之：非率爾泛指也。
〔二〕「道」下一有「也」字。
〔三〕〔補注〕何焯曰：第二書「恐懼不敢逃遁」與前「昏愚不知逃遁」，皆指山林言之。
〔四〕「數」，音朔。
〔五〕「不得」上，或有「恐」字。
〔六〕「威尊」或作「尊威」。「無已」或作「無文」，非是。

答侯繼書

繼與公同貞元八年進士第。公時以宏詞三試於吏部，不售，故云「又爲考官所辱」，此貞元十一年上宰相書之前也。〔補注〕茅坤曰：澹宕自奇。

裴子自城來，得足下一書；明日，又於崔大處〔一〕，得足下陝州所留書：翫而復之，不能自休。尋知足下不得留，僕又爲考官所辱〔二〕，欲致一書開足下〔三〕，并自舒其所懷，含意連辭，將發復已〔四〕，卒不能成就其說。及得足下二書，凡僕之所欲進於左右者，足下皆以自得之〔五〕，僕雖欲重累其辭，諒無居足下之意外者，故絶意不爲〔六〕。行自念方當遠去，潛深伏隩，與時世不相聞〔七〕，雖足下之思我，無所窺尋其聲光：故不得不有書爲別，非復有所感發也。

〔一〕「崔大」，名羣，字敦詩。

〔二〕「官」，一作「功」。

〔三〕「開」，或作「聞」。

〔四〕〔補注〕曾國藩曰：「含意」，辭不能申其意也；「連辭」，欲陳此説，復牽彼義，裁度不能遽當也：凡文家經營爲文之時，有此二難。

〔五〕或無「以」字。今按：「以」「已」通，晉宋人書帖多用「以」字。

〔六〕「雖欲」，或作「雖復」，或無「之意」二字。

〔七〕「行」或作「亦」。「當」，或作「將」。「隩」，或作「奥」。或無「世」字。今按：「行」，疑當作「復」。

僕少好學問，自五經之外，百氏之書，未有聞而不求、得而不觀者；然其所志惟在其意義所歸。至於禮樂之名數，陰陽土地星辰方藥之書〔一〕，未嘗一得其門户；雖今之仕進者不要此道，然古之人未有不通此而能爲大賢君子者〔二〕。僕雖庸愚，每讀書，輒用自愧。今幸不爲時所用，無朝夕役役之勞，將試學焉。力不足而後止，猶將愈於汲汲於時俗之所争〔三〕，既不得而怨天尤人者：此吾今之志也〔四〕。懼足下以吾退歸，因謂我不復能自彊不息〔五〕，故因書奉曉；冀足下知吾之退未始不爲進，而衆人之進未始不爲退也〔六〕。

〔一〕或無「方藥」二字。

〔二〕「子」下或有「事」字，「者」下或有「也」字。〔補注〕曾國藩曰：所陳數事，皆專家之學，鹵莽者多棄置不講。觀公此書，然後知儒者須通曉各門，乃可語道，孔氏所謂「博學於文」，亦此義也。

〔三〕「争」，一作「事」。

〔四〕此句或無「今」字。〔補注〕曾國藩曰：凡人于右數事，皆未試而稱力不足者，所謂畫也。

〔五〕或無「我」字。

〔六〕或無兩「之」字。

既貨馬，即求船東下，二事皆不過後月十日；有相問者，爲我謝焉〔一〕。

〔一〕「月十日」，或只作「旬」字。或無「我」字。此下或有「愈再拜」字。

答崔立之書

立之字斯立，貞元四年進士。唐進士禮部既登第後，吏部試之，中其程度，然後命之官。公貞元八年第進士，至是三試吏部不售，斯立以書勉之，而公以書答之也。〔補注〕曾國藩曰：韓公命世之英，自位不在文中所稱五子下，其試于吏部禮部，蓋深用爲耻。立之乃以獻玉再進相勗，所謂「鷦鷯已翔乎寥廓，而羅猶倚夫藪澤」也。文前半述已隱忍就試之由，中段鳴其悲憤，後幅寫其懷抱，視世絶卑，自負絶大，極用意之作。張裕釗曰：此文及與孟尚書柳中丞諸書，皆是直抒胸臆，信筆寫出，自然鬱勃雄勁，真氣動人。作家所以不磨滅者，實在於此。

斯立足下：僕見險不能止，動不得時，顛頓狼狽，失其所操持，困不知變，以至辱於再三；君子小人之所憫笑〔一〕，天下之所背而馳者也〔二〕。足下猶復以爲可教，貶損道德，乃至手筆以問之，扳援古昔〔三〕，辭義高遠，且進且勸，足下之於故舊之道得矣〔四〕。雖僕亦固望於吾子，不敢望於他人者耳；然尚有似不相曉者。非故欲發余乎？不然，何子之不以丈夫期我也〔五〕！不能默默，聊復自明〔六〕。

〔一〕〔補注〕曾國藩曰：此言人人憫笑，無分君子小人也。

〔二〕或無「也」字。

〔三〕「扳」，音「攀」。「援」，于元切。

〔四〕「之於」上或無「之」字。「得」下或有「之」字。

〔五〕或無「之」字。

〔六〕「自明」，或作「明白」。

僕始年十六七時，未知人事，讀聖人之書，以爲人之仕者皆爲人耳，非有利乎己也。及年二十時，苦家貧，衣食不足，謀於所親，然後知仕之不唯爲人耳〔一〕。及來京師，見有舉進士者，人多貴之，僕誠樂之，就求其術，或出禮部所試賦詩策等以相示〔二〕，僕以爲可無學而能，因詣州縣求舉。有司者好惡出於其心〔三〕，四舉而後有成，亦未即得仕。聞吏部有以博學宏辭選者，人尤謂之才，且得美仕，就求其術，或出所試文章，亦禮部之類，私怪其故，然猶樂其名，因又詣州府求舉，凡二試於吏部，一既得之，而又黜於中書，雖不得仕，人或謂之能焉。退自取所試讀之，乃類於俳優者之辭〔四〕，顔忸怩而心不寧者數月〔五〕；既已爲之，則欲有所成就〔六〕，書所謂恥過作非者也。因復求舉，亦無幸焉，乃復自疑，以爲所試與得之者不同其程度；及得觀之，余亦無甚愧焉。夫所謂博學者，豈今之所謂者乎？夫所謂宏辭者，豈今之所謂者乎？誠使古之豪傑之士若屈原孟軻司馬遷相如揚雄之徒進于是選，必知其懷慚乃不自進而已耳〔七〕；設使與夫今之善進取者競於蒙昧之中〔八〕，僕必知其辱焉。然彼五子者，且使生於今之世〔九〕，其道雖不顯於天下，其自負何如哉！肯與夫斗筲者決得失於一夫之目而爲之憂樂哉〔一〇〕！故凡僕之汲汲於進者，其小得蓋欲以具裘葛、養窮孤〔一一〕，其大得蓋欲以同吾之所樂於人耳；其他可否自計已熟，誠不待人而後知。今足下乃復比之獻玉者，以爲必竢工人之剖〔一二〕，然後見知於天下，雖兩刖足不爲病〔一三〕，且無使勍者再刖〔一四〕；誠足下相勉之意厚也，然仕進者豈捨此而無門哉？足下謂我必待是而後進者，尤非相悉之辭也〔二五〕。僕之玉固未嘗獻，而足固未嘗刖，足下無爲爲我戚戚也〔二六〕。

〔一〕〔補注〕何焯曰：「爲人」，致君澤民也。

〔二〕「賦詩」，或作「詩賦」。

〔三〕「司」下或無「者」字。

〔四〕「退」下或有「因」字。「類於」，或作「類乎」。

〔五〕「忸」，音衄；「怩」，女夷切。

〔六〕「所成」，或無此二字，或無「所」字。

〔七〕或無「相如」二字。〔補注〕曾國藩曰：懷慚之極，至於自甘終不進取而後已。

〔八〕或無「進者」二字。

〔九〕「五」或作「數」。「生」，或作「出」。

〔一〇〕〔補注〕曾國藩曰：博學宏辭，美稱也。惟公足以當之，而顧不能中選；甚羞與今世之中選者比倫，而又不能不隱忍與之同試；甚願與屈孟五子同志，而又不能效其不與斗筲者決得失；心所耻而行不能從，己所耻而人不能諒，層層感憤，迸露紙上。張裕釗曰：「自負」句已透下一段意，所謂文字脈絡。又曰數層頓挫，跌出段末一句，筆力絶勁，與孟簡書中段同。

〔一一〕「具」，或作「完」。「窮孤」，或作「孤窮」。

〔二〕「工人」，或作「良工」。

〔三〕卞和獻玉刖足事，見韓非子。「刖足」下或有「而」字。

〔四〕或作「刖」，下同。「勍」，渠京切。

〔五〕「後進」，或作「後振」；「尤非」，或作「非尤」，非是。

〔六〕或無「足下」字；或無複出「爲」字；或並無二「爲」字：非是。

方今天下風俗尚有未及於古者，邊境尚有被甲執兵者〔一〕，主上不得怡而宰相以爲憂。僕雖不賢，亦且潛究其得失〔二〕，致之乎吾相，薦之乎吾君，上希卿大夫之位，下猶取一障而乘之〔三〕；若都不可得，猶將耕於寛閒之野，釣於寂寞之濱，求國家之遺事，考賢人哲士之終始〔四〕，作唐之一經，垂之於無窮，誅姦諛於既死，發潛德之幽光：二者將必有一可〔五〕。足下以爲僕之玉凡幾獻，而足凡幾刖也；又所謂勍者果誰哉？再剋之刑信如何也〔六〕？士固信於知己，微足下無以發吾之狂言〔七〕。愈再拜。

〔一〕「境」，或作「地」，或無「境」字。

〔二〕或無「其」字。

〔三〕見西漢武帝時，匈奴求和親，博士狄山語。

〔四〕「終」上或有「所」字。

〔五〕〔補注〕曾國藩曰：極自負語，公蓋奴視一世人。張裕釗曰：此段純以雄直之氣行之，而曲折及控勒處要自遒勁。

〔六〕「刑」，或作「形」。

〔七〕「信」，或作「伸」。「吾」下或無「之」字。

答李翊書

「翊」，或作「翺」，非也。貞元十八年，陸傪佐主司權德輿於禮部，公以李翊薦於傪，用是其年登第。此書其十七年所作歟？吕居仁云：退之此書最見其爲文養氣妙處。〔補注〕姚鼐曰：此文學莊子。張裕釗曰：學莊子而得其沈着精刻者，惟退之此書而已。又曰：此書自道所得，字字從精心撰出，故自絶倫。

六月二十六日〔一〕愈白：李生足下：生之書辭甚高，而其問何下而恭也〔二〕！能如是，誰不欲告生以其道。道德之歸也有日矣，況其外之文乎〔三〕？抑愈所謂望孔子之門牆而不入于其宫者，焉足以知是且非邪〔四〕？雖然，不可不爲生言之。

〔一〕或無此六字。
〔二〕「而恭」，或作「之恭」，非是。
〔三〕「外」，或作「餘」，非是。
〔四〕「者」下或有「也」字。「焉」，或作「烏」。

生所謂立言者是也〔一〕；生所爲者與所期者甚似而幾矣。抑不知生之志蘄勝於人而取於人邪〔二〕？將蘄至於古之立言者邪？蘄勝於人而取於人，則固勝於人而可取於人矣；將蘄至於古之立言者〔三〕，則無望其速成，無誘於勢利，養其根而竢其實，加其膏而希其光。根之茂者其實遂，膏之沃者其光曄；仁義之人，其言藹如也〔四〕。

〔一〕或無「者」字。
〔二〕「取於人」，或無「於」字，下一語同。
〔三〕「者」下或有「邪」字，非是。
〔四〕〔補注〕劉熙載曰：「仁義之人，其言藹如。」老泉以孟韓爲温醇，意蓋隱合。曾國藩曰：以上徐徐引入而教之務實之學。

抑又有難者：愈之所爲，不自知其至猶未也，雖然，學之二十餘年矣〔一〕。始者非三代兩漢之書不敢觀〔二〕，非聖人之志不敢存，處若忘，行若遺，儼乎其若思，茫乎其若迷。當其取於心而注於手也，惟陳言之務去，戛戛乎其難哉。其觀於人〔三〕，不知其非笑之爲非笑也。如是者亦有年〔四〕，猶不改，然後識古書之正僞，與雖正而不至焉者，昭昭然白黑分矣〔五〕，而務去之，乃徐有得也。當其取於心而注於手也，汩汩然來矣〔六〕。其觀於人也，笑之則以爲喜，譽之則以爲憂，以其猶有人之説者存也〔七〕。如是者亦有年，然後浩乎其沛然矣。吾又懼其雜也，迎而距之，平心而察之，其皆醇也，然後肆焉〔八〕。雖然，不可以不養也。行之乎仁義之途，游之乎詩書之源，無迷其途，無絶其源〔九〕，終吾身而已矣〔一〇〕。

〔一〕「餘年」，或作「年餘」。

〔二〕「兩」，或作「秦」。

〔三〕「人」下或有「也」字。

〔四〕〔補注〕張裕釗曰：逐處刻意摹繪。又曰：所謂高足闊步，邁往不屑之概，於此等處可見。

〔五〕〔補注〕曾國藩曰：以上始事之艱難。

〔六〕「汩」音聿。〔補注〕姚範曰：「汩」唐韻讀骨，近之。

〔七〕二「則」字下或並有「心」字。

〔八〕「後」，或作「后」。〔補注〕張裕釗曰：筆陣奇恣，而巧搆形似，精妙入微，與莊子養生主篇絶相似。曾國藩曰：以上始事之充沛。

〔九〕「源」，或作「府」；「無絶其源」，亦作「無虚其府」。

〔一〇〕〔補注〕方苞曰：退之知立言之道在行之乎仁義之途，所以能約六經之旨而成文。張裕釗曰：常語入公手便自精妙，有無窮之味。

氣，水也；言，浮物也。水大而物之浮者大小畢浮，氣之與言猶是也，氣盛則言之短長與聲之高下者皆宜〔一〕。雖如是，其敢自謂幾於成乎？雖幾於成，其用於人也奚取焉？雖然，待用於人者，其肖於器邪？用與舍屬諸人〔二〕。君子則不然：處心有道，行己有方；用則施諸人〔三〕，舍則傳諸其徒，垂諸文而爲後世法：如是者，其亦足樂乎？其無足樂也〔四〕？

〔一〕〔補注〕方苞曰：自「抑又有難者」至此，言「無望其速成」；以下言「無誘于勢利」。曾國藩曰：以上終事在養氣。

〔二〕或無「邪」字，而有「則時用焉」四字；或並有「邪」字。

〔三〕「施」，或作「垂」。

〔四〕或作「乎」。〔補注〕張裕釗曰：篇末綴此一段，乃見文字神氣有餘。公文多如此。

有志乎古者希矣〔一〕！志乎古必遺乎今，吾誠樂而悲之。亟稱其人，所以勸之，非敢褒其可褒而貶其可貶也。問於愈者多矣，念生之言不志乎利，聊相爲言之。愈白〔二〕。

〔一〕「古」下或有「人」字。

〔二〕樊汝霖云：自三代以還，陵夷至于江左，斯文掃地。唐興，貞觀開元之盛，終莫能起；至貞元末而公出，於是以六經之文爲諸儒唱。其觀於人也，笑之則心以爲喜者，大聲不入於里耳，而不笑不足以爲道：此公所以喜。若人人皆見而悦之而譽之，斯亦淺矣：此所以爲憂。李漢所謂「時人始而驚，中而笑且排，先生益堅，終而翕然隨以定」者，其此之謂歟！王荆公乃云，「力去陳言夸末俗，可憐無補費精神」，好詆之過也。汩汩然來矣，浩乎其沛然者：皇甫持正諭業所云「韓吏部之文如長江秋注，千里一道」；老蘇上歐陽書亦云「韓子之文如長江大河，渾浩流轉」者是也。

重答翊書

「答」下或有「李」字。〔補注〕曾國藩曰：「韓公文如主人坐堂上而與堂下奴子言是非，然不善學之，恐長客氣。

愈白：李生：生之自道其志可也，其所疑於我者非也。人之來者，雖其心異於生；其於我也，皆有意焉。君子之於人，無不欲其入於善〔一〕，寧有不可告而告之，孰有可進而不進也？言辭之不酬，禮貌之不答，雖孔子不得行於互鄉，宜乎余之不爲也〔二〕。苟來者，吾斯進之而已矣，烏待其禮踰而情過乎？

〔一〕「入」，杭本作「人」，非是。

〔二〕方從三本無「於」字，非是。「余」或作「愈」。

雖然，生之志求知於我邪，求益於我邪？其思廣聖人之道邪，其欲善其身而使人不可及邪〔一〕？其何汲汲於知而求待之殊也！賢不肖固有分矣，生其急乎其所自立，而無患乎人不已知；未嘗聞有響大而聲微者也，況愈之於生懇懇邪？

〔一〕「其思」上或有「求」字。「及邪」，或作「及也」。

屬有腹疾無聊，不果自書〔一〕。愈白。

〔一〕「屬」下或無「有」字。「不」下或無「果」字。

代張籍與李浙東書

或作「浙東觀察李中丞」，或注「巽」字。元和五年八月，以巽兼御史中丞，充浙東觀察使。張籍時爲太常寺太祝，病眼京師，公於是爲之代書。〔補注〕沈欽韓曰：按巽傳，憲宗時爲吏部尚書，位望已高，不得復爲浙東觀察也。又巽于元和四年卒，注云「五年充使」，誤。考李翺貞元十四年登第，授校書郎，三遷，元和初，轉國子博士。書中有翺爲從事，則其人乃李遜也。遜，元和初出爲衢州刺史，以政績遷浙東觀察。

月日，前某官某謹東向再拜寓書浙東觀察使中丞李公閣下〔一〕：

〔一〕「寓」，或作「獻」。或無「使」字。

籍聞議論者皆云：方今居古方伯連帥之職，坐一方得專制於其境内者〔二〕，惟閣下心事犖犖〔三〕，與俗輩不同。籍固以藏之胸中矣！

〔二〕「云」上或無「皆」字。「云」下或無「方」字，又無「得」字。

〔三〕「犖」，呂角切。

近者閣下從事李協律翺到京師，籍於李君友也〔一〕，不見六七年，聞其至，馳往省之，問無恙外，不暇出一言，且先賀其得賢主人。李君曰：「子豈盡知之乎？吾將盡言之。」〔二〕數日籍益聞所不聞〔三〕。籍私獨喜；常以爲自今已後〔四〕，不復有如古人者，於今忽有之。退自悲不幸兩目不見物，無用於天下〔五〕，胸中雖有知識，家無錢財，寸步不能自致；今去李中丞五千里，何由致其身於其人之側，開口一吐出胸中之奇乎？因飲泣不能語〔六〕。

〔一〕「友」上或有「朋」字。
〔二〕「言」下或無「之」字。
〔三〕「不聞」或作「未嘗」。
〔四〕「已」或作「以」。
〔五〕「退」下或有「而」字。
〔六〕或無「能」字。

既數日，復自奮曰：無所能人乃宜以盲廢；有所能人雖盲，當廢於俗輩，不當廢於行古人之道者〔一〕。浙水東七州，戶不下數十萬〔二〕，不盲者何限；李中丞取人固當問其賢不賢，不當計盲與不盲也〔三〕。當今盲於心者皆是，若籍自謂獨盲於目爾，其心則能別是非〔四〕。若賜之坐而問之，其口固能言也。幸未死，實欲一吐出心中平生所知見〔五〕：閤下能信而致之於門邪〔六〕？籍又善於古詩〔七〕，使其心不以憂衣食亂，閤下無事時一致之座側，使跪進其所有，閤下憑几而聽之，未必不如聽吹竹彈絲敲金擊石也〔八〕。夫盲者業專，於藝必□，故樂工皆盲〔九〕；籍儻可與此輩比並乎〔一〇〕！

〔一〕「所能」，或並無「所」字。

〔二〕「十」，或作「百」。

〔三〕「計」下或有「其」字。

〔四〕「別」上或有「計」字。「是非」，或作「非是」。

〔五〕或無「心中」字。或無「見」字。

〔六〕「致」，或作「置」。

〔七〕「於」，或作「爲」。

〔八〕方云：校本一云「敲」當作「敵」。唐人多使「敵」字，如盧仝詩「敵金摐玉」。「擊」，或作「拊」，或無之。今按：方説「敵」字甚怪，所引盧仝詩，當亦是誤本耳。

〔九〕諸本「專」字在「必」字下，今從文苑。但文苑「必」作「也」而下缺一字，疑是「精」字。更詳之。

〔一〇〕或無「籍」字。或無「比」「乎」二字。

使籍誠不以蓄妻子憂飢寒亂心，有錢財以濟醫藥，其盲未甚，庶幾其復見天地日月〔一〕，因得不廢，則自今至死之年，皆閣下之賜〔二〕。閣下濟之以已絕之年，賜之以既盲之視，其恩輕重大小，籍宜如何報也！閣下裁之度之〔三〕。籍慚靦再拜。

〔一〕「幾」下或無「其」字。
〔二〕「賜」下或有「也」字。
〔三〕「裁」下或無「之」字。

答李秀才書

「李」下或有「師錫」字，或注「圖南」字。李觀卒於貞元十年，此書云故友元賓，則當在十年後作。〔補注〕姚範曰：風神得之左氏傳。劉大櫆曰：情韻簡淡而蕩逸。曾國藩曰：義深而文淡永。

愈白：故友李觀元賓十年之前示愈別吴中故人詩六章，其首章則吾子也，盛有所稱引。元賓行峻潔清，其中狹隘不能苞容〔一〕，於尋常人不肯苟有論説；因究其所以，於是知吾子非庸衆人〔二〕。時吾子在吴中，其後愈出在外，無因緣相見。元賓既歿，其文益可貴重；思元賓而不見，見元賓之所與者則如元賓焉〔三〕。

〔一〕「苞」，或作「包」。

〔二〕或有複出「庸」字，或作「庸庸之衆」。

〔三〕杭本無「既歿」以下八字，非是。「與」，方作「以」。今按：方以「以」「與」可通用，故從杭本作「以」，然孰若從諸本之爲正邪。〔補注〕吕居仁曰：「元賓既歿」數語，蓋出孟子「百里奚自鬻」章，最見抑揚反覆處。曾子固答李紹書亦如此，皆宜詳讀。

今者辱惠書及文章，觀其姓名，元賓之聲容怳若相接；讀其文辭〔一〕，見元賓之知人，交道之不污。甚矣，子之心有似於吾元賓也〔二〕！

〔一〕「文辭」，閣杭本作「命辭」。云：元賓所命意於辭也。今按：此「文辭」指李生所作耳，非謂元賓之辭也；正使實謂元賓之辭，作「命辭」亦無理。

〔二〕「矣」或作「乎」。「於」或作「乎」。

子之言以愈所爲不違孔子，不以琢雕爲工，將相從於此；愈敢自愛其道而以辭讓爲事乎？然愈之所志於古者，不惟其辭之好，好其道焉爾。讀吾子之辭而得其所用心，將復有深於是者與吾子樂之，況其外之文乎〔一〕？愈頓首。

〔一〕「與」，或作「歟」，屬上句，非是。

答陳生書

「生」下或有「商」字，或注「師錫」字，陳生以書求速化之術於公，公以待己以信、事親以誠，而告之以言寡尤、行寡悔之説，無異君子之言。自衆人視之，雖若迂闊，而其理實如此。

愈白：陳生足下：今之負名譽享顯榮者，在上位幾人。足下求速化之術，不於其人，乃以訪愈，是所謂借聽於聾，求道於盲，雖其請之勤勤，教之云云，未有見其得者也〔一〕。愈之志在古道，又甚好其言辭，觀足下之書及十四篇之詩，亦云有志於是矣；而其所問則名，所慕則科，故愈疑於其對焉。雖然，厚意不可虛辱，聊爲足下誦其所聞。

〔一〕或無「有」字。今按：「有」字或當在此句「其」字下。

蓋君子病乎在己而順乎在天，待己以信而事親以誠。所謂病乎在己者，仁義存乎内；彼聖賢者能推而廣之，而我蠢焉爲衆人〔一〕。所謂順乎在天者，貴賤窮通之來，平吾心而隨順之，不以累于其初。所謂待己以信者，己果能之，人曰不能，勿信也；己果不能，人曰能之，勿信也，孰信哉？信乎己而已矣〔二〕。所謂事親以誠者，盡其心不夸於外，先乎其質後乎其文者也〔三〕。盡其心不夸於外者，不以己之得於外者爲父母榮也，名與位之謂也。先乎其質者，行也；後乎其文者，飲食旨甘以其外物供養之道也〔四〕。誠者，不欺之名也。待於外而後爲養，薄於質而厚於文，斯其不類於欺歟？果若是，子之汲汲於科名，以不得進爲親之羞者，惑也！

〔一〕「蠢焉」，或作「蠢然」。

〔二〕方從閣杭本無「果不」至「信也」十字。文録並上「己」字亦無。今按：此閣杭本之謬，全無文理；而方信之，誤矣。〔補注〕曾國藩曰：陳生必求俯仰趍時之術，故告之以此，所謂對症下藥也；不然專信己則足以長傲。介甫云：「己然而然，君子也」，語弊亦似此。

〔三〕「後」上或有「而」字。

〔四〕「行」上或有「文」字。「旨甘」或作「甘旨」。「道」下或有「者」字，非是。

速化之術如是而已。古之學者惟義之問，誠將學於太學，愈猶守是説而竢見焉〔一〕。愈曰。

〔一〕「猶」或作「獨」。「見」下或有「知」字。「見」，胡甸切。公時爲博士也。

與李翺書

「與」或作「答」。〔補注〕何焯曰：頓挫往復，兼有李之文態。姚範曰：宋陳善捫虱新語云：「覆卻頓挫，文理燦然。」劉熙載曰：紆餘澹折，便與習之同一意態。歐文若導源于此。

使至，辱足下書〔一〕，歡愧來并，不容于心。嗟乎，子之言意皆是也！僕雖巧説，何能逃其責邪？然皆子之愛我多，重我厚，不酌時人待我之情，而以子之待我之意使我望於時人也。

〔一〕或無「足下」字。

僕之家本窮空，重遇攻劫〔一〕，衣服無所得，養生之具無所有，家累僅三十口，攜此將安所歸託乎？捨之入京不可也，挈之而行不可也，足下將安以爲我謀哉〔二〕？此一事耳，足下謂我入京城有所益乎〔三〕？僕之有子〔四〕，猶有不知者，時人能知我哉？

持僕所守，驅而使奔走伺候公卿間，開口論議，其安能有以合乎〔五〕？僕在京城八九年〔六〕，無所取資，日求於人以度時月，當時行之不覺也，今而思之，如痛定之人思當痛之時，不知何能自處也〔七〕。今年加長矣〔八〕，復驅之使就其故地，是亦難矣！

〔一〕貞元十五年，宣武軍亂。

〔二〕此句或無「將安」二字。

〔三〕「謂」上或有「誠」字。「城」，或作「誠」。

〔四〕「之」下或有「所」字。

〔五〕「驅」，或作「執」。今按：作「驅」即屬下句，作「執」即屬上句。詳下文，亦有「復驅之使就其故地」之文，而「持」「守」「執」三字語太繁複，故當以「驅」爲正。

〔六〕謂應進士時。

〔七〕〔補注〕曾國藩曰：能達難白之情。

〔八〕「長」下或有「已」字，非是。

所貴乎京師者，不以明天子在上，賢公卿在下，布衣韋帶之士談道義者多乎〔一〕？以僕遑遑於其中，能上聞而下達乎？其知我者固少〔二〕，知而相愛不相忌者又加少；内無所資，外無所從，終安所爲乎？嗟乎！子之責我誠是也，愛我誠多也，今天下之人有如子者乎〔三〕？自堯舜已來，士有不遇者乎，無也？子獨安能使我潔清不洿而處其所可樂哉〔四〕？非不願爲子之所云者〔五〕，力不足，勢不便故也。僕於此豈以爲大相知乎〔六〕？累累隨行，役役逐隊，飢而食，飽而嬉者也〔七〕。其所以止而不去者，以其心誠有愛於僕也。然所愛於我者少，不知我者猶多，吾豈樂於此乎哉？將亦有所病而求息於此也〔八〕。

〔一〕「不以」上或有「得」字。
〔二〕或無「我」字。
〔三〕或無「今」字。
〔四〕或無「安」字。
〔五〕「爲」，或作「如」。
〔六〕此謂張建封幕府，謂在南陽公幕中也。
〔七〕「飽而嬉」，或作「渴而飲」。杭本「嬉」作「悲」，云：「悲者，悲其不得所從故也。」皆非是。
〔八〕「所愛」，或作「其愛」。「少」上或有「尤」字，非是。「知」下或有「於」字。「猶」，或作「尤」，非是。「吾」下或無「豈」字。

嗟乎！子誠愛我矣，子之所責於我者誠是矣；然恐子有時不暇責我而悲我，不暇悲我而自責且自悲也：及之而後知，履之而後難耳。孔子稱顔回「一簞食、一瓢飲〔一〕，人不堪其憂，回也不改其樂」。彼人者，有聖者爲之依歸〔二〕，而又有簞食瓢飲足以不死〔三〕，其不憂而樂也豈不易哉！若僕無所依歸，無簞食，無瓢飲，無所取資，則餓而死，其不亦難乎？子之聞我言亦悲矣。嗟乎，子亦慎其所之哉！

〔一〕「孔子」上或有「昔者」字。「瓢飲」下一有「在陋巷」字。
〔二〕「聖」上或無「有」字。「依」上或無「之」字。
〔三〕「食」，去聲。

上張僕射書

離違久，乍還侍左右，當日懽喜，故專使馳此候足下意，并以自解〔一〕。愈再拜。

〔一〕「此候」，杭本作「候此」。今按：此與與孟東野書「春已時盡」相似，説已見於彼矣。

建封字本立，兗州人。貞元四年爲徐州刺史、徐泗濠節度使。十二年加檢校右僕射，公以十五年二月脱汴州之亂，依建封于徐。秋，建封辟爲節度推官，至是供職，書意以晨入夜歸爲不可。其不諂屈於富貴之人可知矣。

九月一日愈再拜：受牒之明日，在使院中，有小吏持院中故事節目十餘事來示愈。其中不可者，有自九月至明年二月之終，皆晨入夜歸，非有疾病事故輒不許出。當時以初受命不敢言，古人有言曰：人各有能有不能。若此者，非愈之所能也〔一〕。抑而行之，必發狂疾，上無以承事于公，忘其將所以報德者〔二〕；下無以自立，喪失其所以爲心〔三〕：夫如是，則安得而不言？

〔一〕「愈」下或無「之」字。

〔二〕「忘」，或作「望」，非是。

〔三〕「喪」，或作「哀」，或校作「衷」，皆非是。

凡執事之擇於愈者，非爲其能晨入夜歸也，必將有以取之。苟有以取之，雖不晨入而夜歸，其所取者猶在也〔一〕。下之事上，不一其事；上之使下，不一其事。量力而任之，度才而處之，其所不能，不彊使爲是，故爲下者不獲罪於上，爲上者不得怨於下矣〔二〕。孟子有云：今之諸侯無大相過者，以其皆「好臣其所教，而不好臣其所受教」〔三〕，今之時，與孟子之時又加遠矣，皆好其聞命而奔走者，不好其直己而行道者。聞命而奔走者，好利者也；直己而行道者，好義者也：未有好利而愛其君者，未有好義而忘其君者〔四〕。今之王公大人惟執事可以聞此言，惟愈於執事也可以此言進〔五〕。

〔一〕或無「將」字與「而」字。「所取」下亦無「者」字。

〔二〕「矣」，或作「也」。

〔三〕諸本皆如此。閣本二「教」字並作「命」，方從杭蜀苑，「教」作「受命」，「所受教」作「所以受命」，云：考孟子上語當作「受命」。今按：依孟子則上語不當有「受」字，下語不當有「以」字，而二「命」字本皆作「教」，童而習者，皆能知之。不知方氏何據，而云考孟子上語當作「受命」也。

〔四〕文苑，「而愛」作「而能愛」；「而忘」作「而不愛」：二語並無「者」字。

〔五〕「此言進」，或作「言此言」，或作「言此事」。〔補注〕方苞曰：前半乃「寬假之使不失其性」，後半則「加待之使足以爲名」，而暗用四語爲樞紐，管子韓子多用此法。

愈蒙幸於執事，其所從舊矣。若寬假之使不失其性，加待之使足以爲名，寅而入，盡辰而退；申而入，終酉而退〔一〕：率以爲常，亦不廢事。天下之人聞執事之於愈如是也〔二〕，必皆曰：執事之好士也如此，執事之待士以禮如此〔三〕，執事之使人不枉其性而能有容如此，執事之欲成人之名如此，執事之厚於故舊如此；又將曰：韓愈之識其所依歸也如此〔四〕，韓愈之不諂屈於富貴之人如此，韓愈之賢能使其主待之以禮如此〔五〕，則死於執事之門無悔也〔六〕。若使隨行而入，逐隊而趨，言不敢盡其誠，道有所屈於己〔七〕；天下之人聞執事之於愈如此，皆曰：執事之用韓愈，哀其窮、收之而已耳；韓愈之事執事，不以道，利之而已耳。苟如是，雖日受千金之賜，一歲九遷其官，感恩則有之矣，將以稱於天下曰：知己知己！則未也〔八〕。

〔一〕「終」，或作「中」。

〔二〕「聞」下或無「執事之」三字。

〔三〕「好」，或作「待」。杭蜀文苑只此句有「也」字，餘並無，今從之。

〔四〕閣本惟此句有「也」字，餘並無，今從之。

〔五〕「能」上或無「賢」字。

〔六〕「則」上或有「苟如此」三字。

〔七〕或無「所」字。

〔八〕或無複出「知己」二字。〔補注〕沈欽韓曰：「知己知己」並讀，猶桓温稱王敦曰：「可兒可兒」。

伏惟哀其所不足〔一〕，矜其愚，不録其罪；察其辭，而垂仁採納焉。愈恐懼再拜。

〔一〕「哀」下方有「察」字。按下方合有「察」字，此不當有。

答胡生書

或作「胡直均」，「均」或作「鈞」。李肇國史補云：「文公引致後輩，爲求科第，多有投書請益者。人謂「韓門弟子」云。直均之求謁於公，望其稱薦於公卿爲科第計，公答之以不知者，乃用是爲謗。信當時韓門弟子之衆也。直均其後竟登貞元十九年第，亦公稱道所致耶？

愈頓首，胡生秀才足下：雨不止，薪芻價益高，生遠客，懷道守義，非其人不交，得無病乎？斯須不展，思想無已〔一〕。愈不善自謀，口多而食寡，然猶月有所入，以愈之不足，知生之窮也。至於是而不悔，非信道篤者其誰能之！所示千百言，略不及此，而以不屢相見爲憂，謝相知爲急，謀道不謀食，樂以忘憂者，生之謂矣。顧無以當之，如何〔二〕？

〔一〕「斯須」或作「頃渴」，或作「傾渴」，皆非是。

〔二〕「當」，或作「答」。

夫別是非，分賢與不肖，公卿貴位者之任也；愈不敢有意於是。如生之徒於我厚者，知其賢，時或道之，於生未有益也〔一〕；不知者，乃用是爲謗。不敢自愛〔二〕，懼生之無益而有傷也，如之何？若曰：彼有所合，吾不利其求，則庶可矣〔三〕；生又離鄉邑，去親愛，甘辛苦而不厭者，本非爲是也〔四〕，如之何？愈之於生既不變矣，戒生無以示愈者語於人〔五〕，用息不知者之謗，生慎從之！

〔一〕「未有」下或有「所」字。

〔二〕〔補注〕曾國藩曰：言不惜稱道揄揚之。愛者，惜也。

〔三〕或無「其」字。今按：答陳商書云：「文雖工，不利於求。」則此「其」字亦當作「於」。〔補注〕曾國藩曰：彼輩自有可合之人，吾不因其可以干澤而思與之苟合。若能如此，則可以行而不恤衆謗，而生又不能。

〔四〕〔補注〕曾國藩曰：生離鄉遠出，本欲求仕，非徒求韓公之知也。「是」者，指上文相知稱道云也。

〔五〕「語」，或作「謂」。

講禮釋友二篇，比舊尤佳〔一〕，志深而喻切，因事以陳辭，古之作者正如是爾。愈頓首。

〔一〕或作「嘉」，又作「加」。

與于襄陽書

「與」，或作「上」，于頔字允元，貞元十四年九月以工部尚書爲山南東道節度使。「頔」，音迪。

七月三日〔一〕，將仕郎守國子四門博士韓愈謹奉書尚書閣下：

〔一〕書稱「守國子四門博士」，當在貞元十八年秋也。

士之能享大名顯當世者，莫不有先達之士負天下之望者爲之前焉〔一〕；士之能垂休光照後世者，亦莫不有後進之士負天下之望者爲之後焉。莫爲之前，雖美而不彰；莫爲之後，雖盛而不傳。是二人者，未始不相須也，然而千百載乃一相遇焉；豈上之人無可援，下之人無可推歟？何其相須之殷而相遇之疏也？其故在下之人負其能不肯諂其上，上之人負其位不肯顧其下；故高材多戚戚之窮，盛位無赫赫之光：是二人者之所爲皆過也。未嘗干之，不可謂上無其人；未嘗求之，不可謂下無其人：愈之誦此言久矣，未嘗敢以聞於人〔二〕。

〔一〕「士之」上或有「夫」字。「達」或作「進」。

〔二〕「矣」下或有「而」字。

側聞閣下抱不世之才〔一〕，特立而獨行，道方而事實〔二〕，卷舒不隨乎時，文武唯其所用，豈愈所謂其人哉？抑未聞後進之士有遇知於左右，獲禮於門下者，豈求之而未得邪〔三〕？將志存乎立功，而事專乎報主〔四〕，雖遇其人，未暇禮邪？何其宜聞而久不聞也！愈雖不材，其自處不敢後於恒人，閣下將求之而未得歟？古人有言：「請自隗始。」〔五〕

〔一〕「抱」，閣杭蜀本作「苞」。文選「包」，多作「苞」，陳寔碑所謂「苞靈曜之純」是也。蜀「世」下仍有「出」字，文苑有「出人」字。今按：韓公未必固用選語，且從諸本作「抱」。

〔二〕「立」下或無「而」字。

〔三〕或無「而」字。

〔四〕「將」或作「其」。

〔五〕郭隗答燕昭王語，事見史記、戰國策。「言」下或有「曰」字，非是。「隗」，五賄切。

愈今者惟朝夕芻米僕賃之資是急，不過費閣下一朝之享而足也〔一〕。如曰：吾志存乎立功，而事專乎報主〔二〕，雖遇其人，未暇禮焉〔三〕；則非愈之所敢知也。世之齪齪者既不足以語之〔四〕，磊落奇偉之人又不能聽焉〔五〕，則信乎命之窮也！

〔一〕「享」，或作「宴」。

〔二〕「功」下或無「而」字。

〔三〕「焉」或作「哉」，非是。

〔四〕「以」，一作「與」，「以」「與」義通。「齪」，測角切。〔補注〕沈欽韓曰：集韻：「齪，迫也。或作𨇽。」

〔五〕「磊」，魯猥切。

謹獻舊所爲文一十八首，如賜覽觀，亦足知其志之所存。愈恐懼再拜。

與崔羣書

羣字敦詩，清河人，貞元八年中進士第，時爲宣州判官，而公爲國子四門博士。〔補注〕劉大櫆曰：公與崔最相知，故有此家常本色之言。中間感賢士之不遇，尤爲鬱勃淋漓。

自足下離東都〔一〕，凡兩度枉問，尋承已達宣州，主人仁賢，同列皆君子〔二〕，雖抱羈旅之念，亦且可以度日，無入而不自得。樂天知命者，固前修之所以禦外物者也；況足下度越此等百千輩〔三〕，豈以出處近遠累其靈臺邪〔四〕？宣州雖稱清涼高爽，然皆大江之南，風土不並以北〔五〕，將息之道，當先理其心，心閒無事，然後外患不入〔六〕，風氣所宜，可以審備，小小者亦當自不至矣。足下之賢，雖在窮約猶能不改其樂，況地至近、官榮禄厚、親愛盡在左右者邪？所以如此云云者，以爲足下賢者，宜在上位，託於幕府則不爲得其所，是以及之：乃相親重之道耳，非所以待足下者也〔七〕。

〔一〕公時在徐州幕。

〔二〕貞元十二年八月以崔衍爲宣歙觀察使，羣與李博俱在幕府，公送楊儀之序亦云：當今藩翰之賓客，惟宣州多賢。與之遊者二人焉：隴西李博、清河崔羣。

〔三〕或無「百千輩」三字。今按諸本及詳文勢皆當有此三字，但不知指何人而言耳。

〔四〕「靈臺」字見莊子。〔補注〕沈欽韓曰：司馬彪云：心爲神靈之臺。

〔五〕〔補注〕曾國藩曰：不與江北比並也。

〔六〕或無「無事」二字；「患」或作「達」；或無「不入」二字：皆非是。

〔七〕「也」上或無「者」字。〔補注〕方苞曰：以上叙與崔情誼。

僕自少至今，從事於往還朋友間一十七年矣！日月不爲不久，所與交往相識者千百人，非不多〔一〕；其相與如骨肉兄弟者亦且不少。或以事同；或以藝取；或慕其一善；或以其久故；或初不甚知而與之已密，其後無大惡因不復決捨；或其人雖不皆入於善，而於己已厚，雖欲悔之不可〔二〕：凡諸淺者固不足道，深者止如此〔三〕。至於心所仰服，考之言行而無瑕尤〔四〕，窺之閫奥而不見畛域，明白淳粹，輝光日新者，惟吾崔君一人。僕愚陋無所知曉，然聖人之書無所不讀，其精粗巨細，出入明晦，雖不盡識，抑不可謂不涉其流者也。以此而推之，以此而度之，誠知足下出羣拔萃，無謂僕何從而得之也。與足下情義寧須言而後自明邪〔五〕？所以言者：懼足下以爲吾所與深者多，不置白黑於胸中耳〔六〕。既謂能粗知足下，而復懼足下之不我知，亦過也〔七〕。

〔一〕或無「所與」二字。

〔二〕「悔之」下或有「亦」字。「不可」，或作「可乎」。

〔三〕「諸」，或作「此」，或無「諸」字。

〔四〕「服」，或作「伏」；「言」，或作「百」；又無「尤」字：皆非是。

〔五〕「自明」，或作「明白」，非是。

〔六〕「爲」上或無「以」字。

〔七〕〔補注〕方苞曰：以上承前相親重，而自明所以知之。

比亦有人說足下誠盡善盡美，抑猶有可疑者。僕謂之曰：「何疑？」疑者曰：「君子當有所好惡，好惡不可不明〔一〕。如清河者，人無賢愚無不説其善，伏其爲人；以是而疑之耳。」〔二〕僕應之曰：「鳳皇芝草，賢愚皆以爲美瑞；青天白日，奴隸亦知其清明。譬之食物〔三〕：至於遐方異味，則有嗜者有不嗜者；至於稻也、粱也、膾也、胾也〔四〕，豈聞有不嗜者哉？」疑者乃解。解不解，於吾崔君無所損益也〔五〕。

〔一〕上「好惡」字或作「法」，非是。然本字亦未安。

〔二〕「伏」，或作「服」。或無「耳」字。

〔三〕「食」上或有「於」字。

〔四〕「胾」音蔗。

〔五〕「於吾」，或作「吾於」，非是。或無「所」字。〔補注〕方苞曰：以上衆人有疑，而已獨知之深。

自古賢者少，不肖者多。自省事已來，又見賢者恒不遇，不賢者比肩青紫；賢者恒無以自存，不賢者志滿氣得；賢者雖得卑位則旋而死〔一〕，不賢者或至眉壽：不知造物者意竟如何〔二〕，無乃所好惡與人異心哉？又不知無乃都不省記，任其死生壽夭邪？未可知也〔三〕，人固有薄卿相之官、千乘之位，而甘陋巷菜羹者。同是人也，猶有好惡如此之異者，况天之與人當必異其所好惡無疑也〔四〕。合於天而乖於人，何害？况又時有兼得者邪！崔君，崔君，無怠，無怠〔五〕！

〔一〕「旋」，或作「旅」，非是。

〔二〕或無「意」字，非是。

〔三〕〔補注〕曾國藩曰：悲感交集，荆公與段縫書爲子固代鳴不平，文氣脱胎於此。

〔四〕〔補注〕曾國藩曰：憤極出奇想。

〔五〕或作「崔君無怠，崔君無怠」。〔補注〕方苞曰：以上因篇首賢者宜在上位生慨，而正言以勉之。

僕無以自全活者，從一官於此，轉困窮甚，思自放於伊潁之上，當亦終得之〔一〕。近者尤衰憊〔二〕：左車第二牙無故動摇脱去〔三〕，目視昏花，尋常閒便不分人顔色，兩鬢半白，頭髮五分亦白其一，鬚亦有一莖兩莖白者〔四〕；僕家不幸，諸父諸兄皆康彊早世，如僕者又可以圖於久長哉〔五〕？以此忽忽思與足下相見一道其懷。小兒女滿前，能不顧念〔六〕！足下何由得歸北來？僕不樂江南，官滿便終老嵩下，足下可相就，僕不可去矣。珍重自愛，慎飲食，少思慮！惟此之望。愈再拜。

〔一〕「伊」「潁」，二水名。「潁之」，或作「潁水」。

〔二〕「僡」，蒲拜切。

〔三〕左氏僖公五年：「輔車相依，脣亡齒寒。」注云：「車謂車牙」。「車」，尺奢切。

〔四〕「亦白」，或作「已白」。「其一」，或無「一」字。「鬢」，或作「鬓」。

〔五〕〔補注〕曾國藩曰：後路絶深痛。

〔六〕或無「小」字。或無「女」字。「滿」下或有「眼」字。「能不」或作「不能」，非是。

與陳給事書

京字慶復，大曆元年中進士第。貞元十九年將禘，京奏禘祭必尊太祖，正昭穆，帝嘉之，自考功員外遷給事中。公於十九年冬貶陽山，此書當在京遷給事後作。〔補注〕沈欽韓曰：京，新唐書入儒學傳。按：册府元龜：元和九年，帝謂宰臣言德宗兆亂之由，李吉甫對曰：「時討李希烈，物力已耗。趙贊司國計，纖瑣削急，曾無遠慮，以爲國用不足，宜賦取於下。與諫官陳京等更陳計策：贊請税京師居人室宅，據其間架差等計入；京又請籍列肆商賈資産，以分數借之。宰相同爲欺罔，遂行其計。詔出，中外沸騰，人懷怨悱，以致朱泚之亂。」帝嗟嘆數四。

稱陳京趙贊爲賊臣。又曰：柳集有秘書監陳公行狀，又先友記云：「爲給事中，上方以爲相，會惑疾自刃，廢錮卒。」按通鑑：貞元元年，上用盧杞爲饒州刺史，給事中袁高執之不下，陳京等亦曰：「杞之執政，百官常如兵在其頸；今復用之，則姦黨皆唾掌而起。」上大怒，諫者引却，京顧曰：「趙需等勿退，此國大事，當以死争之。」上怒稍解。

愈再拜：愈之獲見於閣下有年矣，始者亦嘗辱一言之譽。貧賤也〔一〕，衣食於奔走，不得朝夕繼見，其後閣下位益尊，伺候於門牆者日益進〔二〕。夫位益尊，則賤者日隔〔三〕；伺候於門牆者日益進，則愛博而情不專。愈也道不加修而文日益有名。夫道不加修，則賢者不與；文日益有名，則同進者忌。始之以日隔之疏，加之以不專之望，以不與者之心而聽忌者之説：由是閣下之庭無愈之迹矣〔四〕！

〔一〕〔補注〕曾國藩曰：造句奇。

〔二〕「候」下或無「於」字。

〔三〕或無「益」字。或無「日」字。

〔四〕「專」上杭本有「辱」字；「忌者」或作「忌始生」；「之迹」上或有「也」字：皆非是。

去年春，亦嘗一進謁於左右矣，温乎其容若加其新也〔一〕，屬乎其言若閔其窮也〔二〕，退而喜也以告於人。其後如東京取妻子，又不得朝夕繼見，及其還也，亦嘗一進謁于左右矣，邈乎其容若不察其愚也，悄乎其言若不接其情也〔三〕，退而懼也不敢復進。今則釋然悟，翻然悔曰：其邈也，乃所以怒其來之不繼也；其悄也，乃所以示其意也〔四〕。不敏之誅無所逃避，不敢遂進，輒自疏其所以，并獻近所爲復志賦已下十首爲一卷，卷有標軸〔五〕；送孟郊序一首生紙寫〔六〕，不加裝飾，皆有揩字注字處〔七〕，急於自解而謝，不能竢更寫，閣下取其意而略其禮可也〔八〕。愈恐懼再拜。

〔一〕「若」上或有「其」字；「也」下或有「矣」字，下句亦然：皆非是。或又疑「加」當作「嘉」，乃與下文「閔」字爲對。

〔二〕「屬」或作「厲」；或從文苑，云：「屬」猶「附屬」、「連屬」之「屬」，決非「厲」字也。

〔三〕「若」上或並有「其」字。「愚」，或作「言」。「其情」，或作「於情」。

〔四〕「示」或作「不盡」。

〔五〕「所爲」下或有「文」字。「下」下或有「賦」字，非是。

〔六〕邵氏聞見録云：唐人有生紙、有熟紙，所謂妍妙輝光者，其法不一。生紙非有喪故不用。退之云：送孟郊序用生紙。急於自解，不暇擇耳。今人少有知者。

〔七〕「揩」下或無「字」字。

〔八〕「意」，或作「言」。

答馮宿書

宿字拱之，婺州東陽人，公同年進士。分教東都時作。〔補注〕沈欽韓曰：玉堂閒話：「馮宿，文宗朝揚歷中外，甚有美譽，垂入相者數矣；又能曲事北司權貴，咸得其歡心。」

垂示僕所闕，非情之至，僕安得聞此言〔一〕？朋友道缺絶久〔二〕，無有相箴規磨切之道，僕何幸乃得吾子！僕常閔時俗人有耳不自聞其過，懔懔然惟恐己之不自聞也〔三〕；而今而後，有望於吾子矣！

〔一〕或無「得」字。

〔二〕諸本「久」下有「矣」字，方從閣杭本，云：漢武紀「夷狄無義，所從來久」，語自此也。今按：「矣」字有無無利害，姑從方本，但未有以見其必用漢紀中語而決無此字耳。〔補注〕姚範曰：「絶久」，如言「絶痛」之「絶」。

〔三〕「懔」，音凜。

然足下與僕交久，僕之所守，足下之所熟知。在京城時，嚻嚻之徒〔一〕相訾百倍〔二〕，足下時與僕居〔三〕，朝夕同出入起居，亦見僕有不善乎？然僕退而思之，雖無以獲罪於人，亦有以獲罪於人者〔四〕。僕在京城一年，不一至貴人之門，人之所趨，僕之所傲；與己合者則從之遊，不合者雖造吾廬未嘗與之坐〔五〕：此豈徒足致謗而已，不戮於人則幸也！追思之可爲戰慄寒心。故至此已來〔六〕，剋己自下，雖不肖人至，未嘗敢以貌慢之；況時所尚者邪？以此自謂庶幾無時患，不知猶復云云也。聞流言不信其行〔七〕，嗚呼，不復有斯人也！君子不爲小人之恟恟而易其行〔八〕，僕何能爾？委曲從順，向風承意〔九〕，汲汲恐不得合，猶且不免云云，命也；可如何〔一〇〕！然子路聞其過則喜，禹聞昌言則下車拜〔一一〕：古人有言曰：「告我以吾過者，吾之師也。」〔一二〕願足下不憚煩，苟有所聞，必以相告；吾亦有以報子，不敢虛也，不敢忘也〔一三〕！

〔一〕「囂」，音枵。
〔二〕「呰」，音紫。
〔三〕「僕居」，或作「並居」，或無「僕」字，或無「居」字。
〔四〕「思」下或無「之」字。下「獲」字，或作「服」。今按：二句皆云「獲罪於人」，恐有誤字，作「服」亦無理，疑上句「人」字或是「天」字，更詳之。
〔五〕「造」，或作「居」。

〔六〕「已」或作「以」。

〔七〕禮記儒行：久不相見，聞流言不信其行。「行」，下孟切。

〔八〕或無「而」字。「恟」許勇切。〔補注〕沈欽韓曰：荀子天論篇語。

〔九〕「向」，或作「望」。

〔一〇〕「且」下或有「懼」字。或無「可」字。

〔一一〕此本孟子之説。「車」下或有「而」字。

〔一二〕「過」上或無「吾」字。

〔一三〕下或有「愈再拜」字，與衛中行書同，或作「頓首」。

與衛中行書

中行字大受，御史中丞晏之子，貞元九年進士。公始從董晉汴州、張建封徐州，二公甫卒而軍皆亂，大受喜公脱禍，以書遺公，公後寓東都，作此書與之，故言其窮居之狀云。

大受足下：辱書，爲賜甚大；然所稱道過盛，豈所謂誘之而欲其至於是歟？不敢當，不敢當！其中擇其一二近似者而竊取之〔一〕，則於交友忠而不反於背面者少似近焉。亦其心之所好耳；行之不倦，則未敢自謂能爾也。不敢當，不敢當〔二〕！

〔一〕「一」下或無「二」字。

〔二〕或無此六字。

至於汲汲於富貴以救世爲事者，皆聖賢之事業，知其智能謀力能任者也〔一〕；如愈者，又焉能之？始相識時，方甚貧，衣食於人；其後相見於汴徐二州，僕皆爲之從事，日月有所入，比之前時豐約百倍，足下視吾飲食衣服亦有異乎？然則僕之心或不爲此汲汲也，其所不忘於仕進者，亦將小行乎其志耳。此未易遽言也。

〔一〕「謀」上或無「能」字，「謀」下或有「與」字而屬下句。

凡禍福吉凶之來，似不在我。惟君子得禍爲不幸，而小人得禍爲恒；君子得福爲恒，而小人得福爲幸〔一〕：以其所爲似有以取之也。必曰「君子則吉，小人則凶」者，不可也〔二〕。賢不肖存乎己，貴與賤、禍與福存乎天〔三〕，名聲之善惡存乎人。存乎己者，吾將勉之；存乎天、存乎人者，吾將任彼而不用吾力焉：其所守者豈不約而易行哉！足下曰「命之窮通，自我爲之」，吾恐未合於道。足下徵前世而言之，則知矣；若曰以道德爲己任，窮通之來，不接吾心，則可也。

〔一〕「爲幸」，或作「爲不幸」，非是。

〔二〕「吉」下或有「而」字。

〔三〕石大任曰：韓愈謂「貴與賤、禍與福存乎天」，以予觀之，貴與賤存乎天可也，禍與福存乎天則不可也：蓋禍與福在己而已。孟子曰：「禍福無不自己求之者」，是禍與福皆存乎己歟？

窮居荒涼，草樹茂密，出無驢馬，因與人絶，一室之内，有以自娱；足下喜吾復脱禍亂，不當安安而居、遲遲而來也〔一〕！

〔一〕「而居」或作「於居」，非是。

上張僕射第二書

公此書諫張建封擊毬事，第二書者，或指前論晨入夜歸爲第一書也。觀堂劉夷叔云：「退之諫張僕射擊毬書纔數百言，使人意動神悚，子厚勸李睦州服氣書費千餘言，乃反緩而不切：人才相去，不可及哉！」

愈再拜：以擊毬事諫執事者多矣〔一〕，諫者不休，執事不止，此非爲其樂不可捨、其諫不足聽故哉〔二〕？諫不足聽者，辭不足感心也〔三〕；樂不可捨者，患不能切身也〔四〕。今之言毬之害者必曰：有危墮之憂〔五〕，有激射之虞，小者傷面目，大者殘形軀。執事聞之若不聞者，其意必曰：進若習熟，則無危墮之憂；避能便捷，則免激射之虞；小何傷於面目，大何累於形軀者哉！愈今所言皆不在此，其指要非以他事外物牽引相比也，特以擊毬之間之事明之耳〔六〕：

〔一〕「諫」，或作「陳」。

〔二〕閣杭蜀本如此，而或從諸本「哉」作「也」，今以下兩句推之，作「哉」近是，蓋「此非」至「故哉」十五字當作一句讀之，乃得其意。或者又云「哉」字恐是「邪」字，聲訛爲也。今作「邪」字讀之，文理尤順。

〔三〕「心」上或有「人」字。

〔四〕「身」上一有「人」字。

〔五〕「隳」，或作「墜」，下同。

〔六〕「事」上或無「之」字。

馬之與人，情性殊異；至於筋骸之相束，血氣之相持，安佚則適，勞頓則疲者同也。乘之有道，步驟折中，少必無疾，老必後衰。及以之馳毬於場，蕩搖其心腑，振撓其骨筋〔一〕，氣不及出入，走不及迴旋；遠者三四年，近者一二年，無全馬矣。然則毬之害於人也決矣〔二〕！凡五藏之繫絡甚微，坐立必懸垂於胸臆之間〔三〕，而以之顛頓馳騁，嗚呼，其危哉！

〔一〕「筋」，或作「筋骨」。

〔二〕諸本皆如此，杭本「決」下無「矣」字。今按：上句有「矣」字，此句亦須有「矣」字，語勢方殺。杭本只是偶然脱漏，不謂後人信之過甚，而使韓公爲是歇後不了之語也。今當以諸本爲正。

〔三〕「臆」，或作「腹」。

春秋傳曰：「夫有尤物，足以移人，苟非德義，則必有禍。〔一〕」雖豈弟君子，神明所扶持，然廣慮之，深思之，亦養壽命之一端也〔二〕。愈恐懼再拜。

〔一〕左氏昭二十八年叔向之辭。

〔二〕「雖」，或作「惟」。或無「一」字。

與馮宿論文書

或無「論文」字，公此書於汴州作。

辱示初筮賦〔一〕，實有意思。但力爲之，古人不難到；但不知直似古人，亦何得於今人也〔二〕？僕爲文久，每自則意中以爲好，則人必以爲惡矣〔三〕：小稱意人亦小怪之〔四〕，大稱意即人必大怪之也。時時應事作俗下文字，下筆令人慚；及示人，則人以爲好矣〔五〕：小慚者亦蒙謂之小好，大慚者即必以爲大好矣，不知古文直何用於今世也；然以竢知者知耳〔六〕。

〔一〕「筮」，或作「仕」。

〔二〕「何」下或有「有」字，或有「有」字而無「得」字。〔補注〕張裕釗曰：一折便入深處，便可想其襟抱。

〔三〕「則人」，或作「即人」。「必」下或無「以」字。

〔四〕「亦」上或有「即」字。

〔五〕「俗下」下或無「文字」二字，而有「者」字。「則人」，或無「則」字。

〔六〕「直」，或作「真」。或無「今」字。「然以」，或作「然而」。〔補注〕方苞曰：古文無用於今世，束上；以竢知，啓下。

昔揚子雲著太玄，人皆笑之，子雲之言曰〔一〕：「世不我知無害也；後世復有揚子雲，必好之矣。」子雲死近千載，竟未有揚子雲，可歎也！其時桓譚亦以爲雄書勝老子〔二〕；老子未足道也，子雲豈止與老子爭彊而已乎？此未爲知雄者〔三〕。其弟子侯芭頗知之，以爲其師之書勝周易〔四〕，然侯之他文不見於世，不知其人果如何耳。以此而言，作者不祈人之知也明矣。直百世以竢聖人而不惑，質諸鬼神而不疑耳〔五〕。足下豈不謂然乎？

〔一〕或無「之言」二字。

〔二〕或無「爲」字。

〔三〕「未爲」，或作「不爲」。〔補注〕張裕釗曰：於感慨波折處見睥睨一切之概。

〔四〕「師」上或無「其」字。

〔五〕「耳」，或作「矣」。〔補注〕曾國藩曰：自負語絶沉着。

近李翺從僕學文，頗有所得，然其人家貧多事，未能卒其業。有張籍者，年長於翺〔一〕，而亦學於僕，其文與翺相上下，一二年業之，庶幾乎至也〔二〕；然閔其棄俗尚而從於寂寞之道，以之爭名於時也〔三〕！

〔一〕「長」上或無「年」字。

〔二〕「幾」下或有「至」字。

〔三〕此下或有「未知果能不叛去乎」八字，又或疑此句上有「然」字，意無所承，恐所增多八字當在「然」字之上，未知是否。〔補注〕方苞曰：無此二語，則於通篇無合絡處。張裕釗云：寄託遥遠，含藴深妙。

久不談，聊感足下能自進於此，故復發憤一道〔一〕。愈再拜。

〔一〕「久」下或有「而」字，非是。

與祠部陸員外書

「外」下或有「薦士」字，貞元十八年，中書舍人權德輿典貢舉，陸傪佐之。公時爲四門博士，薦侯喜等十人于傪。尉遲汾侯雲長沈杞李翊皆以其年登科，侯喜以十九年，劉述古以二十一年，李紳以元和元年，張後餘張弦以二年，皆相繼登科，獨韋羣玉不見于記；非公薦進之力歟？宜當是時皆争爲韓門弟子也。〔補注〕方苞曰：退之信筆直書者，而波瀾意度尚高出北宋人。

執事好賢樂善，孜孜以薦進良士、明白是非爲己任，方今天下一人而已。愈之獲幸於左右，其足迹接於門牆之間〔一〕，陸乎堂而望乎室者，亦將一年于今矣。念慮所及，輒欲不自疑外，竭其愚而道其志，况在執事之所孜孜爲己任者，得不少助而張之乎？誠不自識其言之可采與否；其事則小人之事君子盡心之道也。天下之事不可遽數〔二〕，又執事之志或有待而爲，未敢一二言也；今但言其最近而切者爾：

〔一〕或無「迹」字。

〔二〕「天下之事」，或作「天下之士」，謂有待而爲，則「事」字爲當。

執事之與司貢士者相知誠深矣〔一〕；彼之所望於執事，執事之所以待乎彼者，可謂至而無間疑矣〔二〕。彼之職在乎得人，執事之志在乎進賢，如得其人而授之，所謂兩得其求，順乎其必從也。執事之知人其亦博矣，夫子之言曰「舉爾所知」，然則愈之知者亦可言已〔三〕。

〔一〕「誠」，或作「識」。〔補注〕沈欽韓曰：權德輿歙州刺史陸傪墓誌云：「與吾友善，相視莫逆行二十年。」

〔二〕或無「矣」字。

〔三〕「已」或作「矣」，或作「也」。

文章之尤者，有侯喜者〔一〕、侯雲長者〔二〕：喜之家，在開元中衣冠朝而者兄弟五六人，及喜之父仕不達，棄官而歸。喜率兄弟操耒耜而耕于野〔三〕，地薄而賦多，不足以養其親，則以其耕之暇〔四〕，讀書而爲文，以干於有位者而取足焉。喜之文章，學西京而爲也〔五〕，舉進士十五六年矣。雲長之文，執事所自知；其爲人淳重方實，可任以事，其文與喜相上下。有劉述古者〔六〕，其文長於爲詩，文麗而思深，當今舉於禮部者，其詩無與爲比，而又工於應主司之試；其爲人温良誠信，無邪佞詐妄之心〔七〕，彊志而婉容，和平而有立；其趨事静以敏，著美名而負屈稱者，其日已久矣〔八〕。有韋羣玉者〔九〕，京兆之從子，其文有可取者，其進而未止者也，其爲人賢而有材〔一〇〕，志剛而氣和，樂於薦賢爲善；其在家無子弟之過，居京兆之側，遇事輒争，不從其令而從其義，求子弟之賢而能業其家者，羣玉是也〔一一〕。凡此四子皆可以當執事首薦而極論者。主司疑焉，則以辨之；問焉，則以告之；未知焉，則殷勤而語之〔一二〕：期乎有成而後止可也。有沈杞者〔一三〕、張苰者〔一四〕、尉遲汾者〔一五〕、李紳者〔一六〕、張後餘者〔一七〕、李翊者〔一八〕，或文或行皆出羣之才也〔一九〕：凡此數子，與之足以收人望、得才實，主司疑焉則與解之〔二〇〕，問焉則以對之，廣求焉則以告之可也。

〔一〕貞元十九年，喜中進士第，終國子主簿。
〔二〕貞元十八年，雲長中進士第。
〔三〕或無「于野」字。
〔四〕「其耕之暇」，或作「非耕之時」，或作「其暇之時」。

〔五〕「京」，或作「漢」，或作「漢西京」。

〔六〕貞元二十一年，述古中進士第。

〔七〕「邪佞詐妄」，或作「邪妄詐僞」，或作「邪妄詐佞」。

〔八〕或無「矣」字，或作「爲日久矣」。

〔九〕貞元十七年，吏部侍郎韋夏卿爲京兆尹，公所薦十人九第，獨羣玉不見于登科記，豈有司遠嫌而黜之耶？摭言云：韋紓，即羣玉也。

〔一〇〕方作「行」。今按：「賢」即是有行，方語爲贅。

〔一一〕「能」上或無「而」字。〔補注〕曾國藩曰：稱人之長，造句俱極跌宕。

〔一二〕「語」，或作「論」。或無「有」字。

〔一三〕貞元十八年，杞中進士第。

〔一四〕元和二年，弘中進士第。「茳」或作「弘」，與登科記同。

〔一五〕貞元十八年，汾中進士第。〔補注〕沈欽韓曰：金石萃編有尉遲汾嵩高靈勝詩石刻題「朝散大夫守衛尉少卿尉遲汾」。

〔一六〕紳元和元年進士第，會昌中爲相。

〔一七〕元和二年，後餘中進士第。

〔一八〕貞元十八年，翊中進士第。

〔一九〕〔補注〕方苞曰：合叙而簡其詞，與前四人異。

〔二〇〕「與解」或作「以解」。

往者陸相公司貢士〔一〕，考文章甚詳，愈時亦幸在得中〔二〕，而未知陸之得人也。其後一二年，所與及第者皆赫然有聲，原其所以，亦由梁補闕肅王郎中礎佐之〔三〕。梁舉八人無有失者〔四〕，其餘則王皆與謀焉。陸相之考文章甚詳也，待梁與王如此不疑也，梁與王舉人如此之當也〔五〕，至今以爲美談。自后主司不能信人，人亦無足信者，故蔑蔑無聞〔六〕。今執事之與司貢士者有相信之資、謀行之道〔七〕，惜乎其不可失也！

〔一〕貞元八年，陸贄知舉，賈稜等二十二人登第；公與焉。

〔二〕或無「亦」字，或無「幸」字。

〔三〕肅字敬之；礎大曆七年中第。

〔四〕歐陽詹傳云：「詹與韓愈李觀李絳崔羣王涯馮宿庾承宣聯第，皆天下選，時稱『龍虎榜』。」梁舉八人，疑此是也。〔補注〕按：唐摭言：貞元中李元賓韓愈李絳崔羣同年進士。先是四君子定交久矣，共遊梁補闕之門。居三載，肅未之面，而四賢造肅多矣，靡不偕行，肅異之。一日延接觀等，俱以文學爲肅所稱，復獎以交遊之道。然肅素有人倫之鑒，觀愈等既去，復止絳羣曰：「公等文行相契，他日皆振大名，然二君子位極人臣，勉旃！」

〔五〕「人」下或無「如此」字。

〔六〕「蔑蔑」或作「蔑然」。

〔七〕「謀」上或有「與」字。

方今在朝廷者，多以遊讌娱樂爲事〔一〕；獨執事眇然高舉，有深思長慮，爲國家樹根本之道：宜乎小子之以此言聞於左右也。愈恐懼再拜。

〔一〕〔補注〕陳景雲曰：此謂王仲舒裴茝諸人也。王裴皆朝賢，有清望，止以頻聚讌飲，遂爲讒人所中，斥官。此書在諸賢未譴以前，蓋所見卓矣。

與鳳翔邢尚書書

或作「京西節度使邢尚書」；「邢」謂邢君牙也。

愈再拜：布衣之士身居窮約，不借勢於王公大人則無以成其志；王公大人功業顯著，不借譽於布衣之士則無以廣其名：是故布衣之士雖甚賤而不諂，王公大人雖甚貴而不驕，其事勢相須，其先後相資也。今閤下爲王爪牙，爲國藩垣，威行如秋，仁行如春，戎狄棄甲而遠遁，朝廷高枕而不虞：是豈負大丈夫平生之志願哉？豈負明天子非常之顧遇哉〔一〕？赫赫乎，洸洸乎〔二〕，功業逐日以新，名聲隨風而流，宜乎讙呼海隅高談之士，奔走天下慕義之人，使或願馳一傳〔三〕，或願操一戈〔四〕，納君於唐虞，收地於河湟〔五〕；然而未至乎是者，蓋亦有說云〔六〕：豈非待士之道未甚厚，遇士之禮未甚優？請粗言其事，閣下試詳而聽之：

〔一〕下「豈」上或有「是」字。

〔二〕或無「洸洸乎」三字。「洸」，音光。

〔三〕「傳」，驛遞也。周禮大僕「傳達于四方」，音囀。

〔四〕「操」上或無「或願」二字。

〔五〕「湟」，或作「隍」。

〔六〕「蓋亦」，或作「亦蓋」，「說」上有「其」字，非是。

夫士之來也，必有求於閣下；夫以貧賤而求於富貴，正其宜也。閣下之財不可以偏施於天下，在擇其人之賢愚而厚薄等級之可也。假如賢者至，閣下乃一見之；愚者至，不得見焉：則賢者莫不至而愚者日遠矣〔一〕。假如愚者至，閣下以千金與之；賢者至，亦以千金與之：則愚者莫不至而賢者日遠矣〔二〕。欲求得士之道，盡於此而已；欲求士之賢愚，在於精鑒博采之而已〔三〕。精鑒於己，固已得其十七八矣〔四〕；又博采於人，百無一二遺者焉：若果能是道〔五〕，愈見天下之竹帛不足書閣下之功德〔六〕，天下之金石不足頌閣下之形容矣！

〔一〕或無「日」字。

〔二〕「亦」，或作「又」。杭本無「賢者」至「與之」九字，非是。「日」或作「亦」。

〔三〕「得」，或作「待」。「已」下或並有「矣」字。

〔四〕或無「固」字。

〔五〕「能」或作「行」。

〔六〕「德」下或有「矣」字。

愈也布衣之士也〔一〕。生七歲而讀書，十三而能文，二十五而擢第於春官，以文名於四方。前古之興亡未嘗不經於心也，當世之得失未嘗不留於意也，常以天下之安危在邊〔二〕，故六月于邁，來觀其師，及至此都，徘徊而不能去者〔三〕，誠悦閣下之義，願少立於堦墀之際〔四〕，望見君子之威儀也。居十日而不敢進者，誠以左右無先爲容〔五〕，懼閣下以衆人視之，則殺身不足以滅耻，徒悔恨於無窮：故先此書序其所以來之意，閣下其無以爲狂而以禮進退之，幸甚，幸甚！愈再拜〔六〕。

〔一〕「布」上或有「固」字。「士」下或無「也」字。

〔二〕「常」或作「嘗」。

〔三〕「此」上或無「至」字。「不」上或無「而」字。「能」下或有「速」字。「去」，或作「進」。「不能去」，或作「不敢遽進」。〔補注〕沈欽韓曰：「此文頗似蘇張詭靡之説。」

〔四〕「際」或作「下」。

〔五〕「進」下或有「謁」字；「誠」字或在「容」字下；「容」下或有「也」字；或無「以左」至「爲容」七字：皆非是。

〔六〕「先」下或有「陳」字；「書」下或有「陳」字：皆非是。「來之」下或復有「之」字。「其無以」或無「其」字，或無「以」字。洪慶善年譜云：公以貞元八年壬申二十五歲中第，十一年乙亥二十八歲上宰相書，求官不得而歸，出潼關作二鳥賦，又據程致道説，既出潼關，因遊鳳翔，上邢君牙書。今按：程説大誤，蓋賦序言五月過潼關，而此書言六月至鳳翔。潼關在長安之東，鳳翔在長安之西，相距六百餘里，豈有五月方東出潼關，而六月遽能復西至鳳翔之理？此書決非此年所作，必是八年以後十年以前嘗至鳳翔，而有此書、岐山下等詩也。

爲人求薦書〔一〕

〔補注〕何焯曰：面目似國策，命意則左氏之善爲説辭者也。公文真難爲狀。

某聞木在山，馬在肆，遇之而不顧者〔一〕，雖日累千萬人，未爲不材與下乘也；及至匠石過之而不睨〔二〕，伯樂遇之而不顧〔三〕，然後知其非棟梁之材、超逸之足也。以某在公之宇下非一日，而又辱居姻婭之後，是生于匠石之園，長于伯樂之廐者也；於是而不得知，假有見知者千萬人，亦何足云〔四〕。今幸賴天子每歲詔公卿大夫貢士，若某等比咸得以薦聞〔五〕，是以冒進其説以累於執事，亦不自量已。

〔一〕「遇」或作「過」。

〔二〕「匠石」字見莊子。

〔三〕伯樂顧馬事見戰國策。

〔四〕或無「有」字。「云」下或有「耳」字，或有「爾」字。

〔五〕「若」下或有「干」字而無「比」字。或無「等」字。

然執事其知某如何哉？昔人有鬻馬不售於市者，知伯樂之善相也，從而求之；

伯樂一顧，價增三倍。某與其事頗相類，是故終始言之耳。某再拜〔一〕。

〔一〕諸本皆如此，獨閣杭本以「其知某如何哉」爲「其如某何哉」，而無「昔人」以下四十三字。今按：此書本爲人求薦，而杭本曰「執事其如某何哉」，則似決以其人力不能薦己矣，故諸本或作「執事其知某何如哉」，語意似協，而亦未有懇切必求之意；又無結末收拾之語，故又繼以鬻馬之說，文意方似粗足，然亦重複無奇，文意首尾不甚通暢。恐尚有脱誤處，更詳之。〔補注〕方苞曰：前設兩喻，而後以一結，是周秦人法。

應科目時與人書

或作「與韋舍人」，即貞元九年宏詞試也。〔補注〕何焯曰：難于致詞，則託物以喻，此詩人比興之道也。劉大櫆曰：轉捩曲折，自生奇致。曾國藩曰：其意態恢詭瑰瑋，蓋本諸滑稽傳。干澤之文如是，乃爲軒昂。張裕釗云：此文退之本色。

月日愈再拜〔一〕：天池之濱，大江之濆〔二〕，曰有怪物焉；蓋非常鱗凡介之品彙匹儔也〔三〕！其得水，變化風雨上下于天不難也〔四〕；其不及水，蓋尋常尺寸之間耳。無高山大陵曠途絶險爲之關隔也；然其窮涸不能自致乎水，爲獱獺之笑者〔五〕，蓋十八九矣〔六〕。如有力者哀其窮而運轉之，蓋一舉手一投足之勞也。

〔一〕一云「應博學宏詞前進士韓愈謹再拜上書舍人閣下」。

〔二〕「瀆」，扶文切。

〔三〕「匹」，或作「比」。

〔四〕「天」下或有「地」字。

〔五〕禮記「獺祭魚」；選「獱獺睒瞲乎蜃空」。「獱」，音賓。

〔六〕或無「十」字。「矣」，或作「年」。方從謝本，云：唐舉子禮部及第，例須守選，選未滿，或就制舉，或書判拔萃，方獲出仕。此書謂「其不及水，蓋尋常尺寸之間」，是專指宏詞試也。言「世之嗤笑者十而八九」，乃上宰相書所謂「得其所者争笑之」是也。本多作「八九年」，其義非也。

然是物也，負其異於衆也，且曰：爛死於沙泥，吾寧樂之；若俛首帖耳摇尾而乞憐者，非我之志也。是以有力者遇之，熟視之若無睹也。其死其生，固不可知也。今又有有力者當其前矣，聊試仰首一鳴號焉，庸詎知有力者不哀其窮，而忘一舉手一投足之勞而轉之清波乎〔一〕？

〔一〕「而轉」或作「而輪」，「轉之清波」，或作「轉致之波濤」。

其哀之，命也；其不哀之，命也；知其在命而且嗚號之者，亦命也〔一〕：愈今者實有類於是。是以忘其疏愚之罪，而有是説焉。閣下其亦憐察之！

〔一〕「嗚」或作「呼」。「嗚」下或有「且」字。或作「而嗚且號」。

答劉正夫書

「正」，或作「喦」。此書謂「賢尊給事者」，劉伯芻也。伯芻三子，寬夫、端夫、巖夫，無名正夫者；故蜀本刊作「喦」，豈正夫即喦夫邪？今且從舊。

愈白進士劉君足下：辱牋教以所不及，既荷厚賜，且愧其誠然。幸甚，幸甚！凡舉進士者，於先進之門〔一〕何所不往，先進之於後輩，苟見其至，寧可以不答其意邪？來者則接之，舉城士大夫莫不皆然，而愈不幸獨有接後輩名〔二〕：名之所存，謗之所歸也。

〔一〕或無「凡」字。

〔二〕「接後輩」下或有「之」字。

有來問者，不敢不以誠答。或問：爲文宜何師？必謹對曰：宜師古聖賢人。曰：古聖賢人所爲書具存，辭皆不同，宜何師？必謹對曰：師其意，不師其辭。又問曰：文宜易宜難？必謹對曰：無難易，惟其是爾。如是而已〔一〕，非固開其爲此，而禁其爲彼也。

〔一〕諸本無「爾如是」字。「已」下有「矣」字。謝校「矣」作「爾」，或作「耳」。李習之云：天下之語文章，其愛難者則曰：文章宜深而不當易。其愛易者則曰：文章宜通不當難。此皆偏滯而不流，未識文章之所主也。書曰「朕堲讒説殄行，震驚朕師」；詩曰「苑彼柔桑，其下侯旬」，此非易也。書曰「允恭克讓，光被四表，格于上下」；詩曰「十畝之間兮，桑者閑閑兮」，此非難也。

夫百物朝夕所見者，人皆不注視也；及睹其異者，則共觀而言之：夫文豈異於是乎？漢朝人莫不能爲文，獨司馬相如太史公劉向揚雄爲之最。然則用功深者，其收名也遠；若皆與世沈浮〔一〕，不自樹立，雖不爲當時所怪，亦必無後世之傳也〔二〕。足下家中百物皆賴而用也，然其所珍愛者，必非常物；夫君子之於文，豈異於是乎〔三〕？今後進之爲文〔四〕，能深探而力取之以古聖賢人爲法者，雖未必皆是；要若有司馬相如太史公劉向揚雄之徒出〔五〕，必自於此，不自於循常之徒也〔六〕。若聖人之道不用文則已，用則必尚其能者；能者非他，能自樹立，不因循者是也。有文字來，誰不爲文，然其存於今者，必其能者也。顧常以此爲説耳〔七〕。

〔一〕或作「浮沈」。

〔二〕李習之云：義雖深，理雖當，辭不工者不成文；宜不能傳也。文理義三者兼并，乃能獨立於一時，而不泯滅於後代，能必傳也。仲尼曰：「言之不文，傳之不遠。」

〔三〕〔補注〕張裕釗曰：承上意反覆言之，瀠洄盡致，文固貴健勁，然須寓機趣於其中，乃覺奇妙雋永；不然，則使人讀之無餘味，不足貴也。以此意求之退之之文，無不皆然。

〔四〕或無「進」字。

〔五〕「若」上或無「要」字。

〔六〕「不」下或無「自」字。

〔七〕「顧常」，或作「必當」，或作「顧當」。

愈於足下忝同道而先進者，又常從遊於賢尊給事，既辱厚賜，又安得不進其所有以爲答也。足下以爲何如〔一〕？愈白。

〔一〕或作「如何」。

答殷侍御書

殷侑也。或注「衙」字，非是。公嘗薦侑堪任御史大夫、太常博士，後又有序送其自太常博士遷尚書虞部員外郎兼侍御史，副李孝誠使回鶻，則知殷侍御爲侑無疑。序作於元和十二年。此書曰「八月益涼」，則明年八月歟？〔補注〕李光地曰：韓公于殷侍御，子厚于陸文通，歐陽于胡翼之，皆極致尊崇；今人欲學三公爲文，而不盡心於經，斯失其本矣。

某月日，愈頓首：辱賜書，周覽累日，竦然增敬，蹙然汗出以慙。愈於進士中，粗爲知讀經書者；一來應舉，事隨日生，雖欲加功，竟無其暇。遊從之類，相熟相同，不教不學，悶然不見己缺，日失月亡，以至於老〔一〕：所謂無以自別於常人者。每逢學士真儒，歎息踧踖〔二〕，愧生於中，顔變於外，不復自比於人。

〔一〕「月」，或作「日」。

〔二〕「踧踖」上，子六反；下，資昔反。

前者蒙示新注公羊春秋〔一〕，又聞口授指略，私心喜幸，恨遭逢之晚，願盡傳其學。職事羈纏，未得繼請，怠惰因循，不能自彊，此宜在擯而不教者。今反謂少知根本，其辭章近古，可令叙所注書；惠出非望，承命反側，善誘不倦，斯爲多方，敢不喻所指？八月益涼，時得休假〔二〕，儻矜其拘綴不得走請，務道之傳而賜辱臨，執經座下，獲卒所聞，是爲大幸〔三〕！

〔一〕「前者」，或作「前人」，非是。

〔二〕「假」，或作「暇」。

〔三〕〔補注〕吴汝綸曰：詞禮下而意特兀傲。

況近世公羊學幾絶，何氏注外，不見他書〔一〕。聖經賢傳，屏而不省，要妙之義，無自而尋；非先生好之樂之，味於衆人之所不味，務張而明之，其孰能勤勤綣綣若此之至〔二〕！固鄙心之所最急者。如遂蒙開釋，章分句斷，其心曉然，直使序所注，挂名經端，自託不腐，其又奚辭〔三〕？將惟先生所以命。愈再拜。

〔一〕後漢何休作春秋公羊解詁。

〔二〕「綣綣」，或作「拳拳」。

〔三〕「辭」，或作「詞」。

答陳商書

公爲國子先生時，商未第，以文求益而答之也。商後元和九年進士第，唐志有商集十七卷。〔補注〕陳景雲曰：商字述聖，官終秘書監，嘗預修武宗實録，則大中間事。劉大櫆曰：古雅。張裕釗曰：似國策，得其機趣，而無劍拔弩張之態。修辭亦文事之最要，如此等文，固是意奇，其辭尤足以副之也。又曰：昌黎書諸短篇，遒古而波折，自然簡峻，而規模自宏；最有法度，轉换變化處更多。學韓者宜從此等入。

愈白：辱惠書，語高而旨深，三四讀尚不能通曉，茫然增愧赧；又不以其淺弊無過人知識〔一〕，且喻以所守〔二〕，幸甚！愈敢不吐情實？然自識其不足補吾子所須也。

〔一〕「知」或作「智」。

〔二〕「且」或作「具」。

齊王好竽〔一〕，有求仕於齊者操瑟而往〔二〕，立王之門三年不得入，叱曰：「吾瑟鼓之能使鬼神上下，吾鼓瑟合軒轅氏之律呂。」〔三〕客罵之曰：「王好竽而子鼓瑟，雖工，如王不好何？」〔四〕是所謂工於瑟而不工於求齊也〔五〕。今舉進士於此世，求禄利行道於此世〔六〕，而爲文必使一世人不好，得無與操瑟立齊門者比歟？文雖工不利於求〔七〕，求不得則怒且怨，不知君子必爾爲不也！故區區之心，每有來訪者，皆有意於不肖者也。略不辭讓，遂盡言之〔八〕，惟吾子諒察。愈白。

〔一〕〔補注〕張裕釗曰：此等接法，潛玩有得，乃能脱離拘束，絶塵而奔。

〔二〕或無「者」字。

〔三〕諸本皆如此，方獨從閣杭本以「律呂」二字爲「宮」字，云：國語：「琴瑟尚宮，鐘尚羽；重者從細，輕者從大。」今按：方氏所引國語是也。然凡作樂者，八音並奏，而其一音之中，大者爲宮，細者爲羽，莫不皆有五聲之序；又以六律六吕節之，然後聲之大細，得其次第而不差。書所謂「聲依永，律和聲，而八音克諧」是也。其曰「琴瑟尚宮」者，非謂琴瑟只有宮聲也；但以絲聲太細，恐其掩於衆樂而不可聽，故大其器，使其聲重大而與衆樂相稱耳。其中固自有五聲，而聲必中律吕也。方意似以琴瑟專爲宮聲而不用它律吕者，故特取此誤本耳。今從諸本。

〔四〕「瑟」字句絶，諸本如此。方獨以「鼓」爲「瑟」而爲句絶，其下「瑟」字乃屬下句，曾本上亦作瑟，而下作「之」，皆非是。

〔五〕「求齊」或作「竽」，或無「也」字，皆非是。

〔六〕「求」上或有「也」字。「道於」下或無「此」字。

〔七〕「雖」或作「誠」，或「雖」上有「誠」字。

〔八〕「言」下或無「之」字。

與孟尚書書

「孟」下一有「簡」字。孟簡字幾道，德州平昌人，最嗜佛，嘗與劉伯芻歸登蕭俛譯次梵言者。公元和十四年以言佛骨貶潮州，與潮僧大顛遊，人遂云奉佛氏。其冬，移袁州，明年，簡移書言及，公作此書答之。〔補注〕李光地曰：佛骨表其所言于廷者耳，此是欲流傳學者之書，故拔本塞源，爭辯千古道術之歸，反覆愷切，無復餘恨。自江都河汾之書未足以比儗者，何況餘子！方苞曰：理足氣盛，浩然若江河之達。何焯曰：理明氣暢，此文真是如潮。張裕釗云：渾浩變化，千轉百折，而勢愈勁；其雄肆之氣，奇傑之辭，并臻上境。北宋諸家，無能爲役。

愈白：行官自南迴〔一〕，過吉州〔二〕，得吾兄二十四日手書數番，忻悚兼至，未審入秋來眠食何似，伏惟萬福！

〔一〕〔補注〕沈欽韓曰：通鑑胡三省注云：「行官，主將命往來京師及鄰道郡縣。」杜集行官張望補稻畦歸詩云「主守問家臣」，則行官亦幹僕之稱。

〔二〕元和十五年貶太子賓客分司孟簡吉州司馬。

來示云：有人傳愈近少信奉釋氏，此傳之者妄也〔一〕。潮州時〔二〕，有一老僧號大顛，頗聰明，識道理，遠地無可與語者〔三〕，故自山召至州郭，留十數日，實能外形骸以理自勝，不爲事物侵亂〔四〕。與之語，雖不盡解，要自胸中無滯礙；以爲難得，因與來往〔五〕。及祭神至海上，遂造其廬；及來袁州，留衣服爲别，乃人之情，非崇信其法，求福田利益也。孔子云：「丘之禱久矣。」凡君子行己立身自有法度，聖賢事業，具在方册，可效可師；仰不愧天，俯不愧人，内不愧心，積善積惡，殃慶自各以其類至〔六〕。何有去聖人之道，捨先王之法，而從夷狄之教以求福利也？詩不云乎：「愷悌君子，求福不回。」〔七〕傳又曰：「不爲威惕，不爲利疚。」〔八〕假如釋氏能與人爲禍祟〔九〕，非守道君子之所懼也；況萬萬無此理。且彼佛者果何人哉？其行事類君子邪？小人邪？若君子也，必不妄加禍於守道之人；如小人也，其身已死，其鬼不靈。天地神祇，昭布森列，非可誣也〔一〇〕；又肯令其鬼行胸臆，作威福於其間哉？進退無所據，而信奉之，亦且惑矣〔一一〕！

〔一〕或無「吉州」二字，下云「被吾兄二十四日手示，披讀數番」。閣杭本無「行官」至「來示」三十八字，但云「蒙惠書」。今按：閣杭乃節本；諸本乃其本文，今從之。「信」「此傳之」，閣杭蜀本無此四字。

〔二〕元和十四年正月，公謫潮州。

〔三〕「無」下或有「所」字，無「與」、「者」字。

〔四〕司馬温公書心經後曰：世稱韓文公不喜佛，嘗排之，予觀其與孟尚書論大顛云：「能以理自勝，不爲事物侵亂」，乃知公於書無所不觀。蓋嘗徧觀佛書，取其精粹而排其糟粕耳；不然何以知不爲事物侵亂爲學佛者所先耶？

〔五〕「要自」至「難得」十一字，諸本皆如此，閣杭蜀本删「胸中無滯礙」五字，「自」又或作「且」。今按：此書稱許大顛之語，多爲後人妄意隱避，删節太過，故多脱落，失其正意。如上兩條猶無大利害，若此語中删去五字，則「要自以爲難得」一句不復成文理矣。蓋韓公之學見於原道者，雖有以識夫大用之流行，而於本然之全體，則疑其有所未睹，且於日用之間，亦未見其有以存養省察而體之於身也。是以雖其所以自任者不爲不重，而其平生用力深處，終不離乎文字言語之工。至其好樂之私，則又未能卓然有以自拔於流俗。所與遊者，不過一時之文士；其於僧道，則亦僅得毛于暢觀靈惠之流耳。是其身心内外所立所資不越乎此，亦何所據以爲息邪距詖之本，而充其所以自任之心乎？是以一旦放逐，憔悴亡聊之中，無復平日飲博過從之樂，方且鬱鬱不能自遣，而卒然見夫瘴海之濱，異端之學，乃有能以義理良勝不爲事物侵亂之人，與之語雖不盡解，亦豈不足以蕩滌情累而暫空其滯礙之懷乎？然則凡此稱譽之言，自不必諱。而於公所謂「不求其福」、「不畏其禍」、「不學其道」者，初亦不相妨也。雖然，使公於此能因彼稊稗之有秋，而悟我黍稷之未熟，一旦飜然反求諸身，以盡聖賢之蘊，則所謂以理自勝，不爲外物侵亂者；將無復羨於彼，而吾之所以自任者益恢乎其有餘地矣。豈不偉哉！

〔六〕「慶」下或無「自」字。

〔七〕見詩旱麓篇。

〔八〕見左氏昭公二十年。

〔九〕「祟」，或作「福」。

〔一〇〕「布森」，或作「森布」。今按：公進平淮西碑狀亦有「森列」字可考。

〔一一〕或作「非大惑歟」。〔補注〕曾國藩曰：以上辨己不信佛。

且愈不助釋氏而排之者，其亦有説〔一〕。孟子云〔二〕：今天下不之楊則之墨，楊墨交亂，而聖賢之道不明〔三〕，則三綱淪而九法斁〔四〕，禮樂崩而夷狄橫〔五〕，幾何其不爲禽獸也！故曰：「能言拒楊墨者，皆聖人之徒也。」揚子雲云〔六〕：「古者楊墨塞路，孟子辭而闢之，廓如也。」夫楊墨行，正道廢，且將數百年，以至於秦，卒滅先王之法，燒除其經〔七〕，坑殺學士，天下遂大亂。及秦滅，漢興且百年，尚未知脩明先王之道；其後始除挾書之律，稍求亡書，招學士，經雖少得，尚皆殘缺，十亡二三〔八〕；故學士多老死，新者不見全經，不能盡知先王之事，各以所見爲守，分離乖隔，不合不公，二帝三王羣聖人之道於是大壞。後之學者無所尋逐，以至於今泯泯也；其禍出於楊墨肆行而莫之禁故也。孟子雖賢聖，不得位，空言無施，雖切何補〔九〕？然賴其言，而今學者尚知宗孔氏，崇仁義，貴王賤霸而已〔一〇〕。其大經大法皆亡滅而不救，壞爛而不收，所謂存十一於千百，安在其能廓如也？然向無孟氏〔一一〕，則皆服左衽而言侏離矣〔一二〕；故愈嘗推尊孟氏，以爲功不在禹下者，爲此也〔一三〕。

〔一〕〔補注〕劉大櫆曰：以下屈盤瘦硬，千迴百折，有真氣行乎其間，具江河沛然之勢。

〔二〕「子」下或有「有」字。

〔三〕或複出「聖賢之道不明」六字。

〔四〕「數」，都故切。

〔五〕「横」，户孟切。

〔六〕「云」或作「曰」。

〔七〕「至」，或作「誒」，非是。「其經」，或作「經書」，或下有「書」字。

〔八〕「尚皆」或無「尚」字，或作「皆尚」。

〔九〕〔補注〕張裕釗云：突接逆接，硬語盤空。

〔一〇〕「崇」方作「貴」，上又有「知」字。今按：「宗」上已有「知」字，「王」上又有「貴」字，不應複出，方本非是。

〔一一〕「向」，或作「苟」。

〔一二〕後漢南蠻傳：衣裳班蘭，語言侏離。「侏」音朱。

〔一三〕蘇軾曰：孟子曰：禹抑洪水，孔子作春秋，而予距楊墨。蓋以是配禹也。自春秋作，而亂臣賊子懼。孟子之言行，而楊墨之道廢。孟子既没，申商韓非之學遂行，秦以是喪。至於勝廣劉項之禍，天下蕭然，洪水之患，蓋不至此也。使楊墨得志於天下，其禍豈減於申韓哉！由此言之，雖以孟子配禹，可也。〔補注〕張裕釗曰：前面無數轉折頓挫，方入此句，自覺格外出力。曾國藩曰：以上孟子闢楊墨。

漢氏已來〔一〕，羣儒區區修補，百孔千瘡，隨亂隨失，其危如一髮引千鈞，緜緜延延，寖以微滅。於是時也，而唱釋老於其間，鼓天下之衆而從之，嗚呼，其亦不仁甚矣〔二〕！釋老之害過於楊墨，韓愈之賢不及孟子〔三〕，孟子不能救之於未亡之前，而韓愈乃欲全之於已壞之後，嗚呼，其亦不量其力且見其身之危，莫之救以死也〔四〕！雖然，使其道由愈而粗傳〔五〕，雖滅死萬萬無恨〔六〕！天地鬼神臨之在上，質之在傍，又安得因一摧折，自毁其道以從於邪也〔七〕！

〔一〕或無「氏」字。

〔二〕「甚」，或作「耳」。

〔三〕木臙鄭少微曰：孟韓之功其同二，而立言行己其異五；孟子於楊墨，方其始也禽獸視之，而愈則曰「火其書，廬其居，人其人」；一旦逃而歸也，孟子受之而已矣，而愈則序文暢，詩澄觀：此其同者二也。孟子曰「堯舜不偏愛，急親賢」也，愈則曰「一視而同仁」；孟子言必稱堯舜，愈則曰「王易王，霸易霸」也；孟子曰「性本善」也，而愈品爲三；孟子曰「墨亂孔」也，而愈合爲一；孟子藐大人，輕萬鍾，召之則不往也，愈則佞于頔，干宰相：此其異者五也。其曰韓之賢不及孟子，可謂能自知矣。〔補注〕張裕釗曰：突轉逆勢。

〔四〕〔補注〕張裕釗曰：縱筆絶奇，有呵斥鬼神之概。

〔五〕「而」或作「且」。

〔六〕〔補注〕張裕釗曰：轉折處筆能拔山。

〔七〕〔補注〕曾國藩曰：言己闢佛，上承孟子之緒。

籍湜輩雖屢指教，不知果能不叛去否〔一〕？辱吾兄眷厚而不獲承命，惟增慚懼，死罪死罪！愈再拜〔二〕。

〔一〕〔補注〕沈欽韓曰：皇甫湜送孫生序云：「浮圖入中國六百年，天下胥而化，孫生獨發憤著書，攻而指斥，庶幾萬一悟主救民者。」張文昌，詩人，無所論説，而皇甫蓋守其説不變也。

〔二〕鄧瑀曰：韓愈始論佛骨，似有闢邪説距詖行之意。斥守潮陽，與大顛往來海濱，及得孟簡書，文過飾非，至今往往傳其真與大顛對，釋氏之徒撰大顛之辭以非之；誠自取也。交可不擇哉！

答呂毉山人書

〔補注〕茅坤曰：奇氣。曾國藩曰：絶傲兀自負。張裕釗云：此文生殺出入，禽縱抑揚，奇變不可方物，筆力似孟子，機趣似國策。吳汝綸曰：似諫獵書。

愈白：惠書責以不能如信陵執轡者〔一〕。夫信陵，戰國公子，欲以取士聲勢傾天下而然耳；如僕者〔二〕，自度若世無孔子，不當在弟子之列。以吾子始自山出，有樸茂之美意，恐未礱磨以世事；又自周後文弊，百子爲書，各自名家〔三〕，亂聖人之宗，後生習傳，雜而不貫〔四〕：故設問以觀吾子。其已成熟乎，將以爲友也；其未成熟乎〔五〕，將以講去其非而趨是耳〔六〕。不如六國公子有市於道者也。

〔一〕史記：魏公子無忌，昭王少子，安釐王異母弟也。安釐王即位，封公子爲信陵君。魏有隱士侯嬴爲大梁夷門監者，公子從車騎虛左自迎，侯生攝弊衣冠直上，載公子上坐，欲以觀公子，公子執轡愈恭。「信」音申。

〔二〕「僕」下或無「者」字。

〔三〕或無「書各自名」四字，非是。

〔四〕「貫」，或作「賓」。

〔五〕「乎」，或作「邪」。

〔六〕「趨」下或有「其」字。

方今天下入仕，惟以進士、明經及卿大夫之世耳。其人率皆習熟時俗，工於語言，識形勢，善候人主意〔一〕；故天下靡靡，日入於衰壞。恐不復振起，務欲進足下趨死不顧利害去就之人於朝，以爭救之耳；非謂當今公卿間無足下輩文學知識也。不得以信陵比。

〔一〕方從閣本「意」下有「在」字，云：「意在」謂意之所嚮也。左氏：「晉君少安，不在諸侯；趙穿有寵而弱，不在軍事。」漢書：「王莽意不在哀。」義祖此也。今按：但如諸本，語意已足，不假「在」字爲奇也。政使能奇，亦復幾何？而已不勝其贅矣。此近世所謂古文者之弊，而謂韓公爲之哉？恐閣本初亦失誤，而方乃曲爲之説以誤後人，故不可以不辨。或者又疑「在」亦草書「者」字之誤，更詳之。

然足下衣破衣，繫麻鞋〔一〕，率然叩吾門；吾待足下雖未盡賓主之道，不可謂無意者〔二〕。足下行天下，得此於人蓋寡，乃遂能責不足於我，此真僕所汲汲求者。議雖未中節，其不肯阿曲以事人者灼灼明矣〔三〕。方將坐足下三浴而三熏之，聽僕之所爲，少安無躁〔四〕。愈頓首。

〔一〕「破」上或無「衣」字。「繫」上或有「脚」字。
〔二〕「者」下或有「也」字。
〔三〕「阿曲」，或無「曲」字，或作「効俗」，或「阿」上仍有「効」字，或作「効阿俗」。
〔四〕〔補注〕陳景雲曰：左傳：「吾子其少安。」注：「安，徐也。」張裕釗曰：一結尤奇詭不測，意致雋永，味之無極。

答渝州李使君書

或注「方古」二字，方古，貞元十二年進士，書所言「河南事迹」，或以公嘗爲河南令，疑其指此；然觀書意，當是李使君以河南事迹囑公有言於朝也。

乖隔年多，不獲數附書〔一〕，慕仰風味，未嘗敢忘。使至，連辱兩書〔二〕，告以恩情迫切，不自聊賴。重序河南事迹本末，文字綢密，典實可尋，而推究之明，萬萬無一可疑者〔三〕。欽想所爲〔四〕，益深勤企，豈以愈爲粗有知識，可語以心而告之急哉？是比數愈於人而收之〔五〕，何幸之大也！

〔一〕「書」下或有「狀」字。

〔二〕「連辱」，或作「辱連紙」。

〔三〕「河南」謂房式也。式爲河南尹，其卒也，謚曰「傾」。式始刺蜀州，劉闢作難，署牒首曰「闢」，副曰「式」，參謀曰「符載」，意使君欲辨河南之事迹者，此耳。〔補注〕吴汝綸曰：此自李君身事，非謂房式。沈欽韓曰：會要作「頃」，此承新書之誤。彼云：精心動懼曰頃，敏以敬慎曰頃。非傾危之謂也。

〔四〕「欽」上或有「重」字。

〔五〕「於」下或有「古」字。

愈雖無節概，知感激〔一〕。若使在形勢，親狎於要路，有言可信之望，雖百悔吝，不敢默默〔二〕。今既無由緣進言，言之恐益累高明，是以負所期待，竊竊轉語於人，不見成效，此愈之罪也。然不敢去心。期之無已〔三〕，以報見待；惟且遲之，勿遽捐罷，幸甚〔四〕！莊子云：「知其無可奈何而安之若命者，聖也。」傳曰：「君子竢命。」然無所補益，進其厭飫者，祇增愧耳〔五〕。良務寬大。愈再拜。

〔一〕「知」上疑脱一字。

〔二〕「信」或作「伸」，或云：「信」，音伸。「之」下或無「望」字。「敢」下或無複出「默」字。今按：衆本皆未安，疑本用易「有言不信」之語，若作「言有可信」而讀如字，則其義通矣。更詳之。

〔三〕「去心」或作「忘去其心」。或無「期之無已」四字。

〔四〕「捐」，或作「止」。今按：「捐罷」字疑衍。又按：此書題一作「狀」，故其詞亦用俗體，不甚作文。

〔五〕〔補注〕曾國藩曰：既以安身竢命之説進，又言李亦爛熟于「安竢」之説，如常御之飲食，饜飫久矣，無益于事，故增愧。

答元侍御書

公拜比部郎中、史館修撰，元稹以書言甄濟父子事，丐公筆之於史，公以此答之。此書蓋元和九年在史館時作。

九月五日，愈頓首，微之足下：前歲辱書，論甄逢父濟〔一〕識安禄山必反，即詐爲喑棄去〔二〕。禄山反，有名號，又逼致之，濟死執不起，卒不汙禄山父子事。又論逢知讀書，刻身立行，勤己取足，不干州縣，斥其餘以救人之急〔三〕。足下繇是與之交，欲令逢父子名迹存諸史氏〔四〕。

〔一〕「甄」音真。

〔二〕「棄」或作「亡」。

〔三〕〔補注〕曾國藩曰：「斥」，遠也。揮而遠之，謂散去也。

〔四〕「氏」或作「事」，非是。

足下以抗直喜立事〔一〕，斥，不得立朝，失所不自悔〔二〕，喜事益堅。微之乎，子真安而樂之者！謹詳足下所論載，校之史法，若濟者固當得附書〔三〕；今逢又能行身，幸於方州大臣以標白其先人事〔四〕，載之天下耳目，徹之天子，追爵其父第四品，赫然驚人；逢與其父俱當得書矣。

〔一〕「抗」，或作「伉」。
〔二〕元和五年積以監察御史分司東都，執政以其年少，務作威福，貶江陵府士曹。
〔三〕「附」字疑衍。蓋濟自合立傳，不應言「附書」也。〔補注〕姚範曰：濟從事來瑱幕中，瑱跋扈不受代，濟未有言也，公意未必以爲宜專傳。
〔四〕「白」或作「目」。

濟逢父子自吾人發。春秋美君子樂道人之善，夫苟能樂道人之善，則天下皆去惡爲善，善人得其所，其功實大，足下與濟父子俱宜牽聯得書。足下勉逢令終始其躬，而足下年尚彊，嗣德有繼，將大書特書，屢書不一書而已也。愈既承命，又執筆以竢。愈再拜。

與鄭相公書

時鄭餘慶以節鎮興元，孟東野墓誌云：「興元尹以幣如孟氏賻，且來商家事。」即此書致謝之意。誌云「元和九年八月丁亥孟氏卒」，書必是時也。

再奉示問，皆緣孟家事〔一〕，辭旨惻惻，憂慮深遠，竊有以見大人君子篤於仁愛，終始不倦。伏讀感欷〔二〕，不知所喻。

〔一〕元和九年三月，以鄭餘慶爲興元尹，餘慶辟孟郊參謀，郊挈其妻行，至閿鄉暴卒。

〔二〕「欷」，音希。

舊與孟往還數人，昨已共致百千已來，尋已至東都，計供葬事外尚有餘資。今裴押衙所送二百七十千，足以益業，爲遺孀永久之賴〔一〕。孟氏兄弟〔二〕在江東未至。先與相識，亦甚循善，所慮才幹不足任事。鄭氏兄弟〔三〕惟最小者在東都，固如所示，不可依仗。孟之深友太子舍人樊宗師〔四〕，比持服在東都，今已外除，經營孟家事，不啻如己〔五〕；前後人所與及裴押衙所送錢物，並委樊舍人主之，營致生業，必能不失利宜。候孟氏兄弟到，分付成事，庶可靜守，無大闕敗。伏惟不至遠憂，續具一一諮報，不宣〔六〕。愈再拜。

〔一〕東野無子，妻鄭氏。

〔二〕郊二弟：酆、郢。

〔三〕東野之妻兄弟。

〔四〕「孟」下或有「氏」字。

〔五〕〔補注〕方苞曰：服未除，不得代營朋友家事，故標白之。

〔六〕「諮」，或作「咨」。

與袁相公書

滋字德深，蔡州朗山人，時爲山南東道節度使，帶平章事，故云「相公」也。公前書薦樊於鄭，此又薦於袁，後又以狀薦于朝，皆見集中。〔補注〕沈欽韓曰：憲宗時，文臣領方鎮帶平章事者，惟武元衡、李吉甫、裴度耳。滋于元和初拜相也。

伏聞賓位尚有闕員，幸蒙不以常輩知遇，恒不自知愚且賤，思有論薦。竊見朝議郎前太子舍人樊宗師〔一〕孝友聰明，家故饒財，身居長嫡，悉推與諸弟〔二〕；諸弟皆優贍有餘，而宗師妻子常寒露飢餒，宗師怡然處之，無有難色。窮究經史，章通句解，至於陰陽、軍法、聲律，悉皆研極原本。又善爲文章，詞句刻深，獨追古作者爲徒，不顧世俗輕重，通微曉事，可與晤語〔三〕。又習於吏職，識時知變，非如儒生文士止有偏長。退勇守專，未爲宰物者所識；年近五十，遑遑勉勉，思有所試。閣下儻引而致之，密加識察，有少不如所言，愈爲欺罔大君子，便宜得棄絶之罪於門下。誠不忍奇寶横棄道側，而閣下篋櫝尚有少闕不滿之處〔四〕，猶足更容，輒冒言之，退增汗慴。謹狀。

〔一〕本傳不載宗師爲太子舍人，墓誌亦不載，或略之耳。

〔二〕宗師弟：宗懿、宗憲。

〔三〕「與」或作「以」。

〔四〕「篋」或作「匱」。「少闕」，一作「闕少」，或無「闕」字。

與鄂州柳中丞書

公綽本傳：元和八年，自湖南觀察使移爲鄂州刺史、鄂岳觀察史。吴元濟叛，詔公綽以鄂岳兵五千隸安州刺史李聽率赴行營。公綽曰：「朝廷以吾儒生不知兵邪？」願自征行，許之。引兵渡江，如古名將，每戰輒勝。其爲鄂岳觀察使在元和七年云。〔補注〕劉大櫆云：奔瀉蒼古，似西漢。

淮右殘孽〔一〕，尚守巢窟〔二〕，環寇之師，殆且十萬，瞋目語難〔三〕。自以爲武人不肯循法度，頡頏作氣勢〔四〕，竊爵位自尊大者，肩相磨地相屬也〔五〕；不聞有一人援桴鼓誓衆而前者，但日令走馬來求賞給，助寇爲聲勢而已〔六〕！

〔一〕「孽」一作賊。

〔二〕或作「窟巢」，又作「巢穴」。

〔三〕此用莊子語，杭蜀本作「難語」，非。

〔四〕「頡」，音擷。「頏」，胡江切。

〔五〕〔補注〕張裕釗曰：造意警刻，窮極事情。

〔六〕「日」，或作「月」。〔補注〕張裕釗曰：用筆勁折。

閣下書生也。詩書禮樂是習，仁義是修，法度是束。一旦去文就武，鼓三軍而進之〔一〕，陳師鞠旅〔二〕，親與爲辛苦，慷慨感激，同食下卒，將二州之牧以壯士氣，斬所乘馬以祭踶死之士〔三〕，雖古名將，何以加茲！此由天資忠孝，鬱於中而大作於外，動皆中於機會，以取勝於當世。而爲戎臣師；豈常習於威暴之事，而樂其鬭戰之危也哉？

〔一〕「三」，一作「六」。

〔二〕詩：「鉦人伐鼓，陳師鞠旅。」注云：「二千五百人爲師，五百人爲旅。」「鞠，告也。」

〔三〕「踶」，徒計切，蹋也，又音提。〔補注〕沈欽韓曰：舊書本傳：長慶三年，拜山東南道節度使，馬害圉人，命斬之。賓客進言曰：「可惜良馬！」曰：「豈有良馬害人乎？」亟命殺之。據此書則觀察鄂岳時也。足訂舊史之誤。

愈誠怯弱不適於用，聽於下風，竊自增氣，誇於中朝稠人廣衆會集之中〔一〕，所以羞武夫之顔，令議者知將國兵而爲人之司命者，不在彼而在此也〔二〕。

〔一〕或無「會集」二字。

〔二〕「而在」，或無「而」字。〔補注〕張裕釗曰：筆勢重辣處，如刀劍之斫。

臨敵重慎，誠輕出入，良食自愛，以副見慕之徒之心〔一〕，而果爲國立大功也。幸甚，幸甚！不宣。愈再拜。

〔一〕「食」或作「用」，非是。或無「之徒」二字，又無下「之」字。

又一首

〔補注〕姚範云：二書如河決而東注。何焯曰：字字著實，觀昌黎議禮制、譚兵農刑律等文，稽古而不迂，適時而不詭，經術純明，非諸子修辭者所及。曾國藩曰：論事之文不遜賈晁。

愈愚不能量事勢可否。比常念淮右以靡弊困頓三州之地〔一〕，蚊蚋蟻蟲之聚，感兇豎喣濡飲食之惠〔二〕，提童子之手坐之堂上，奉以爲帥，出死力以抗逆明詔，戰天下之兵〔三〕；乘機逐利，四出侵暴，屠燒縣邑，賊殺不辜，環其地數千里莫不被其毒，洛汝襄荆許潁淮江爲之騷然。丞相公卿士大夫勞於圖議〔四〕，握兵之將、熊羆貙虎之士〔五〕畏懦蹴蹜〔六〕，莫肯杖戈爲士卒前行者；獨閣下奮然率先，揚兵界上〔七〕，將二州之守，親出入行間，與士卒均辛苦，生其氣勢。見將軍之鋒穎凜然，有向敵之意；用儒雅文字章句之業，取先天下武夫，關其口而奪之氣〔八〕：愚初聞時方食，不覺棄匕箸起立。豈以爲閣下真能引孤軍單進，與死寇角逐〔九〕，爭一旦僥倖之利哉？就令如是，亦不足貴〔一〇〕；其所以服人心，在行事適機宜，而風采可畏愛故也〔一一〕。是以前狀輒述鄙誠，眷惠手翰還答，益增欣悚〔一二〕。

〔一〕彰義節度使，管申光蔡三州。

〔二〕「兇豎」，吴元濟也。

〔三〕〔補注〕張裕釗曰：逐字逐句着意錘鍊。

〔四〕「圖」，或作「國」，非是。

〔五〕「貙」，獸名。説文：「貙，貙似貍者。椿俱切。」

〔六〕「蹙蹜」，足迫也。上，子六切。下，所六切。

〔七〕「奮」上或有「能」字。

〔八〕「闕」，一作「閉」。〔補注〕張裕釗曰：造語精妙，讀之其音琅然。

〔九〕「真」，或作「直」，非是。或無「單」字。

〔一〇〕〔補注〕張裕釗曰：看其頓折處。

〔一一〕〔補注〕曾國藩曰：耆然入人之肺腑，故足以作忠孝之氣。

〔一二〕「惠」下，或有「賜」字。「益」，一作「伏」。

夫一衆人心力耳目，使所至如時雨，三代用師，不出是道。閣下果能充其言，繼之以無倦，得形便之地，甲兵足用，雖國家故所失地，旬歲可坐而得〔一〕；况此小寇，安足置齒牙間？勉而卒之，以俟其至，幸甚〔二〕！夫遠徵軍士，行者有羈旅離别之思，居者有怨曠騷動之憂，本軍有饋餉煩費之難，地主多姑息形迹之患；急之則怨，緩之則不用命；浮寄孤懸，形勢銷弱，又與賊不相諳委，臨敵恐駭，難以有功。若召募士人〔三〕，必得豪勇，與賊相熟，知其氣力所極，無望風之驚，愛護鄉里，勇於自戰；徵兵滿萬，不如召募數千〔四〕。閣下以爲何如？儻可上聞行之否〔五〕？

〔一〕「歲」或作「月」，又作「序」。

〔二〕諸本「幸甚」下複出「幸甚」二字。〔補注〕方苞曰：此書疏體，故以下有别言一事，與上文不相關涉者。

〔三〕「召」，或作「占」。

〔四〕公此議詳見論淮西事宜狀。

〔五〕一作「可否」。

計已與裴中丞相見，行營事宜，不惜時賜示及〔一〕，幸甚！不宣。愈再拜。

〔一〕裴中丞即度也。時憲宗遣度視淮西諸軍，還奏，多合上旨。

答魏博田僕射書

田弘正始名興，先是田季安爲魏博節度使，元和七年，季安卒，其子懷諫自立，委政於家奴蔣士則，衆怒，脅拜弘正，使主軍。弘正於是圖其地、籍其人以獻于朝。憲宗嘉之，詔檢校工部尚書、兖魏博節度使，且賜今名。八年十一月，公以比部郎中、史館修撰爲作先廟碑。九年，弘正拜檢校尚書右僕射，其年公以考功郎中知制誥，故曰「蒙恩改職事」也。

季冬極寒，伏惟僕射尊體動止萬福。即日愈蒙免，蒙恩改職事，不任感懼〔一〕。使至，奉十一月十二日示問，欣慰殊深，贊善十一郎行〔二〕，已附狀〔三〕，伏計尋上達。

〔一〕諸本無「蒙免」二字，今從閣本。今按：「蒙免」者，蒙田之庇而得遺免也，連上文爲句。「蒙恩」者，蒙上之恩而改職事也，連下文爲句。

〔二〕弘正子布、肇、犨、早、牟、章。

〔三〕「已」下一有「曾」字。

愈雖未獲拜識，嘗承僕射眷私，猥辱薦聞，待之上介，事雖不允，受賜實多。頃者，又蒙不以文字鄙薄，令譔廟碑，見遇殊常，荷德尤切。安有書問稍簡，遂敢自疏？比所與楊書記書，蓋緣久闕附狀，求因間粗述下情〔一〕。忽奉累紙示問，辭意重疊，捧讀再三，但增慙悚。

〔一〕或無「求」字。「間」，或作「閑」。今按：此謂求楊書記因田之間，爲述己意也。

僕射公忠賢德爲内外所宗，位望益尊，謙巽滋甚。謬承知遇，欣荷實深，伏望照察。限以官守，拜奉末由，無任馳戀。謹因使迴奉狀，不宣。謹狀。

與華州李尚書書

吕本注「絳」字，以史考之，絳以元和十年二月出刺華州，又公與絳同年，故曰「久故」。蜀本注「實」字，非是。

比來不審尊體動止何似〔一〕？乍離闕庭，伏計倍增戀慕。愈於久故游從之中，伏蒙恩奬知待〔二〕，最深最厚，無有比者〔二〕；懦弱昏塞，不能奮勵出奇，少答所遇。拜辭之後，竊念旬朔不即獲侍言笑，東望殞涕，有兒女子之感〔三〕。獨宿直舍〔四〕，無可告語，展轉歔欷，不能自禁。

〔一〕「比」，或作「夜」，又作「日」。

〔一〕或無「伏」字。

〔二〕「比」，或作「倫」。

〔三〕或無「子」字，史記「非兒女子所知，爲兒女子所詐」。當有「子」字。

〔四〕公時以考功郎中知制誥。

華州雖實百郡之首，重於藩維，然閤下居之，則爲失所。愚以爲苟慮有所及，宜密以上聞，不宜以疏外自待〔一〕；接過客俗子，絶口不挂時事，務爲崇深，以拒止嫉妬之口；親近藥物方書，動作步趨，以致和宣滯：爲國自愛，副鄙陋拳拳之心，幸甚幸甚！謹奉狀，不宣。愈再拜。

〔一〕「不」下或無「宜」字。

京尹不臺參答友人書

或作「與友人論京尹不臺參書」。長慶三年六月，以公爲京兆尹、兼御史大夫，敕放臺參，後不得爲例。按魏氏春秋云：「故事，御史中丞與洛陽令相遇，則分路而行。」以王土多逐捕，不欲稽留。然非唐制也。順宗實録云：「故事，尹與御史相遇，尹下道避。」尹尚避御史，豈有不臺參之理？當時敕放臺參，後不爲例，則知故事須臺參也。又曰：「時宰相惡御史中丞李紳，欲逐之，特詔公不臺參以激紳，紳果劾奏公，公以詔自解，文刺紛然。宰相以臺府不協，遂罷公爲兵部侍郎，而出紳爲江西觀察使。紳朝辭泣訴，穆宗遂留紳爲兵部侍郎，公復爲吏部。」按貞元十八年公爲四門博士時，薦士十人於陸傪，李紳在焉。紳昧其平昔之薦而劾公，公既不言，而世亦未有辨之者。又謂公蹙紳以附逢吉，獨王黄州答丁晉公書以謂曲在紳，蓋公論也。

〔補注〕沈欽韓曰：皇甫湜神道碑云：「御史中丞械囚送府，令取尹杖決之，先生脱囚械縱去，御史悉奏，宰相乘之，兩改其官。」姚範曰：此等皆不爲文，當另編以附於集後。

所示情眷之至，不勝悚荷。臺參實奏云：容桂觀察使帶中丞尚不臺參〔一〕；京尹郡國之首，所管神州赤縣，官帶大夫，豈得却不如，事須臺參？聖恩以爲然〔二〕，便令宣與李紳不用〔三〕。臺參亦是何典故？赤令尚與中丞分道而行，何況京尹〔四〕？人見近事，習耳目所熟〔五〕，稍殊異即怪之；其於道理有何所傷？聖君使行，即是故事。自古豈有定制也？

〔一〕或無「使」字。

〔二〕〔補注〕盧軒曰：「然」，可其奏也。

〔三〕〔補注〕按：奏云：「京尹豈得不如觀察使，而故事尚須臺參乎？」「不用」句絶，言不用此故事也。

〔四〕方云：吕丞相本改定亦是以下十九字，綴於「事須臺參」之下，仍於「却不如」下添「中丞」二字。慶善云：今本顛倒不可讀，當從唐本，不知洪所謂唐本者何本也。閣杭蜀本只同今文，姑以闕疑可也。一曰「不用臺參」已下，當再出「臺參」二字，義亦自通。今按：二説皆未安，後説雖差勝，然文意似亦未足，當闕之以俟知者。

〔五〕「人」上或有「夫」字。

停推巡緣府中褊迫是實，若別差人，即是妄說。豈有此事？小人言不可信，類如此，亦在大賢斟酌而斷之。流言止於智者〔一〕，正謂此耳。

〔一〕〔補注〕沈欽韓曰：荀子大略篇：「流丸止于甌臾，流言止于智者。」

客多，自修報狀不得〔一〕，伏惟照察〔二〕。

〔一〕或作「不及自修報」，或作「不及修報狀」。

〔二〕「照」，方作「昭」。今按：唐人書帖用「照察」字亦多。

韓昌黎文集第四卷

桐城馬其昶通伯校注　馬茂元整理

序

送陸歙州詩序

陸傪也。或無「詩」字，或作「送陸員外出刺歙州詩并序」。〔補注〕沈欽韓曰：權德輿陸歙州誌云：在途發瘍，卒于洛師。

貞元十八年二月十八日，祠部員外郎陸君出刺歙州，朝廷夙夜之賢，都邑游居之良〔一〕，齎咨涕洟，咸以爲不當去。歙，大州也；刺史，尊官也：由郎官而往者，前後相望也。當今賦出於天下，江南居十九；宣使之所察，歙爲富州：宰臣之所薦聞，天子之所選用，其不輕而重也較然矣。如是而齎咨涕洟以爲不當去者：陸君之道行乎朝廷，則天下望其賜；刺一州，則專而不能咸〔二〕；先一州而後天下，豈吾君與吾相之心哉〔三〕？於是昌黎韓愈道願留者之心泄其思，作詩曰：

〔一〕「居」一作「從」。

〔二〕或作「或」而屬下句。方從閣本作「咸」，而屬上句。今按：莊子有「周徧咸」之語，方本得之。

〔三〕「先」上諸本有「謂」字。方從閣本，云：杭本訛「咸」作「或」，然尚無「謂」字，蜀本始作「或爲」，今本易「爲」作「謂」，訛轉甚也。

我衣之華兮，我佩之光〔一〕，陸君之去兮，誰與翺翔〔二〕。斂此大惠兮，施于一州；今其去矣，胡不爲留？我作此詩，歌于逵道；無疾其驅，天子有詔。

〔一〕「華」，一作「美」。

〔二〕諸本如此。方從閣杭本「光」「翔」下皆有「兮」字，「去」下無「兮」字。今按：古詩賦有句句用韻及語助者，賡歌是也；有隔句用韻及「兮」，而「兮」在上句之末，韻在下句之末者，騷經是也；有隔句用韻，而上句不韻不「兮」，下句押韻有「兮」者，橘頌之類是也。今此詩方本若用賡歌之例，則「華」「光」有「兮」而不韻，其「去」字一句又并無也。若用騷經之例，則「光」「翔」當用韻，而不當有「兮」；「華」雖可以有「兮」，而「去」復不可以無「兮」也。若用橘頌之例，則下三句爲合，而首句不當有「兮」也。韓公深於騷者，不應如此。蓋方所從之本失之也。今定從諸本，以騷經及賈誼弔屈首章爲例。若欲以橘頌爲例，則止去方本首句一「兮」字，尤爲簡便。但無此本，不敢以意創耳。〔補注〕曾國藩曰：洒然而來。

送孟東野序

據集貞元十九年與陳給事書云：「送孟郊序一首，生紙寫，不加裝飾。」此序吕汲公以爲是年作。序云：「東野之役於江南也，有若不釋然者。」時東野爲溧陽尉云。〔補注〕何焯曰：句法雖似考工，然波瀾要似莊子。劉大櫆曰：雄奇創闢，横絶古今。張裕釗曰：儀禮之細謹，考工之峭宕，惟此與畫記與之相肖。

大凡物不得其平則鳴：草木之無聲，風撓之鳴；水之無聲，風蕩之鳴。其躍也或激之，其趨也或梗之，其沸也或炙之；金石之無聲，或擊之鳴。人之於言也亦然：有不得已者而後言，其歌也有思，其哭也有懷，凡出乎口而爲聲者，其皆有弗平者乎〔一〕！樂也者，鬱於中而泄於外者也；擇其善鳴者而假之鳴：金石絲竹匏土革木八者，物之善鳴者也。維天之於時也亦然，擇其善鳴者而假之鳴〔二〕；是故以鳥鳴春〔三〕，以雷鳴夏，以蟲鳴秋，以風鳴冬，四時之相推敓〔四〕，其必有不得其平者乎〔五〕！

〔一〕「爲」一作「有」。〔補注〕按：以上「不得其平則鳴」，此鳴之一例也。

〔二〕〔補注〕張裕釗曰：奇宕。

〔三〕「鳥」下閣本有「獸」字，非是。

〔四〕「敚」，古「奪」字，或作「奪」。

〔五〕〔補注〕按：以上「擇其善鳴者而假之鳴」，此鳴之又一例也。其讀曰：豈言四時之運行，豈必有不得其平者乎？此正破前段之説，以下遂二義並舉，説者往往失之。事文類聚有曰：「公云物不得其平則鳴，然其云咎陶禹伊周鳴國家之盛，非所謂不得其平者也。」是知其一説而不知其又有一説，故有此疑。

其於人也亦然：人聲之精者爲言，文辭之於言，又其精也〔一〕，尤擇其善鳴者而假之鳴〔二〕。其在唐虞，咎陶禹其善鳴者也，而假以鳴〔三〕；夔弗能以文辭鳴〔四〕，又自假於韶以鳴；夏之時，五子以其歌鳴；伊尹鳴殷；周公鳴周：凡載於詩書六藝，皆鳴之善者也。周之衰，孔子之徒鳴之，其聲大而遠。傳曰：「天將以夫子爲木鐸。」其弗信矣乎！其末也，莊周以其荒唐之辭鳴〔五〕。楚大國也，其亡也，以屈原鳴。臧孫辰孟軻荀卿以道鳴者也，楊朱墨翟管夷吾晏嬰老聃申不害韓非眘到〔六〕田駢鄒衍尸佼孫武張儀蘇秦之屬，皆以其術鳴〔七〕。秦之興，李斯鳴之。漢之時，司馬遷相如揚雄最其善鳴者也。其下魏晉氏，鳴者不及於古，然亦未嘗絶也〔八〕；就其善者，其聲清以浮，其節數以急，其辭淫以哀，其志弛以肆〔九〕，其爲言也，亂雜而無章。將天醜其德莫之顧邪？何爲乎不鳴其善鳴者也〔一〇〕？

〔一〕方從閣杭蜀本去「又」字，而取下句「尤」字足成一句。不成文理。

〔二〕按：上文已再言「擇其善鳴者而假之鳴」矣，則此又言「人聲之精者爲言，而文詞又其精者」，故「尤擇其善鳴者而假之鳴」。「又」字「尤」字正是關鍵血脈首尾相應處，方以三本之誤，遂去「又」字而以「尤」字屬上句，不唯此句不成文理，又使此篇語無次第，其誤尤甚。今悉正之。

〔三〕「在」下或有「於」字。「假」下或有「之」字。

〔四〕「弗」或作「不」，而無「能」字。

〔五〕「辭」或作「説」，下或有「於楚」二字。莊子，蒙人。蒙，梁地也。且辭楚威王之聘，未嘗仕於楚也。

〔六〕眘到在申韓前，申韓稱之，有書四十二篇。「眘」，古「慎」字。

〔七〕〔補注〕陳景雲曰：尸佼，魯人，秦相商君師之。鞅死，逃入蜀。見班志。

〔八〕「其下」，方無「其」字。「然亦未嘗絶也」，諸本皆有此句，方從閣本删去。今按：有此一句，文意乃足，閣本脱也。

〔九〕「善」下，或有「鳴」字。「浮」，方從諸本作「淳」，唯蜀本及文苑作「浮」。今按：此數句皆言魏晉以下文章之病，不應用「淳」字以美之。諸本皆誤。「數以急」、「弛以肆」二句，諸本皆如此，方從謝本删去二「以」字。今按：自「其聲」至此四句，當爲一列。其第二第四句，古本偶皆脱一字，而方必從之，遂使句之短長參差不齊，而不可讀，正與上李巽書相似。其意以爲必如是而後爲古，而不知所謂古者不在是也。

〔一〇〕諸本如此，方從閣本以「亂」爲「詞」，又從閣杭本删去「將天」以下十九字。今按：方本極無理，蓋因「亂」而誤爲「辭」，又因「辭」而轉作「詞」耳。今當改「詞」爲「亂」，又補十九字，文意乃足。〔補注〕張裕釗曰：奇蕩處超邁無前，意態横溢，可想其筆力之雄。

唐之有天下，陳子昂蘇源明元結李白杜甫李觀皆以其所能鳴。其存而在下者，孟郊東野始以其詩鳴；其高出魏晉，不懈而及於古，其他浸淫乎漢氏矣〔一〕。從吾遊者，李翱張籍其尤也，三子者之鳴信善矣〔二〕，抑不知天將和其聲，而使鳴國家之盛邪？抑將窮餓其身，思愁其心腸，而使自鳴其不幸邪？三子者之命，則懸乎天矣〔三〕。其在上也奚以喜，其在下也奚以悲！

〔一〕「魏晉」，方作「晉魏」；或無「古」字；「氏矣」，方從閣本無此二字：皆非是。

〔二〕或無「信」字，或作「善嗚」，皆非是。左傳云：「克己復禮，仁也，信善哉。」公雖未必用此語，然亦偶合也。

〔三〕閣杭蜀苑「則」下有「有」字，非是。若果有「有」字，即「天」下當有「者」字，更詳之。

東野之役於江南也，有若不釋然者，故吾道其命於天者以解之〔一〕。

〔一〕「釋」，或作「懌」，「然者」或作「者然」，云：顧命：「王不懌。」或作「不釋」，「釋」，猶開釋也。按：嘉祐本作「不釋然者」，其語本出莊子，或本皆誤也。「以解」，或無「以」字，非是。

送許郢州序

或作「送許使君刺郢州序」，仍注「仲輿」二字，或作「志雍」。樊云：志雍貞元九年進士。時于頔節制山南東道，郢於山南爲屬邑，是時頔歛民方急，公因志雍之行，序以規之。公貞元十八年上于頔書，故云「愈嘗以書自通於于公頔」。此序十九年作也。〔補注〕陳景雲曰：郢州字叔載，仲輿乃名也。志雍，郢州子。歸有光曰：于頔賦歛苛急，故託文諷諫。

愈嘗以書自通於于公，累數百言〔一〕。其大要言：先達之士，得人而託之〔二〕，則道德彰而名問流〔三〕；後進之士，得人而託之，則事業顯而爵位通。下有矜乎能，上有矜乎位，雖恒相求而喜不相遇〔四〕。于公不以其言爲不可，復書曰：「足下之言是也。」于公身居方伯之尊，蓄不世之材〔五〕，而能與卑鄙庸陋相應答如影響，是非忠乎君而樂乎善，以國家之務爲己任者乎？愈雖不敢私其大恩，抑不可不謂之知己，恒矜而誦之。情已至而事不從〔六〕，小人之所不爲也；故於使君之行，道刺史之事，以爲于公贈。

〔一〕「公」下或有「岫」字。

〔二〕「要」下或有「也」字。

〔三〕「問」，或作「聞」。

〔四〕諸本無「喜」字，方從閣杭蜀苑，得之。〔補注〕方苞曰：「喜」應作「苦」。陳景雲曰：文章軌範無「喜」字。

〔五〕「世」下或有「出羣」字。

〔六〕「事不從」，謂不能卒言之也。

凡天下之事成於自同而敗於自異。爲刺史者恒私於其民，不以實應乎府〔一〕；爲觀察使者恒急於其賦，不以情信乎州？繇是刺史不安其官〔二〕，觀察使不得其政，財已竭而歛不休，人已窮而賦愈急〔三〕，其不去爲盜也亦幸矣。誠使刺史不私於其民，觀察使不急於其賦〔四〕，刺史曰，吾州之民天下之民也，惠不可以獨厚；觀察使亦曰，某州之民天下之民也，斂不可以獨急〔五〕：如是而政不均、令不行者，未之有也。其前之言者，于公既已信而行之矣〔六〕；今之言者，其有不信乎？縣之於州，猶州之於府也。有以事乎上，有以臨乎下，同則成，異則敗者皆然也。非使君之賢，其誰能信之〔七〕？

〔一〕謂觀察府。
〔二〕「繇」，一作「縣」。
〔三〕「賦」，或作「怒」，非是。
〔四〕或無下「其」字。
〔五〕或無「以」字。
〔六〕「前」下或無「之」字，非是。「既」一作「即」。
〔七〕「信」，或作「從」，非是。

愈於使君非燕游一朝之好也，故其贈行，不以頌而以規。

送竇從事序

竇平，貞元五年登進士第。

踰甌閩而南，皆百越之地〔一〕，於天文，其次星紀，其星牽牛。連山隔其陰，鉅海敵其陽〔二〕，是維島居卉服之民，風氣之殊，著自古昔〔三〕。

〔一〕「甌」，或作「越」，以下文重出「越」字考之，非是。或無「甌」字，亦非。「越」或作「粤」。

〔二〕「敵」，一作「歒」，氣上烝也。方從閣苑作「敲」，云：「敲」，横擿也。謂鉅海敲蕩其南也。今按：「敲」，微扣也。字書訓以横擿，而漢書注又訓「擿」爲發動，蓋不以杖末奮擊，但以杖身微扣而發動之，所謂横擿也。海之爲物最鉅，其所震蕩，豈微扣之謂邪？閣本蓋誤，而方必爲曲説以附之，殊不可曉。作「歒」亦非是，但當作「敵」，乃當抵對捍之意，與上句「隔」字正相對也。〔補注〕陳景雲曰：「敵」，南宋本作「敞」，爲「長海敞其陽」，謂越地之南，風氣宣洩太甚也。上句「山隔其陰」，則謂越北風氣與中原否閡不通也，故下云「風氣之殊自古昔」。

〔三〕「維」，一作「皆」，「島」作「鳥」，「居」作「夷」。「氣」，閣蜀本作「俗」。今按：「島居卉服」，已見其民俗之陋，因又言此以見其風氣之惡，自是兩事；故下文云：「民俗既遷，風氣亦隨也。」閣蜀皆誤。「古」或作「在」，非是。

唐之有天下，號令之所加，無異於遠近。民俗既遷，風氣亦隨，雪霜時降，癘疫不興〔一〕，瀕海之饒，固加於初〔二〕；是以人之之南海者，若東西州焉〔三〕。

〔一〕「疫」，或作「疾」。

〔二〕或云：「瀕」，濱也。篆文無「濱」字，漢志「瀕南山，又瀕河十郡」，只用「瀕」字。「加於」，或作「如其」，非是。

〔三〕「之之」，諸本無複出「之」字。方從閣杭蜀苑，得之。「若」或作「如」。〔補注〕劉大櫆曰：起得雄直，惟退之有此。張裕釗曰：起勢如河之注海，如雲出而風驅之，而造意雄堅，無一字懈散，讀之但覺騰邁而上耳。吳汝綸曰：平以文士不得志於京師，而遠出南海從幕職，故爲言此；其意微妙高遠，非苟爲壯麗也。

皇帝臨天下二十有二年〔一〕，詔工部侍郎趙植爲廣州刺史〔二〕，盡牧南海之民。署從事扶風竇平〔三〕。平以文辭進。於其行也，其族人殿中侍御史牟〔四〕合東都交遊之能文者二十有八人，賦詩以贈之。於是昌黎韓愈嘉趙南海之能得人，壯從事之答於知我，不憚行之遠也〔五〕；又樂貽周之愛其族叔父〔六〕，能合文辭以寵榮之，作送竇從事少府平序。

〔一〕「臨」下或有「御」字。

〔二〕貞元十七年，以工部侍郎趙植充嶺南節度使。

〔三〕平，扶風平陵人。

〔四〕牟字貽周，爲東都留守判官。

〔五〕「我」，或作「己」。「行之遠」，文苑如此。諸本「之」或作「於」，或作「我於行遠」，或無「行之」二字，皆非是。

〔六〕「貽」上或有「其宗」二字。

上巳日燕太學聽彈琴詩序

鄭國之俗，三月上巳，於溱洧水上執蘭招魂。自魏以後，但用三日，不用上巳。時公爲四門博士，作此序。〔補注〕茅坤曰：風雅。劉大櫆曰：韓公文往往從頭直下，其氣甚雄。此篇運辭典雅雍容，而雄直之氣自在，足徵才力之大。又曰：句脚多用平聲，尤奇。曾國藩曰：和雅淵懿，東京遺調。

與衆樂之之謂樂，樂而不失其正〔一〕，又樂之尤也〔二〕。四方無鬭争金革之聲，京師之人既庶且豐，天子念致理之艱難，樂居安之閒暇，肇置三令節〔三〕，詔公卿羣有司，至于其日，率厥官屬〔四〕飲酒以樂，所以同其休、宣其和、感其心、成其文者也。

〔一〕「正」，一作「節」。

〔二〕「尤」，一作「光」。

〔三〕舊史云：貞元四年九月詔正月晦日、三月三日、九月九日三節日，宜任文武百僚選勝地追賞爲樂。五年正月，詔以二月一日爲「中和節」，代正月晦日，備三令節數。此序在貞元壬午癸未間，公爲四門博士，其云「肇置三令節」，蓋謂德宗朝始置耳。

〔四〕或無「屬」字。

三月初吉，實惟其時，司業武公〔一〕於是總太學儒官三十有六人，列燕于祭酒之堂。罇俎既陳，肴羞惟時，醆斝序行〔二〕，獻酬有容，歌風雅之古辭，斥夷狄之新聲，褒衣危冠，與與如也〔三〕。有儒一生〔四〕，魁然其形，抱琴而來，歷階以昇〔五〕，坐于罇俎之南，鼓有虞氏之南風〔六〕，賡之以文王宣父之操〔七〕，優游夷愉，廣厚高明，追三代之遺音，想舞雩之詠歎，及暮而退，皆充然若有得也〔八〕。武公於是作歌詩以美之，命屬官咸作之，命四門博士昌黎韓愈序之。

〔一〕下或有「少儀」二字。

〔二〕一作「有序」。

〔三〕「與與」，或作「愉愉」，從杭蜀本，云：詩「我黍與與」，淮南子「善用兵者，陵其與與」，皆音餘。今按：論語有此全句。

〔四〕「儒一」，或作「一儒」。

〔五〕「以」，或作「而」。

〔六〕見家語。

〔七〕見史記孔子學琴於師襄事。〔補注〕沈欽韓曰：見樂記。

〔八〕「有」下或有「所」字。

送齊暤下第序

「暤」，或作「暤」，考唐宰相世系表當作「暤」。序云「齊生之兄，爲時名相，出藩于鎮」，謂齊映也。以世系考之，映兄弟六人，昭、旼、映、暤、照、煦，無有暤者，豈暤後改名暤或煦耶？諸本或作「齊暤」，或作「齊曙」。按登科記：映大曆五年，昭貞元十五年，暤十一年，煦元和二年踵登進士第，而暤亡焉。〔補注〕何焯曰：左國之文，最爲雄直。

古之所謂公無私者，其取捨進退無擇於親疏遠邇，惟其宜可焉。其下之視上也，亦惟視其舉黜之當否，不以親疏遠邇疑乎其上之人〔一〕。故上之人行志擇誼〔二〕，坦乎其無憂於下也；下之人尅己慎行，確乎其無惑於上也。是故爲君不勞，而爲臣甚易：見一善焉，可得詳而舉也；見一不善焉，可得明而去也〔三〕。及道之衰，上下交疑，於是乎舉讎、舉子之事，載之傳中而稱美之，而謂之忠〔四〕。見一善焉，若親與邇不敢舉也〔五〕；見一不善焉，若疏與遠不敢去也。衆之所同好焉，矯而黜之乃公也；衆之所同惡焉〔六〕，激而舉之乃忠也。於是乎有違心之行，有怫志之言，有内媿之名；若然者，俗所謂良有司也〔七〕。膚受之訴不行於君，巧言之誣不起於人矣。烏虖！今之君天下者，不亦勞乎！爲有司者，不亦難乎！爲人嚮道者，不亦勤乎〔八〕！是故端居而念焉，非君人者之過也；則曰有司焉，則非有司之過也；則曰今舉天下人焉，則非今舉天下人之過也。蓋其漸有因，其本有根，生於私其親〔九〕，成於私其身。以己之不直，而謂人皆然。其植之也固久，其除之也實難，非百年必世不可得而化也，非知命不惑不可得而改也。已矣乎，其終能復古乎！

〔一〕下或有「也」字，或無「之人」二字，而有「也」字。

〔二〕或無「故」字「之」字。

〔三〕閣杭蜀苑無「詳」「明」二字。

〔四〕或無下「而」字，見左氏襄公三年，晉祁奚請老，舉讎、舉子事。

〔五〕或無「敢」字。

〔六〕「衆」下或皆有「人」字。

〔七〕「然」，或作「是」。

〔八〕「烏虖」猶「嗚呼」也。古文「於乎」「烏虖」「嗚呼」皆一義。或作「於是乎」，非是。「爲有」，或無「爲」字。「爲人嚮道」，諸本皆同，但「嚮」或作「鄉」。閣苑以「人」爲「仁」，殊無文理。蓋所謂「人」者，指應舉者而言；爲之作嚮道者，謂指引其道路所嚮，如公之於侯喜侯雲長之徒是已。其作「鄉」者，亦音向，與兵書所謂「以鄉人爲導」者，音義皆不同也。

〔九〕「其」下或有「所」字。

若高陽齊生者，其起予者乎？齊生之兄爲時名相〔一〕，出藩于南〔二〕，朝之碩臣皆其舊交。齊生舉進士，有司用是連枉齊生，齊生不以云，乃曰：「我之未至也，有司其枉我哉〔三〕？我將利吾器而俟其時耳。」抱負其業，東歸於家。吾觀於人，有不得志則非其上者衆矣；亦莫計其身之短長也。若齊生者既至矣〔四〕，而曰：「我未也。」不以閔於有司，其不亦鮮乎哉〔五〕！吾用是知齊生後日誠良有司也，能復古者也，公無私者也，知命不惑者也。

〔一〕「之兄」，或無「之」字。

〔二〕「于」下杭苑有「鎮」字，閣本無。今按：齊映以貞元七年由桂管改江西，是時洪州只爲江西觀察使，至咸通中，乃有「鎮南」之號耳。杭苑皆誤。

〔三〕「其枉」，或作「豈枉」，今從閣杭蜀本。

〔四〕一云「既屈矣」，一作「既不得志矣」。今按：上文曰「我之未至也」，下文曰「我未也」，則此作「至」爲是。

〔五〕「未」下或有「至」字。

送陳密序

〔補注〕曾國藩曰：閒淡有體。

太學生陳密請於余曰：「密承訓於先生，今將歸覲其親，不得朝夕見，願先生賜之言，密將以爲戒〔一〕。密來太學，舉明經，累年不獲選〔二〕，是弗利於是科也。今將易其業而三禮是習〔三〕，願先生之張之也。密將以爲鄉榮。」〔四〕

〔一〕「覲」，或作「拜」。
〔二〕「經」下或有「者」字。「獲」下或有「其」字。
〔三〕唐制：取士有明經科，而明經之別：有五經，有三經，有二經，有三禮，有三傳，有史科。三禮科，貞元五年二月置。
〔四〕或無「以」字。

余媿乎其言，遺之言曰：「子之業信習矣，其容信合於禮矣〔一〕；抑吾所見者外也？夫外不足以信内；子誦其文則思其義，習其儀則行其道，則將謂子君子也。爵禄之來也不可辭矣，科寧有利不利邪？」〔二〕

〔一〕「其」下或有「儀」字，非是。
〔二〕「誦其」「習其」，或並無「其」字。

送李愿歸盤谷序

此序貞元十七年作，公年纔三十四耳。東坡云：「歐陽公言：晉無文章，惟陶淵明歸去來辭而已。余謂唐無文章，惟韓退之送李愿歸盤谷序而已。平生欲效此作，每執筆輒罷。因自笑曰：不若且放，教退之獨步。」此序孟州濟原縣有石本，其間小有異同。〔補注〕陳景雲曰：同時有兩李愿：一隱，一爲西平王晟子。劉大櫆曰：極力形容得志之小人與不得志之小人，而隱居之高尚乃見。行文渾渾，藏蓄不露。又曰：兼取偶儷之體，卻非偶儷之文，此哲匠之妙用也。惲敬曰：字字有本，句句自造，事事披根，惟退之有此。曾國藩曰：別出蹊徑，跌宕自喜。

太行之陽有盤谷〔一〕，盤谷之間，泉甘而土肥，草木藂茂，居民鮮少。或曰：謂其環兩山之間，故曰「盤」；或曰：是谷也，宅幽而勢阻，隱者之所盤旋。友人李愿居之〔二〕。

〔一〕「太行」，山名，在懷州。「陽」，南也。「盤谷」，地名，在孟州濟原縣。

〔二〕「盤」下，諸本皆有「旋」字。洪氏石本杭本同，或作「桓」。樊氏石本閣蜀苑删去。今按：石本之不同，説見於後。「友人」，諸本及洪氏石本皆作「友」樊氏石本作「有」。

愿之言曰：人之稱大丈夫者，我知之矣：利澤施于人〔一〕，名聲昭于時，坐于廟朝，進退百官而佐天子出令。其在外，則樹旗旄，羅弓矢，武夫前呵，從者塞途，供給之人，各執其物，夾道而疾馳。喜有賞，怒有刑〔二〕，才畯滿前〔三〕，道古今而譽盛德，入耳而不煩。曲眉豐頰，清聲而便體，秀外而惠中，飄輕裾，翳長袖，粉白黛緑者，列屋而閒居，妬寵而負恃，争妍而取憐。大丈夫之遇知於天子，用力於當世者之所爲也〔四〕。吾非惡此而逃之，是有命焉，不可幸而致也。窮居而野處，升高而望遠〔五〕，坐茂樹以終日，濯清泉以自潔。採於山，美可茹；釣於水，鮮可食；起居無時，惟適之安〔六〕。與其有譽於前，孰若無毀於其後；與其有樂於身，孰若無憂於其心〔七〕。車服不維，刀鋸不加，理亂不知，黜陟不聞，大丈夫不遇於時者之所爲也，我則行之。伺候於公卿之門，奔走於形勢之途，足將進而趦趄〔八〕，口將言而囁嚅〔九〕，處穢汙而不羞。觸刑辟而誅戮〔一〇〕，徼倖於萬一，老死而後止者，其於爲人賢不肖何如也？〔一一〕

〔一〕「于」，諸本作「於」，今從石本。

〔二〕文苑「賞」作「賜」。樊氏石本無此六字。

〔三〕「畯」，或作「俊」。

〔四〕「天子」，諸本作「主上」。方從石本。「爲」上諸本有「所」字，方從石本删去，下文「於時者之所爲也」同此。

〔五〕「望遠」，諸本如此，石閣苑作「遠望」。

〔六〕蜀本及洪氏石本「之」作「所」。苑粹樊氏石本作「之」。

〔七〕「與其」下，諸本並有「有」字，方從石本删去。

〔八〕「趦趄」，上七思切，下七余切。

〔九〕「囁嚅」，上之舌切，又而舌切；下女居切，又音如。

〔一〇〕「穢汙」，諸本作「汙穢」，今用石本改。「不羞」，一本作「弗羞」。「辟」，石本作「法」。

〔一一〕〔補注〕張裕釗曰：含蘊無盡。

昌黎韓愈聞其言而壯之，與之酒而爲之歌曰：盤之中，維子之宮。盤之土，可以稼〔一〕。盤之泉，可濯可沿〔二〕。盤之阻，誰争子所。窈而深，廓其有容。繚而曲，如往而復。嗟盤之樂兮，樂且無央〔三〕；虎豹遠迹兮，蛟龍遁藏；鬼神守護兮，呵禁不祥〔四〕。飲則食兮壽而康，無不足兮奚所望〔五〕；膏吾車兮秣吾馬，從子于盤兮，終吾生以徜徉。

〔一〕諸本作「惟子之稼」，今從石閣如此。

〔二〕石閣杭本「沿」作「湘」，方從蜀本，云：洪慶善以爲作「湘」者，石本磨滅，以閣本意之也；然此文自「如往而復」以上，皆二語一韻，以「稼」叶「土」，此類固多；以「容」叶「深」，以詩七月、易恒卦卜象考之，亦合古韻；獨「湘」不可與「泉」叶。按公論語筆解。以「浴于沂」作「沿于沂」，政與此「沿」同義，今只以「沿」爲正。今按：方以古韻爲據，舍所信之石杭閣本而去

「湘」從「沿」，其説當矣。然必以筆解爲説，又似太拘。今世所傳筆解，蓋未必韓公真本也。又按：洪慶善云：「石本在濟源張端家，皆缺裂不全，惟『可濯可湘』一句甚明。」又與方引洪氏磨滅之説不同，不知何故，姑記之以竢知者。然其大歸，只爲從「湘」字耳，政使實然，亦不足取，其説詳於下條云。或曰：「湘」字考之説文，云「烹」也。詩采蘋：「于以湘之。」從「湘」爲正。

〔三〕「殃」，方從洪校石本作「央」，又云：樊本只作「殃」，然閣杭蜀本皆作「央」。王逸注離騷云：「央，盡也，已也。」方又云：「此文如『叢』作『藂』、『俊』作『畯』、『時』作『旹』，皆石本字也。」今按：作「殃」於義爲得。又按：此篇諸校本多從石本，而樊洪兩石已自不同，未知孰是？其有同者，亦或無理，未可盡信。按歐公集古跋尾云：「盤谷序石本，貞元中所刻，以集本校之，或小不同，疑刻石誤。然以其當時之物，姑存之以爲佳玩，其小失不足校也。」詳公此言，最爲通論。近世論者專以石本爲正，如水門記、溪堂詩，予已論之，南海廟、劉統軍碑之類亦然，其謬可考而知也。

〔四〕「禁」，或作「禦」。

〔五〕「則」或作「且」。

送牛堪序

此篇或在後卷之首，閣杭蜀本置此。公時爲四門博士，堪爲太學生，在貞元十九年云。

以明經舉者，誦數十萬言〔一〕；又約通大義，徵辭引類，旁出入他經者，又誦數十萬言：其爲業也勤矣。登第於有司者，去民畝而就吏祿，由是進而累爲卿相者，常常有之，其爲獲也亦大矣。

〔一〕〔補注〕沈欽韓曰：六典注云：「經注兼舉。」按：漢法亦兼治章句。

然吾未嘗聞有登第於有司而進謝於其門者〔一〕，豈有司之待之也，抑以公不以情〔二〕？舉者之望於有司也，亦將然乎？其進而謝於其門也，則爲私乎？抑無乃人事之未思，或者不能舉其禮乎？若牛堪者，思慮足以及之，材質足以行之，而又不聞其往者，其將有以哉〔三〕！違衆而求識〔四〕，立奇而取名，非堪心之所存也。由是而觀之，若堪之用心，其至於大官也不爲幸矣〔五〕！

〔一〕「門」上或無「其」字。

〔二〕「抑」，一作「御」，一無「抑」字。

〔三〕或無「將」字。

〔四〕「衆」一作「俗」。

〔五〕「於」，一作「爲」。

堪，太學生也；余，博士也。博士師屬也，於其登第而歸，將榮於其鄉也，能無說乎？

送董邵南序

邵南，壽州安豐人，舉進士不得志，去遊河北，公作此送之。公詩有嗟哉董生行，亦爲邵南作也。「南」下，或有「遊河北」三字。〔補注〕劉大櫆曰：退之以雄奇勝，獨此篇及送王含序深微屈曲，讀之覺高情遠韻，可望不可及。曾國潘曰：沈鬱往復，去膚存液。

燕趙古稱多感慨悲歌之士。董生舉進士，連不得志於有司，懷抱利器，鬱鬱適兹土，吾知其必有合也。董生勉乎哉！夫以子之不遇時，苟慕義彊仁者皆愛惜焉，矧燕趙之士出乎其性者哉〔一〕？

〔一〕「性」下一有「情」字。

然吾嘗聞風俗與化移易，吾惡知其今不異於古所云邪？聊以吾子之行卜之也〔一〕。董生勉乎哉！

〔一〕「於古」，閣作「於吾」。云：或作「聞」，而無「邪」字。今按：篇首云：「古稱多感慨悲歌之士」，諸本作「古所云」，語乃相應，作「吾所聞」，猶爲近之，而語勢已微舛矣。若曰「吾所云」，則都無來歷，不成文字，必是謬誤無疑也。然此篇言燕趙之士仁義出於其性，乃故反其詞，以深譏其不臣而習亂之意；故其卒章又爲道上威德，以警動而招徠之，其旨微矣。讀者詳之。

吾因子有所感矣，爲我弔望諸君之墓〔一〕，而觀於其市復有昔時屠狗者乎〔二〕？爲我謝曰：明天子在上，可以出而仕矣〔三〕！

〔一〕樂毅去燕之趙，趙封於觀津，號曰望諸君。張華云：望諸君家在邯鄲西數里。

〔二〕荆軻至燕，愛燕之屠狗者高漸離，日飲燕市，酒酣，歌于市中。

〔三〕〔補注〕張裕釗曰：寄興無端，如此乃可謂之妙遠不測。

贈崔復州序

公此序大概與送許郢州之意同。郢復在唐皆隸山南東道，兩序皆言于公頔，又皆言民窮歛急，意必有所屬也。頔時爲山南東道節度使云。

有地數百里，趨走之吏，自長史司馬已下數十人〔一〕；其禄足以仁其三族及其朋友故舊；樂乎心，則一境之人喜；不樂乎心，則一境之人懼：丈夫官至刺史亦榮矣〔二〕！

〔一〕長史、司馬，刺史之佐。唐制，每州刺史而下，長史一人，司馬一人。

〔二〕「丈」上或有「大」字。

雖然，幽遠之小民，其足迹未嘗至城邑〔一〕，苟有不得其所〔二〕，能自直於鄉里之吏者鮮矣，況能自辨於縣吏乎？能自辨於縣吏者鮮矣，況能自辨於刺史之庭乎〔三〕？由是刺史有所不聞，小民有所不宣。賦有常而民産無恒，水旱癘疫之不期，民之豐約懸於州，縣令不以言，連帥不以信，民就窮而斂愈急：吾見刺史之難爲也〔四〕！

〔一〕〔補注〕張裕釗曰：折。

〔二〕或無「苟有」二字，或無「有」字。

〔三〕〔補注〕張裕釗曰：作數層頓跌。

〔四〕「州」，或作「前」；「縣」下或有複出「縣」字：皆非是。

崔君爲復州，其連帥則于公。崔君之仁足以蘇復人〔一〕，于公之賢足以庸崔君：有刺史之榮而無其難爲者，將在於此乎？

〔一〕「崔君之仁」上，或有「愈以爲」三字。

愈嘗辱于公之知，而舊游于崔君，慶復人之將蒙其休澤也，於是乎言。

贈張童子序

「子」下或有「兵曹」字，唐制有「童子科」，公此序甚備，公貞元八年陸贄門下及第，童子時亦升于禮部，故謂俱陸公之門人。〔補注〕唐順之曰：止是科舉常事，而叙得何等頓挫。曾國藩曰：前半志選舉，疏健；後半勗童子，簡宕。

天下之以明二經舉於禮部者，歲至三千人。始自縣考試定其可舉者，然後升於州若府——其不能中科者，不與是數焉；州若府總其屬之所升，又考試之如縣，加察詳焉，定其可舉者，然後貢於天子而升之有司——其不能中科者，不與是數焉：謂之鄉貢。有司者摠州府之所升而考試之，加察詳焉，第其可進者，以名上於天子而藏之屬之吏部，歲不及二百人：謂之出身。能在是選者，厥惟艱哉！二經章句，僅數十萬言——其傳注在外——皆誦之，又約知其大說〔一〕，繇是舉者，或遠至十餘年然後與乎三千之數，而升於禮部矣；又或遠至十餘年然後與乎二百之數，而進於吏部矣：

班白之老半焉〔二〕。昏塞不能及者，皆不在是限，有終身不得與者焉。

〔一〕或無「大」字。

〔二〕「之老」二字或作「者」。

張童子生九年，自州縣達禮部，一舉而進立於二百之列〔一〕；又二年，益通二經。有司復上其事，繇是拜衛兵曹之命〔二〕。人皆謂童子耳目明達，神氣以靈；余亦偉童子之獨出于等夷也。童子請於其官之長，隨父而寧母。歲八月，自京師道陝南至虢東及洛師，北過大河之陽，九月始來及鄭〔三〕。自朝之聞人以及五都之伯長羣吏，皆厚其餞賂〔四〕，或作歌詩以嘉童子，童子亦榮矣！

〔一〕「百」下或有「人」字。

〔二〕「衛」，謂左右衛。「兵曹」，謂兵曹參軍。

〔三〕「洛師」，或作「洛陽」。「及鄭」，或作「反鄭」。云：此序疑作於鄭。序云「愈與童子俱陸公之門人」，是童子以貞元八年升于禮部，又二年拜衛兵曹，蓋十年也。公十年曾往河陽省墳墓，見祭老成文，序當作於此時，童子豈或鄭人邪？今按：「反」字諸本多作「及」字，蓋自洛東出便可至鄭，今以北過河陽，故九月始及鄭，童子未必爲鄭人也。

〔四〕「聞」或作「文」。「五都」：當謂雍陝虢蒲洛。「羣吏」，以閣苑本定，蜀本訛作「郡吏」，今本併訛「吏」爲「縣」，其失遠矣。

雖然，愈將進童子於道，使人謂童子求益者，非欲速成者。夫少之與長也異觀〔一〕：少之時，人惟童子之異；及其長也，將責成人之禮焉〔二〕。成人之禮，非盡於童子所能而已也，然則童子宜暫息乎其已學者，而勤乎其未學者可也！

〔一〕「與」，或作「於」。

〔二〕「禮」上或無「之」字。

愈與童子俱陸公之門人也。慕回路二子之相請贈與處也，故有以贈童子〔一〕。

〔一〕「與處」上或有「出」字，非是。禮檀弓：子路去魯，謂顏子曰：「何以贈我？」顏子請曰：「何以處我？」義不當有「出」字也。

送浮屠文暢師序

公時爲四門博士作。後有詩送文暢師北遊，其略云：「昔在四門館，晨有僧來謁。謂僧當少安，草序頗排訐。」蓋謂此也。〔補注〕唐順之曰：開闔宛轉，真如走盤之珠，此天地有數文字。通篇一直説，而前後照應在其中。梅曾亮曰：公於生人立命之理，了然於心，故言無枝葉如此。曾國藩曰：立言有本，故真氣充溢，歷久常新。

人固有儒名而墨行者〔一〕，問其名則是，校其行則非，可以與之游乎？如有墨名而儒行者，問之名則非，校其行而是〔二〕，可以與之游乎？揚子雲稱：「在門牆則揮之，在夷狄則進之。」吾取以爲法焉。

〔一〕「儒名」，或作「名儒」，非是。

〔二〕「之名」，或作「其名」。「而是」，或作「則是」。

浮屠師文暢喜文章〔一〕，其周遊天下，凡有行，必請於搢紳先生以求詠歌其所志〔二〕。貞元十九年春，將行東南，柳君宗元爲之請。解其裝〔三〕，得所得叙詩累百餘篇〔四〕；非至篤好，其何能致多如是邪？惜其無以聖人之道告之者，而徒舉浮屠之説贈焉〔五〕。夫文暢，浮屠也。如欲聞浮屠之説，當自就其師而問之，何故謁吾徒而來請也？彼見吾君臣父子之懿，文物事爲之盛，其心有慕焉〔六〕；拘其法而未能入，故樂聞其説而請之。如吾徒者，宜當告之以二帝三王之道，日月星辰之行〔七〕，天地之所以著，鬼神之所以幽，人物之所以蕃，江河之所以流而語之〔八〕，不當又爲浮屠之説而瀆告之也〔九〕。

〔一〕或無「浮屠師」三字。「喜」下或有「爲」字。
〔二〕「歌」，或作「哥」。
〔三〕「請」，或作「序」。
〔四〕「所」下或無「得」字。
〔五〕「告」下或無「之」字。
〔六〕「事爲」，或作「禮樂」。「心」下或有「必」字。
〔七〕「行」上或有「所以」字。
〔八〕「江河」，或作「河江」。
〔九〕「瀆告之」，或無「瀆」「之」二字。「告」，工毒切。

民之初生，固若禽獸夷狄然；聖人者立，然後知宫居而粒食〔一〕，親親而尊尊，生者養而死者藏。是故道莫大乎仁義，教莫正乎禮樂刑政〔二〕。施之於天下，萬物得其宜；措之於其躬，體安而氣平。堯以是傳之舜，舜以是傳之禹，禹以是傳之湯，湯以是傳之文武，文武以是傳之周公孔子；書之於册，中國之人世守之。今浮屠者，孰爲而孰傳之邪〔三〕？夫鳥俛而啄，仰而四顧；夫獸深居而簡出；懼物之爲己害也，猶且不脱焉。弱之肉，彊之食〔四〕；今吾與文暢安居而暇食，優游以生死，與禽獸異者，寧可不知其所自邪〔五〕？

〔一〕「粒」或作「穀」。

〔二〕「大」，或作「過」，「大乎」或作「過於」。「正」或作「大」。

〔三〕「爲」下或有「之」字。

〔四〕「脱」，或作「免」。

〔五〕〔補注〕張裕釗曰：深婉。又曰：此文所謂「醇乎醇者」也。綴此一段，便爾奇特；然要止是切中要害處。故理至而文自奇。舍理而求奇，不知文者也。

夫不知者，非其人之罪也；知而不爲者，惑也；悦乎故不能即乎新者，弱也；知而不以告人者，不仁也；告而不以實者，不信也〔一〕。余既重柳請〔二〕，又嘉浮屠能喜文辭，於是乎言。

〔一〕「不爲」上或無「而」字，「爲」下或有「之」字。「悦」，或作「惑」。「弱」，或作「溺」。「告人」，或作「告之」。

〔二〕「請」或作「詩」，非是。

送楊支使序

或作「送楊八弟支使歸府」。貞元十八年九月，以太常少卿楊憑爲御史中丞、湖南觀察使；憑奏辟儀之爲觀察支使。此序乃貞元二十年公在陽山作。

愈在京師時，嘗聞當今藩翰之賓客惟宣州爲多賢〔一〕。與之游者二人：隴西李博、清河崔羣〔二〕。羣與博之爲人吾知之：道不行於主人〔三〕，與之處者非其類，雖有享之以季氏之富，不一日留也。以羣、博論之，凡在宣州之幕下者，雖不盡與之遊〔四〕，皆可信而得其爲人矣。愈未嘗至宣州，而樂頌其主人之賢者，以其取人信之也。

〔一〕「嘗」，或作「常」。

〔二〕「二人」下或有「焉」字。

〔三〕或無「於」字，「於」下或有「其」字。

〔四〕「盡」，或作「得」，或別有「得」字在「盡」字下。

今中丞之在朝〔一〕，愈日侍言於門下，其來而鎮茲土也〔二〕，有問湖南之賓客者，愈曰：知其客可以信其主者，宣州也；知其主可以信其客者，湖南也。去年冬，奉詔爲邑於陽山〔三〕，然後得謁湖南之賓客於幕下，於是知前之信之也不失矣。及儀之之來也，聞其言而見其行，則向之所謂羣與博者，吾何先後焉？儀之之智足以造謀，材足以立事，忠足以勤上，惠足以存下〔四〕；而又侈之以詩書六藝之學，先聖賢之德音〔五〕以成其文，以輔其質，宜乎從事於是府而流聲實於天朝也。

〔一〕「中丞」乃楊憑也。

〔二〕「而鎮」，或無「而」字，「鎮」或作「領」。

〔三〕貞元十九年十二月，公貶連州陽山令。

〔四〕本或無「於是知」以下十七字，一本并無「聞其言而見其行」七字，方從閣杭本，「幕」下即云「及支使之來也，聞其言而見其行；是知前之信之也不失矣，支使智足以造謀」。今按：此數本互有得失，而方尤疏略，獨今所定詳密有序，且及羣博，乃與上文相應。

〔五〕「賢」，或作「人」。

夫樂道人之善以勤其歸者，乃吾之心也〔一〕；謂我爲邑長於斯而媚夫人云者，不知言者也。工乎詩者，歌以繫之。

〔一〕「勤」或作「勸」。「心也」下，一有「非文則不能」五字。

送何堅序

「堅」下本或有「歸道州」字。〔補注〕曾國藩曰：前半磊落而含遊戲之聲，收復奇情幻出，讀之但覺狡獪不測。

何於韓同姓爲近〔一〕；堅以進士舉，於吾爲同業；其在太學也，吾爲博士〔二〕，堅爲生，生、博士爲同道〔三〕；其識堅也十年，爲故人。同姓而近也，同業也，同道也，故人也，於其不得願而歸〔四〕，其可以無言邪？

〔一〕「於」，或作「與」。按何氏出周成王母弟唐叔虞後，十一代孫食采於韓，爲列侯，韓王安爲秦所滅，子孫分散居江淮，晉以韓爲何，遂爲何氏。〔補注〕沈欽韓曰：容齋隨筆：唐韻云：江淮間音，以韓爲何，字隨音變，遂爲何氏。

〔二〕公時爲四門博士。

〔三〕「生博士」或作「生與博士」。

〔四〕「不」上或有「志」字。

堅，道州人，道之守陽公賢也〔一〕；道於湖南爲屬州，湖南楊公又賢也〔二〕；堅爲民，堅又賢也。湖南得道爲屬，道得堅爲民，堅歸唱其州之父老子弟服陽公之令，道亦唱其縣與其比州服楊公之令〔三〕。吾聞鳥有鳳者，恒出於有道之國。當漢時，黄霸爲潁川，是鳥實集而鳴焉〔四〕。若史可信〔五〕，堅歸，吾將賀其見鳳而聞其鳴也已〔六〕。

〔一〕或無「賢」字。貞元十五年九月，以國子司業陽城爲道州刺史。

〔二〕貞元十八年九月，以太常少卿楊憑爲湖南觀察使。或無「湖南」「又」字，「楊」作「陽」，皆非是。

〔三〕「楊」，或作「陽」，非是。

〔四〕「川」下或有「守」字。「是鳥」，或作「是鳳鳥也」。

〔五〕「史」，或作「使」。

〔六〕或無「已」字。

送廖道士序

公永貞元年自陽山徙掾江陵，道衡山而作。〔補注〕劉大櫆曰：此文如黑雲漫空，疾風迅雷，甚雨驟至，電光閃閃，頃刻盡掃陰霾，皎然日出，文境奇絶。

五岳於中州，衡山最遠〔一〕；南方之山巍然高而大者以百數〔二〕，獨衡爲宗〔三〕：最遠而獨爲宗，其神必靈。衡之南八九百里，地益高，山益峻，水清而益駛〔四〕；其最高而横絶南北者嶺。郴之爲州，在嶺之上，測其高下得三之二焉〔五〕，中州清淑之氣，於是焉窮〔六〕。氣之所窮，盛而不過〔七〕，必蜿蟺扶輿磅礴而鬱積〔八〕。衡山之神既靈，而郴之爲州，又當中州清淑之氣蜿蟺扶輿磅礴而鬱積〔九〕，其水土之所生，神氣之所感，白金水銀丹砂石英鍾乳橘柚之包，竹箭之美，千尋之名材，不能獨當也〔一〇〕；意必有魁奇忠信材德之民生其間，而吾又未見也：其無乃迷惑溺没於老佛之學而不出邪〔一一〕？

〔一〕衡，南岳也。

〔二〕或無「之」字。

〔三〕「衡」下或有「山」字。

〔四〕或無「峻水清而益」五字，非是。「駛」，或作「駃」，音快。

〔五〕「測」，如周禮「測土深」之「測」，或作「側」，下别有「南」字，皆非是。

〔六〕「州」下或有「之」字。

〔七〕或無「盛」字。

〔八〕選「虬龍騰驤以蜿蟺」。「蜿」，蜒也。「蟺」，蚯蚓也。「扶輿」，相如子虚賦：「扶輿猗靡。」「磅礴」，莊子「將磅礴萬物以爲一」。注：「磅礴，猶混同也。」「蜿」於元切，又音宛。「蟺」，市衍切，又音善。「磅」，音旁。「礴」，音薄。〔補注〕姚範曰：相如賦張揖注：「扶持楚王之車輿也。」按：摯虞思游賦：「乘雲車，電鞭之，扶輿委蛇。」似「扶輿」非如張揖之解。

〔九〕「鬱」上或無「而」字。

〔一〇〕或無「英」及「橘柚之包」五字。「當」下或有「奇」字。非是。〔補注〕張裕釗云：噴薄雄肆。張裕釗曰：「白金」云云是插筆，與對禹問體格不同，而用筆則一。

〔一一〕「學」，或作「教」。

寥師郴民，而學於衡山，氣專而容寂，多藝而善遊，豈吾所謂魁奇而迷溺者邪〔一〕？廖師善知人，若不在其身，必在其所與遊；訪之而不吾告，何也？於其別，申以問之〔二〕。

〔一〕「迷」下或有「惑没」字。

〔二〕〔補注〕曾國藩曰：磊落而迷離，收處絶詭變。

送王秀才序

或作「進士王含」。〔補注〕劉大櫆曰：含蓄深婉近子長。曾國藩曰：淡折夷猶，風神絶遠。

吾少時讀醉鄉記〔一〕，私怪隱居者無所累於世而猶有是言，豈誠旨於味邪〔二〕？及讀阮籍陶潛詩，乃知彼雖偃蹇不欲與世接〔三〕，然猶未能平其心，或爲事物是非相感發，於是有託而逃焉者也〔四〕。若顔氏子操瓢與簞〔五〕，曾參歌聲若出金石〔六〕：彼得聖人而師之，汲汲每若不可及，其於外也固不暇，尚何麴蘖之託而昏冥之逃邪〔七〕？吾又以爲悲醉鄉之徒不遇也〔八〕！

〔一〕王績字無功，隋末大儒通之弟也，著醉鄉記，以次劉伶酒德頌。含，其子孫也。序云「建中初，天子嗣位」，當作於德宗之世，次前後篇，當貞元二十年云。

〔二〕〔補注〕張裕釗曰：此與公它文有剛柔之別，然空中起步，其來無端，則一也。又曰：轉折處，宜細玩。

〔三〕「乃」上或有「然後」字。

〔四〕「或」，或作「不」，或無「發」字。〔補注〕「於是有託而逃焉者也」一句，原本無，據別本校補。

〔五〕一云「顔氏之子，操瓢與簞食」，或無「子」字。

〔六〕〔補注〕沈欽韓曰：莊子讓王篇「曾子曳蹝而歌商頌，聲滿天地，若出金石。」

〔七〕「何」下或有「事」字。

〔八〕〔補注〕沈欽韓曰：韓公知道處。張裕釗曰：拗一筆，斠截處。「爲」字疑衍。

建中初，天子嗣位〔一〕，有意貞觀開元之丕績，在廷之臣争言事〔二〕。當此時，醉鄉之後世又以直廢。吾既悲醉鄉之文辭，而又嘉良臣之烈〔三〕，思識其子孫。今子之來見我也，無所挾，吾猶將張之；況文與行不失其世守，渾然端且厚。惜乎吾力不能振之，而其言不見信於世也！於其行，姑與之飲酒〔四〕。

〔一〕大曆十四年德宗即位，十五年正月改元建中。

〔二〕「廷」上或有「朝」字。

〔三〕或無「又」字。

〔四〕「其世」，或作「於世」。「於其」，或作「於是」。

送孟秀才序

或注「琯」字，元和五年，刑部侍郎崔樞知舉，試洪鐘待撞賦，孟琯中第，唐書藝文志有琯嶺南異物志一卷，其嶺南人歟？據序云：「今年秋，見孟氏子於郴，其十月，吾道於衡潭以之荆。」此永貞元年十月作。「琯」，古滿切。〔補注〕曾國潘曰：叙述絜，訓詞當。

今年秋，見孟氏子琯於郴，年甚少，禮甚度〔一〕，手其文一編甚鉅；退披其編以讀之，盡其書，無有不能，吾固心存而目識矣〔二〕。其十月，吾道於衡潭以之荆，累累見孟氏子焉，其所與偕盡善人長者，吾益以奇之〔三〕。今將去是而隨舉於京師，雖不有請，猶將彊而授之以就其志〔四〕，況其請之煩邪？

〔一〕「度」，或作「修」。

〔二〕「識」，音志。「矣」，或作「也」。

〔三〕「吾益」，或作「余益」。

〔四〕「彊而」，或作「彊有」，非是。

京師之進士以千數，其人靡所不有，吾常折肱焉，其要在詳擇而固交之。善雖不吾與，吾將彊而附；不善雖不吾惡，吾將彊而拒：苟如是，其於高爵猶階而升堂，又況其細者邪？

送陳秀才彤序

公貞元十九年冬自御史出爲陽山令，過潭州，見陳彤於楊湖南門下，永貞元年，徙掾江陵，送彤舉進士，彤後以元和十三年登第。

讀書以爲學，纘言以爲文，非以誇多而鬬靡也〔一〕；蓋學所以爲道，文所以爲理耳。苟行事得其宜，出言適其要，雖不吾面，吾將信其富於文學也。

〔一〕「非以」，或無「以」字。

潁川陳彤始吾見之楊湖南門下〔一〕，頎然其長〔二〕，薰然其和。吾目其貌，耳其言，因以得其爲人；及其久也，果若不可及。夫湖南之於人，不輕以事接；争名者之於藝，不可以虚屈：吾見湖南之禮有加，而同進之士交譽也，又以信吾信之不失也。如是而又問焉以質其學，策焉以考其文〔三〕，則何信之有〔四〕？故吾不徵於陳〔五〕，而陳亦不出於我，此豈非古人所謂「可爲智者道，難與俗人言」者類邪〔六〕？

〔一〕謂潭州刺史、湖南觀察使楊憑也。「之」下或有「於」字。

〔二〕「頎」，音祈。

〔三〕時公爲考官。

〔四〕諸本「何」下有「不」字。舊讀此序嘗怪「則何不信之有」以下，文意斷絶不相承應，每竊疑之。後見謝氏手校真本，卷首用建炎奉使之印，末有題字，云：用陳無已所傳歐公定本讎正，乃删去此一「不」字，初亦未曉其意，徐而讀之，方覺此字之爲礙，去之而後一篇之血脈始復通貫，因得釋去舊疑。嘗謂此於韓集最爲有功，但諸本既皆不及，方據謝本爲多，而亦獨遺此字，豈亦不嘗見其真本耶？嘗以告之，又不見信，故今特删「不」字，而復詳著其説云。〔補注〕曾國藩曰：祇此一意，再作往復，亦復傲兀自喜。

〔五〕「吾」，一作「余」，下同。

〔六〕〔補注〕沈欽韓曰：司馬遷報任少卿書語。

凡吾從事於斯也久，未見舉進士有如陳生而不如志者〔一〕，於其行，姑以是贈之。

〔一〕「志」上或有「其」字。今從閣本。

送王秀才序

或作「王塤」。〔補注〕方苞曰：北宋諸家皆得退之之一體，此序淵雅古厚，其支流與子固爲近。劉大櫆曰：韓公序文，掃除枝葉，體簡辭足。曾國藩曰：讀古人書而能辨其正僞醇疵，是謂知言。孟子以下，程朱有此識量。張裕釗曰：其淵厚，子固能得之；其朴老簡峻，則不及也。

吾常以爲孔子之道大而能博〔一〕，門弟子不能徧觀而盡識也，故學焉而皆得其性之所近；其後離散分處諸侯之國，又各以所能授弟子，原遠而末益分〔二〕。

〔一〕或無「爲」字。「大而」下或有「其」字。

〔二〕「分」，方從閣本作「引」。今按：以「分」爲「引」，蓋草書之誤；然幸有他本可證，方乃不取，而獨信其誤，何哉？

蓋子夏之學，其後有田子方；子方之後，流而爲莊周：故周之書〔一〕，喜稱子方之爲人。荀卿之書〔二〕，語聖人必曰孔子、子弓，子弓之事業不傳，惟太史公書弟子傳有姓名字，曰馯臂子弓，子弓受易於商瞿〔三〕。孟軻師子思，子思之學蓋出曾子，自孔子没，羣弟子莫不有書〔四〕，獨孟軻氏之傳得其宗，故吾少而樂觀焉〔五〕。

〔一〕「故」下或有「莊」字。

〔二〕「卿」下或無「之」字。

〔三〕「名字」或作「名耳」。或云：子弓，史記作子弘，漢書作子弓。又云：商瞿授子庸，子庸授子弓。傳授之序，與此不同。「馯」音寒。「瞿」音渠。

〔四〕「書」上或有「師」字，非是。

〔五〕「吾」或作「余」。

太原王塤示予所爲文，好舉孟子之所道者；與之言，信悅孟子而屢贊其文辭。夫沿河而下，苟不止，雖有遲疾〔一〕，必至於海；如不得其道也，雖疾不止，終莫幸而至焉〔二〕。故學者必慎其所道，道於楊墨老莊佛之學，而欲之聖人之道，猶航斷港絕潢以望至於海也；故求觀聖人之道，必自孟子始。今塤之所由，既幾於知道；如又得其船與檝，知沿而不止，嗚呼，其可量也哉！

〔一〕「遲疾」，或作「疾遲」。

〔二〕「幸」，或作「得」。

荆潭唱和詩序

此謂裴均楊憑。唐藝文志有裴均荆潭唱和集一卷，諸本作「裴垍」，非也。均字君齊，貞元十九年五月爲荆南節度使，憑十八年九月爲湖南觀察使。荆即荆南，潭即湖南也。公以永貞元年佐均爲江陵法曹，詳見外集河南同官記。〔補注〕劉大槐曰：言議甚簡，而雄直之氣鬱勃行間。

從事有示愈以荊潭酬唱詩者，愈既受以卒業〔一〕，因仰而言曰：

〔一〕或作「集」，或云「卒業」字見漢楚元王傳。

夫和平之音淡薄〔一〕，而愁思之聲要妙；讙愉之辭難工，而窮苦之言易好也。是故文章之作，恒發於羈旅草野；至若王公貴人氣滿志得〔二〕，非性能而好之，則不暇以爲。今僕射裴公開鎮蠻荊〔三〕，統郡惟九〔四〕；常侍楊公領湖之南壤地二千里〔五〕：德刑之政並勤，爵祿之報兩崇。乃能存志乎詩書，寓辭乎詠歌，往復循環，有唱斯和，搜奇抉怪，雕鏤文字，與韋布里閭憔悴專一之士較其毫釐分寸，鏗鏘發金石，幽眇感鬼神〔六〕，信所謂材全而能鉅者也。兩府之從事與部屬之吏屬而和之〔七〕，苟在編者咸可觀也〔八〕，宜乎施之樂章，紀諸册書。

〔一〕「之音」或作「者之語」，非是。

〔二〕「至若」，或作「若至」。「氣滿志得」，或作「氣得志滿」。

〔三〕或無「僕射裴」三字。

〔四〕荊南管夔忠萬澧朗涪峽江陵九郡也。〔補注〕沈欽韓曰：江陵即節度使治所，不足九郡之數。按：寰宇記有歸州，通荊州爲九也。

〔五〕「之南」或作「南之」，或無「之」字。

〔六〕「鬼神」，或作「神鬼」。

〔七〕「屬」，音蜀，吏屬，之欲切。

〔八〕「在」，或作「有」，非是。

從事曰：子之言是也。告於公〔一〕，書以爲荆潭唱和詩序。

〔一〕「公」謂裴均。

送幽州李端公序

李益時佐幽州劉濟幕。今相國，李藩也。公因益來東都，序以送之，蓋勉其歸使爲濟言，率先來覲，奉職如開元時也。〔補注〕陳景雲曰：唐人稱御史爲「端公」。虞集曰：命意高，結體奇，絜提從天降。方苞曰：句法皆學三禮，與史記不類。儲欣曰：立言無裨世道，文雖奇不足尚也。讀此及送董序，公之言所以奇而益純，久而益尊。劉大櫆曰：諷司徒以來覲奉職，而運詞簡古濃麗。曾國藩曰：骨峻上而詞瑰偉，極用意之作。張裕釗曰：用意高妙，造言瑰奇，可見下筆時經營措注，擺落一切。又曰：體製字法皆仿三傳三禮，而鹿門以爲描畫得史記之髓，誤矣。

元年，今相國李公爲吏部員外郎〔一〕，愈嘗與偕朝〔二〕，道語幽州司徒公之賢〔三〕，曰：某前年被詔告禮幽州〔四〕，入其地，迓勞之使里至〔五〕，每進益恭。及郊，司徒公紅帓首、鞾袴，握刀，左右雜佩〔六〕，弓韔服〔七〕，矢插房〔八〕，俯立迎道左〔九〕。某禮辭曰：「公天子之宰，禮不可如是。」及府又以其服即事，某又曰：「公三公，不可以將服承命。」卒不得辭〔一〇〕。上堂即客階〔一一〕，坐必東向。

〔一〕「年」下或有「春」字。洪玉父云：是年春，公猶在江陵，安得有「偕朝道語」？

〔二〕元年六月，公始自江陵召爲國子博士。

〔三〕貞元二十一年三月，濟檢校司徒。

〔四〕二十一年正月，德宗崩，以藩爲告哀使，故至幽州。

〔五〕「里」，或作「累」，或作「狹」。

〔六〕「帓」，或作「帕」。「鞾」，或作「靴」。方從杭本「刀」下有「在」字，而讀連下文「左」字爲句。謝本又校作「在右」。今按：若如方意，則當云「左握刀右雜佩」矣，不應云「握刀在左」，亦不應唯右有佩也。「在」爲衍字無疑。杭本誤也。禮疏云：「帶劍之法在左，右手抽之爲便」；則刀不當在右。謝本亦非矣。「左右雜佩」，當自爲一句，内則所謂「左右佩用」者也。「鞾」，許戈切。〔補注〕姚鼐曰：此當從杭本作「握刀在左」，蓋「握刀」者，其佩刀之名，若不連「在左」

二字，則真爲手執刀而見，無是理也。此「雜佩」止是戎事之用，如射決之類，與內則之雜佩不同，右有而左無不害。弓矢亦在右，「右雜佩弓韔服矢插房」九字相連，送鄭尚書序「左握刀，右屬弓矢」，文正與此同。按：歐本「握刀在右」，姚從杭本以「右雜佩」爲句，謂與「左握刀右屬弓矢」文同。吳曰：當從歐本，考異云：「不應惟右有佩」是也。其引禮疏帶劍之法在左，不必然也。蓋右屬弓矢，則握刀在左，此文「弓矢」在「雜佩」下，蓋不必身負之，則握刀在右可也。下文「迎於賓左」，握刀在右，所以向賓而爲敬；若在左，賓不見握刀矣。

〔七〕「韔」作「韣」，或作「在」。閣杭蜀苑作「張」，引説文云：弓施弦爲張。又云：服，弓衣也。今按：韔服皆弓室也，然詩云「言韔其弓」，又曰「交韔二弓」，則「韔」字又可通作虚字用矣。此「弓韔服」謂納弓於服耳，況弓云施弦與否，於服無利害，作「張」非是。「韔」，丑亮切。

〔八〕左傳：「抽矢納房。」房，箭舍也。

〔九〕方從閣杭本「道」作「賓」，非是。

〔一〇〕「卒」上或有「及館又如是」一句。方從閣杭苑粹無之。今按：據次第當有此句，但下文云，「上堂即客階，坐必東嚮」，若至館如此，即是常禮，不足言；唯在府如此，乃見其尊事天子使者，不敢以主禮自居之意。當從方本爲是。

〔一一〕「階」下一本複出「即客」二字，云文粹亦有「即」字，則知古本誠然也。今按：複出二字，古本雖有，然不知是何文理，不足爲正也。

愈曰：「國家失太平於今六十年矣。夫十日十二子相配〔一〕，數窮六十，其將復平；平必自幽州始，亂之所出也〔二〕。今天子大聖，司徒公勤於禮，庶幾帥先河南北之將來覲奉職，如開元時乎？」李公曰：「然。」今李公既朝夕左右，必數數爲上言，元年之言殆合矣。

〔一〕〔補注〕陳景雲曰：甲乙之屬，十日爲母，子丑十二辰爲子。見周禮匠人疏。

〔二〕按天寶十四載，范陽節度使安禄山反，范陽，幽州也。其年歲在乙未，至元和九年甲午，數窮六十，一甲子終矣。公此序元和四年二月以後爲之，故云。「平」，或作「乎」。今按：若作「乎」字而屬上句，則下文不應便重出「如開元時乎」。下句但云「必自幽州始」而上無「平」字，即又不成文理。今定作「平」，仍屬下句。〔補注〕陳景雲曰：兩「平」字，文粹與宋浙蜀二本並同。張裕釗曰：高卓精簡，筆力天縱。

端公歲時來壽其親東都〔一〕，東都之大夫士莫不拜于門〔二〕。其爲人佐甚忠〔三〕，意欲司徒公功名流千萬歲，請以愈言爲使歸之獻。

〔一〕益父時官洛陽，公時亦官洛陽。

〔二〕或無複出「東都」字，「大夫士」，或作「士大夫」。

〔三〕「佐」謂爲幽州從事。

送區册序

洪謂區册即區弘，考其始末，非也。貞元十九年冬，公自御史出爲陽山令，此序在陽山作，其曰「歲初吉」，當在明年正月也。〔補注〕方苞曰：風調與柳州相近。劉大櫆曰：昌黎陽山後文字，尤高古簡老。曾國藩曰：送區弘南歸詩當是一時作，故蹊徑與句法之廉悍並相類。張裕釗曰：不獨鑱辭精瑩，要其命意最幽潔，故讀之有味。又曰：遒鬱醇宕，風致與柳相近，惜抱文頗似之。吴汝綸曰：叙貶所往往舍荒涼而矜佳勝，公此文乃正言其窮陋；然止以反跌區生耳：故文勢爲之益峻。

陽山〔一〕，天下之窮處也。陸有丘陵之險，虎豹之虞；江流悍急，横波之石廉利侔劍戟〔二〕，舟上下失勢，破碎淪溺者往往有之。縣郭無居民，官無丞尉，夾江荒茅篁竹之間〔三〕，小吏十餘家，皆鳥言夷面〔四〕。始至言語不通〔五〕，畫地爲字，然後可告以出租賦、奉期約：是以賓客游從之士無所爲而至〔六〕。

〔一〕陽山，縣名，屬連州。

〔二〕「江」上或有「水有」字。「廉」或作「其」。

〔三〕「荒茅篁竹」，蜀本作「荒榛茅竹」。「篁」，諸本作「叢」。漢書嚴助傳：「谿谷之間，篁竹之中。」顏曰：「竹田曰篁。」

〔四〕〔補注〕沈欽韓曰：後漢書度尚傳，抗徐試守宣城長，悉移深林遠藪椎髻鳥語之人置於縣下。

〔五〕「語」或作「説」。「不」下有「相」字。川本北本又作「言語不相通」。

〔六〕「士」或作「事」。〔補注〕張裕釗云：退之此種，真有雕刻萬物之能。

愈待罪於斯且半歲矣〔一〕。有區生者，誓言相好，自南海挐舟而來〔二〕，升自賓階，儀觀甚偉〔三〕，坐與之語，文義卓然。莊周云：「逃虛空者，聞人足音跫然而喜矣。」〔四〕況如斯人者〔五〕，豈易得哉！入吾室，聞詩書仁義之説，欣然喜，若有志於其間也〔六〕。與之翳嘉林，坐石磯，投竿而漁，陶然以樂，若能遺外聲利而不厭乎貧賤也〔七〕。

〔一〕貞元二十年，公貶陽山令，或無「矣」字。

〔二〕〔補注〕沈欽韓曰：莊子讓王篇：「漁父方將杖挐而引其船。」司馬彪曰：「挐，橈也。音饒。」

〔三〕「觀」或作「冠」。

〔四〕見莊子徐無鬼篇。「跫」，許恭切。

〔五〕「虛」，或作「谷」。「斯」，或作「其」，或無「斯」字。皆非是。

〔六〕「欣然」下或有「以」字。「於」或作「乎」。「間」或作「聞」。

〔七〕「樂」上方無「以」字。「厭」下方無「乎」字。今按：「欣然喜」「陶然樂」當爲一例，故諸本皆有「以」字而方本皆無，然竊詳其文勢之緩急，恐上句應無而下句應有也。故定從此本。

歲之初吉〔一〕，歸拜其親〔二〕，酒壺既傾，序以識別〔三〕。

〔一〕或作「告」。毛氏詩傳云：「初吉，朔日也。」此蓋通言歲首也。

〔二〕「拜」，或作「覲」。

〔三〕「識」，音志。

送張道士序

公逸詩有飲城南道邊古墓上逢中丞過贈兵部衛員外少室張道士，豈此道士耶？〔補注〕方苞曰：此篇善於立言。

張道士，嵩高之隱者〔一〕，通古今學，有文武長材，寄迹老子法中，爲道士以養其親。九年，聞朝廷將治東方貢賦之不如法者〔二〕，三獻書，不報，長揖而去。京師士大夫多爲詩以贈，而屬愈爲序。詩曰：

〔一〕「高」，或作「南」，下同。「隱」，或作「有道」。今按：「有道」語似太重，當且作「隱」。

〔二〕「方」下或有「諸侯」字。〔補注〕孫葆田曰：元和九年，淮南節度使吴少陽卒，子元濟自爲留後，詔山南東道節度使嚴綬等討之。

大匠無棄材，尋尺各有施。況當營都邑，杞梓用不疑。張侯嵩高來，面有熊豹姿。開口論利害，劍鋒白差差〔一〕。恨無一尺捶〔二〕，爲國笞羌夷。詣闕三上書，臣非黄冠師。臣有膽與氣，不忍死茅茨。又不媚笑語，不能伴兒嬉。乃著道士服，衆人莫臣知。臣有平賊策，狂童不難治〔三〕。其言簡且要，陛下幸聽之。天空日月高，下照理不遺。或是章奏繁，裁擇未及斯〔四〕。寧當不竢報，歸袖風披披。答我事不爾，吾親屬吾思。昨宵夢倚門，手取連環持。今日有書至，又言歸何時。霜天熟柿栗，收拾不可遲。嶺北梁可構，寒魚下清伊〔五〕。既非公家用，且復還其私。從容進退間，無一不合宜。時有利不利，雖賢欲奚爲？但當勵前操，富貴非公誰。

〔一〕「白」，或作「自」，非是。

〔二〕「捶」，或作「箠」。

〔三〕「治」，平聲。

〔四〕或從閣杭作「期」，非是。〔補注〕曾國藩曰：述上書不報事，立言飄洒，不著痕迹。

〔五〕「伊」，或作「漪」。今按：伊水在嵩北，若前兩處作「嵩南」，即此處不可作「伊」；若彼作「嵩高」則此乃可作「伊」耳。「漪」字雖可通用，然本不從水，只是語助辭，如書「斷斷猗」。大學作「兮」。莊子「猶爲人猗」，亦是此類。故說文水部無之，但因伐檀「漣漪」「淪漪」，故俗遂加水用之，而韓公亦有「含風漪」之句，則此作「漪」亦未可知。今上文既作「嵩高」，則此且作「伊」亦無害。若有他證見得上文果當作「南」，則此却當改爲「漪」矣。

送高閑上人序

贊寧高僧傳云：閑，烏程人，克精書字。宣宗嘗召入，對御草聖，遂賜紫衣，後歸湖州開元寺終焉。閑嘗好以霅川白紵書真草，爲世楷法。〔補注〕薛敬軒曰：莊子文，好學古文者多觀之。公此序，學其法而不用其辭，學之善者也。方苞曰：子厚天說類似莊子；若退之爲之，並其精神意趣皆得之矣。觀高閑上人序可辨。劉大櫆曰：奇崛之文，倚天拔地。

苟可以寓其巧智，使機應於心，不挫於氣，則神完而守固，雖外物至，不膠於心〔一〕。堯舜禹湯治天下，養叔治射〔二〕，庖丁治牛〔三〕，師曠治音聲〔四〕，扁鵲治病〔五〕，僚之於丸〔六〕，秋之於弈〔七〕，伯倫之於酒〔八〕，樂之終身不厭，奚暇外慕？夫外慕徙業者〔九〕，皆不造其堂，不嚌其胾者也〔一〇〕。

〔一〕〔補注〕姚鼐曰：「機應於心，故物不膠於心，不挫於氣，故神完守固。」韓公此言，本自所得於文事者，然以之論道，亦然。牢籠萬物之態，而物皆爲我用者，技之精也；曲應萬事之情，而事循其天者，道之至也；必離去事物，而後静其心，是公所斥「解外膠」「泊然」「澹然」者也。以是爲道，其道淺；以是爲技，其技粗矣。曾國藩曰：「機應於心」，熟極之候也，莊子養生主之説也；「不挫於氣」，自慊之候也，孟子養氣章之説也。韓公之於文技也，進乎道矣。張裕釗曰：退之奇處，最在横空而來，鑿險縋幽之思，藴雲乘風之勢，殆窮極文章之變矣。

〔二〕史記：養由基善射，去柳葉百步射之，百發百中。

〔三〕莊子養生主篇：庖丁爲文惠君解牛，文惠君曰：「譆，善哉，技蓋至於此乎！」

〔四〕曠字子野，晉平公時人。

〔五〕扁鵲即秦越人。晉昭公時人。

〔六〕莊子：市南宜僚弄丸，而兩家之難解。

〔七〕孟子：弈秋通國之善弈者也。

〔八〕劉伶字伯倫，晉人。

〔九〕「徙」，或作「從」，非是。

〔一〇〕「嚌」音劑。「齕」，側吏切。

往時張旭善草書〔一〕，不治他伎，喜怒窘窮，憂悲愉佚，怨恨思慕，酣醉無聊不平，有動於心，必於草書焉發之〔二〕。觀於物，見山水崖谷，鳥獸蟲魚，草木之花實，日月列星，風雨水火，雷霆霹靂，歌舞戰鬭，天地事物之變，可喜可愕，一寓於書：故旭之書，變動猶鬼神〔三〕，不可端倪。以此終其身，而名後世。

〔一〕旭，蘇州吴郡人。「時」，或作「者」。「善」，或作「喜」，非是。

〔二〕「喜怒」，文苑作「喜焉草書，怒焉草書」；「不平」，監本作「平生」：皆非是。或無「焉」字。

〔三〕或無「猶」字，非是。

今閑之於草書，有旭之心哉？不得其心，而逐其迹，未見其能旭也〔一〕。爲旭有道：利害必明，無遺錙銖，情炎於中〔二〕，利欲鬭進，有得有喪，勃然不釋，然後一決於書，而後旭可幾也〔三〕。今閑師浮屠氏，一死生，解外膠〔四〕，是其爲心，必泊然無所起；其於世，必淡然無所嗜〔五〕：泊與淡相遭，頽墮委靡，潰敗不可收拾〔六〕，則其於書得無象之然乎〔七〕？然吾聞浮屠人善幻多技能〔八〕，閑如通其術，則吾不能知矣〔九〕。

〔一〕〔補注〕按：以治天下與丸弈並言，亦莊生齊物之恉。見古人各有自得之真至，其業之所成，無大無小，皆其寓焉者也。果能自得，則凡天地間所有，皆足爲吾之用。若浮屠之法，内黜聰明，既無可寓其巧知；外絶事物，又莫觸發其趣機；蓋彼懼外憂之足爲累也，乃一切絶之，而何有於書乎？意謂閑學草書，亦可終身自樂，不奪於外，無俟乞靈彼教。汪武曹乃疑首言「不外慕」，後幅止言必有不平之心，草書乃工，不當遺「不外慕」意，殆未窺其深矣。書乃六藝之一，逃儒入釋，是即所謂外慕徙業也。

〔二〕「情」，或作「精」。

〔三〕或無「後」字。

〔四〕諸本並作「膠」，杭歐謝本作「繆」，莫侯切。猶綢繆也。莊子：「内韄者不可繆而捉」，義蓋同此。今按：膠者，黏著之物，而其力之潰敗不黏爲解，今以下文「頽墮潰敗」之語反之，當定作「膠」。

〔五〕二「所」下，方從杭本皆有「於」字，非是。

〔六〕「敗」，或作「散」。

〔七〕東坡送參寥詩云：「退之論草書，萬事未嘗屏。憂愁不平氣，一寓筆所騁。頗怪浮屠人，視身如丘井。頽然寄淡泊，誰與發豪猛。」正謂此一段文意也。

〔八〕「善」或從閣本作「喜」。今按：「善幻」説見酬崔少府詩。

〔九〕「閑」下或有「師」字。方云：「此篇用意皆本於莊子所稱『宋元君畫圖，有一史後至，解衣槃礴羸』，郭注云：『内足者神閒而意定』。」又云：「王彦法謂退之此數語，乃深得祖師向上休歇一路，其見處勝裴休遠甚。」今按：韓公本意，但謂人必有不平之心，鬱積之久而後發之，則其氣勇決而伎必精。今高閑既無是心，則其爲伎，宜其潰敗委靡而不能奇；但恐其善幻多伎，則不可知耳。此自韓公所見，非如畫史祖師之説也。

送殷員外序

一作「殷侑員外使回鶻序」，元和十二年也。據傳，詔侑副宗正少卿李孝誠使回鶻，可汗驕甚，侑不爲屈，虜責其倨，侑曰：「可汗唐壻，欲坐屈使者拜，乃可汗無禮，非使臣倨也。」虜憚其言，不敢逼。還遷虞部員外郎。皆與序合。惟年次稍先後，當以序爲正。〔補注〕劉大櫆曰：莊嚴簡重，另具一體，與楊少尹等序正相反。曾國藩曰：字字峭立，倜儻軒偉。

唐受天命爲天子，凡四方萬國〔一〕，不問海内外，無小大，咸臣順於朝〔二〕。時節貢水土百物，大者特來，小者附集。

〔一〕閣杭無「萬」字，非是。

〔二〕杭本無「於」字，非是。

元和睿聖文武皇帝既嗣位〔一〕，悉治方内就法度。十二年詔曰：「四方萬國，惟回鶻於唐最親，奉職尤謹，丞相其選宗室四品一人，持節往賜君長，告之朕意。又選學有經法通知時事者一人〔二〕，與之爲貳。」由是殷侯侑自太常博士遷尚書虞部員外郎兼侍御史〔三〕，朱衣象笏，承命以行〔四〕，朝之大夫莫不出餞。

〔一〕憲宗元和三年正月上此尊號。

〔二〕「法」，或作「術」。

〔三〕〔補注〕沈欽韓曰：舊傳：侑貞元末以五經登第，使還，拜虞部員外郎。蓋使時假官，還後真拜。

〔四〕杭本無「命」字，非是。

酒半，右庶子韓愈執盞言曰〔一〕：殷大夫〔二〕：今人適數百里，出門惘惘有離别可憐之色；持被入直三省〔三〕，丁寧顧婢子語，刺刺不能休〔四〕。今子使萬里外國，獨無幾微出於言面，豈不真知輕重大丈夫哉！丞相以子應詔，真誠知人〔五〕。士不通經，果不足用。於是相屬爲詩以道其行云。

〔一〕元和十一年五月，公爲太子右庶子。

〔二〕或作「殷侯」。

〔三〕「持」，或作「襆」。「入直三省」，洪慶善謂唐無三省，「持被入直」當爲句絶。「三」，息暫反；「省」，息井切。朱新仲云：唐以侍中兩令爲三省長官，張籍寄白舍人詩「三省比年名望重」，説者以唐無三省，非也。若不言「三省」，不知入直何所；以上下文考之，朱説爲長。

〔四〕「刺刺」，方云：洪慶善云：「刺」，音慮達切；樊澤之云「刺，七迹切」，若如洪讀，則當以戾爲義；顧婢子語，何戾耶？潘岳閣道謡：「和嶠刺促不得休。」語意皆同，此當以七迹切爲正。

〔五〕「人」下或有矣字。

送楊少尹序

一有「巨源」二字。新舊史無傳，藝文志云：楊巨源字景山，貞元五年第進士，以能詩名，嘗有「三刀夢益州，一箭取遼城」之句。白樂天贈詩云「早聞一箭取遼城」，以此詩遂知名。既引年去，命爲其都少尹。楊蓋河中人，張籍有詩送云：「官爲本府當身榮，因得還鄉任野情。」意蓋指此。二疏事見前漢。此序長慶中公爲吏部侍郎時作，故序謂「余忝在公卿後」云。〔補注〕唐順之曰：前後照應，而錯綜變化不可言。此等文字，蘇曾王集内無之。何焯曰：反覆詠歎，言婉思深。劉大櫆云：馳驟跌宕，生動飛揚，曲盡行文之妙。曾國藩曰：唱歎抑揚，與送王秀才序略相類，歐公多似此體。

昔疏廣受二子以年老一朝辭位而去〔一〕，于時公卿設供張〔二〕，祖道都門外，車數百兩，道路觀者多歎息泣下，共言其賢。漢史既傳其事，而後世工畫者又圖其迹，至今照人耳目，赫赫若前日事。國子司業楊君巨源方以能詩訓後進〔三〕，一旦以年滿七十〔四〕，亦白丞相去歸其鄉。世常説古今人不相及，今楊與二疏其意豈異也〔五〕？

〔一〕「疏」或作「疎」，漢書作「疏」。今按：「疏」正字，「疎」，俗體也。〔補注〕沈欽韓曰：「二子」當作「父子」。

〔二〕「張」，或作「帳」，謂供具張設也，音竹亮切。公送石弘序「張上東門」，只用「張」字，況二疏本傳自可考。漢書如「高祖留沛張飲」，黥布傳「張御食飲」，皆謂張設也。

〔三〕因話録云：楊巨源在元和中，詩韻不爲新語，體律務實，工夫頗深，以高文爲諸生所宗。

〔四〕或無「一旦」二字。

〔五〕「及」，閣杭本作「方」。「及」上或別有「方」字。「其意豈異也」，或作「豈其異意邪」。皆非是。

予忝在公卿後，遇病不能出，不知楊侯去時，城門外送者幾人？車幾兩？馬幾疋〔一〕？道邊觀者亦有歎息知其爲賢以否〔二〕？而太史氏又能張大其事爲傳繼二疏踪迹否〔三〕？不落莫否？見今世無工畫者，而畫與不畫固不論也〔四〕。然吾聞楊侯之去，丞相有愛而惜之者〔五〕，白以爲其都少尹〔六〕，不絶其禄，又爲歌詩以勸之，京師之長於詩者亦屬而和之；又不知當時二疏之去有是事否？古今人同不同，未可知也〔七〕。

〔一〕或無「幾人」字。「疋」或作「駟」。

〔二〕「以」「與」通用。

〔三〕閣本無「踪迹否」三字，非是。或但無「否」字，亦非。

〔四〕〔補注〕張裕釗曰：奇思異景，東坡謂文須可驚可喜，惟退之文乃足語此耳。

〔五〕「惜」下閣杭本無「之」字。

〔六〕「白」或作「署」，或無「白」字。〔補注〕陳景雲曰：「其都」者，中都也。唐以河中府爲中都，設大尹、少尹如東西兩都制。

〔七〕「不」下或無「同」字。〔補注〕張裕釗曰：此轉更神妙不測。

中世士大夫以官爲家，罷則無所於歸〔一〕。楊侯始冠舉於其鄉〔二〕，歌鹿鳴而來也；今之歸，指其樹曰：「某樹吾先人之所種也，某水某丘吾童子時所釣遊也。」鄉人莫不加敬，誡子孫以楊侯不去其鄉爲法。古之所謂「鄉先生没而可祭於社」者，其在斯人歟，其在斯人歟〔三〕！

〔一〕或無「於」字，非是。
〔二〕「鄉」或作「家」。
〔三〕二語閣杭本皆無「在」字。〔補注〕張裕釗曰：前幅已極文之變態，末段又别出邱壑，讀之如尋幽覽勝，探之不窮。

送權秀才序

公時佐汴州，權自汴舉進士京師，送以此序。〔補注〕曾國藩曰：應酬之作，亦自不俗。

伯樂之厩多良馬〔一〕，卞和之匱多美玉〔二〕，卓犖瓌怪之士〔三〕，宜乎遊於大人君子之門也！

〔一〕孫陽字伯樂，秦穆公時人也，事見戰國策。
〔二〕卞和獻玉事，見韓非子。
〔三〕「怪」，或作「奇」。

相國隴西公既平汴州〔一〕，天子命御史大夫吴縣男爲軍司馬〔二〕，門下之士權生實從之來〔三〕。權生之貌，固若常人耳。其文辭引物連類，窮情盡變，宮商相宣，金石諧和〔四〕，寂寥乎短章，春容乎大篇：如是者，閲之累日而無窮焉〔五〕。

〔一〕「西」下或有「董」字。貞元十二年七月，以隴西公董晉爲宣武軍節度使，平汴州之亂。

〔二〕「縣」或作「郡」，非也。董晉祭文石本可考，下同。是年八月，以汴州刺史御史大夫吴縣男陸長源爲節度行軍司馬使。

〔三〕下或有「觀」字。

〔四〕「和」方從閣杭蜀苑作「聲」，云：晉范啓謂孫綽天台山賦曰，「恐此金石非中宮商」，故文章以諧聲爲尚。公進平淮西表曰「叢雜乖戾，律吕失次」，亦謂此也。今按「諧和」即謂其聲之和耳，若作「諧聲」，却犯本字，而語意亦不活，方説非是。

〔五〕「閲」或作「聞」。

愈常觀於皇都，每年貢士至千餘人，或與之遊，或得其文，若權生者，百無一二焉。如是而將進於明有司，重之以吴縣之知，其果有成哉！於是咸賦詩以贈之。

送湖南李正字序

或作「送李礎判官正字歸湖南」。礎之父仁鈞也。貞元十九年登進士第，元和初爲秘書省正字，湖南觀察推官。公分司東都，礎自湖南請告來覲其父，於其還，公以詩及序送之。〔補注〕方苞曰：三番叙述，不覺其冗，良由筆力天縱。姚範云：叙交遊聚散之感，老潔自不可及。

貞元中，愈從太傅隴西公平汴州〔一〕，李生之尊府以侍御史管汴之鹽鐵〔二〕，日爲酒殺羊享賓客，李生則尚與其弟學讀書，習文辭，以舉進士爲業。愈於太傅府年最少，故得交李生父子間。公薨軍亂，軍司馬從事皆死〔三〕，侍御亦被讒爲民日南〔四〕。其後五年，愈又貶陽山令，今愈以都官郎守東都省〔五〕，侍御自衡州刺史爲親王長史，亦留此掌其府事〔六〕。李生自湖南從事請告來覲。於時，太傅府之士惟愈與河南司録周君獨存〔七〕，其外則李氏父子，相與爲四人〔八〕。離十三年〔九〕，幸而集處，得燕而舉一觴相屬，此天也，非人力也〔一〇〕！

〔一〕貞元十二年七月，以董晉鎮宣武。

〔二〕「府」或作「父」。

〔三〕貞元十五年二月，晉卒，軍亂，殺行軍司馬陸長源、判官孟叔度等。

〔四〕「日」，或作「山」，仁鈞以讒流愛州。

〔五〕「官」下或有「員外」字。「王」下或有「府」字。此謂「東都」，蓋李亦分司也。

〔六〕「亦留此」，或無「亦」「此」二字，「留」作「收」，皆非是。

〔七〕周君名愿，字君巢，時爲河南府司録參軍。「君」下或有「巢」字。

〔八〕「外」下或無「則」字。「子」下或無「相」字。

〔九〕時元和六年，自貞元己卯至元和庚寅才十二年耳，此言十三年，豈退之與礎別在戊寅歲乎？

〔一〇〕〔補注〕張裕釗云：風神蕭疎，以静氣得之，熟翫此種，自能遠絶俗囂。

侍御與周君於今爲先輩成德〔一〕，李生温然爲君子〔二〕，有詩八百篇，傳詠於時。惟愈也業不益進，行不加修，顧惟未死耳。往拜侍御，謁周君，抵李生，退未嘗不發媿也〔三〕。

〔一〕「成」或作「盛」。

〔二〕「李」上或有「若」字。

〔三〕或無「退」字。

往時侍御有無盡費於朋友〔一〕，及今則又不忍其三族之寒飢，聚而館之，疏遠畢至〔二〕，禄不足以養〔三〕；李生雖欲不從事於外，其勢不可得已也〔四〕。重李生之還者皆爲詩，愈最故，故又爲序云〔五〕。

〔一〕〔補注〕曾國藩曰：「有無」，猶「多寡」也。檀弓「稱家之有無」。

〔二〕「寒飢」，或作「飢寒」。「至」，文苑作「在」。今按：「在」乃「至」字之誤，書史多互用者，如此則當作「至」；而「治道不至多言」，「不至學古兵法」之類，以他書所引考之，却當作「在」也。

〔三〕「養」下或有「爲」字。

〔四〕「已」或作「止」。

〔五〕「爲序」，或作「序之」，或作「之序」。

送石處士序

或有「赴河陽參謀」字。「謀」或作「謨」，或有「詩」字。洪字濬川，洛陽人，罷黄州録事參軍，退居于洛，十年不仕，及是爲河陽參謀。歐公云：洪始終無可稱，而名重一時，以嘗爲退之稱道耳。洪之河陽幕府之明年，召爲京兆昭應尉、集賢校理，又明年六月卒，於是公誌其墓。

〔補注〕沈欽韓曰：唐節度使幕有「參謀」無「參謨」，此等謬字不必列。茅坤曰：以議論行叙事，是韓之變調。何焯曰：此篇命意，蓋因石之行，望重胤盡力轉輸，使朝廷克成討王承宗之功，不可復若盧從史之陰與之通，而位置有體，藏諷諭於不覺。吴汝綸曰：洪出，公有贈詩及序，其卒有祭文及志；李習之亦有薦洪狀，其人故自非世俗人。此文深譏其輕出，所以惜之也。

河陽軍節度御史大夫烏公爲節度之三月〔一〕，求士於從事之賢者，有薦石先生者。公曰：「先生何如？」曰：「先生居嵩邙瀍穀之間〔二〕，冬一裘，夏一葛，食朝夕飯一盂、蔬一盤〔三〕。人與之錢則辭，請與出游，未嘗以事辭，勸之仕，不應〔四〕。坐一室，左右圖書。與之語道理，辨古今事當否，論人高下，事後當成敗，若河決下流而東注，若駟馬駕輕車就熟路，而王良造父爲之先後也，若燭照數計而龜卜也。」〔五〕大夫曰：「先生有以自老，無求於人，其肯爲某來邪？」從事曰：「大夫文武忠孝，求士爲國，不私於家〔六〕。方今寇聚於恒，師環其疆〔七〕，農不耕收〔八〕，財粟殫亡，吾所處地，歸輸之塗〔九〕，治法征謀，宜有所出〔一〇〕。先生仁且勇，若以義請而彊委重焉，其何説之辭！」於是譔書詞〔一一〕，具馬幣，卜日以授使者，求先生之廬而請焉。先生不告於妻子，不謀於朋友〔一二〕，冠帶出見客，拜受書禮於門内，宵則沐浴戒行李〔一三〕，載書册，問道所由，告行於常所來往；晨則畢至，張上東門外〔一四〕。

〔一〕元和五年四月詔用烏公重胤爲河陽軍節度使御史大夫，治孟州。其曰「節度之三月」，則是歲六七月間也。

〔二〕嵩邙，山名，瀍穀，水名：皆在洛陽之境。穀，即澗水。書云：「卜澗水東」是也。後改名澗。

〔三〕或無「食」字。

〔四〕「事辭」或作「事免」。「不」上或有「則」字。

〔五〕「東」上或無「而」字。或并無「下流而東注」五字。「熟」或作「夷」。「卜」或作「兆」。

〔六〕「於家」，或作「爲家」。

〔七〕元和四年三月，成德軍節度王士真卒，其子承宗叛。十二月，詔吐突承璀率諸道兵討之。地理志：鎮州恒山郡，本恒州，天寶元年，更名鎮，成德軍所治也。〔補注〕沈欽韓曰：按地理志，天寶元年，更恒山郡爲常山郡，元和十五年，避穆宗諱更名鎮州。

〔八〕「收」，蜀本作「牧」。

〔九〕「歸」閣杭本作「師」。今按：當從諸本作「歸」，而讀作「饋」，謂漕運也。

〔一〇〕「所出」，閣杭本作「主出」。

〔一一〕〔補注〕沈欽韓曰：容齋隨筆：唐世節度、觀察諸使辟置僚佐，以至州佐差掾屬，牒語皆用四六，大略如告身，故云「撰書詞」。

〔一二〕「朋友」閣杭本作「其朋」。

〔一三〕或無「則」字。「李」或作「事」。

〔一四〕「張」下或有「筵於」二字，或只有「别」字。

酒三行，且起，有執爵而言者曰：「大夫真能以義取人，先生真能以道自任，決去就，爲先生别。」〔一〕又酌而祝曰：「凡去就出處何常，惟義之歸。遂以爲先生壽。」又酹而祝曰：「使大夫恒無變其初，無務富其家而飢其師，無甘受佞人而外敬正士，無昧於諂言，惟先生是聽〔二〕，以能有成功，保天子之寵命。」又祝曰：「使先生無圖利於大夫而私便其身。」〔三〕先生起拜祝辭曰：「敢不敬蚤夜以求從祝規。」〔四〕

〔一〕「真」閣作「其」，非是。方從閣杭本無「爲先生別」以下十二字。今按：此閣杭本由有二「去就」字而脱其中字，遂使下句全無文理，方從之，誤矣。〔補注〕吴汝綸曰：創調。

〔二〕或無「敬」字。「諂」或作「諍」。皆非是。或無「是」字。

〔三〕「圖」，閣本作「固」。

〔四〕「不」下或有「祇」字。

於是東都之人士咸知大夫與先生果能相與以有成也。遂各爲歌詩六韻，退〔一〕，愈爲之序云。

〔一〕「退」或作「遣」。

送温處士赴河陽軍序

温造字簡輿，大雅之五世孫。文宗朝終禮部尚書，公前年送石洪，今又送造。二生皆東都處士之秀者，公時爲河南令。〔補注〕姚鼐曰：意含滑稽，而文特票姚。

伯樂一過冀北之野，而馬羣遂空。夫冀北馬多天下〔一〕，伯樂雖善知馬，安能空其羣邪〔二〕？解之者曰：吾所謂空，非無馬也；無良馬也。伯樂知馬，遇其良，輒取之，羣無留良焉。苟無良，雖謂無馬〔三〕，不爲虚語矣。

〔一〕「多」下或有「於」字。

〔二〕「能」下或有「遂」字。〔補注〕張裕釗曰：承上按語，翻剥以期盡意，公文往往如此。

〔三〕「苟無」下或有「留其」二字。「雖」下閣杭本無「謂」字。

東都固士大夫之冀北也。恃才能，深藏而不市者〔一〕，洛之北涯曰石生〔二〕，其南涯曰温生〔三〕。大夫烏公以鈇鉞鎮河陽之三月，以石生爲才，以禮爲羅，羅而致之幕下。未數月也，以温生爲才，於是以石生爲媒，以禮爲羅，又羅而致之幕下。東都雖信多才士，朝取一人焉，拔其尤；暮取一人焉，拔其尤〔四〕：自居守、河南尹以及百司之執事〔五〕，與吾輩二縣之大夫〔六〕，政有所不通，事有所可疑，奚所諮而處焉〔七〕？士大夫之去位而巷處者，誰與嬉遊？小子後生於何考德而問業焉？搢紳之東西行過是都者，無所禮於其廬〔八〕。若是而稱曰：大夫烏公一鎮河陽，而東都處士之廬無人焉，豈不可也？

〔一〕「恃」或作「懷」。「市」或作「賈」。

〔二〕石生，石洪也。

〔三〕即造也。二處士皆居洛陽南北之涯，即贈盧仝詩所謂「水北山人、水南山人」是也。

〔四〕〔補注〕吴汝綸曰：盡力蓄勢。

〔五〕「居守」，謂東都留守鄭餘慶。

〔六〕東都郭下二邑洛陽、河南也。

〔七〕「諮」或作「咨」。「處」或作「取」。

〔八〕〔補注〕劉大櫆曰：温去皆失所恃，此是造出奇崛處。

夫南面而聽天下，其所託重而恃力者惟相與將耳。相爲天子得人於朝廷〔一〕，將爲天子得文武士於幕下：求内外無治〔二〕，不可得也。

〔一〕或無「朝」字。

〔二〕閣杭蜀本無「内外」二字，或作「内外求」，無理。皆非是。

愈縻於兹不能自引去〔一〕，資二生以待老；今皆爲有力者奪之〔二〕，其何能無介然於懷邪？生既至〔三〕，拜公於軍門，其爲吾以前所稱爲天下賀〔四〕，以後所稱爲吾致私怨於盡取也。

〔一〕或無「自」字。

〔二〕閣杭本無「之」字。

〔三〕或無「至」字。

〔四〕「其」或作「具」。

留守相公首爲四韻詩歌其事，愈因推其意而序之〔一〕。

〔一〕「之」或作「焉」。

送鄭尚書序

鄭權，汴州開封人，貞元六年舉進士第。〔補注〕方苞曰：字句皆學儀禮。劉大櫆云：措語形容，一一奇崛，乃韓公本色。曾國藩曰：氣體似漢書匈奴傳。張裕釗曰：從史記匈奴外夷諸傳出，簡古奥峭，却有餘意。吴汝綸曰：此序譏鄭不足當其任也。

嶺之南其州七十，其二十二隸嶺南節度府，其四十餘分四府〔一〕，府各置帥，然獨嶺南節度爲大府。大府始至〔二〕，四府必使其佐啓問起居，謝守地不得即賀以爲禮。歲時必遺賀問，致水土物。大府帥或道過其府，府帥必戎服，左握刀，右屬弓矢，帕首袴鞾迎郊〔三〕。及既至，大府帥先入據館〔四〕，帥守屏〔五〕，若將趨入拜庭之爲者；大府與之爲讓至一再〔六〕，乃敢改服，以賓主見；適位執爵皆興拜，不許乃止，虔若小侯之事大國。有大事諮而後行〔七〕，隸府之州離府遠者至三千里，懸隔山海，使必數月而後能至。蠻夷悍輕，易怨以變，其南州皆岸大海，多洲島，颿風一日踔數千里〔八〕，漫瀾不見蹤迹。控御失所，依險阻，結黨仇〔九〕，機毒矢以待將吏〔一〇〕，撞搪呼號以相和應，蜂屯蟻雜不可爬梳〔一一〕，好則人，怒則獸；故常薄其征入，簡節而疏目〔一二〕，時有所遺漏，不究切之，長養以兒子；至紛不可治，乃草薙而禽獮之〔一三〕，盡根株痛斷乃止。其海外雜國若躭浮羅流求毛人夷亶之州〔一四〕，林邑扶南真臘于陀利之屬〔一五〕，東南際天地以萬數，或時候風潮朝貢，蠻胡賈人〔一六〕舶交海中〔一七〕。若嶺南帥得其人，則一邊盡治，不相寇盜賊殺，無風魚之災，水旱癘毒之患，外國之貨日至，珠香象犀玳瑁奇物溢於中國，不可勝用；故選帥常重於他鎮。非有文武威風，知大體，可畏信者，則不幸往往有事〔一八〕。

〔一〕通典曰：嶺南五府經略使治廣州，領州二十二；邕管經略使治邕州，領州十三；容管經略使治容州，領州十四；桂管經略使治桂州，領州十四；鎮南經略使安南都護府治交州，領州十一。至德元年，升五府經略使爲嶺南節度使。

〔二〕閣杭本無下「大府」字。

〔三〕「郊」上或有「于」字。「帕」，莫轄切。「韠」，許戈切。

〔四〕或無「先」字。

〔五〕「屏」，必郢切。

〔六〕「一」下或更有「至」字。

〔七〕「諮」，或作「咨」。

〔八〕「颿」與「帆」同。「颿」或作「飄」。「踔」音逴，又勑教切。

〔九〕或作「仇黨」。

〔一〇〕或無「將」字。

〔一一〕或作「把疏」。

〔一二〕〔補注〕張裕釗云：前面如互流漭沆，至此則暴怒噴薄矣。

〔一三〕「薙」音雉，芟也。「獮」，息淺切。

〔一四〕「州」或作「洲」。

〔一五〕躭浮羅國流求國毛人國夷州亶州林邑國扶南國真臘國皆海外蠻夷之國云。林邑一曰環玉，在交州南，海行三千里；真臘一曰吉蔑，在林邑西北，去京師二萬七百里。「躭」音耽。〔補注〕沈欽韓曰：躭浮羅，舊書劉仁軌傳作「躭羅」。南史：于陀利國在海南洲上。明史：三佛齊古名于陀利。

〔一六〕「胡」或作夷。

〔一七〕〔補注〕張裕釗云：造語雄闊，唯太史公有此。

〔一八〕〔補注〕何焯曰：前半盛稱其任之重以戒勉之，而以兩語反覆微諷，使知所自處。知其爲諷則愈覺有味，猶詩之有楚茨也。宋人自歐公而外，無復得其意矣。

長慶三年四月，以工部尚書鄭公爲刑部尚書兼御史大夫往踐其任〔一〕。鄭公嘗以節鎮襄陽〔二〕，又帥滄景德棣〔三〕，歷河南尹，華州刺史〔四〕，皆有功德可稱道。入朝爲金吾將軍、散騎常侍〔五〕、工部侍郎、尚書〔六〕。家屬百人，無數畝之宅，僦屋以居，可謂貴而能貧，爲仁者不富之效也〔七〕。

〔一〕長慶三年四月，權爲嶺南節度使。

〔二〕「嘗」或作「常」。元和十一年七月，權爲山南東道節度使。

〔三〕十三年四月，權爲德州刺史、德棣滄景節度使。

〔四〕初，權自河南尹帥山南東道，爲華州刺史。

〔五〕元和十四年十一月，權爲右金吾衛大將軍，充左街使；穆宗即位，改左散騎常侍，充入回鶻告哀使。

〔六〕長慶元年權使還爲河南尹，自河南尹入爲工部侍郎，二年十月，遷本曹尚書。

〔七〕「貴而能貧」，此左氏襄二十二年語。權本傳云：「用度豪侈」，復與此異，何邪？今按：通鑑：權家多姬妾，禄薄不能贍，因鄭注干王守澄求節鎮，得廣州，此語蓋譏之也。

及是命，朝廷莫不悦；將行，公卿大夫士苟能詩者咸相率爲詩以美朝政，以慰公南行之思，韻必以來字者，所以祝公成政而來歸疾也〔一〕。

〔一〕「祝」上或無「以」字，或「祝」下有「使」字。

送水陸運使韓侍御歸所治序

考食貨志：憲宗用李絳議，以韓重華爲振武京西營田和糴水陸運使。振武乃單于大都護府故地，後改名振武。重華後名約，預「甘露之禍」，洪謂唐志無所考，非也。今按：漢書王尊傳有「治所」字，此「所治」字當乙。〔補注〕陳景雲曰：魏文帝與陳思王與吴質書並有「所治」字。蔡世遠曰：叙事古奥詳盡，錯落雕琢極自然。學韓文但喜誦其疏宕者，此等不究心，終不能得其藩籬而入。曾國藩曰：此即條議時事之文，鋪叙處絶警聳。張裕釗曰：似西漢人氣格。

六年冬，振武軍吏走驛馬詣闕告饑，公卿廷議以轉運使不得其人〔一〕，宜選才幹之士往換之〔二〕，吾族子重華適當其任〔三〕。

〔一〕或無「轉」字。

〔二〕〔補注〕姚鼐曰：「换」字見薛宣傳。

〔三〕元和六年四月，以盧坦爲户部侍郎，判度支；會振武告饑，時薛謇爲代北水陸運使，坦以重華代謇也。

至則出贓罪吏九百餘人，脱其桎梏，給耒耜與牛，使耕其傍便近地，以償所負，釋其粟之在吏者四十萬斛不徵。吏得去罪死，假種糧，齒平人有以自效，莫不涕泣感奮，相率盡力以奉其令；而又爲之奔走經營〔一〕，相原隰之宜，指授方法；故連二歲大熟，吏得盡償其所亡失四十萬斛者而私其贏餘〔二〕，得以蘇息，軍不復饑。君曰：「此未足爲天子言。請益募人爲十五屯，屯置百三十人而種百頃，令各就高爲堡；東起振武，轉而西，過雲州界，極於中受降城，出入河山之際〔三〕，六百餘里，屯堡相望，寇來不能爲暴，人得肆耕其中，少可以罷漕輓之費。」朝廷從其議，秋果倍收，歲省度支錢千三百萬。

〔一〕「爲」下或無「之」字。

〔二〕「私其」下或有「有」字。「其」或作「有」。皆非是。

〔三〕「際」或作「險」。

八年，詔拜殿中侍御史，錫服朱銀〔一〕。其冬來朝，奏曰：「得益開田四千頃，則盡可以給塞下五城矣〔二〕；田五千頃，法當用人七千，臣令吏於無事時督習弓矢爲戰守備，因可以制虜，庶幾所謂兵農兼事，務一而兩得者也。」〔三〕大臣方持其議〔四〕。吾以爲邊軍皆不知耕作〔五〕，開口望哺，有司常僦人以車船自他郡往輸，乘沙逆河，遠者數千里，人畜死，蹄踵交道，費不可勝計。中國坐耗〔六〕，而邊吏恒苦食不繼。今君所請田，皆故秦漢時郡縣地，其課績又已驗白；若從其言，其利未可遽以一二數也。今天子方舉羣策以收太平之功，寧使士有不盡用之歎，懷奇見而不得施設也？君又何憂？而中臺士大夫亦同言侍御韓君前領三縣，紀綱二州，奏課常爲天下第一；行其計於邊，其功烈又赫赫如此；使盡用其策，西北邊故所没地〔七〕，可指期而有也。聞其歸，皆相勉爲詩以推大之，而屬余爲序。

〔一〕或作「朱金銀緋」，唐五品服。

〔二〕「五城」東、西、中三受降城，朔方、振武二軍也。

〔三〕或無「幾」字。「務一」，或作「一務」。「兩得」，或作「得兩」。

〔四〕八年冬，重華入朝，會宰相李絳已罷，後宰相持其議而止。語見食貨志。志所載營田事，大抵與公此序相表裏。

〔五〕〔補注〕曾國藩曰：接筆絶遒緊。

〔六〕「坐秏」或作「坐見秏虚」，或作「坐秏虚」，今從閣杭本定。

〔七〕〔補注〕沈欽韓曰：没於吐番，河西隴右之地。

送鄭十校理序

舊史云：鄭餘慶之子瀚，本名涵，以文宗藩邸時名同，改名瀚，貞元十年舉進士，以父謫官累年不仕，自秘書省校書郎遷洛陽尉，充集賢院修撰，改長安尉，集賢校理。公以元和四年六月爲都官員外郎，分司東都，涵求告來寧，公於其行，作是序以送之，蓋五年春也，故有「歸騎春衫薄」之句。

秘書，御府也。天子猶以爲外且遠，不得朝夕視，始更聚書集賢殿，别置校讎官，曰「學士」、曰「校理」〔一〕，常以寵丞相爲大學士〔二〕。其他學士皆達官也，校理則用天下之名能文學者〔三〕；苟在選，不計其秩次，惟所用之。由是集賢之書盛積，盡秘書所有不能處其半；書日益多，官日益重。四年，鄭生涵始以長安尉選爲校理〔四〕，人皆曰：是宰相子，能恭儉守教訓，好古義施於文辭者；如是而在選，公卿大夫家之子弟其勸耳矣〔五〕。

〔一〕「士」下或無「曰」字。

〔二〕開元十三年改集仙殿爲集賢殿，聚四部書其中，置修撰、校理官：五品以上爲學士，六品以下爲直學士，以宰相張説爲大學士。

〔三〕「名」下或有「士」字，又或有「而」字。

〔四〕「爲」，一作「授」。

〔五〕「家」下或有「選」字，非是。〔補注〕吴汝綸曰：此譏鄭公以公卿子弟爲之，非其任也。

愈爲博士也，始事相公於祭酒；分教東都生也，事相公於東太學；今爲郎於都官也，又事相公於居守〔一〕：三爲屬吏，經時五年，觀道德於前後，聽教誨於左右，可謂親薰而炙之矣〔二〕。其高大遠密者，不敢隱度論也；其勤己而務博施，以己之有，欲人之能，不知古君子何如耳〔三〕。今生始進仕，獲重語於天下，而慊慊若不足，真能守其家法矣。其在門者可進賀也〔四〕。

〔一〕「居」上或無「於」字。按舊史：元和元年，鄭餘慶罷相，爲太子賓客，遷國子祭酒，冬十一月庚戌，遷河南尹。三年夏六月甲戌，自河南尹拜東都留守，六年十月，除吏部尚書。唐制：東都置六館學，與京師同；故掌其職者謂之分教。而舊史又云：愈始舉進士，投文於公卿間，故相鄭餘慶爲之延譽，由是知名於時。

〔二〕或無「後」字。「炙」，之石切。

〔三〕或無「耳」字，或作「爾」。

〔四〕「門」下或有「下」字。

求告來寧〔一〕，朝夕侍側，東都士大夫不得見其面；於其行日，分司吏與留守之從事〔二〕，竊載酒肴席定鼎門外〔三〕，盛賓客以餞之。既醉，各爲詩五韻，且屬愈爲序。

〔一〕涵以元和四年爲校理，五年寧親東都，時餘慶爲東都留守。

〔二〕「司」下或有「郎」字。

〔三〕古今地名曰：河南有鼎門，九鼎所定也，即成王定鼎于郟鄏之所。〔補注〕沈欽韓曰：續漢志：河南郡雒陽東城門名鼎門，劉昭注：帝王世紀云：東南門九鼎所從入。又曰：武王定鼎雒陽，西南雒水，九鼎中觀是也。

詩　洛字

詩下或有「曰」字。注，「洛」上或有「得」字。

相公倦台鼎，分正新邑洛〔一〕。才子富文華，校讎天禄閣。壽觴佳節過，歸騎春衫薄〔二〕。鳥呀正交加，楊花共紛泊。親交誰不羨〔三〕，去去翔寥廓。

〔一〕「正」或作「政」。
〔二〕「衫」或作「和」。
〔三〕「親交」，或作「交親」。

韋侍講盛山十二詩序

「講」或作「御」。或作「盛山唱和詩序」。唐史：韋處厚字德載，京兆萬年人。中進士第，又擢才識兼茂科賢良異等。憲宗時，歷考功員外郎，坐與宰相韋貫之善，出爲開州刺史。穆宗立，爲翰林侍讀學士，再遷中書舍人。文宗時爲相。初在開州有盛山詩十二篇：一宿雲亭、二隱月岫、三茶嶺、四梅溪、五流盃渠、六盤石磴、七桃塢、八竹嵓、九琵琶臺、十胡盧沼、十一繡衣石埸、十二上士瓶泉。盛山，開州也。開州隋巴東郡之盛山縣，武德元年改爲開州。〔補注〕沈欽韓曰：劉禹錫相國韋公集序云：「上方用威武以讋不庭，宿兵寖久，韋丞相貫之酌人情上言，不合意，册免。因歷詆所善，公在伍中，出爲開州刺史；居二年，執友崔敦詩爲相，徵拜戶部郎中。」又曰：張司業集有和韋十二詩，無「瓶」字。歸有光曰：跌宕自喜。劉大櫆曰：直敘之中，造出奇崛。

韋侯昔以考功副郎守盛山。人謂韋侯美士，考功顯曹，盛山僻郡；奪所宜處，納之惡地以枉其材，韋侯將怨且不釋矣。

或曰：不然。夫得利則躍躍以喜，不利則戚戚以泣〔一〕，若不可生者，豈韋侯謂哉〔二〕？韋侯讀六藝之文，以探周公孔子之意〔三〕，又妙能爲辭章，可謂儒者。夫儒者之於患難，苟非其自取之，其拒而不受於懷也，若築河堤以障屋霤；其容而消之也，若水之於海，冰之於夏日；其翫而忘之以文辭也，若奏金石以破蟋蟀之鳴，蟲飛之聲；況一不快於考功、盛山一出入息之間哉〔四〕！

〔一〕「躍躍」，閣杭本無下「躍」字，以下句偶之，非是。「不利」，「不」下或有「得」字。

〔二〕「謂哉」上或有「之」字。

〔三〕「藝」下或無「之」字。「探」，杭作「深」。「子」下或無「之」字。皆非是。

〔四〕〔補注〕張裕釗曰：「夫儒者」以下，從天而降，驚嚇凡庸，昌黎本色。

未幾，果有以韋侯所爲十二詩遺余者，其意方且以入谿谷〔一〕，上巖石，追逐雲月不足日爲事。讀而歌詠之〔二〕，令人欲棄百事往而與之游，不知其出於巴東以屬朐䏰也〔三〕。

〔一〕或無「方」字。

〔二〕「歌詠」或作「詠歌」。

〔三〕「朐䏰」，說文：蟲名。巴中有朐䏰縣，地下濕，多此蟲，因以爲名。「朐」从肉，句聲。考其義，當作潤蠢。唐韻音蠢閏。劉禹錫音屈忍。漢書：「朐」，音劬。通典曰：開州，漢之朐䏰地也。〔補注〕姚範曰：韋貫之初貶果州，後改巴州。盛山今夔州府開縣。「朐䏰」，漢志：「朐」，音劬，「䏰」，作忍。說文作「朐䏰」。徐鉉讀「朐」音蠢，「䏰」音允。今雲陽縣，唐雲安縣也。

于時應而和者凡十人〔一〕。及此年，韋侯爲中書舍人，侍講六經禁中〔二〕，和者通州元司馬爲宰相〔三〕，洋州許使君爲京兆，忠州白使君爲中書舍人〔四〕，李使君爲諫議大夫〔五〕，黔府嚴中丞爲秘書監〔六〕，温司馬爲起居舍人〔七〕，皆集闕下〔八〕。於是盛山十二詩與其和者〔九〕，大行於時，聯爲大卷，家有之焉；慕而爲者將日益多，則分爲别卷。韋侯俾余題其首。

〔一〕樊謂考下文只六人。一曰：「和者十人，而時集闕下者六人耳。」

〔二〕諸本作「及此年」，閣本作「明年」，杭本作「時年」，謂此時之年也。韋以元和十一年刺盛山，韓以長慶二年作序，閣本作「明年」，由「時」字訛也。今按：作「明年」則非實，作「時年」則不詞，當從諸本作「及此年」則無可疑矣。諸本「禁中」下有「名處厚」字。元和十五年三月，處厚以侍講學士講詩關雎、書洪範于太液亭。長慶二年四月，爲中書舍人。

〔三〕元和十年三月，稹爲通州司馬。長慶二年二月，同平章事。

〔四〕元和十三年十二月，居易爲忠州刺史，長慶元年十二月，爲中書舍人。

〔五〕景儉字寬中，元和中爲忠州刺史。長慶元年八月爲諫議大夫。不言某州使君者，連上忠州文也。澤之云：「景儉時爲楚州，疑有脱誤。」

〔六〕元和十四年二月，以商州刺史嚴謩爲黔中觀察使。長慶元年入爲秘書監，卒。

〔七〕温造時爲武陵司馬。今諸本皆亡州名，亦疑脱誤。

〔八〕「和者」下六人，諸本亦各書其名云：「元司馬名積，許使君名康佐，白使君居易，李使君景儉，嚴中丞武，温司馬造。」方從閣杭本并上文「名處厚」共删十四字，云：蜀本側書「積、康佐、居易、景儉、造」五名，獨嚴不書其名，今考嚴謂嚴謩，時爲秘書監，樂天集有制詞，可考。諸本改作「嚴武」，蜀本又作「少監」，皆非也。李景儉自楚州召還，温造自朗州召還，今皆不著其郡，亦闕文也。

〔九〕「山」下或有「之」字。

石鼎聯句詩序

閣本無此篇，洪慶善曰：「張文潛本校與諸本特異，蓋原於蔡文忠也。然增損太多，不知得於何本。今姑以杭蜀本爲正。」今按：張本多可取，當附見以備參考。洪興祖云：石鼎聯句詩或云皆退之所作，如毛穎傳以文滑稽耳。軒轅寓公姓，彌明寓公名，侯喜師服皆其弟子也。余曰不然。公與諸子嘲戲見於詩者多矣：皇甫湜不能詩，則曰「掎摭糞壤間」；孟郊思苦，則曰「腸肚鎮煎熮」；樊宗師語澁，則曰「辭慳義卓闊」，止於是矣，不應譏誚輕薄如是之甚也。且序云：衡山道士軒轅彌明。貌極醜，白鬚黑面，長頸而高結喉，中又作楚語，年九十餘。此豈亦退之自謂邪？予同年李道立云：嘗見唐人所作賈島碣云：「石鼎聯句所稱軒轅彌明即君也。」島范陽人，彌明衡山人；島本浮屠，而彌明道士：附會之妄，無可信者。獨仙傳拾遺有彌明傳，雖祖述退之之語，亦必有是人矣。聯句若以爲公作，則若出一口矣；今讀其劉侯句，不及彌明遠甚，何至是邪？蓋聞君子損己以成人之美，未聞抑人以取勝也。其曰「吾不解世俗書」，見孔武仲雜記。〔補注〕沈欽韓曰：蘇絳賈島墓誌無此説。盧軒曰：此詩蓋譏時宰之辭也。曾國藩曰：傲兀自喜，此等情事亦適與公筆勢相發也。吴汝綸曰：此序最不易學，恐人叫囂類小説，其雅俗之辨甚微。

元和七年十二月四日，衡山道士軒轅彌明自衡下來〔一〕，舊與劉師服進士衡湘中相識，將過太白，知師服在京，夜抵其居宿〔二〕。有校書郎侯喜，新有能詩聲，夜與劉説詩，彌明在其側，貌極醜，白鬚黑面，長頸而高結喉，中又作楚語〔三〕，喜視之若無人。彌明忽軒衣張眉指鑪中石鼎謂喜曰：「子云能詩〔四〕，能與我賦此乎？」劉往見衡湘間人説云年九十餘矣〔五〕，解捕逐鬼物，拘囚蛟螭虎豹；不知其實能否也〔六〕。見其老，頗貌敬之，不知其有文也。聞此説大喜，即援筆題其首兩句〔七〕，次傳於喜，喜踊躍即綴其下云云〔八〕。道士啞然笑曰〔九〕：「子詩如是而已乎！」即袖手竦肩倚北牆坐〔一〇〕，謂劉曰：「吾不解世俗書，子爲我書！」〔一一〕因高吟曰：「龍頭縮菌蠢，豕腹漲彭亨。」〔一二〕初不似經意〔一三〕，詩旨有似譏喜，二子相顧慚駭〔一四〕。欲以多窮之，即又爲而傳之喜，喜思益苦〔一五〕，務欲壓道士，每營度欲出口吻〔一六〕，聲鳴益悲，操筆欲書〔一七〕，將下復止，竟亦不能奇也。畢，即傳道士，道士高踞大唱曰：「劉把筆，吾詩云云。」〔一八〕其不用意而功益奇〔一九〕，不可附説，語皆侵劉侯〔二〇〕。喜益忌之。劉與侯皆已賦十餘韻，彌明應之如響，皆穎脱含譏諷。夜盡三更，二子思竭不能續，因起謝曰：「尊師非世人也，某伏矣，願爲弟子，不敢更論詩。」〔二一〕道士奮曰〔二二〕：「不然，章不可以不成也。」又謂劉曰：「把筆來，吾與汝就之！」〔二三〕即又唱出四十字爲八句，書訖，使讀；讀畢，謂二子曰：「章不已就乎？」〔二四〕二子齊應曰：「就矣。」道士曰：「此皆不足與語〔二五〕，此寧爲文邪？吾就子所能而作耳〔二六〕，非吾之所學於師而能者也；吾所能者子皆不足以聞也，獨文乎哉？吾語亦不當聞也〔二七〕，吾閉口矣。」二子大懼，皆起立牀下〔二八〕，拜曰：「不敢他有問也，願聞一言而已。先生稱吾不解人間書，敢問解何書？請聞此而已。」道士寂然若無聞也〔二九〕，累問不應，二子不自得，即退就座，道士倚牆睡，鼻息如雷鳴，二子怛然失色不敢喘〔三〇〕。斯須，曙鼓動鼕鼕〔三一〕，二子亦困，遂坐睡〔三二〕；及覺，日已上，驚顧覓道士不見〔三三〕。即問童奴，奴曰〔三四〕：「天且明，道士起，出門，若將便旋然，奴怪久不返，即出到門覓，無有也。」〔三五〕二子驚惋，自責若有失者。間遂詣余言，余不能識其何道士也。嘗聞有隱君子彌明，豈其人耶？韓愈序。

〔一〕「下」或作「山」。

〔二〕「知」下「師服」，張本作「劉」，或無「夜」字。

〔三〕蔡張本皆作「長頸而結喉」，無「高」與「中」字。唐子西曰：「結」，古髻字也。「高結」當句斷，漢陸賈傳：「尉佗魋結。」顏曰：「讀爲椎髻，云一撮之髻，其形如椎。」「高結」語原此。今按：古語自有「城中好高髻」，不必引「椎結」也。但道士之首加冠，不作椎結，讀「結」爲「髻」而以「喉」屬下句者，雖有據而非是。蓋長頸故見其結喉之高，而此「高結喉」中又作楚語也，不然，則當從蔡張本刪「高」「中」二字。〔補注〕孫葆田曰：當從蔡張本刪「高」「中」二字。山海經「海外有結胸國」，郭注：「謂臆前胅出，如人結喉。」可知「結胸」「結喉」，古有此語。

〔四〕「云」或作「之」，又無「能詩」二字，非是。

〔五〕張本「年」上有「其」字。無「矣」字。

〔六〕方無「解」字。「解」，張作「能」。「拘囚」，張作「罔兩」。「不」上方有「然」字，而無「其」字。或無「否」字。

〔七〕張無「說」字。「即」，方作「既」。

〔八〕「於」下兩「喜」字，張本並作「俟」。方無「下」字。

〔九〕「啞」，烏格切。

〔一〇〕「袖」，杭蜀本作「抽」。「倚」，或作「旁」。或無「坐」字。

〔一一〕「解」，或作「能」，後同。「子爲」上或有「弟」字。「我書」下有「吾句」字。

〔一二〕〔補注〕陳景雲曰：「菌蠢」，見南都賦。易大有「匪其彭」；干寶注：「彭亨，驕滿貌。」

〔一三〕「不似」，張本作「似非」，疑當乙作「似不」。

〔一四〕「二子」，張作「二人」。

〔一五〕或無「思」字。

〔一六〕或無「欲」字。

〔一七〕「欲書」，張作「而書」。

〔一八〕或無「詩」字。張本作「劉進士把筆則又高吟」云云。

〔一九〕此從張本，下四字或作「益切奇出」，非是。或疑「其」當作「若」。

〔二〇〕或無「侯」字。

〔二一〕「夜盡三更」，諸本在「不能續」之下，下更有「一子」二字；此從張本。方從杭蜀本文粹無「益忌」至「譏諷」三十四字，及「思竭不能續」五字，但有「喜」字屬上句，又「盡」作「益」，「二子」二字下便連「因起謝」。張本又以「盡」爲「蓋」，而一本並無「盡」「益」「蓋」三字。今按：方本簡嚴，諸本重複；然簡嚴者似於事理有所未盡，而重複者乃得見其曲折之詳。但今恐有漏落，故且從諸本及張本，而方本固在其中，但方本「語侵劉喜」，劉既書姓，喜不當獨書名。恐「劉」下本有「侯」字，而下文別有「喜」字之誤也。諸本「喜益忌之」之下復云：「劉與侯皆已賦十餘韻」，語亦太冗。張本「夜盡三更」四字屬於「含譏諷」之下，固善，然似不若移於「喜益忌之」之下。此皆未敢自以爲然，讀者詳之。「非世人也」，或無「世」字，或作「非世人能出也」。張本「某」下有「等」字。「伏」，或作「服」。

〔二二〕「奮」下或有「髯」字，或有「目」字，或有「然」字。今按：恐或有「髯」字。

〔二三〕或無「來」字。或無「吾與汝就之」五字。

〔二四〕張無「即」字。「出」，或作「書」，非是。「訖使」，方作「止即」。下「讀」字張本作「之」，屬上句。方無「不」字。

〔二五〕「此」或作「子」。

〔二六〕「就」下或無「子」字。「作」下或有「之」字。「耳」，或作「矣」。

〔二七〕「吾所能」，或作「吾所聞」。「語」下張本有「子」字。

〔二八〕張無「皆」字。

〔二九〕方無「敢問解何書」五字。「請聞」下十三字，張本但存「寂然」二字，無十一字。

〔三〇〕「喘」上張本有「少」字。

〔三一〕「鼕」，音彤。

〔三二〕或無「遂坐睡」三字。

〔三三〕「上」，張本作「出」，方無「驚」字。

〔三四〕「童」，張本作「僮」。「奴曰」上，張有「僮」字。

〔三五〕張無「到門」二字，「覓」下有「之」字。

石鼎聯句詩 或無此題

巧匠斲山骨，刳中事煎烹。師服直柄未當權，塞口且吞聲。喜龍頭縮菌蠢，豕腹漲彭亨。彌明外苞乾蘚文，中有暗浪驚。師服在冷足自安〔一〕，遭焚意彌貞。喜謬當鼎鼐間，妄使水火爭。彌明大似烈士膽，圓如戰馬纓。師服上比香爐尖，下與鏡面平。喜秋瓜未落蒂，凍芋強抽萌。彌明一塊元氣閉，細泉幽竇傾。師服不值輸寫處，焉知懷抱清。喜方當洪鑪然，益見小器盈。彌明睆睆無刃迹〔二〕，團團類天成。師服遥疑龜負圖，出曝曉正晴。喜旁有雙耳穿〔三〕，上爲孤髻撑〔四〕。彌明或訝短尾銚，又似無足鐺。師服可惜寒食毬，擲此傍路坑。喜何當出灰灺〔五〕，無計離缾罌。彌明陋質荷斟酌，狹中愧提擎。師服豈能煑仙藥，但未汙羊羹。喜形模婦女笑，度量兒意輕。彌明徒示堅重性〔六〕，不過升合盛〔七〕。彌明傍似廢轂仰〔八〕，側見折軸橫。喜時於蚯蚓竅，微作蒼蠅鳴。彌明以兹翻溢愆〔九〕，實負任使誠。師服常居顧眄地，敢有漏泄情。喜寧依暖熱弊，不與寒涼并。彌明區區徒自效，瑣瑣不足呈〔一〇〕。喜迴旋但兀兀，開闔惟鏗鏗〔一一〕。師服全勝瑚璉貴，空有口傳名。豈比俎豆古，不爲手所撜〔一二〕。磨礱去圭角〔一三〕，浸潤著光精〔一四〕。願君莫嘲誚，此物方施行〔一五〕。四韻並彌明所作

〔一〕方從杭蜀文粹作「安自足」，既無文理，對偶又差。方本誤改多類此。

〔二〕莊子：「睆睆然，有繆繳之中。」注：「視貌，華綰切。」

〔三〕「雙」，或作「隻」。

〔四〕諸本此下無「彌明」字。今按：此似二子譏道士之詞，恐實非彌明語。

〔五〕「炧」，徐也切。

〔六〕「示」，或作「爾」。

〔七〕「過」或作「合」。「合」或作「斗」。「盛」或作「成」。

〔八〕「傍」，或作「仍」。

〔九〕「以茲」，或作「忽罹」。

〔一〇〕諸本此下無「喜」字。

〔一一〕「鏗」，丘耕切。

〔一二〕「撜」，除庚切。博雅「敹，揬也」。淮南齊俗訓「子路撜溺而受牛」，謝注「撜，舉也」。平上聲

通。洪本一作「振」。

〔一三〕〔補注〕陳景雲曰：禮儒行篇：「毁方而瓦合。」鄭注「去己之大圭角，與衆人小合。」

〔一四〕「著」，附也。

〔一五〕年譜云：或謂軒轅，寓公姓；彌明，寓公名：蓋以文滑稽耳。是不然，劉侯雖皆公門人，然不應譏誚如是之甚。且言彌明形貌聲音之陋，亦豈公自謂耶？而列仙傳又有彌明傳，要必有是人矣。今按：此詩句法全類韓公，而或者所謂「寓公姓名」者。蓋「軒轅」反切近「韓」字，「彌」字之義又與「愈」字相類，即張籍所譏與人爲無實駁雜之説者也。故竊意或者之言近是。洪氏所疑容貌聲音之陋，乃故爲幻語，以資笑謔，又以亂其事實使讀者不之覺耳。若列仙傳則又好事者因此序而附著之，尤不足以爲據也。

韓昌黎文集第五卷

桐城馬其昶通伯校注　馬茂元整理

哀辭　祭文

祭田横墓文

田横初爲漢將灌嬰敗於垓下，亡走梁，歸彭越。高祖即位，懼誅，與其徒五百餘人入海，居島中。高帝聞齊人賢者多附横，恐後有亂，乃使使赦横罪而召之。横與其客二人乘傳詣洛陽，至尸鄉厩置遂自剄，令客奉其頭從使者馳奏。高帝流涕，以王者禮葬横。既葬，二客穿其冢旁，皆自剄從之。其餘客在海中者聞横死亦皆自殺。晁太史無咎嘗取公此文於續楚辭而系之，曰：唐宰相如董晉亦未足言，而晉爲汴州，纔奏愈從事，愈始終感遇，語稱隴西公而不姓。後從裴度，亦自謂度知己，然度亦終不引愈共天下事，故愈躊躇發憤，太息於區區之横，以謂夫苟如横之好士，天下將有賢於五百人者至焉。〔補注〕沈欽韓曰：裴度事在後，如何牽連及之？晁説誤矣。歸有光曰：寥寥數言，而悲感之意無窮。姚鼐曰：此是公少作，故猶取屈子陳句。按：詞意皆騰空際，似爲横發，又似不爲横發，此等文不徒以雕琢造語爲工也。

貞元十一年九月，愈如東京，道出田横墓下〔一〕，感横義高能得士〔二〕，因取酒以祭，爲文而弔之，其辭曰：

〔一〕「十一年」，諸本或作「十九年」。「月」下有「十一日」字。「如東京」，或作「東如京」。洪慶善曰：「東京，洛陽也。公以貞元十一年出長安至河陽，而後如東都也。十九年秋，則公爲御史，是冬即貶陽山，安得以九月出横墓下？唐都長安，亦不得云『東如京』也。」方從閣杭蜀本作「東如京」，云：田横墓在偃師尸鄉，洛陽東三十里。今公自河陽道横墓下以入洛，故云「東如京」也。今按：洪慶善作「如東京」及考歲月皆是，方氏亦以京爲洛陽，但據三本必欲作「東如京」爲誤耳。今且未須别考它書，只以其所引田横墓在洛陽東者論之，則自墓下而走洛陽，乃是西向，安得言「東如京」乎？況唐都長安，謂洛陽爲「東京」則可，直謂之「京」則不可，其理又甚明。若據元和郡縣志，則河陽西南至河南府八十里，其大勢亦不得云「東如京」也。此又三本謬誤之一證，故復表而出之。

〔二〕「士」下或有「心」字。

事有曠百世而相感者，余不自知其何心；非今世之所稀〔一〕，孰爲使余歔欷而不可禁？余既博觀乎天下，曷有庶幾乎夫子之所爲？死者不復生〔二〕，嗟余去此其從誰？當秦氏之敗亂，得一士而可王；何五百人之擾擾，而不能脱夫子於劍鋩？抑所寶之非賢〔三〕，亦天命之有常〔四〕。昔闕里之多士，孔聖亦云其遑遑〔五〕。苟余行之不迷，雖顛沛其何傷〔六〕？自古死者非一〔七〕，夫子至今有耿光。跽陳辭而薦酒，魂髣髴而來享〔八〕。

〔一〕〔補注〕，沈欽韓曰：「稀」當作「希」，言非今世所尚。

〔二〕「死者」，或作「死而」。「生」方作「來」。皆非是。

〔三〕〔補注〕吳汝綸曰：退之用「抑」字，多與「意」字同。「寶之」，或作「寶者」。

〔四〕「天」或作「大」。

〔五〕閣杭無「其」字，非是。

〔六〕〔補注〕吳汝綸曰：「闕里」四語極變化。

〔七〕「非」，閣杭作「皆」，非是。

〔八〕「享」，集韻「靈良反」。按「享」字，古今人用多作上聲，惟前漢禮樂志郊祀詩云：「發梁揚羽申以商，造兹新音永久長。聲氣遠條鳳鳥翔，神夕掩虞蓋孔享。」「享」作平聲，退之叶韻，蓋有所本也。

歐陽生哀辭

歐陽名詹，字行周，泉州晉江人也，卒年四十餘。集十卷行世，新史於藝文立傳。〔補注〕方苞曰：退之文，每至親懿故舊，存亡離合，悲思慕戀，惻然自肺腑流出，使讀者氣厚。曾國藩曰：前半叙述矜當，後半就「父母老矣」反復低徊，絶耐紬繹。

歐陽詹世居閩越。自詹已上皆爲閩越官，至州佐縣令者，累累有焉〔一〕。閩越地肥衍，有山泉禽魚之樂；雖有長材秀民通文書吏事與上國齒者，未嘗肯出仕。

〔一〕〔補注〕沈欽韓曰：册府元龜銓選部：唐制「黔中嶺南閩中郡縣之官，不由吏部，以京官五品以上一人充使就補，御史一人監之，四歲一往，謂之「南選」。貞元二年，勑福建選補使宜停。

今上初，故宰相常袞爲福建諸州觀察使，治其地〔一〕。袞以文辭進，有名於時，又作大官，臨莅其民，鄉縣小民有能誦書作文辭者，袞親與之爲客主之禮〔二〕，觀游宴饗，必召與之〔三〕。時未幾，皆化翕然〔四〕。詹于時獨秀出，袞加敬愛，諸生皆推服，閩越之人舉進士繇詹始〔五〕。

〔一〕「治」上或有「往」字，非是。

〔二〕吕汲公本如此。方從閣杭苑粹，「辭進」下即屬「鄉縣」至「者」；「衮」下又有「故宰相」字，下乃屬「有名」至「其民」，又屬「親與」云云：顛倒錯亂，全無文理，而方云三本如此，不當輕改，其蔽如此。今定從吕本。方「主」下有「人」字，「鄉縣」，作「縣鄉」，則尚有可取云。

〔三〕「宴」，或作「讌」。「與」，讀爲預，或作「預」，或疑「與」如字；而「之」下當有「俱」字。

〔四〕「化」，新傳作「仕」，非是。按衮傳：建中初，起爲福建觀察使，始閩人未知學，衮至，爲設學校，使爲文章，親加講導，與爲客主均禮，觀游燕享與焉。由是俗一變，歲貢士與內州等。

〔五〕貞元八年，詹與公同登第，退之同年進士。此言閩人舉進士自詹始，及觀林藴泉山銘叙，則謂閩川貞元以前未有文進者也。因廉使李郕公錡興啓庠序，請獨孤常州及爲記；中有辭云「縵胡之纓，化爲青衿」；其兄藻與友歐陽詹繼登正第。以其年考之，則藻之登第又在詹之前。然長溪薛令之以中宗神龍二年擢第，則又在藻之前矣。退之謂由詹始，豈考之未詳耶？〔補注〕沈欽韓曰：林藻登第在貞元七年。

建中貞元間，余就食江南，未接人事，往往聞詹名閭巷間，詹之稱於江南也久〔一〕。貞元三年，余始至京師舉進士，聞詹名尤甚〔二〕。八年春，遂與詹文辭同考試登第，始相識。自後詹歸閩中，余或在京師他處，不見詹久者惟詹歸閩中時爲然，其他時與詹離率不歷歲，移時則必合，合必兩忘其所趨，久然後去。故余與詹相知爲深。

〔一〕「久」下或有「矣」字。

〔二〕「余」下或有「年十九」字。「聞」，或作「則」。或云：當并出「則」「聞」二字，亦有理。

詹事父母盡孝道，仁於妻子，於朋友義以誠。氣醇以方，容貌嶷嶷然〔一〕。其燕私善謔以和，其文章切深喜往復，善自道。讀其書，知其於慈孝最隆也。十五年冬，余以徐州從事朝正于京師〔二〕，詹爲國子監四門助教，將率其徒伏闕下舉余爲博士，會監有獄，不果上〔三〕。觀其心，有益於余，將忘其身之賤而爲之也。嗚呼，詹今其死矣〔四〕！

〔一〕「嶷」，音逆。

〔二〕公爲徐州節度推官。

〔三〕或無「監」字。「監」或作「詹」。

〔四〕〔補注〕方苞曰：陡入詹死，又追論其生時事，筆力矯絶。

詹，閩越人也。父母老矣，捨朝夕之養以來京師〔一〕，其心將以有得於是而歸爲父母榮也〔二〕；雖其父母之心亦皆然。詹在側，雖無離憂，其志不樂也；詹在京師，雖有離憂，其志樂也；若詹者，所謂以志養志者歟〔三〕！詹雖未得位，其名聲流於人人，其德行信於朋友〔四〕，雖詹與其父母皆可無憾也。詹之事業文章，李翺既爲之傳，故作哀辭〔五〕，以舒余哀，以傳于後，以遺其父母而解其悲哀，以卒詹志云〔六〕。

〔一〕「以」或作「而」。

〔二〕「有得」，或作「在得」。或無「於是」字，而有複出「將以有得」字。

〔三〕〔補注〕曾國藩曰：油然入情。

〔四〕「朋友」，或作「友朋」。

〔五〕「之傳」，或作「之説」，或作「之誌」。「故」上或有「余」字，非是。

〔六〕「悲哀」，或作「哀悲」。今按：上文已連有兩「哀」字，不應如此重複，或當删去此「哀」字。「詹」或作「其」。

求仕與友兮，遠違其鄉；父母之命兮，子奉以行。友則既獲兮，禄實不豐；以志爲養兮，何有牛羊。事實既修兮，名譽又光；父母忻忻兮，常若在旁。命雖云短兮，其存者長；終要必死兮，願不永傷。友朋親視兮〔一〕，藥物甚良；飲食孔時兮〔二〕，所欲無妨。壽命不齊兮〔三〕，人道之常；在側與遠兮，非有不同。山川阻深兮，魂魄流行；祀祭則及兮，勿謂不通。哭泣無益兮〔四〕，抑哀自彊；推生知死兮，以慰孝誠。

嗚呼哀哉兮〔五〕，是亦難忘！

〔一〕「親視」，或作「視疾」。
〔二〕「孔」，或作「既」。
〔三〕「齊」，一作「高」。
〔四〕「益」，或作「救」。
〔五〕「哉」下或無「兮」字。

題哀辭後

或刪此四字，作「題歐陽生哀辭後」。崔羣及詹皆與公同年，劉伉姓名僅見于此，他無所聞。

愈性不喜書，自爲此文，惟自書兩通：其一通遺清河崔羣，羣與余皆歐陽生友也〔一〕，哀生之不得位而死，哭之過時而悲；其一通今書以遺彭城劉君伉。君喜古文〔二〕，以吾所爲合於古，詣吾廬而來請者八九至，而其色不怨，志益堅〔三〕。

〔一〕「友」上或有「之」字。

〔二〕或無「書」字。或無「伉」字。下「君」字，一作「伉」。

〔三〕或無「志」字。

凡愈之爲此文，蓋哀歐陽生之不顯榮於前〔一〕，又懼其泯滅於後也。今劉君之請，未必知歐陽生，其志在古文耳〔二〕。雖然〔三〕，愈之爲古文，豈獨取其句讀不類於今者邪？思古人而不得見，學古道則欲兼通其辭；通其辭者，本志乎古道者也〔四〕。古之道，不苟譽毁於人〔五〕；劉君好其辭，則其知歐陽生也無惑焉。

〔一〕「哀」，一作「痛」。

〔二〕「其志」上或有「之志」字。

〔三〕下或有「苟愛吾文必求其義」八字。八字下，又或有「則進知於歐陽生矣必時觀」十一字。

〔四〕「乎」或作「於」。方從三本無「道」字。以上下文考之，無「道」字即不成文理矣。

〔五〕此下或有「然則吾之所爲文皆有實也」十一字。〔補注〕何焯曰：此專爲孟簡誤信穆玄道之語，有爲太原伎慟怨而殁之謗，又以其事不足辨，故但自明其不苟譽，則毁者之非實可見矣。

獨孤申叔哀辭

申叔字子重。年二十二舉進士。又二年，用博學宏詞爲校書郎。又三年，居父喪，未練而歿，蓋貞元十八年也。柳子厚有獨孤君墓碣，皇甫持正有傷獨孤賦，而公作辭哀之。公嘗與崔羣書，「天人好惡」之説，與此語意一同，蓋出太史公之伯夷傳也。〔補注〕方苞曰：此文蓋學天問。

衆萬之生，誰非天邪？明昭昏蒙，誰使然邪？行何爲而怒，居何故而憐邪〔一〕？胡喜厚其所可薄，而恒不足於賢邪？將下民之好惡與彼蒼懸邪〔二〕；抑蒼茫無端而暫寓其間邪〔三〕？死者無知，吾爲子慟而已矣！如有知也，子其自知之矣〔四〕！

〔一〕「怒」，或作「怨」，或作「思」。「怒」下或有「邪」字。「居」或作「爲」。〔補注〕方東樹曰：此即「生爲居人，死爲行人」之旨。「怒」，當作「怨」，「壽也者，吾不知其所慕；夭也者，吾不知其所惡」。「憐」即「慕」意，「怨」即「惡」意。

〔二〕或無「蒼」字。

〔三〕「寓」下或有「於」字。

〔四〕或無「自」字。或無「之」字。或無「自」字，而有「之」字。

濯濯其英，曄曄其光。如聞其聲，如見其容〔一〕。烏虖遠矣〔二〕，何日而忘！

〔一〕此句或作「如處其旁」，非是。或云：以「容」叶「光」，用古韻也。

〔一二〕「烏虖」，或作「嗚呼」。

祭穆員外文

爲崔侍御作。晁本篇首題云：「維年月日，故人博陵崔愬謹以清酌之奠，祭于亡友穆六端公之靈。」方云：「豈穆員邪？舊傳，員卒檢校員外郎；杜亞留守東都辟爲從事：皆與此文合。新傳，員終侍御史，故晁本稱端公也。穆員字與直，懷州河内人，秘書監寧之子，工爲文。崔侍御名愬，無傳。」〔補注〕陳景雲曰：「『宣州觀察使』應作『秘書監』，爲宣使者乃秘書長子贊，員外之兄也。曾國藩曰：瘦折奥峭。

於乎！建中之初，予居于嵩；擕扶北奔〔一〕，避盜來攻。晨及洛師，相遇一時；顧我如故，眷然顧之〔二〕。子有令聞，我來自山；子之畯明〔三〕，我鈍而頑。道既云異，誰從知我；我思其厚，不知其可〔四〕。於後八年，君從杜侯。我時在洛，亦應其招〔五〕。留守無事，多君子僚；罔有疑忌，維其嬉游。草生之春，鳥鳴之朝；我譽在手，君揚其鑣。君居于室，我既來即；或以嘯歌〔六〕，或以偃側。誨余以義，復我以誠〔七〕；終日以語〔八〕，無非德聲。

〔一〕「奔」，或作「歸」。

〔二〕「如」，或作「無」。「眷」，或作「睠」。

〔三〕「畯」，或作「俊」。

〔四〕「知其」，或作「知而」，或作「可而」。

〔五〕貞元五年十二月，以杜亞爲東都留守，亞辟員爲從事、檢校員外郎。愬時亦爲亞所辟。

〔六〕「嘯」，或作「咏」。

〔七〕「復我」，或作「我復」。今按：下文云「無非德聲」，則此二句專指穆也，當作「復我」。

〔八〕「以」或作「與」。

主人信讒，有惑其下；殺人無罪，誣以成過；入救不從，反以爲禍〔一〕。赫赫有聞，王命三司；察我于獄，相從係縲。曲生何樂，直死何悲〔二〕；上懷主人〔三〕，内閔其私〔四〕；進退之難，君處之宜〔五〕！

〔一〕〔補注〕「禍」原本作「福」，據别本校改。

〔二〕「曲」或作「直」，「直」，或作「曲」。二「何」，或皆作「可」。皆非是。

〔三〕「主」，或作「王」，非是。

〔四〕「閔」，或作「憫」，或作「關」，皆非是。

〔五〕「君」，或作「居」，非是。〔補注〕吴汝綸云：叙事樸實。

既釋于囚〔一〕，我來徐州；道之悠悠，思君爲憂。我如京師，君居父喪；哭泣而拜，言詞不通。我歸自西，君反吉服；晤言無他，往復其昔〔二〕。不日而違，重我心惻。

〔一〕令狐運爲東京牙門將，亟惡其爲人；會盜劫輸絹於洛北，運適畋近郊，亟意其爲之，命員及從事張弘靖鞫其事，無之。亟怒，囚員等，員由此知名。

〔二〕「其」，疑當作「如」。

自後聞君，母喪是丁；痛毒之懷，六年以并〔一〕。孰云孝子，而殞厥靈！今我之至，入門失聲〔二〕。酒肉在前，君胡不餐；升君之堂，不與我言。於乎死矣，何日來還！

〔一〕「并」，一作「經」。

〔二〕「失」，或作「哭」。

祭郴州李使君文

公貞元十九年冬出爲陽山令，過郴州，識李使君，有李員外寄紙筆及叉魚詩，即所謂「獲紙筆之雙貿，投叉魚之短韻」也。其生平契分，皆具此文。筆墨閒録云：祭李郴州文尤雄奇。

〔補注〕沈欽韓曰：權德輿李伯康墓誌云：「字子豐，隴西成紀人。永貞元年十月卒。」方苞曰：此賦體也，其源出於陸機弔魏武帝文。曾國藩曰：亦不出六朝軌範，不使一穠麗字，不著一閒冗句，遂爾風骨遒上。通首不轉韻，古無此體，宋人爲長短句祭文，則多一韻到底。

維年月日，將仕郎守江陵府法曹參軍韓愈謹以清酌庶羞之奠，敬祭于故郴州李使君之靈〔一〕。

〔一〕文苑此篇首題云：「維元和元年歲次景戌，二月乙未朔二十四日戊午，將仕郎云云使君員外三兄之靈。」考之唐曆皆合。

古語有之：「白頭如新，傾蓋若舊。」顧意氣之何如，何日時之足究〔一〕！

〔一〕「何」，或作「曷」。

當貞元之癸未〔一〕，愓皇威而左授；伏荒炎之下邑，嗟名頹而位仆。歷貴部而西邁，邇清光於暫覯〔二〕；言莫交而情無由〔三〕，既不賈而奚售！哀窮遐之無徒〔四〕，挐百憂以自副；辱問訊之綢繆，恒飽飢而愈疢。接雄詞於章句，窺逸迹於篆籒〔五〕，苞黄甘而致貽，獲紙筆之雙貿〔六〕；投叉魚之短韻〔七〕，媿韜瑕而舉秀。

〔一〕「未」或作「酉」，今按：「癸未」者，貞元十九年貶陽山令時也。

〔二〕「於」，或作「而」。

〔三〕「莫」，或作「若」，而下無「情」字。

〔四〕「遐」，或作「荒」。「窮遐」，或作「遐荒」。「徒」，或作「圖」。

〔五〕「籀」，直石切。

〔六〕即李員外寄紙筆云：「莫怪殷勤謝，虞卿正著書。」

〔七〕即公叉魚十八韻招張功曹。

竢新命於衡陽，費薪芻於館候〔一〕；空大亭以見處，憩水木之幽茂。逞英心於縱博，沃煩腸以清酎〔二〕；航北湖之空明，覷鱗介之驚透〔三〕。宴州樓之豁達，衆管啾而並奏〔四〕；得恩惠於新知，脱窮愁於往陋〔五〕。輟行謀於俄頃，見秋月之三彀；逮天書之下降，猶低迴以宿留〔六〕。念睽離之在期，謂此會之難又；授縞紵以託心〔七〕，示兹誠之不謬。儻後日之北還，約窮歡於一晝；雖掾俸之酸寒，要拔貧而爲富。

〔一〕郴在衡山之陽，貞元二十一年，公以順宗赦徙掾江陵，待命於郴云。

〔二〕「以」，一作「於」。

〔三〕〔補注〕陳景雲曰：「驚透」二字，本太沖吴都賦。方言，「透，驚也」。

〔四〕「啾」，或作「湫」。潘岳閒居賦：「管啾啾而並奏。」

〔五〕「窮」，或作「寃」。

〔六〕「宿留」，上音秀，下音溜。前漢：「宿留海上。」史記：「宿留之數日無所見。」

〔七〕吴季札聘鄭，見子産如舊相識，與之縞帶，子産獻紵衣焉。見左氏襄公二十九年。「授」，或作「援」。

何人生之難信，捐斯言而莫就；始訝信於暫疏，遂承凶於不救〔一〕。見明旌之低昂〔二〕，尚遲疑於別袖；憶交酬而迭舞，奠單盃而哭柩。

〔一〕「承」或作「成」。「於」，一作「而」。

〔二〕「明」，諸本作「銘」。此從閣本，字見檀弓，鄭注云：「神明之旌。」

美夫君之爲政，不橈志於讒構〔一〕；遭脣舌之紛羅，獨陵晨而孤雊〔二〕。彼憸人之浮言，雖百車其何詬〔三〕；洞古往而高觀，固邪正之相寇。幸竊睹其始終，敢不明白而蔽覆。神乎來哉，辭以爲侑。尚饗！

〔一〕「橈」，或作「僥」；或作「撓」，從手；皆非是。

〔二〕「陵」，一作「凌」。

〔三〕「車」，或作「年」。今按：後漢書馮衍出妻書云：「詞語百車」。韓蓋用此，作「年」非是。

祭薛助教文

公達字大順，詳見公所誌墓云。

維元和四年歲次己丑後三月二十一日景寅〔一〕，朝散郎守國子博士韓愈〔二〕、太學助教侯繼，謹以清酌之奠，祭于亡友國子助教薛君之靈〔三〕。

〔一〕「丙寅」作「景寅」，避唐諱也。

〔二〕「散」，墓誌石本作「議」。

〔三〕「繼」下或有「等」字。「薛君之靈」，晁本作「河東薛君七官之靈」。

嗚呼，吾徒學而不見施設，禄又不足以活身；天於此時，奪其友人。同官太學，日得相因；奈何永違，秖隔數晨；笑語爲別，慟哭來門〔一〕。藏棺蔽帷，欲見無緣；皎皎眉目，在人目前。酌以告誠，庶幾有神。嗚呼哀哉，尚饗！

〔一〕「來」，或作「東」。

祭虞部張員外文

張季友也，公同王涯崔羣許季同庾承宣邢册等六人者皆與張貞元八年同年進士。時陸贄典貢舉，故文有「司我明試，時惟邦彦」之語。詳見公誌其墓云。

維年月日，愈等謹以清酌庶羞之奠〔一〕，敬祭于亡友張十三員外之靈。嗚呼，往在貞元，俱從賓薦；司我明試，時維邦彦。各以文售，幸皆少年；羣遊旅宿，其歡甚焉。出言無尤，有獲同喜；他年諸人，莫有能比。倏忽逮今，二十餘歲；存皆衰白〔二〕，半亦辭世。外纏公事，内迫家私〔三〕；中宵興歎，無復昔時。如何今者〔四〕，又失夫子！懿德柔聲，永絶心耳〔五〕。

〔一〕文苑作「元和十年」，晁本作「維元和十年月日，中書舍人王涯、考功郎中知制誥韓愈、禮部侍郎崔羣、京兆尹許季同、考功員外郎庾承宣、河中節度判官殿中侍御史邢册等六人」。皆張季友之同年也。

〔二〕〔補注〕「衰」，别本作「表」，今依宋本校正。

〔三〕〔補注〕「私」，别本作「之」，今依宋本校正。

〔四〕「今者」，或作「於今」。

〔五〕〔補注〕何焯曰：敘情。

廬親之墓，終喪乃歸；陽瘖避職，妻子不知。分司憲臺，風紀由振；遂遷司虞，以播華問〔一〕。不能老壽，孰究其因；託嗣於宗〔二〕，天維不仁。酒食備設，靈其降止，論德敘情，以視諸誄。尚饗！

〔一〕〔補注〕何焯曰：論德。

〔二〕「託嗣」，或作「嗣託」。

祭河南張員外文

貞元十九年冬，公與張署自御史俱出南方爲令。明年，順宗即位，俱徙江陵；故凡道塗經涉，唱和契闊，皆具此文。公方從晉公討蔡；祭其在元和十二年八月歟？張之行治，則詳於公誌。〔補注〕茅坤曰：公之奇崛戰鬭鬼神處，令人神眩。姚範曰：淒麗處獨以健崛出之，層見疊聳，而筆力堅浄，他人無此也。劉大櫆曰：昌黎善爲奇險光怪之語以驚人，而與張同貶，其所經山川險阻患難，適足供其役遣，故能雄肆如此。又曰：祭文退之獨擅，介甫亦得其似，歐公則不免平常。

維年月日，彰義軍行軍司馬守太子右庶子兼御史中丞韓愈，謹遣某乙以庶羞清酌之奠，祭于亡友故河南縣令張十二員外之靈〔一〕。

〔一〕或無「守太子右庶子」字。

貞元十九，君爲御史；余以無能，同詔並跱〔一〕。君德渾剛，標高揭己；有不吾如，唾猶泥滓。余戇而狂〔二〕，年未三紀；乘氣加人，無挾自恃〔三〕。

〔一〕「跱」，或作「峙」。選潘岳關中詩：「列營棊跱。」注：「跱，立也；亦作峙。」

〔二〕「戇」，音惷。

〔三〕〔補注〕曾國藩曰：以上同爲御史。

彼婉孌者，實憚吾曹；側肩帖耳，有舌如刀。我落陽山，以尹鼯猱；君飄臨武，山林之牢。歲弊寒兇，雪虐風饕；顛於馬下〔一〕，我泗君咷。夜息南山，同臥一席；守隸防夫，觝頂交蹠〔二〕。洞庭漫汗，粘天無壁；風濤相豗〔三〕，中作霹靂；追程盲進，颿船箭激〔四〕。南上湘水，屈氏所沈〔五〕；二妃行迷，淚踪染林；山哀浦思，鳥獸叫音。余唱君和，百篇在吟〔六〕。

〔一〕「雪虐」，杭本作「嘯虎」：以「顛於馬下」言之，由虎聲懼也；「風饕」，謂虎貪風而嘯不已，虎近於虐，訛自此也。「饕」，或作「號」。今按：杭本全然不成文理，以上語歲弊寒兇言之，八字相偶，當爲「雪虐」明甚。

〔二〕「項」，或作「項」，非是。

〔三〕「陘」，呼回切。

〔四〕「颿」，或作「帆」，或作「飄」。

〔五〕「上」，或作「之」。

〔六〕〔補注〕曾國藩曰：以上同南遷。

君止于縣，我又南踰；把觴相飲，後期有無。期宿界上，一夕相語〔一〕；自別幾時，遽變寒暑〔二〕。枕臂欹眠，加余以股，僕來告言，虎入厩處，無敢驚逐，以我驦去〔三〕。君云是物，不駿於乘；虎取而往，來寅其徵〔四〕。我預在此，與君俱膺；猛獸果信，惡禱而憑〔五〕。

〔一〕〔補注〕「夕」，原本作「又」，今依宋本校改。

〔二〕「遽」，或作「復」，或作「徧」。

〔三〕「驦」，音「蒙」，驢子。

〔四〕「寅」，或作「夤」。今按，「寅」爲辰名；「夤」乃夤緣之義：當作「寅」，説見下條。

〔五〕「獸」，蜀本作「首」，李本校作「孟首」，不知得之何本也。葛魯卿云：「騶不駿，虎取之則亨矣，不待禱而有憑也。」今按：洪謝本皆作「孟首」，謂正月孟春之首也。張言「來寅其徵」，以虎爲寅神，故言來歲寅月當有徵驗，孟首果得歸也。然且作「猛獸」亦通。〔補注〕曾國藩曰：以上在陽山臨武時相約會於境上。

余出嶺中，君竢州下；偕掾江陵，非余望者。郴山奇變，其水清寫；泊砂倚石，有遌無捨〔一〕。衡陽放酒，熊咆虎嗥；不存令章，罰籌蝟毛〔二〕。委舟湘流，往觀南嶽；雲壁潭潭〔三〕，穹林攸擢。避風太湖，七日鹿角〔四〕，鈎登大鮎，怒頰豕狗〔五〕，臠盤炙酒；羣奴餘啄。走官階下，首下尻高〔六〕；下馬伏塗，從事是遭〔七〕。

〔一〕楚辭云：「重華不可遌。」注「逢也」。「遌」，吾故切。

〔二〕「不存」，或作「存不」。「罰」或作「罪」。唐人會飲，以籌記罰，劉夢得詩「罰籌長樹纛」是也。今按：「令章」，謂酒令；違令則以籌記其罰也。

〔三〕「雲」，或作「天」。

〔四〕「太」或作「大」。鹿角，洞庭湖中地名。元微之有鹿角詩。湖旁至今有鹿角巡檢司也。〔補注〕沈欽韓曰：鹿角，山名。水經注：湘水左逕鹿角山東。

〔五〕「狗」，或作「豹」，非是。或云「狗」，豕聲。「狗」，許角切。〔補注〕沈欽韓曰：集韻：「狗，豕聲，或作哮。里角切。」

〔六〕前漢「尻益高」。苦刀切。

〔七〕〔補注〕曾國藩曰：以上同掾江陵，同遊南岳洞庭。

予徵博士，君以使已〔一〕，相見京師，過願之始。分教東生，君掾雍首〔二〕，兩都相望，於別何有。解手背面，遂十一年；君出我入，如相避然；生闊死休〔三〕，吞不復宣〔四〕。

〔一〕元和元年六月，公召爲國子博士，署掾江陵半年，邕管奏爲判官，不往。

〔二〕元和二年，公分教東都，署爲京兆府司録參軍。雍，州名。書：「黑水西河惟雍州。」「雍」，於用切。

〔三〕「生闊死休」，或作「生死休咎」，非是。

〔四〕〔補注〕曾國藩曰：以上自京別後，遂不復見。

刑官屬郎，引章訐奪〔一〕；權臣不愛，南昌是斡〔二〕。明條謹獄，氓獠户歌〔三〕；用遷澧浦，爲人受瘥〔四〕。還家東都，起令河南；屈拜後生，憤所不堪。屢以正免，身仲事蹇；竟死不昇，孰勸爲善〔五〕！

〔一〕或作「奮訐」，方作「許奪」。今按：「奪」，謂争執不與，猶今言「定奪公事」也。墓志云：「守法争議，棘棘不阿。」即此事也。方本無義，或本亦非。

〔二〕今按墓志：張自刑部出刺虔州，然則「昌」當作「康」。

〔三〕「獠」，音老。

〔四〕署自虔州改澧州刺史。民税出雜産物與錢，尚書有經數，觀察使牒州徵錢倍數經。署曰：「刺史可爲法，不可貪官害民」，留牒不肯從。竟以代罷。「瘥」，病也。〔補注〕按：「人」同「民」。言爲民而受累也。

〔五〕〔補注〕曾國藩曰：以上張之末路，潦倒而死。

丞相南討〔一〕，余辱司馬；議兵大梁〔二〕，走出洛下。哭不憑棺，奠不親斝；不撫其子，葬不送野；望君傷懷〔三〕，有隕如瀉。銘君之績，納石壤中〔四〕；爰及祖考，紀德事功〔五〕，外著後世，鬼神與通；君其奚憾，不余鑒衷〔六〕！嗚呼哀哉，尚饗！

〔一〕元和十二年，以宰相裴度爲淮西宣慰處置使，南討淮蔡。

〔二〕時宣武軍節度使韓弘爲諸軍都統，使將出討，公詣弘稟事。

〔三〕「望君」，或作「定居」，非是。

〔四〕「中」，或作「下」。

〔五〕「紀」，或作「已」。「事」，或作「著」，「事功」，作「著功」，於理亦順；但下文便有「外著後世」，則重出「著」字，又似可疑。姑從舊本作「事」，蓋紀其德、紀其事、紀其功也。又恐或是「序」字，以似而誤，然無所據，不敢輒改也。

〔六〕〔補注〕曾國藩曰：以上叙哀。

祭左司李員外太夫人文

謂與其子同僚，必公爲職方員外郎时也。

維年月日，某官某等謹以清酌庶羞之奠〔一〕，敬祭于某縣太君鄭氏尊夫人之靈。

〔一〕「某等」，或作「某乙等」。

胄于茂族，配此德門，克成厥家，享有全福。爲婦爲母，再朝中宫，搢紳推榮，宗黨是則。某等幸隨令子，同服官僚；庶展哀誠，式陳醴牢。尚饗！

祭薛中丞文

一本「同李逢吉孟簡張惟素張賈祭薛中丞」。薛中丞，存誠也。薛嘗劾浮屠鑒虚罪，抵死。

表李位無罪。事見舊史本傳甚詳。〔補注〕何焯曰：此非公文。曾國藩曰：無俊健之骨，當是同僚所爲，而薛氏託公名爲重耳。

維年月日〔一〕，某官某乙等謹以清酌庶羞之奠，祭于亡友故御史中丞贈刑部侍郎薛公之靈。公之懿德茂行，可以勵俗。清文敏識，足以發身。宗族稱其孝慈，友朋歸其信義。累昇科第，亟踐班行。左掖南臺〔二〕，共傳故事。詩人墨客，爭諷新篇。羽儀朝廷，輝映中外。長途方騁，大限俄窮。聖上軫不憖之悲，具僚興云亡之歎；況某等忘言斯久，知我俱深。青春之遊，白首相失，來陳薄奠，詎盡哀誠！嗚呼哀哉，尚饗！

〔一〕文苑作「元和九年」。

〔二〕北齊號御史臺爲「南臺」。

祭裴太常文

裴之諱字皆不可考。〔補注〕陳景雲曰：裴茝。方苞曰：韓公之文，一語出則真氣動人，其辭鎔冶於周人之書，而秦漢間取者僅十一焉。祭裴薛二篇，淺直多俗韻，在唐雜家中尚不爲好，而謂公爲之歟？意者同官聯祭之文，他人所爲，兩家矜爲公作，編集者莫能辨耳。沈欽韓曰：文甚鄙俗，此編集者之陋也。

維年月日，愈等謹以庶羞清酌之奠，敬祭于故太常裴二十一兄之靈〔一〕。

〔一〕文苑作元和九年，晁本「月日」下具「給事中李逢吉、給事中孟簡、吏部侍郎張惟素、吏部侍郎張賈、比部郎中史館修撰韓愈」等五人。

朝廷之重，莫過乎禮，雖經策具存，而精通蓋寡。自郊丘故事，宗廟時宜，大君之所旁求，丞相之所卒問，羣儒拱手，宗祝醉心；兄皆指陳根源，斟酌通變，莫不允符天旨，克協神休。至乎公卿冠昏，士庶喪祭，疑皆響答，問必實歸。從我者足爲軌儀，異我者無逃指笑；動爲時法，言比古經〔一〕。獨立一朝，高視千古，而又驅馳朋執，僶俛宗親。檐石之儲〔二〕，常空於私室；方丈之食，每盛於賓筵；贈必固辭，求無不應。孰云具美而不永年！某等早接遊從，實欽道義，致誠薄奠，以訣終天。嗚呼哀哉，尚饗！

〔一〕「比」，一作「必」。

〔二〕「檐」諸本多作「甔」，舊本多作「檐」。公秋懷詩用「甔」字。按：後漢明帝紀「生無檐石之儲」，「檐」字本此。郭璞方言注：「甔石之儲」。實用「甔」字。前漢蒯通揚雄傳皆只作「儋」。貨殖傳：「醬千儋。」顔曰：「儋，人儋之也。一儋兩甖。丁濫切。」

潮州祭神文 五首

晁本第一首題作「祭湖神文」，第二首題作「又祭止雨文」，第三題「祭城隍文」，第四題「祭界石神文」，第五不立題，皆元和十四年夏秋作。

其一

維年月日，潮州刺史韓愈謹差攝潮陽縣尉史虚己以特羊庶羞之奠，告于大湖神之靈。

愈承朝命，爲此州長，今月二十五日至治下。凡大神降依庇貺斯人者，皆愈所當率徒屬奔走致誠，親執祀事於廟庭下。今以始至，方上奏天子，思慮不能專一，冠衣不净潔，與人吏未相識知，牲糈酒食器皿觕弊〔一〕，不能嚴清，又未卜日時，不敢自薦見。使攝潮陽縣尉史虚己以告，神其降監，尚饗〔二〕！

〔一〕「牏」，一作「揁」。「糈」，先旅切，又音所。「牏」，倉胡切。

〔二〕〔補注〕方苞曰：此篇簡直可味。

其二

維年月日，潮州刺史韓愈謹以清酌腶脩之奠，祈于大湖神之靈〔一〕曰：

〔一〕禮記：「大享尚腶脩。」注云：「捶脯也。」「腶」，或作「時」。今按：若作「時」，則「脩」當作「羞」。「腶」，丁貫反。

稻既穟矣，而雨不得熟以穫也〔一〕；蠶起且眠矣，而雨不得老以簇也。歲且盡矣，稻不可以復種，而蠶不可以復育也〔二〕，農夫桑婦將無以應賦稅繼衣食也。非神之不愛人〔三〕，刺史失所職也。百姓何罪，使至極也！神聰明而端一，聽不可濫以惑也。刺史不仁，可坐以罪；惟彼無辜，惠以福也。劃劙雲陰，卷月日也〔四〕。幸身有衣，口得食〔五〕，給神役也。充上之須，脱刑辟也。選牲爲酒，以報靈德也；吹擊管鼓，侑香潔也；拜庭跪坐〔六〕，如法式也；不信當治〔七〕，疾殃殛也。神其尚饗〔八〕！

〔一〕或無「以穫」字，非是。

〔二〕〔補注〕沈欽韓曰：晏子内篇諫下「穗乎不得穫，秋風至，殫零落。」句法本之。歐陽滁州祈雨文全仿此局。

〔三〕或無「之」字。「愛」下一有「此」字。

〔四〕「月日」，或作「日月」，非是。「劃」，忽麥切。「劙」，力支切，又音麗。

〔五〕「口」上或有「而」字。「得」，或作「有」。

〔六〕「庭」，或作「廷」。

〔七〕〔補注〕沈欽韓曰：「當治」，言當管，自謂刺史也。

〔八〕〔補注〕方苞曰：其體出於九章及古歌謡。曾國藩曰：别出才調，岸然入古。

其　三

維年月日，潮州刺史韓愈謹以柔毛剛鬣清酌庶羞之奠，祭于城隍之神。間者以淫雨將爲人災，無以應貢賦供給神明，上下獲罪罰之故，乃以六月壬子，奔走分告乞晴于爾明神〔一〕。明神閔人之不幸，若饗若答〔二〕。糞除天地山川，清風時興，白日顯行，蠶穀以登，人不咨嗟〔三〕。惟神之恩，夙夜不敢忘怠。謹卜良日，躬率將吏，薦兹血毛清酌嘉羞〔四〕，侑以音聲，以謝神貺。神其饗之〔五〕！

〔一〕下或再出「爾」字，屬下句。
〔二〕「饗」，或作「響」。
〔三〕「洺」，或作「疵」。
〔四〕「羞」，一作「肴」。
〔五〕「之」，或作「兹」，或作「鑒之」。

其四

維年月日，潮州刺史韓愈謹遣耆壽成寓以清酌少牢之奠，告于界石神之靈〔一〕曰：

〔一〕此五字，或作「界石之神」。〔補注〕沈欽韓曰：「耆壽」即侍老，或版授縣令、司馬者也。

惟封部之内，山川之神，克庥于人〔一〕，官則置立室宇，備具服器，奠饗以時。淫雨既霽，蠶穀以成，織婦耕男，忻忻衎衎：是神之庥庇于人也，敢不明受其賜！謹選良月吉日，齋潔以祀，神其鑒之〔二〕。尚饗！

〔一〕「庥」，或作「庇」。

〔二〕「鑒之」，或作「鑒兹」。

其五

維年月日，潮州刺史韓愈謹以清酌庶羞之奠，祭于大湖之神。

惟神降依兹土，以庇其人：今兹無有水旱雷雨風火疾疫爲災，各寧厥宇，以供上役；長吏免被其譴。賴神之德，夙夜不敢忘。謹具食飲，躬齋洗，奏音聲，以獻以樂，以謝厥賜，不敢有所祈。尚饗！

袁州祭神文 三首

晁本首篇題曰「祭城隍文」，次題「祭仰山神祈雨文」，次題「又祭仰山神文」。元和十五年夏作。

其一

維年月日，袁州刺史韓愈謹告于城隍神之靈〔一〕：

〔一〕或無「袁」字，下同。

刺史無治行，無以媚于神祇〔一〕，天降之罰，以久不雨，苗且盡死，刺史雖得罪〔二〕，百姓何辜？宜降疾咎于某躬身〔三〕，無令鰥寡蒙茲濫罰。謹告。

〔一〕「以」上或無「無」字。

〔二〕下或有「死」字。今按：「死」字不當用，又上句已有，不應重出：蓋因上句而誤也。

〔三〕或無「躬」字，國語「靡王躬身。」公用此也。

其二

維年月日，袁州刺史韓愈謹以少牢之奠，祭于仰山之神〔一〕曰：

〔一〕〔補注〕沈欽韓曰：一統志：仰山，在袁州府城外六十里，歲旱，望其峯雲起，雨即至。

神之所依者惟人，人之所事者惟神。今既大旱，嘉穀將盡，人將無以爲命，神亦將無所降依，不敢不以告。若守土有罪，宜被疾殃於其身；百姓可哀，宜蒙恩閔。以時賜雨，使獲承祭不怠，神亦永有飲食。謹告。

其　三

維年月日，袁州刺史韓愈謹以少牢之奠，祭于仰山之神曰：田穀將死，而神膏澤之；百姓無所告，而神恤之；刺史有罪，而神釋之：敢不有薦也。尚饗！

祭柳子厚文

子厚以元和十四年十月五日卒于柳州。公其月自潮即袁。明年，自袁召爲國子祭酒。此文袁州作也。故劉夢得祭子厚文有云：「退之承命，改牧宜陽，亦馳一函，候於便道。」其後序柳集又云：「凡子厚行己之大方，有退之之誌若祭文在。」「祭文」，蓋謂此也。〔補注〕曾國藩曰：峻潔直上，語經百鍊。公文如此等，乃不復可攀躋矣。

維年月日，韓愈謹以清酌庶羞之奠，祭于亡友柳子厚之靈〔一〕。

〔一〕「維年月日」，文苑作「維某年歲次庚子五月壬寅朔五日景午」。「柳」下，或有「君」字。

嗟嗟子厚，而至然邪？自古莫不然，我又何嗟！人之生世，如夢一覺〔二〕；其間利害，竟亦何校？當其夢時，有樂有悲；及其既覺，豈足追惟！

〔一〕「覺」，故效切。下「既覺」同。

凡物之生，不願爲材〔一〕；犧尊青黄，乃木之災〔二〕。子之中棄，天脱馽羈〔三〕；玉佩瓊琚，大放厥辭。富貴無能，磨滅誰紀；子之自著，表表愈偉〔四〕。不善爲斲，血指汗顔；巧匠旁觀〔五〕，縮手袖間。子之文章，而不用世；乃令吾徒，掌帝之制。子之視人，自以無前；一斥不復，羣飛刺天〔六〕。

〔一〕「爲」，或作「謂」，非是。
〔二〕見莊子語。
〔三〕「馽」，音縶。
〔四〕「表表」，或作「表奏」，非是。
〔五〕或作「觀旁」，非是。
〔六〕「飛」，或作「非」。

嗟嗟子厚，今也則亡〔一〕；臨絶之音，一何琅琅。徧告諸友，以寄厥子；不鄙謂余，亦託以死。凡今之交，觀勢厚薄；余豈可保，能承子託。非我知子，子實命我；

猶有鬼神，寧敢遺墮〔二〕！念子永歸，無復來期；設祭棺前，矢心以辭。嗚呼哀哉〔三〕，尚饗！

〔一〕「也則」，或作「有今」。

〔二〕「寧」，或作「予」。

〔三〕或無此四字。

祭湘君夫人文

公以元和十五年九月拜國子祭酒，未離袁州時作。

維元和十五年歲次庚子十月某日，朝散大夫守國子祭酒護軍賜紫金魚袋韓愈，謹使前袁州軍事判官張得一〔一〕，以清酌之奠，敢昭告于湘君湘夫人二妃之神：

〔一〕此上四十四字，或只作「維年月日國子祭酒韓愈謹令張得一」，今從石本。

前歲之春，愈以罪犯黜守潮州〔一〕。懼以譴死，且虞海山之波霧瘴毒爲災以殞其命〔二〕，舟次祠下，是用有禱于神。神享其衷，賜以吉卜，曰：「如汝志。」蒙神之福，啓帝之心〔三〕；去潮即袁〔四〕，今又獲位於朝，復其章綬〔五〕。退思往昔，實發夢寐，凡卅年，於今乃合〔六〕。夙夜怵惕〔七〕，敢忘神之大庇！

〔一〕「州」或作「陽」，今從石本。

〔二〕或無「之」字。

〔三〕〔補注〕沈欽韓曰：此「帝」謂天也。

〔四〕十四年十月，自潮徙袁。

〔五〕十五年九月自袁召爲國子祭酒，復賜金紫。

〔六〕「卅」或作「三」，方從石本。此蓋言卅年前常有夢寐，非以貶日言之也。今按：上文但言前歲之禱；則實發夢寐者，但謂不敢忘前歲之吉卜耳。此「卅」字未詳其義，恐亦石本之誤也。

〔七〕「怵」，或作「悚」。

伏以祠宇毁頓〔一〕，憑附之質、丹青之飾，暗昧不圭〔二〕，不稱靈明〔三〕；外無四垣，堂陛頹落，牛羊入室，居民行商不來祭享：輒敢以私錢十萬修而作之〔四〕。舊碑斷折〔五〕，其半仆地，文字缺滅，幾不可讀：謹修而樹之〔六〕。廟成之後，將求玉石，仍刻舊文，因銘其陰，以大振顯君夫人之威神，以報靈德；俾民承事，萬世不怠，惟神其鑒之。尚饗！

〔一〕「頓」，一作「損」。

〔二〕或作「暗昧不佳」，或作「昧暗不蠲」，今從石本。「圭」與「蠲」同音，集韻：「蠲，潔也，明也，通作圭。」詩「吉蠲爲饎」，韓詩作「吉圭」。周禮：「蜡氏令州里除不蠲。」注：「讀如吉圭爲饎之圭。」陸音曰：「舊讀爲圭。」呂氏春秋「飲食必蠲潔」，高誘亦讀作「圭」，此類非一，今作「佳」，由「圭」字訛也。

〔三〕或作「明靈」，今從石本。

〔四〕「萬」下諸本有「祈于邦伯」四字，今從石本。

〔五〕「斷」，一作「中」。

〔六〕或無「謹」字。

始將既修樹舊碑，仍刻其文於新石，因銘其陰。舊碑石既多破落，文不可盡識，移之於新，或失其真，遂不復刻〔一〕。

〔一〕此四十二字，石本附祭文後，諸本皆有之，方云：「此蓋後人以碑本附入，閣杭皆無之。」今按：此必公所自記，故石本有之，當附於此。方但以閣杭本闕，遂直刊去，亦可惜也。今從諸本，而次一字書之。

祭竇司業文

竇名牟，長慶二年卒，公嘗誌其墓。此文公自稱兵部侍郎，則是年未使王庭湊前作也。

維年月日，兵部侍郎韓愈謹以清酌庶羞之奠，祭于故國子司業竇君二兄之靈。惟君文行夙成，有聲江東，魁然厚重，長者之風。一舉於鄉，遂收厥功；屢佐大侯，以調兵戎〔一〕。詔曰予虞，汝爲郎中；乃令洛陽，歲且四終。惟刑之慎，掌正隸僮。命守高平〔二〕，命副儒宮〔三〕。朱衣銀魚，象服以崇；錫榮考妣，孝道上窮。官不滿能，亦云達通；踰七望八，年孰非翁〔四〕：在君無憾，我意不充。

〔一〕「調」，去聲。

〔二〕澤州，高平郡。

〔三〕「副」，或作「制」。

〔四〕或作「逾七八年，孰非望公」，方從閣杭苑，云：「竇卒年七十四。」

君之昆弟〔一〕，三以辭雄〔二〕；刺史郎中，四繼三同〔三〕；於士大夫，可謂顯融。我之獲見，實自童蒙；既愛既勸〔四〕，在麻之蓬。自視雛鷇〔五〕，望君飛鴻；四十年餘，事如夢中〔六〕。

〔一〕牟兄弟五人：常、牟、羣、庠、鞏。

〔二〕常字中行，大曆十四年登第；弟鞏字汝封，元和二年登第；及牟爲三雄矣。

〔三〕謂牟、庠相繼爲澤州刺史。「四繼三同」，則常、牟、羣、庠皆爲之也。

〔四〕「愛既」，或作「受誘」，非是。

〔五〕「㲉」，音寇。

〔六〕諸本皆如此，閣、杭、苑及南唐本作「事半如夢」，云：「古『夢』音平去聲通；石崇詩『周公不足夢』，與『可以守至沖』叶。」今按：「事半如夢」，語意碎澁，不如諸本之渾全而快健。前人誤改，當以重押「中」字之故，不知公詩多不避也。

分宰河洛，媿立並躬；俱官於學，以纖臨洪；惠許不酬〔一〕，報德以空；死生莫接，孰明我衷？於祭告情，文以自攻。嗚呼哀哉，尚饗！

〔一〕「許」，或作「詩」。今按：「惠許」，謂上文「愛」「勸」而又稱許也。

祭侯主簿文

此謂侯喜也。蜀本注「繼」字，非。詳觀公此文當知其爲侯喜作。公貞元十七年，與喜同漁于温洛，嘗有詩云：「吾黨侯生字叔起，呼我持竿釣温水。」故此又有「我釣我遊，莫不我隨」之語。嘗薦喜於汝州刺史盧郎中，又嘗薦之於陸員外傪，觀其薦詞，亦與此文「惟子文學，今誰過之」之意相表裏。又公集中有贈侯主簿喜詩，用是知其非繼而喜也。其曰「吏部侍郎韓愈」，即長慶二年自兵部轉吏部時作。

維年月日，吏部侍郎韓愈謹遣男殿中省進馬佶〔一〕，致祭于亡友故國子主簿侯君之靈。

〔一〕退之諸子有名昶者，長慶四年進士登第，小説中亦載其爲集賢校理。曰符、曰爽、曰殿中省進馬佶。雖載於集，而他處不見；唯符見於孟郊張籍詩中耳。〔補注〕陳景雲曰：「進馬」，官名，屬殿中省，見新史百官志。沈欽韓曰：六典：「兵部郎中職，凡殿中省進馬，取左右衞三衞高蔭，簡儀容可觀者補充。」按「進馬」之官，與齋郎并是蔭資。

嗚呼！惟子文學，今誰過之？子於道義，困不捨遺〔二〕。我狎我愛，人莫與夷；自始及今，二紀于兹。我或爲文，筆俾子持；唱我和我，問我以疑。我釣我遊，莫不我隨；我寢我休，莫爾之私。朋友昆弟，情敬異施；惟我於子，無適不宜。棄我而死，嗟我之衰；相好滿目，少年之時；日月云亡〔三〕，今其有誰！誰不富貴，而子爲羇；我無利權，雖怨曷爲！

〔一〕「困」，或作「罔」。「捨」，或作「拾」。皆非是。

〔二〕或作「人之云亡」。

子之方葬〔一〕，我方齋祠；哭送不可，誰知我悲！嗚呼哀哉，尚饗！

〔一〕「方葬」，或作「云葬」。

祭竹林神文

公祭文二：其一祭竹林神，其二祭曲江龍，皆以旱禱。其後賀雨表亦云：「季夏以來，雨澤不降，臣職司京邑，祈禱實頻。」謂此皆長慶三年爲京尹時作也。

維年月日，京兆尹兼御史大夫韓愈，謹以酒脯之奠，再拜稽首告于竹林之神曰。天子不以愈爲愚不能，使尹兹大衆二十三縣之人。今農既勤於稼，有苗盈野，而天不雨，將盡槁以死，農將無所食，鬼神將無以爲饗。國家之禮天地百祀神祇〔一〕，不失其常；惠天之人，不失其和〔二〕；人又無罪，何爲造兹旱虐以罰也〔三〕？將俾尹者不仁不明，不能承帝之勑以化正其下？闔無香惟腥〔四〕，神于惠罰無差〔五〕，施罪瘠于尹愈身，是甘是宜；雨則時降，神無爽其聰明，永饗于人無媿。尚饗！

〔一〕或無「祀」字。

〔二〕「惠天」下或有「下」字，係從閣杭本。今按：此「人」字當爲「民」字，以避諱而用「人」字也，下句同。

〔三〕「虐」，閣杭蜀本在「罰」字下，非是。

〔四〕「闔」，音問。

〔五〕「神于」，或作「神之」。

曲江祭龍文

維年月日，京兆尹兼御史大夫韓愈，謹以香果之奠，敢昭告于東方青龍之神。天作旱災，嘉穀將槁；乃於甲乙之日，依准古法，作神之象，齋戒祀禱〔一〕。神其享祐之，時降甘雨〔二〕，以惠兹人。急急如律令。

〔一〕〔補注〕沈欽韓曰：見春秋繁露求雨篇。

〔二〕「時」，或作「將」，非是。

祭馬僕射文〔一〕

馬十二名摠，字會元，扶風人。退之長慶三年冬自京兆尹復爲兵部侍郎，又遷吏部侍郎。其爲京兆也，有舉馬摠自代狀。今祭文稱「吏部侍郎」，則摠以是年冬死也。

維年月日，吏部侍郎韓愈，謹以清酌庶羞之奠，敬祭于故僕射馬公十二兄之靈。惟公弘大温恭，全然德備；天故生之，其必有意；將明將昌，實艱初試。佐戎滑臺，斥由尹寺〔一〕；適彼甌閩，䭿飢跋躓〔二〕；顛而不踒〔三〕，乃得其地。于泉于虔，始執郡符；遂殿交州〔四〕，抗節番禺〔五〕，去其螟蠹〔六〕，蠻越大蘇。

〔一〕貞元十三年四月，以姚南仲鎮滑臺，辟摠爲從事。十六年，監軍使薛盈珍誣奏南仲不法，摠坐貶爲泉州司馬。

〔二〕一作「疐」。「䭿」，魚列切。「飢」，音兀。「躓」音致。〔補注〕沈欽韓曰：本傳，福建觀察使柳冕承風旨，屢欲致諸死地。

〔三〕「踒」，烏禾切。〔補注〕沈欽韓曰：集韻「踒，跌也」。

〔四〕〔補注〕陳景雲曰：謂爲安南都護也。詩：「殿天子之邦。」毛傳：「殿，鎮也。」沈欽韓曰：李希閔馬公家廟碑云：以御史中丞都護日南，以國子祭酒觀察於桂，以御史大夫帥於百越，徵拜尚書刑部侍郎。

〔五〕「番禺」，上音「潘」，下音「愚」。

〔六〕「蠹」，或作「螣」。

擢亞秋官，朝得碩士；人謂其崇，我勢始起。東征淮蔡，相臣是使〔一〕，公兼邦憲，以副經紀〔二〕。殲彼大魁，厥勳孰似。丞相歸治，留長蔡師〔三〕。茫茫黍稷，昔實棘茨，鳩鳴雀乳，不見梟鴟。惟蔡及許，舊爲血仇；命公并侯〔四〕，耕借之牛；束其弓矢，禮讓優優。始誅鄆戎〔五〕，厥墟腥臊；公往滌之，茲惟樂郊〔六〕。惟東有猘〔七〕，惟西有虺〔八〕；顛覆朋鄰，我餘有幾〔九〕。嵂崒中居〔一〇〕，斬其脊尾；岱定河安，惟公之韙。

〔一〕十二年十月，以宰相裴度爲彰義軍節度使，仍充淮西宣慰使。

〔二〕十二年，以摠兼御史大夫，充淮西行營諸軍宣慰副使。

〔三〕吴元濟誅，摠留蔡州爲彰義留後，奏改彰義爲淮西。十二月以摠檢校工部尚書、蔡州刺史，充淮西節度使。

〔四〕十三年五月，以摠爲許州刺史、忠武軍節度使、陳許溵等州觀察處置等使。溵舊屬淮西，故云「并侯」。〔補注〕陳景雲曰：方鎮表：元和十三年廢淮西節度使，忠武軍增蔡州。時摠方自蔡移許，故曰「并侯」。沈欽韓曰：通鑑：元和十三年「以淮西節度使馬摠爲忠武節度使，陳許溵蔡州觀察使；以申州隸鄂岳；光州隸淮南。」按淮西節度管蔡溵申光四州。今以蔡溵隸陳許；以申光分屬鄂岳淮南兩道：則蔡州節鎮廢矣。故文云「并侯」，注僅云「溵州」者，誤。

〔五〕「鄆」，音運。

〔六〕十四年二月，誅東平節度使李師道；三月，以摠檢校刑部尚書，爲鄆州刺史、天平節度、鄆曹濮等州觀察等使。詩曰：「適彼樂郊。」

〔七〕「猘」，狂犬也。淮南子「猘狗不自投於河」。「猘」，音制，又居例切。

〔八〕「虺」，蜇也，許韙切。

〔九〕七月，沂州軍亂，殺節度使王遂。長慶元年七月，盧龍軍亂，囚節度使張弘靖；成德亂，殺節度使田弘正。二年正月，魏博節度使田布自殺；三月，武寧軍節度使崔羣爲軍中所逐。「餘有」，或作「有餘」。今按：此用左氏「身其餘幾」之語，或本非是。

〔一〇〕「⿰衤聿」，音律。「崒」，慈恤切。

帝念厥功，還公于朝；陟于地官，且長百僚〔一一〕。度彼四方，孰樂可據；顧瞻衡鈞〔二〕，將舉以付。惟公積勤，以疾以憂；及其歸時，當謝之秋。賀門未歸〔三〕，弔廬已萃；未燕于堂，已哭于次。昔我及公，實同危事〔四〕；且死且生，誓莫捐棄。歸來握手，曾不三四，曾不濡翰，酬酢文字；曾不醉飽，以勸酒胾〔五〕。奠以叙哀，其何能致！嗚呼哀哉，尚饗！

〔一〕十二月以摠檢校尚書左僕射，守户部尚書。

〔二〕或作「鈞衡」。

〔三〕「門」，或作「問」。今按：此用「慶者在門」之語，或本非是。

〔四〕〔補注〕沈欽韓曰：越語：「戰，危事也。」

〔五〕「胾」，側吏切。

弔武侍御所畫佛文〔一〕

或無「弔」字。武侍御，一以爲武少儀。謂公嘗爲太學彈琴詩序，少儀時爲司業，後以太常少卿兼御史中丞使南詔，在元和五年。一以爲武儒衡。據李翱集墓誌云：「故相鄭餘慶尹河南，奏授伊闕尉及鄭公留守東都」，在元和五六年間。然姓氏及官御史皆同，未知孰是？然題曰「侍御」，其文亦曰「侍御」，後説若近之云。〔補注〕曾國藩曰：置身千仞之上，睎眛眛者，但覺可憐憫也。公詩如謝自然、誰氏子，文如與孟簡書及此等，當觀其卓然不惑處。此篇弔辭，亦絶古勁。

御史武君當年喪其配〔一〕，斂其遺服櫛珥鞶帨于篋〔二〕，月旦十五日則一出而陳之〔三〕，抱嬰兒以泣。

〔一〕「御史」，一作「侍御」。

〔二〕「鞶」，或作「縏」，方云：「縏，小囊。鞶，大帶也。」今按：儀禮士昏禮：「庶母及門内施鞶。」注：「鞶，囊也，所以盛帨巾。」然則「縏」「鞶」字通。

〔三〕〔補注〕沈欽韓曰：士喪禮：「期月奠。」注云：「自大夫以上，月半又奠。」

有爲浮屠之法者，造武氏而諭之曰：「是豈有益耶〔一〕？吾師云：人死則爲鬼，鬼且復爲人，隨所積善惡受報〔二〕，環復不窮也〔三〕。極西之方有佛焉〔四〕，其土大樂，親戚姑能相爲圖是佛而禮之〔五〕，願其往生，莫不如意。」武君憮然辭曰：「吾儒者，其可以爲是！」

〔一〕閣杭作「也」，非是。

〔二〕「所」下一有「其」字。

〔三〕「環」，一作「旋」。
〔四〕「西」下或無「之」字。
〔五〕〔補注〕方苞曰：「姑」當作「如」。

既又逢月旦十五日，復出其篋實而陳之〔一〕，抱嬰兒以泣，且殆而悔曰〔二〕：「是真何益也！吾不能了釋氏之信不，又安知其不果然乎？」〔三〕於是悉出其遺服櫛佩合若干種，就浮屠師請圖前所謂佛者。浮屠師受而圖之。

〔一〕「其篋」，或無「其」字。〔補注〕沈欽韓曰：「篋實」，讀如「俎實」及「實爵」之「實」。
〔二〕或無「且」字，或本「且」字在「悔」字下。
〔三〕或無「乎」字。

韓愈聞而弔之曰：哲哲兮目存〔一〕，丁寧兮耳言。忽不見兮不聞〔二〕，莽誰窮兮本源？圖西佛兮道予懃，以妄塞悲兮慰新魂〔三〕。嗚呼奈何兮，弔以茲文！

〔一〕「哲哲」，或作「晳晳」。
〔二〕「見」下或有「不有」字；或無「兮」字。
〔三〕「新」上或有「斯」字。

祭故陝府李司馬文

李漢之父郱，雍王會七世孫，長慶元年二月卒。詳見公所誌郱墓。「郱」，薄經切。一本無「故陝府」三字。

維年月日，守國子祭酒賜紫金魚袋韓愈，謹以清酌之奠，祭于故陝府左司馬李公之靈曰：公學以爲耕，文以爲穫。發憤孤身，復續厥家〔一〕。選于吏部，亟以科進。歷臨大邑，惟政有聲〔二〕。遂丞宗正，日朝帝庭。出輔陝都，吏畏僚慕。子婦諸孫，盈于室堂。公姑悅喜〔三〕，五福具有。大夫士家，孰不榮羨？如何不常，以至大故。嗚呼哀哉！

〔一〕「孤」，或作「苦」。「續」，或作「績」。

〔二〕「惟」，或作「爲」。

〔三〕「姑」，或作「始」，非是。

愈以守官，不獲弔送，昏姻之好，以哀以悲。敬致微禮，公其歆之〔一〕。尚饗！

〔一〕「歆」，或作「昭」。〔補注〕吴汝綸云：此文平仄通韻。「孫」與「堂」韻者，惜誦「明」與「身」韻之例，惟「羨」「故」「送」三字不用韻。

祭十二兄文

公從兄岌也。公之皇祖諱叡素，有孫八人。其孫曰會、曰介、曰愈、曰俞、曰岌，見於世系表及公集者此五人。又有弇者，以殿中侍御史死于平涼之盟。其二人則無所考見。岌以元和元年六月卒于虢州，以其年九月葬于州十里。文所謂「歸女教男，反骨本源」，公蓋有異時歸葬于先原之意。

月日，從父弟某官某乙，謹以清酌庶羞之奠，敢昭告于十二兄故虢州司戶府君之靈〔一〕。

〔一〕或無「故」字。

嗚呼！維我皇祖，有孫八人；惟兄與我，後死孤存。奈何於今〔一〕，又棄而先！生不偕居，疾藥不親；斂不摩棺，瘞不繞墳；趨奔束制〔二〕，生死虧恩。歸女教男，反骨本原；其不有年，以補我愆。長號送哀，以薦此文。尚饗〔三〕！

〔一〕一作「今日」。

〔二〕「奔」，或作「生」，非是。

〔三〕「尚」上或有「嗚呼」二字。

祭鄭夫人文

夫人，韓會之妻，而公之嫂也。公少孤而育于其嫂，文言其撫育之恩至矣。公既爲之服朞而祭之以文。此貞元十一年往河陽時作。

維年月日，愈謹於逆旅備時羞之奠，再拜頓首，敢昭祭于六嫂滎陽鄭氏夫人之靈〔一〕。

〔一〕「維年月日」，晁本作「貞元九年歲次癸酉九月朔日」。或無「謹於」二字。

嗚呼！天禍我家，降集百殃。我生不辰，三歲而孤〔一〕；蒙幼未知，鞠我者兄〔二〕；在死而生，實維嫂恩。

〔一〕大曆五年，公父仲卿卒，公時三歲。

〔二〕李翺退之行狀云：生三歲，父歿，養於兄會舍。

未齓一年〔一〕，兄宦王官，提攜負任，去洛居秦。念寒而衣，念飢而飧；疾疹水火〔二〕，無災及身。劬勞閔閔，保此愚庸。年方及紀〔三〕，荐及凶屯。兄罹讒口，承命遠遷〔四〕；窮荒海隅，夭閼百年〔五〕。萬里故鄉，幼孤在前；相顧不歸，泣血號天。微嫂之力，化爲夷蠻。

〔一〕「齓」，毁齒也。周禮：「未齓者不爲奴。」注：「男八歲女七歲而齓。」「齓」，初靳切，又初謹切。

〔二〕「疹」，或作「沴」。疹音「戾」。

〔三〕舊史云：大曆十二年五月，起居舍人韓會坐元載貶官。退之是時年十一，從至貶所，復志賦謂「當歲行之未復，從伯氏以南遷」是也。其後兄殁南方，從嫂歸葬河陽，故李漢集序云：「先生生於大曆戊申，幼孤，隨兄播遷韶嶺；兄卒，鞠於嫂氏，辛勤來歸。」

〔四〕「遠」，或作「南」。大曆十二年，宰相元載得罪。四月，會坐黨與，自起居舍人貶韶州刺史。

〔五〕會卒于韶，年四十二。

水浮陸走，丹旐翩然；至誠感神，返葬中原。既克反葬，遭時艱難；百口偕行〔一〕，避地江濆〔二〕。春秋霜露，薦敬蘋蘩；以享韓氏之祖考，曰此韓氏之門。視余猶子，誨化諄諄。

〔一〕「口」，或作「日」，云：從閣杭蜀本。今按：「百日偕行」無理，當從「口」爲是。然或以祭老成文有「就食江南，零丁孤苦」之語，疑不得有「百口」，不知此亦通良賤而言闔門之衆耳，未必實計百人也。

〔二〕家于宣州。建中二年，中原多故，退之避地江左，即復志賦所謂「值中原之有事兮，將就食於江南」是也。

爰來京師〔一〕，年在成人；屢貢于王，名迺有聞。念兹頓頑〔二〕，非訓曷因；感傷懷歸，隕涕熏心。苟容躁進，不顧其躬；禄仕而還，以爲家榮。奔走乞假，東西北南；孰云此來，迺睹靈車！有志弗及，長負殷勤。嗚呼哀哉！

〔一〕貞元二年，公自宣州遊京師。

〔二〕「頓」，或作「鈍」。漢書陳平傳：「士之頑頓嗜利無耻者。」顔讀「頓」曰鈍。

昔在韶州之行，受命于元兄〔一〕；曰：「爾幼養于嫂，喪服必以朞！」今其敢忘？天實臨之〔二〕！嗚呼哀哉，日月有時；歸合塋封，終天永辭。絶而復蘇，伏惟尚饗！

〔一〕「于」，或作「於」。〔補注〕姚範曰：尚書正義引王肅云：「盤庚元兄陽甲」。後漢書和帝紀「皇太后詔曰：侍中憲，朕之元兄」。

〔二〕貞觀中，魏徵令狐德棻等議嫂叔服云：「或有長年之嫂，遇提孩之叔，劬勞鞠養，情若所生，分飢共寒，契闊偕老。在其生也，愛之同於骨肉；及其死則推而遠之：求之本原，深所未諭。且事嫂見稱，載籍非一：鄭仲虞則恩禮甚篤，顏弘都則竭誠致感，馬援則見之必冠，孔伋則哭之爲位：察其所尚，豈非先覺？嫂叔舊無服，今請服小功五月。」制：「可。」公幼養於嫂，服朞以報，可爲士大夫之法矣。李漢序公文集及李翺之狀亦云。

祭十二郎文

老成，率府參軍韓介之子也。介二子：曰百川、曰老成。起居舍人會無子，以老成爲後。老成生湘、滂。百川死，公乃命滂歸後其祖介。公及會介皆仲卿子，至是會介百川皆死矣，故文云：「吾上有三兄，皆不幸早世；承先人後者，在孫惟汝，在子惟吾。」又云：「去年東野往，吾書與汝。」蓋貞元十八年有送東野序，則是年爲十九年，此文必其秋冬作，十二月則公謫陽山矣。斯文蓋公所謂「喜往復善自道」者，在當時無對；後二百七十年，歐陽文忠公爲其父作瀧岡阡表，始足以追配公此作。覽者當自知之。〔補注〕曾國藩曰：述哀之文，究以用韻爲宜。韓公如神龍萬變，無所不可，後人則不必效之。

年月日〔一〕，季父愈聞汝喪之七日，乃能銜哀致誠，使建中遠具時羞之奠，告汝十二郎之靈〔二〕：

〔一〕或無「日」字。文苑作「貞元十九年五月二十六日」。

〔二〕文苑「郎」下有「子」字。今按：「郎子」是當時語，雖不必存，亦不可不知也。今謾補之。

嗚呼！吾少孤，及長不省所怙，惟兄嫂是依。中年兄殁南方〔一〕，吾與汝俱幼，從嫂歸葬河陽，既又與汝就食江南，零丁孤苦，未嘗一日相離也。吾上有三兄，皆不幸早世，承先人後者，在孫惟汝，在子惟吾；兩世一身，形單影隻。嫂常撫汝指吾而言曰：「韓氏兩世，惟此而已！」汝時尤小，當不復記憶；吾時雖能記憶，亦未知其言之悲也！

〔一〕會責守韶州，卒于貶所。〔補注〕吴汝綸云：「中年」，謂兄殁在中年也。

吾年十九，始來京城；其後四年，而歸視汝。又四年，吾往河陽省墳墓〔一〕，遇汝從嫂喪來葬。又二年，吾佐董丞相于汴州〔二〕，汝來省吾，止一歲，請歸取其孥；明年丞相薨，吾去汴州，汝不果來。是年，吾佐戎徐州〔三〕，使取汝者始行〔四〕，吾又罷去〔五〕，汝又不果來。吾念汝從于東，東亦客也，不可以久；圖久遠者〔六〕，莫如西歸，將成家而致汝。嗚呼，孰謂汝遽去吾而殁乎〔七〕！吾與汝俱少年，以爲雖暫相別，終當久相與處；故捨汝而旅食京師，以求斗斛之祿；誠知其如此，雖萬乘之公相，吾不以一日輟汝而就也！

〔一〕「往」上或無「吾」字。

〔二〕「相」下或有「幕」字。　貞元十三年，董晉帥汴州。

〔三〕「佐」上或有「又」字。　是歲秋，張建封辟公爲徐州節度推官。

〔四〕「者」上或有「使」字。

〔五〕十六年五月，張建封卒，公西歸洛陽。

〔六〕或有兩「圖」字，一屬上句，非是。

〔七〕「謂」，或作「爲」。「而」下或有「先」字。

去年孟東野往，吾書與汝曰：「吾年未四十，而視茫茫，而髮蒼蒼，而齒牙動搖〔一〕。念諸父與諸兄，皆康彊而早世，如吾之衰者，其能久存乎〔二〕！吾不可去〔三〕，汝不肯來，恐旦暮死，而汝抱無涯之戚也！」孰謂少者歿而長者存，彊者夭而病者全乎！嗚呼，其信然邪？其夢邪〔四〕？其傳之非其真邪？信也，吾兄之盛德而夭其嗣乎？汝之純明而不克蒙其澤乎？少者彊者而夭歿，長者衰者而存全乎？未可以爲信也，夢也，傳之非其真也〔五〕，東野之書，耿蘭之報，何爲而在吾側也？嗚呼！其信然矣，吾兄之盛德而夭其嗣矣！汝之純明宜業其家者不克蒙其澤矣〔六〕！所謂天者誠難測，而神者誠難明矣〔七〕！所謂理者不可推，而壽者不可知矣〔八〕！雖然，吾自今年來，蒼蒼者或化而爲白矣〔九〕，動摇者或脱而落矣，毛血日益衰，志氣日益微〔一〇〕，幾何不從汝而死也！死而有知，其幾何離；其無知，悲不幾時，而不悲者無窮期矣！汝之子始十歲〔一一〕，吾之子始五歲，少而彊者不可保，如此孩提者又可冀其成立邪？嗚呼哀哉，嗚呼哀哉！

〔一〕邵太史曰：文用助字，柳子厚論當否，不論重複。檀弓曰：「南宫縚之妻，之姑，之喪。」退之亦曰：「吾年未四十，而視茫茫，而髮蒼蒼，而齒牙動摇。」近時六一文安東坡三先生知之。蜀人史彦升云：退之祭文，「視荒荒」，今俗本作「茫茫」，非是。陳后山詩：「平陳鄭毛視荒荒」，本此也。今按：古書如「荒忽」「茫忽」之類，皆一字也，意義多相近，當存之。

〔二〕「存」，或作「在」。

〔三〕「去」，或作「知」。

〔四〕或無「其夢邪」三字。

〔五〕「非」上或有「者」字。

〔六〕「業」，或作「榮」。

〔七〕「明」，或作「得」，非是。

〔八〕「壽」或作「年」。

〔九〕「蒼」下或無「者」字。

〔一〇〕「志氣」，或作「氣志」。

〔一一〕「十」或作「一」。老成二子：曰湘、曰滂。滂以季子出繼，則湘固宜十歲也。

汝去年書云：比得軟脚病〔一〕，往往而劇。吾曰：是疾也，江南之人常常有之〔二〕。未始以爲憂也〔三〕。嗚呼！其竟以此而殞其生乎？抑別有疾而至斯乎〔四〕？汝之書六月十七日也；東野云：汝歿以六月二日，耿蘭之報無月日〔五〕：蓋東野之使者不知問家人以月日，如耿蘭之報不知當言月日〔六〕，東野與吾書乃問使者〔七〕，使者妄稱以應之耳〔八〕。其然乎？其不然乎〔九〕？

〔一〕「比」，或作「此」，非是。

〔二〕「南」下或無「之」字。

〔三〕「憂」下或無「也」字。

〔四〕「斯」下或有「極」字。

〔五〕或作「日月」。

〔六〕或無「如」字。「言」，或作「時」。今按：陸德明經典釋文序論當時語音之訛有曰「而如靡異」，則此「如」字即「而」字之轉耳。「不知當言月日」者，蓋言耿蘭之報所以無月日者，由其不知赴告之體當具月日以報也。

〔七〕「東」上或有「蓋」字。

〔八〕「稱」，一作「傳」。

〔九〕或無「其不然乎」一語。

今吾使建中祭汝，弔汝之孤與汝之乳母。彼有食可守以待終喪，則待終喪而取以來；如不能守以終喪，則遂取以來。其餘奴婢，並令守汝喪〔一〕。吾力能改葬，終葬汝於先人之兆，然後惟其所願〔二〕。嗚呼！汝病吾不知時，汝殁吾不知日；生不能相養以共居，殁不得撫汝以盡哀，斂不憑其棺，窆不臨其穴〔三〕；吾行負神明而使汝夭〔四〕，不孝不慈，而不得與汝相養以生，相守以死；一在天之涯，一在地之角，生而影不與吾形相依，死而魂不與吾夢相接：吾實爲之，其又何尤？彼蒼者天，曷其有極！

〔一〕「喪」，或作「葬」。

〔二〕或無「終葬」二字。「願」下或有「焉」字。

〔三〕「憑」上「臨」上或並有「得」字。

〔四〕「行」，或作「何」。

自今已往，吾其無意於人世矣。當求數頃之田於伊潁之上，以待餘年〔一〕，教吾子與汝子幸其成，長吾女與汝女待其嫁：如此而已。嗚呼！言有窮而情不可終，汝其知也邪？其不知也邪？嗚呼哀哉〔二〕，尚饗！

〔一〕或作「盡」。今按：或當作「待盡餘年」。

〔二〕或無此句。

祭周氏姪女文

韓俞之女，適四門博士周況，於公爲姪女，元和十一年卒。其詳見公所誌墓云。

維年月日，十八叔、叔母具時羞清酌之奠，祭于周氏二十娘子之靈〔一〕。

〔一〕或無「子」字。俞爲開封尉，女名好好。

嫁而有子，女子之慶〔一〕；纏疾中年，又命不永〔二〕。今當長歸，與一世違；凡汝親戚，孰能不哀。撰此酒食，以與汝訣；汝曾知乎，我念曷闋。尚饗！

〔一〕元和三年周況登第，公以好好妻之，生一男一女。

〔二〕卒時年二十七。

祭滂文

滂，公之姪孫，老成之子也。元和十四年，公謫潮州，滂與其兄湘皆侍行。是歲冬，公移袁州，滂乃死于袁，遂葬于袁之郭南。其詳見公所誌墓也。

維年月日，十八翁及十八婆盧氏〔一〕，以清酌庶羞之奠，祭于二十三郎滂之靈曰：

〔一〕〔補注〕閻若璩曰：韓公行十八，盧於滂爲叔祖母；以異姓，故别曰「盧氏」。

汝聰明和順，出於輩流；彊記好文，又少與比。將謂成長，以興吾家，如何不祥，未冠而夭！吾與盧氏，痛傷可言〔一〕！思母之恩，連呼以絶。執兄之手，勉以無悲。情一何長，命一何短。權葬遠地，孤魂無依。瀝酒告情，哀何有極。尚饗！

〔一〕「可」，或作「何」。

祭李氏二十九娘子文

公之姪孫女，李干妻也。

維年月日，十八叔翁及十八叔婆盧氏遣昶以庶羞之奠，祭于李氏二十九娘子之靈曰：

汝之警敏和静〔一〕，人莫及之；姿相豐端，不見闕虧；幼而孤露，其然何爲？出從于人，既相諧熙；又暴以夭，神何所疵！生殺減益，竟誰主尸？我哀汝母，孰慰窮嫠？我憐汝兒，誰與抱持？念此傷心，不能去離；奠以送汝，知乎不知？尚饗！

〔一〕「静」，或作「舒」。

祭張給事文

徹，公之從子壻也。詳見公所誌墓云。

維年月日，兵部侍郎韓愈謹以清酌之奠，祭于故殿中侍御史贈給事中張君之靈〔一〕：

〔一〕「御」上或無「侍」字。

惟君之先，以儒名家；逮君皇考〔一〕，再振厥華。鄉貢進秀〔二〕，有司第之；從事元戎，謹職以治。遂拜郎官，以職王憲；不長其年，飛不盡翰。乃生給事，松貞玉剛；幹父之業，纂文有光。屢辟侯府，亦佐梁師；前人是似，耋吏嗟咨。御史闕人，奪之於朝；大厦之構，斧斤未操。府遷幽都，頑悖未孚；繄君之賴，乃奏乞留〔三〕。乃遷殿中，朱衣象版；惟義之趨，豈利之踐。

〔一〕考名休，嘗佐宣武軍。

〔二〕「貢」，或作「舉」。

〔三〕長慶元年三月，以張弘靖爲盧龍節度使。徹先爲宣武從事，累遷監察御史，至是弘靖仍辟徹爲盧龍判官。時牛僧孺奏徹爲真御史，弘靖遣之，而密奏幽州不廷日久，今臣始至，須强佐乃濟。行半道，有詔以徹還之。

虺豺發釁，闔府屠割〔一〕；儐其恨犯，君獨高脱。露刀成林〔二〕，弓矢穰穰；千萬爲徒，謑讙爲狂。君獨叱之：上不負汝，爲此不祥，將死無所！雖愚何知？懟屈變色；君義不辱，殺身就德〔三〕。天子嘉之，贈官近侍；歸於一死，萬古是記。

〔一〕「割」，或作「剥」。

〔二〕「刀」，或作「刃」。

〔三〕七月，軍亂，都知兵馬使朱克融因弘靖於薊門館，殺幕僚等。以徹長者，不殺，置徹於弘靖所。居月餘，遷之别館，徹出門罵曰：「汝何敢反！」行且罵，衆即擊君以死。

我之從女，爲君之配；君於其家，行實高世。無所於葬，輿魂東歸〔一〕；誄以贈之，莫知我哀。嗚呼哀哉，尚饗！

〔一〕「於葬」，或作「掩葬」。「輿」，或作「與」。

祭女挐女文

元和十四年正月，公以論佛骨貶潮州。女挐年十二，死于商南層峯驛，詳見墓誌及層峯驛詩。女挐公第四女。「挐」，女加、女居二反。「挐」或從「奴」。古本祭文與壙銘皆作「女挐」。董彦遠曰：「『挐』字傳寫之誤，蓋古文如紛挐等字無從『奴』者，公最好古，名其女不應用俗字也。」今按：「挐」「拏」通。説文：「拏」從「奴」，牽引也。「挐」從「如」，持也。古書作「拏」，蓋通用。

維年月日，阿爹阿八〔一〕使汝嬭以清酒時果庶羞之奠，祭于第四小娘子挐子之靈。

〔一〕南史，人歌曰「始興王，人之爹；赴人急，如水火。」荆土方言謂父爲「爹」。「爹」，屠可切，又陟斜切。〔補注〕沈欽韓曰：廣雅「毑，母也」；集韻，子野切。説文「蜀謂母曰姐，淮南謂之社」，古作「毑」，其聲與八同。「八」蓋「毑」之誤。廣雅「嬭，母也」。今通以爲乳母，始見宋書何承天傳，荀伯子呼承天爲「嬭母」。

嗚呼！昔汝疾極〔一〕，值吾南逐。蒼黄分散，使女驚憂。我視汝顔，心知死隔。汝視我面，悲不能啼。我既南行，家亦隨譴。扶汝上輿，走朝至暮。天雪冰寒，傷汝羸肌〔二〕。撼頓險阻，不得少息，不能食飲，又使渴飢。死于窮山，實非其命。不免水火，父母之罪〔三〕。使汝至此，豈不緣我！

〔一〕「極」，或作「亟」。

〔二〕「天」或作「大」。「汝」，或作「女」。古本「汝」多作「女」，通用。

〔三〕穀梁傳昭十九年：子既生，不免乎水火，父母之罪也。

草葬路隅，棺非其棺；既瘞遂行，誰守誰瞻？魂單骨寒，無所託依，人誰不死，於汝即冤。我歸自南〔一〕，乃臨哭汝：汝目汝面，在吾眼傍；汝心汝意，宛宛可忘〔二〕！

〔一〕元和十五年九月，公自袁州入爲國子祭酒。

〔二〕「宛宛」或作「冤冤」。詩：「宛在水中央」。鄭注「宛，坐見貌。」

逢歲之吉，致汝先墓〔一〕；無驚無恐，安以即路〔二〕。飲食芳甘〔三〕，棺輿華好；歸于其丘，萬古是保。尚饗！

〔一〕長慶三年十月四日，公尹京兆，發其骨歸葬河陽。

〔二〕「以」，一作「没」。

〔三〕「芳」，或作「柔」。